À PROPOS DE L'AUTRICE

Autrice à succès, Caitlin Crews a écrit plus de 130 livres – et ce n'est qu'un début ! Bien que titulaire d'un doctorat de littérature anglaise, elle reste persuadée que tout le monde devrait lire davantage de romances et adore évoquer ses héros bien-aimés. Elle vit aux États-Unis avec son mari, dessinateur de bandes dessinées. Caitlin voyage dès qu'elle en a l'occasion et sait pertinemment qu'elle ne viendra jamais à bout de la pile de romans qu'elle a prévu de lire. Une chance !

Séduite par un noble italien

*

Une conquête scandaleuse

*

L'héritière et le prince play-boy

Collection : SAGAS

Titre original :
THE ITALIAN'S TWIN CONSEQUENCES

Ce roman a déjà été publié en 2020

HARPERCOLLINS FRANCE
83-85, boulevard Vincent-Auriol, 75646 PARIS CEDEX 13
Service Lectrices — Tél. : 01 45 82 47 47 - www.harlequin.fr
ISBN 978-2-2805-0118-7 — ISSN 2426-993X

Composé et édité par HarperCollins France.
Imprimé en décembre 2023 par CPI Black Print (Barcelone)
en utilisant 100% d'électricité renouvelable.
Dépôt légal : janvier 2024.

FSC
www.fsc.org
MIXTE
Papier issu de sources responsables
FSC® C159065

Pour limiter l'empreinte environnementale de ses livres, HarperCollins France s'engage à n'utiliser que du papier fabriqué à partir de bois provenant de forêts gérées durablement et de manière responsable.

CAITLIN CREWS

Séduite par un noble italien

INTÉGRALE
SCANDALEUSE NOBLESSE

Traduction française de
SYLVIE CALMELS-ROUFFET

SAGAS
HARLEQUIN

1

Le Dr Fellows esquissa ce qui se voulait sans doute un sourire encourageant, mais que Matteo Combe perçut comme une mimique pleine de condescendance.

— Les modalités de ces séances vous ont été précisées et transmises par écrit, monsieur Combe, énonça-t-elle d'une voix neutre. Il me semble cependant important d'insister sur un point fondamental : vous ne serez pas mon patient. Mon rôle consiste à réaliser une expertise psychologique à la demande de votre conseil d'administration. Il ne s'agit en aucun cas d'une consultation à visée thérapeutique. Est-ce bien clair ?

Matteo dévisagea avec ennui la femme assise face à lui dans l'imposante bibliothèque du palais, propriété de sa famille maternelle depuis la nuit des temps.

Seigneur, ça ne faisait que commencer, et il détestait déjà sa façon de faire !

Les San Giacomo appartenaient à la très vieille noblesse italienne. La lignée comptait même quelques princes dont son arrière-grand-père. Que ce dernier ait refusé de léguer son titre avait été, à sa connaissance, la plus grosse déception de son grand-père. Si seulement il n'avait eu à se préoccuper que de ce genre de déception ! Au lieu de ça, il avait des problèmes autrement plus urgents à régler. Dans l'immédiat, il lui fallait sauver l'empire textile que ses ancêtres paternels avaient bâti dans le nord de l'Angleterre au tout début de la révolution industrielle.

En choisissant de recevoir le Dr Fellows ici même, dans ce palais vénitien, symbole ostentatoire de la puissance des Combe-San

Giacomo, il avait bien évidemment espéré l'intimider. Sarina Fellows était la première Américaine à y mettre les pieds. Il était presque surpris que le palais n'ait pas sombré dans le Grand Canal pour protester contre cette intrusion étrangère. Cela dit, l'architecture à Venise était capable de résister à des conditions extrêmes.

Sarina Fellows l'était aussi, apparemment, ce qui n'était pas de bon augure.

Ses iris étaient un mélange complexe d'ambre et de chocolat, et ses lèvres étaient faites pour inciter un homme à les imaginer sous les siennes. Mais elles étaient dépourvues de maquillage, sa longue chevelure sombre était rassemblée en un chignon serré sur la nuque, et seule l'excellente coupe de ses vêtements, noirs de la tête aux pieds, la sauvait d'un aspect sinistre. Elle avait l'air aussi affûtée et efficace que ses paroles.

Elle avait l'air de ce qu'elle était : l'agent de sa destruction...

À condition que ses ennemis l'emportent ! Or, il n'avait pas l'intention de se laisser anéantir par cette femme. Pas plus qu'il ne s'était laissé anéantir par les décès de ses parents survenus brutalement à quelques semaines d'intervalle, amenant dans leur sillage la révélation de secrets bien gardés de leur vivant. Ni même par les choix malheureux de sa sœur cadette qui l'avaient mis dans cette situation, alors que le président du conseil d'administration de Combe Industries – le meilleur ami de feu son père – complotait pour prendre les rênes du consortium.

Non, il ne se laisserait pas démolir. Cela dit, il devait se plier à cet exercice grotesque. Alors, il allait serrer les dents, rester assis et répondre calmement à toutes les questions de cette femme. Il le fallait.

— J'ai très bien compris les raisons de votre présence ici, mademoiselle Fellows, répondit-il en se forçant à prendre un air détaché.

En revanche, il ne réussit pas à dissimuler l'exaspération et la frustration dans sa voix – ce que ses conseillers se permettaient de qualifier de sale caractère.

— Docteur.

— Pardon ?

Le sourire de Sarina était pincé, sans une once de chaleur humaine.

— C'est *docteur* Fellows, monsieur Combe. Pas *mademoiselle*. Cette précision est essentielle pour garantir le côté strictement professionnel de nos entretiens.

Il haussa un sourcil, ironique.

— Excusez-moi, je n'ai pas l'habitude des examens psychologiques imposés. Cela dit, le côté professionnel de cette expérience est bien entendu mon principal souci.

Une rafale de vent vint frapper les fenêtres, comme pour faire écho à son humeur, aussi orageuse que les nuages chargés d'humidité qui menaçaient de submerger la Piazza San Marco sous les eaux.

La femme assise face à lui garda quant à elle son sourire, comme si rien ne pouvait l'affecter.

— Je comprends que cet examen suscite chez vous des réticences, monsieur Combe. Voire même une certaine résistance. Alors, autant s'y mettre sans attendre, conclut-elle en se carrant dans l'antique fauteuil à haut dossier qu'il lui avait indiqué à dessein, le sachant atrocement inconfortable.

Elle ouvrit son attaché-case, en sortit un dossier et prit tout son temps pour feuilleter les notes qu'il contenait avant de relever les yeux sur lui.

— Vous êtes le P-DG de Combe Industries, exact ?

Matteo avait adopté une tenue décontractée pour cet entretien. Il regrettait à présent de ne pas avoir opté pour un de ces costumes sur mesure qui rappelaient qu'il n'était pas le premier venu mais bien Matteo Combe, héritier de la fortune maternelle des San Giacomo et d'une multinationale érigée par ses ancêtres paternels.

« Il faut vous montrer plus humain », avait insisté son conseiller.

C'était bien là le problème. Il n'avait jamais été très doué pour ça. Il faut dire que, entre une mère négligente, abonnée aux scandales, et un père brutal et d'une jalousie maladive, il n'avait guère eu l'occasion de s'entraîner.

Il força un sourire sur ses lèvres. Là aussi, il n'avait pas beaucoup de pratique.

— Je dirigeais la société bien avant la disparition de mon père. Il m'avait préparé à prendre sa place depuis des années…

Depuis sa naissance, en réalité. On ne lui avait pas donné le choix. Mais il préférait garder cela pour lui.

— J'ai été nommé P-DG à sa mort.

— Et vous avez choisi le jour de ses funérailles pour vous battre avec l'un des invités. Un prince, qui plus est.

Il sentit son sourire se figer sur ses lèvres.

— Je me fiche de ce qu'il est. Je sais juste que c'est l'homme qui a abandonné ma sœur après l'avoir mise enceinte.

Son interlocutrice examina de nouveau ses notes, feuilletant ses papiers avec un zèle horripilant.

— Nous parlons bien ici de votre sœur, Pia, de quelques années plus jeune que vous, mais qui est majeure, et par conséquent tout à fait capable de décider d'avoir un enfant si elle le souhaite ?

Il regarda fixement Sarina Fellows.

Il possédait lui aussi tout un dossier la concernant. Native de San Francisco, elle avait fréquenté une prestigieuse école privée avant d'intégrer l'université de Berkeley, puis celle Stanford pour une spécialisation en psychiatrie. Elle avait ensuite ouvert son propre cabinet et monnayait à présent ses services dans le monde entier comme expert psychiatre auprès d'entreprises soucieuses d'avoir une idée précise du profil psychologique de leurs dirigeants.

Il était tout simplement sa dernière victime. Parce qu'il avait frappé cet abruti de prince qui avait abusé de Pia. Ce qu'il ne regrettait pas. Sa petite sœur était le seul membre de la famille qu'il adorait sans réserve. Héritière comme lui de deux grandes fortunes, elle constituait forcément une cible privilégiée pour les chasseurs de dot sans scrupules, en particulier les aristocrates sans le sou. Et si l'un d'eux se présentait à nouveau, il se ferait encore un plaisir de lui mettre son poing dans la figure. En réalité, le problème n'était pas là. Le problème, c'était qu'il avait boxé cet idiot devant des paparazzis, qui en avaient fait leurs choux gras.

« Le digne fils de son père », avait aussitôt titré la presse avec une jubilation malveillante, en rappelant les multiples scandales et bagarres auxquels son paternel avait été mêlé, au cas où certains auraient été tentés d'oublier les emportements d'Eddie Combe. Naturellement, la médiatisation de l'incident avait suffi à faire naître des doutes sur sa capacité à lui, Matteo, à diriger l'empire industriel dont il venait d'hériter. Et il n'avait d'autre choix que de se soumettre aux exigences des vieux barbons du conseil d'administration qui s'étranglaient d'indignation en clamant haut et fort qu'ils n'avaient jamais vu un comportement aussi inconvenant et agressif – mensonge éhonté puisqu'ils avaient tous été nommés par Eddie Combe, connu pour sa rudesse et son tempérament bagarreur.

Mais ça, c'était de l'histoire ancienne. Aujourd'hui, Eddie n'était plus de ce monde, et lui-même devait faire bonne impression à la gentille Dr Fellows pour ne pas encourir un vote de défiance de la part des principaux actionnaires de Combe Industries et se voir contraint à la démission.

Il aurait pu s'opposer à la demande du conseil. Il en avait le droit, il le savait. Mais il savait aussi que la compagnie allait affronter une importante phase de transition pour s'adapter à l'évolution des marchés. Alors, s'il voulait réellement diriger et non pas régner par l'intimidation, les menaces et le chantage comme son père l'avait fait, il devait à tout prix gagner la confiance du conseil d'administration et des actionnaires.

— Pia a grandi dans un environnement extrêmement protégé, précisa-t-il calmement. Elle ne connaît pas grand-chose du monde réel, encore moins de la nature des hommes. Si bien que certains n'hésitent pas à abuser de sa candeur et de son bon cœur.

Sarina l'examina attentivement, comme s'il était une amibe collée entre deux lamelles sous l'objectif d'un microscope.

Ce n'était pas la façon dont les femmes le regardaient hab tuellement, et il n'était pas certain d'apprécier. D'autant que, son côté, le Dr Fellows était loin d'être désagréable à regard Elle possédait de longues jambes fines et musclées. Des jambes magnifiques qu'il était tentant d'imaginer enroulées autour de ses hanches tandis qu'il s'enfoncerait en elle…

Bon sang, il fallait qu'il se reprenne ! Il en savait suffisamment sur cette femme pour parier qu'elle prendrait très mal ce genre de pensée indécente. Elle était du genre à vivre exclusivement pour son boulot. C'était une bosseuse acharnée, une battante impitoyable, hyper motivée – des qualités que lui-même possédait et qu'il appréciait en général chez les autres… Sauf si cette férocité était dirigée contre lui.

— On dirait que vous venez de voir un fantôme, monsieur Combe ?

— Normal, ils se bousculent dans nos vieux palais vénitiens, fit-il mine de plaisanter, soudain troublé.

Pas à cause des fantômes. Mais à cause de l'étrange sensation qui venait de l'envahir à leur évocation : l'impression qu'il connaissait Sarina Fellows. Qu'il l'avait déjà rencontrée. Il chassa cette impression absurde.

— Les spectres de mes ancêtres hantent ces murs, mais ils ne m'ont jamais dérangé. Si vous voulez, vous pouvez passer la nuit ici pour vérifier par vous-même.

Sarina inclina la tête sur le côté.

— Je ne crois pas aux fantômes. Et vous ?

— Même si j'y croyais, je ne vous le dirais pas. Je ne voudrais pas rater l'examen.

— Il ne s'agit pas d'un examen, monsieur Combe, mais d'un entretien. Une simple conversation entre nous, ni plus ni moins. Vous comprenez sûrement pourquoi vos actionnaires et vos directeurs s'inquiètent du comportement asocial et violent que vous avez manifesté lors de l'enterrement de votre père ?

Il haussa les épaules, affectant une indifférence qu'il était loin d'éprouver.

— Asocial et violent, c'est un peu exagéré, non ? Je n'ai fait que protéger ma sœur.

S'accoudant sur l'un des bras du siège, Sarina Fellows tapota sa mâchoire du bout de ses doigts longs et fins.

— Je ne vous suis pas très bien dans votre raisonnement, monsieur Combe. Si je ne me trompe, votre sœur est enceinte de six mois. Elle ne souffre d'aucun handicap. C'est une femme instruite et financièrement indépendante. Pourtant, vous avez éprouvé ce besoin archaïque de défendre son honneur de façon particulièrement brutale.

— C'est vrai, j'ai un petit côté archaïque...

Il ne savait pas pourquoi, mais ce mot l'excitait. À moins que ce ne soit simplement la vue captivante des doigts de cette femme caressant sa jolie mâchoire.

— Sans doute parce que j'ai grandi dans une vieille famille qui a une longue histoire derrière elle.

Matteo crut voir une lueur sarcastique traverser ses prunelles sombres.

— Toutes les familles ont une longue histoire, monsieur Combe. C'est ce qu'on appelle des générations. Mais bien évidemment, toutes ne possèdent pas de palais. Revenons à votre sœur, monsieur Combe. Si j'ai bien compris, vous vouliez défendre son honneur. Votre attitude est très patriarcale.

Il n'aimait pas la façon dont elle avait prononcé ce dernier mot, en lançant les syllabes comme si c'étaient des missiles.

— Dois-je m'excuser d'aimer ma sœur ?

Il adorait Pia, même s'il ne pouvait pas dire qu'il la comprenait. Ou qu'il comprenait ses choix alors qu'elle savait que le monde entier les observait. Mais peut-être ne lui avait-on pas enfoncé cette notion dans le crâne dès son plus jeune âge, contrairement à lui.

— « Aimer » est un terme intéressant dans de telles circonstances, observa Sarina. Je ne sais pas comment je le prendrais si mon frère me manifestait son prétendu amour en balançant son poing dans la figure du père de mon enfant à naître.

— Vous avez un frère ?

La question était délibérée. Il savait pertinemment qu'elle était la fille unique d'un professeur britannique de linguistique et d'une chimiste japonaise qui s'étaient connus à Londres pendant leurs études et enseignaient aujourd'hui dans la même université californienne.

— Je n'ai pas de frère, répondit Sarina sans un battement de cils. Mais j'ai été élevée dans le respect de la non-violence. Contrairement à vous, si j'en crois votre passé familial plutôt agité.

Il se mordit la langue pour ne pas lui demander de quel passé familial elle parlait.

Les San Giacomo étaient célèbres pour leurs complots et leurs intrigues machiavéliques à l'origine de nombreux duels sanglants au fil des siècles. Les Combe avaient été plus directs, n'hésitant pas à aller au contact et à utiliser leurs poings. Au final, les deux branches familiales avaient connu un passé agité.

— Si je suis coupable de quoi que ce soit, docteur Fellows, c'est d'être un grand-frère qui a péché par excès de zèle.

Lui aussi avait un grand frère, dont il connaissait l'existence depuis quelques jours seulement. Un frère que sa mère avait abandonné à la naissance mais qu'elle n'avait pas oublié dans son testament. Un frère qu'il n'avait toujours pas rencontré et auquel il avait encore du mal à croire.

Il força de nouveau un sourire sur ses lèvres, histoire d'amadouer l'adversaire.

Sans succès. Sarina Fellows resta de marbre, silencieuse, se contentant de le dévisager jusqu'à ce que son sourire disparaisse.

C'était une stratégie bien connue de déstabilisation. Une stratégie dont il usait souvent lui-même et dont il détestait être la cible. Comme n'importe qui dans ce genre de situation, il éprouvait le besoin pressant de remplir le silence, mais il se contint et se cala contre le dossier de son siège, feignant l'indifférence.

Tout ce cirque n'avait guère d'importance, après tout. Ce n'était qu'un petit désagrément de parcours. Rien de plus. Il avait lui-même choisi de se soumettre à cette expertise. Une manière de tendre un rameau d'olivier à son conseil d'administration pour leur prouver qu'il était d'un naturel conciliant, radicalement opposé à celui de son père.

Tant pis si la psy ne l'avait pas compris.

Mais plus elle laissait le silence s'étirer entre eux, plus il lui était difficile de ne pas laisser ses pensées dériver sur son physique. Il s'était attendu à une mégère d'un certain âge, tatillonne et guindée. Pas à une jeune femme, et certainement pas aussi séduisante. À coup sûr, sa beauté était une arme. Peut-être même la plus redoutable. À première vue, elle n'avait pas l'air d'une femme dangereuse, susceptible d'exercer un quelconque pouvoir sur sa vie. Elle avait plutôt l'air du genre de celles qu'il aimait emmener dans son lit : Mince et élégante, posée, intelligente et instruite de préférence. Il appréciait une conversation pertinente entre deux distractions coquines. Si elle n'avait pas été ici pour le juger, il se serait peut-être amusé à chercher un moyen de glisser la main sous l'ourlet de sa jupe droite et de...

— Symptôme typique de masculinité toxique, énonça-t-elle avec ce qui ressemblait à de la satisfaction.

Il battit des paupières.

— C'est votre diagnostic ?

— En effet. Mais, rassurez-vous, vous êtes loin d'être un cas isolé.

Oui, c'était bien de la satisfaction. Ses yeux bruns étincelaient.

— Résumons. Il est évident que vous n'éprouvez aucun remords. Un enterrement consiste pourtant à rassembler les personnes pleurant le disparu afin qu'elles puissent lui faire leurs adieux. Or, vous avez décidé d'en faire un match de boxe. C'est le moment que vous avez choisi pour verser le sang, terrifier tout le monde et humilier la sœur que vous prétendez aimer. Tout ça pour laver *votre* sens de l'honneur bafoué.

Il ne broncha pas, bien que cela exige de sa part un effort quasi surhumain.

— Si vous aviez connu mon père, vous sauriez qu'il n'y avait personne pour le pleurer et qu'il aurait été le premier à applaudir au combat de boxe.

— Permettez-moi d'en douter, monsieur Combe. Franchement, cet épisode confirme votre côté cow-boy parfaitement déplacé en la circonstance.

— Étant italien par ma mère et anglais par mon père, il me semble que je n'ai rien à voir avec les cow-boys.

— Ce terme est une métaphore pour illustrer le syndrome du justicier, caractéristique d'un certain mythe de la virilité à l'origine du concept de masculinité toxique. À ma connaissance, vous n'avez même pas pris la peine de vous excuser.

— Si j'avais voulu m'excuser pour avoir défendu l'honneur de ma sœur, j'en aurais discuté avec elle. Pas avec vous. Ni avec mon conseil d'administration.

— Reste à savoir si vous regrettez votre brutalité, monsieur Combe. Éprouvez-vous oui ou non des remords ?

Ce qu'il éprouvait en ce moment se situait plutôt sous la ceinture. Et si cette femme s'en doutait une seule seconde, elle le traiterait d'autres noms d'oiseau que cow-boy.

Il ouvrit les mains devant lui, paumes en l'air, en signe d'apaisement.

— Ce qui est fait est fait, docteur Fellows. Impossible de retourner dans le temps pour changer le passé.

— Et naturellement, puisqu'on ne peut pas le changer, vous ne voyez pas l'intérêt d'en discuter. Est-ce là votre tactique, monsieur Combe ?

— Difficile de parler d'une quelconque tactique puisque c'est la première fois que je me plie à ce genre de « conversation ».

— Vous esquivez, monsieur Combe. Ce qui ne me surprend pas vraiment.

— Pourtant, je suis là, et j'ai promis de répondre à toutes vos questions. Je suis on ne peut plus souple...

Il esquissa de nouveau un mince sourire avant d'ajouter :

— Bien que toxique, si j'ai bien compris votre diagnostic.

— « Souple » ! Voilà de nouveau un terme intéressant, reprit Sarina avec un petit rire moqueur. Pensez-vous que ce soit le plus approprié pour décrire votre attitude ?

— Je vous ai ouvert ma porte, J'ai accepté de me soumettre à ces « conversations » aussi longtemps que vous le jugerez nécessaire. Je ne vois pas ce que je peux faire de plus. Et malgré toute ma bonne volonté, vous me trouvez toxique plutôt qu'accommodant.

— Ce qualificatif vous ennuie.

Ce qui l'ennuyait c'était l'absurdité de la situation. La perte de temps et d'énergie, et, oui, le fait que la beauté de cette femme le déconcentrait dangereusement.

— Je ne dirais pas qu'il m'ennuie, mais personne n'aime s'entendre dire qu'il est toxique. Ce n'est pas très flatteur.

— Or, vous êtes un homme habitué aux compliments, n'est-ce pas ?

Il savait que c'était une erreur, mais il ne put résister. Ses lèvres se retroussèrent sur un sourire provocant.

— Ça vous surprendra peut-être, mais aucune femme jusqu'à présent ne m'a jamais trouvé toxique.

À la lueur triomphante qu'il vit étinceler dans les yeux de Sarina Fellows, il sentit ses cheveux se dresser sur la tête : il était en train de se mettre dans de sales draps !

Ce que vint confirmer le petit rire moqueur de celle-ci.

— Allons bon, on dirait que votre cas est plus grave que prévu. Chercheriez-vous à faire dériver cette conversation sur un terrain sexuel, monsieur Combe ?

2

Matteo Combe était exactement tout ce que Sarina détestait chez un homme : arrogant, plein aux as. Et beau comme un dieu par-dessus le marché. Un mauvais point pour lui dès le départ, car c'était le genre de gars à vous faire perdre la tête. À vous faire aller droit dans le mur. À vous faire glousser comme une idiote. Et, alors qu'elle se croyait immunisée contre ce type de play-boy, elle était atterrée de constater qu'elle n'était pas insensible à son charme.

Cela dit, Matteo Combe avait quelque chose de différent : Était-ce la ligne affirmée de sa mâchoire, son profil aristocratique, ses pommettes hautes, ses yeux couleur de ciel d'orage ? C'était aussi son corps d'athlète, cette assurance et cette puissance qu'il dégageait, montrant clairement qu'il se soumettait à son examen uniquement parce qu'il l'avait décidé. Que rien ni personne, pas même son conseil d'administration, ne pouvait le contraindre à faire quoi que ce soit contre son gré.

Il faisait penser à un fleuve majestueux, tumultueux. Puissant. Dynamique…

Dangereux.

Elle chassa le mot dès qu'il se forma dans son esprit.

Matteo Combe était d'une grande beauté, c'est vrai. Une beauté tout à la fois émouvante et satanique. Et il était riche. Immensément, indécemment riche. Descendant de deux grandes dynasties, d'un côté d'entrepreneurs britanniques, de l'autre de nobles italiens.

Elle savait parfaitement pourquoi il avait insisté pour que leur premier entretien ait lieu à Venise, cette ville féerique. Il avait voulu qu'elle vienne jusqu'ici, dans le somptueux palais vénitien des San Giacomo, pour lui faire prendre conscience de sa toute-puissance. Pour l'impressionner.

Sauf qu'elle n'était pas facile à impressionner, et Matteo Combe n'avait pas idée de ce qui l'attendait. Elle détestait les gars de cette espèce parce qu'elle les connaissait. Elle savait de quoi ils étaient capables, et elle était allergique à leur arrogance. Jeanette, son amie d'enfance, sa sœur de cœur, avait succombé à son addiction pour un homme tel que Matteo Combe, à l'ego surdimensionné, né avec une cuillère en argent dans la bouche, habitué à avoir le monde entier à ses pieds pour le servir et satisfaire ses désirs de chaque instant.

Oui, elle connaissait bien ces hommes-là. Elle n'éprouvait pas nécessairement le besoin de les détruire. Elle les voyait plutôt comme de gros ballons de baudruche, et de temps en temps elle fournissait l'épingle qui les faisait exploser. Elle avait la réputation d'en avoir fait redescendre sur terre plus d'un. Cela dit, il lui arrivait parfois d'être appelée à donner son avis sur des gars tout à fait corrects. Dans ces cas-là, elle était ravie de fournir un rapport élogieux sur l'intéressé. Preuve qu'elle ne haïssait pas les représentants du sexe opposé comme certains le prétendaient. Elle haïssait les mauvais. Ceux qui abusent de leur pouvoir et brisent les personnes fragiles.

Alors, pourquoi cet homme particulièrement riche et arrogant face à elle réussissait-il à se faufiler sous sa peau ? Ça, c'était entre elle et sa conscience qu'avait lieu cette conversation privée !

Matteo remua avec une nonchalance étudiée dans son fauteuil superbement ouvragé qui, même si elle n'y connaissait rien en antiquités, devait valoir une fortune.

— Vous voulez que j'éprouve du remords. Mais si je ne peux pas vous le prouver, est-ce que je rate l'examen ?

— Je vous l'ai déjà dit, il n'est pas question de réussite ou d'échec, observa-t-elle en griffonnant quelques mots dans son dossier - plus pour le mettre mal à l'aise que pour prendre des notes. Ça vous perturbe ?

— Que mon avenir soit entre les mains d'une personne incapable de répondre à une question directe ? Pas du tout, docteur Fellows, ironisa Matteo avec le regard soudain étincelant d'un fauve.

Il n'avait décidément rien de l'aristocrate lisse et pompeux auquel elle s'était attendue. Les photos de lui sur Internet ou dans la presse – elle les avait passées en revue pour les besoins de son expertise, naturellement – ne rendaient pas justice au côté sauvage de Matteo Combe avec son épaisse chevelure noire à la limite de l'indiscipline, et le gris ardoise de ses iris qui la faisait songer à la pluie et, plus inquiétant, à danser dessous – alors même qu'elle était parfaitement consciente que ce genre de pensée était une folie.

Sur les photos, Matteo Combe portait généralement un costume de prix ou un élégant smoking, ce qui lui donnait des airs de grand seigneur. Mais aujourd'hui, il avait choisi pour l'accueillir une tenue qui devait passer à ses yeux pour décontractée – un jean élimé, probablement par un grand couturier, car un gars comme lui ne faisait rien qui puisse blanchir la toile aux genoux ou la déchirer artistiquement. Ses boots venaient manifestement de chez un bottier italien. Quant à son T-shirt, il était aussi différent du T-shirt en coton porté par le commun des mortels que peut l'être un avion de chasse d'un avion en papier. Pire, il lui moulait le torse, révélant ce qu'elle ne voulait surtout pas savoir sur la magnifique forme physique de son sujet d'expertise.

En réalité, elle le savait déjà. Elle savait qu'il courait le marathon. C'était aussi un excellent nageur, et quand il lui restait encore de l'énergie et du temps libre, il se distinguait sur les courts de tennis. Mais c'était une chose de lire ses exploits dans une chambre d'hôtel, c'en était une autre d'être assise face à cet homme qui usait de tout son pouvoir, même physique.

Attention, elle était ici pour évaluer son état mental, pas pour admirer le biceps qui saillait sous l'ourlet du T-shirt.

Fronçant les sourcils, elle se recentra sur l'objectif initial de la séance.

— Si vous le prenez ainsi, monsieur Combe, nous allons au-devant d'une relation conflictuelle.

— Elle est conflictuelle en soi, la corrigea-t-il d'une voix douce, même s'il n'y avait rien de doux dans la façon dont il la regardait. Vous devez le savoir.

— Vous aimez les rapports de force, n'est-ce pas ?

Il laissa échapper un petit rire surpris.

— Je ne dirais pas que j'aime ce genre de relation. Mais dans ma famille, nous n'en connaissons pas d'autres.

— Vous venez pourtant de me dire combien vous aimez votre sœur. L'amour est-il lui aussi un rapport de force, selon vous ?

— Votre famille est certainement très différente de la mienne, sinon vous ne poseriez pas la question.

Comme n'importe qui dans le monde, elle savait presque tout sur la famille de Matteo Combe, dont les deux branches se disputaient les titres de la presse à scandale depuis des lustres. Même pour quelqu'un qui ne lisait pas ce genre de journaux, il était difficile de les ignorer. Le père de Matteo avait régulièrement fait les gros titres pour ses incartades conjugales et sa brutalité en affaires. Quant à sa mère, elle avait été considérée de son vivant comme une des plus belles femmes de la planète, ce qui lui avait valu son lot de scandales et de rumeurs. Enfin, toujours d'après les médias, Matteo et sa sœur étaient proches malgré leur différence d'âge – huit ans –, qui faisait de Matteo davantage un parent de substitution qu'un frère.

À l'inverse, elle-même avait été élevée dans l'ombre. Fille unique de deux intellectuels froids et austères, plus intéressés par la recherche et les confrontations intellectuelles avec leurs pairs que par un enfant conçu plutôt par respect des conventions sociales que par désir.

Elle avait du mal à imaginer ce que pouvait être la vie d'un gamin élevé dans un palais comme celui-ci, en plein centre de Venise. Jeanette et elle avaient grandi dans des maisons mitoyennes de Berkeley Hills, aux pièces surchargées de livres, au porche branlant donnant sur un jardin abandonné aux herbes folles. Tout le contraire de cet endroit abritant du mobilier antique, des tableaux de la Renaissance, des tapisseries et des statues, témoignages des richesses passées du Vieux Continent.

Matteo Combe avait demandé à ce que l'entretien se déroule ici pour l'impressionner. Sauf que, au final, l'intention initiale se retournait contre lui : elle connaissait à présent l'importance qu'il accordait à son arbre généalogique, et ça, c'était un atout pour elle.

— Pourquoi pensiez-vous que ce serait mieux de nous voir ici, monsieur Combe ? Dans l'intimité de votre palais plutôt que dans votre bureau au siège de la compagnie. Est-ce là une tentative pour orienter nos échanges vers quelque chose de plus intime, voire même sexuel ?

— Encore une fois, c'est vous qui évoquez cet aspect, docteur Fellows, répliqua Matteo avec un petit sourire entendu. Pas moi.

Elle réussit à garder un visage impassible.

— Vous avez cependant insisté pour que notre premier entretien se déroule sous votre toit. Pouvez-vous m'expliquer les raisons de ce choix, monsieur Combe ?

— C'est simple, il se trouve que je suis ici en ce moment, répondit-il avec cet accent qui lui était propre.

Un accent pas vraiment britannique ni vraiment italien. Porté par une voix d'une tonalité grave, plus fascinante qu'elle n'aurait voulu l'admettre...

Horrifiée, elle sentit comme un frisson lui parcourir le corps et, pire, éveiller une sorte de crispation entre ses cuisses.

— Mon conseil d'administration et vous-même avez insisté pour débuter cette expertise le plus tôt possible, continua Matteo. Docile, je me suis aussitôt rendu disponible.

Il n'avait rien de docile, se dit-elle en s'exhortant à se recentrer sur les raisons de sa présence ici, et pas sur cette maudite crispation entre ses jambes, ni sur la nature sauvage qu'elle sentait couver sous la façade aristocratique de cet homme.

— Ce que je crois, monsieur Combe, c'est que vous m'avez invitée à venir ici pour m'impressionner.

— Loin de moi l'idée de vous impressionner, docteur Fellows.

— Monsieur Combe, je vous rappelle que vous faites l'objet d'une expertise psychologique à la demande de votre conseil d'administration. Or, vous me recevez en jean et en T-shirt dans ce lieu privé, comme si vous ne preniez pas cette expertise au sérieux. Vous trouvez cela raisonnable ?

Quelque chose traversa le regard gris posé sur elle. Une soudaine prise de conscience. Ou bien un éclair de colère. Les deux peut-être. Elle n'aurait su dire.

Sans la quitter des yeux, Matteo Combe se pencha en avant, les mains jointes, les coudes sur ses genoux, et elle prit soudain conscience que la bibliothèque n'était en réalité qu'une toute petite pièce aux murs couverts de livres du sol au plafond, avec juste ce qu'il fallait d'espace pour ne pas avoir l'impression d'être enfermé dans un placard. Et quand il se penchait ainsi vers elle, il semblait occuper tout l'espace.

— Écoutez, docteur Fellows, je préfère vous épargner une leçon d'histoire sinistre et ennuyeuse concernant ce palais. Sachez cependant qu'il n'a rien d'intime. Il ne contient pas grand-chose de personnel. Il est tel qu'il a toujours été. Je ne suis que son gardien, chargé de le maintenir en état pour le transmettre à la génération suivante. Comme le veut la tradition familiale depuis la pose de sa première pierre. Sachez aussi que je ne fais aucune distinction entre ce qui relève de l'entreprise et ce qui m'est personnel. Les deux sont étroitement liés. De plus, ma mère était une San Giacomo. Ce qui veut dire que je n'ai pas de vie privée à proprement parler.

— Est-ce une façon de me rappeler que vous êtes célèbre, monsieur Combe ?

— La célébrité ne dure qu'un temps. En revanche, je descends d'une famille – des deux côtés – qui occupe une place de premier plan et dispose de moyens importants.

— Vous croyez que…

— S'il vous plaît, docteur Fellows, tenons-nous en à l'essentiel, l'interrompit-il posément, même si l'impatience se lisait dans son regard et que son « s'il vous plaît » n'avait rien d'une demande. Qu'attendez-vous exactement de moi ? Une série de réponses à votre interrogatoire, formulées de façon à apaiser l'indignation des membres de mon conseil d'administration, n'est-ce pas ? Dites-moi ce dont vous avez besoin, et je vous le donnerai. Nous pourrons ensuite tourner la page et reprendre chacun le cours de notre vie.

Ces paroles firent à Sarina l'effet d'une gifle. Décontenancée par sa réaction, elle se demanda pourquoi ça l'atteignait autant, et l'évidence s'imposa à son esprit : Matteo Combe n'était pas seulement beau à regarder, il était fascinant. Envoûtant. Au lieu de conduire son expertise comme elle devrait, elle s'attardait sur chacun de ses mots, chacune de ses attitudes. Elle prenait plaisir à croiser le fer avec lui. Elle aimait bien ça.

Elle l'aimait bien… *lui.*

Une vague de dégoût de soi la submergea.

Pardon, Jeanette.

Au souvenir de son amie, une autre vague la submergea, de chagrin cette fois.

Ce chagrin ne la quittait pas. Il ne la quitterait pas tant qu'elle n'aurait pas rempli son contrat à l'égard des hommes qui s'attaquaient aux jolies filles comme Jeanette et qui les brisaient avant de passer à la victime suivante.

Elle s'était juré d'honorer la mémoire de son amie le soir même où elle avait découvert son corps inerte dans la salle de bains de l'appartement universitaire qu'elles partageaient. Elle s'était juré de traquer ces prédateurs qui se croyaient tout permis pour les détruire et de participer ainsi au démantèlement des systèmes qui les maintenaient au pouvoir.

Ce n'étaient pas que des paroles en l'air, mais le fondement même de son existence. Et ce n'était pas cet homme richissime au regard couleur d'orage qui l'en détournerait.

— Ça ne marche pas ainsi, monsieur Combe. Vous avez l'habitude de diriger, mais dans le cas présent, c'est moi qui tiens la barre. Je vous dirai quand et où auront lieu nos prochains entretiens. Et je vous ferai savoir quand nous en aurons terminé avec cette expertise.

— Je doute que vous réussissiez à convaincre les membres du conseil de laisser traîner cette histoire. Ils aiment avoir rapidement satisfaction.

— Vous n'avez pas à savoir ce que j'ai négocié avec eux. Ce sont mes clients. Par conséquent, la nature de nos relations ne regarde que moi.

— Pratique pour vous.

— En effet. Et maintenant, voilà le point auquel j'aimerais que vous réfléchissiez, fit Sarina avec un sourire encourageant – un petit peu trop grand peut-être. Il est clair que vous aimez diriger. Vous dirigez l'empire familial, vous vous croyez également autorisé à diriger l'existence de votre sœur. Vous avez énormément de pouvoir. Or, en règle générale, les puissants de ce monde tendent à considérer qu'ils peuvent contrôler tout et n'importe quoi. Mais là, c'est moi qui dirige, et vous n'avez aucun contrôle sur moi.

— À dire vrai, je n'ai réfléchi qu'à ça depuis le début de cette conversation, répliqua Matteo.

Son ironie la prit au dépourvu. Et l'agaça. Mais elle n'en montra rien, du moins l'espérait-elle.

— Parfait. Continuez à y réfléchir et essayez de voir cette situation inédite pour vous comme une chance.

Un sourire sardonique étira les lèvres sensuelles de Matteo.

— Une chance pour quoi, exactement ?

Il était toujours penché en avant.

Contre toute logique, elle en fit autant.

La pièce sembla rétrécir, les murs se rapprocher et se refermer sur eux comme un poing, mais elle ne recula pas. Elle réussit à garder son sang-froid pour faire comme si de rien n'était.

— Une chance pour *vous*, monsieur Combe, répondit-elle d'un ton qui se voulait léger. Une chance de devenir meilleur. Quand vous aurez appris à céder le contrôle, vous serez libéré de ces concepts absurdes d'hégémonie masculine et vous n'aurez plus à lutter contre cette masculinité toxique qui vous pousse à la violence.

L'expression de Matteo indiqua clairement qu'il ne se sentait pas vraiment concerné par cette analyse de la psychologie masculine. Comme il la dévisageait d'un œil impassible, elle eut la désagréable impression que l'air s'épaississait dans sa gorge.

— Vous voulez dire que je n'aurais plus à lutter parce que Combe Industries aurait fait faillite une fois que j'aurais abandonné sa direction ? questionna-t-il posément. À moins que ce ne soit ma famille qui éclate une fois que j'aurais lâché prise, puisque c'est sur moi que repose sa cohésion. Je crois que vous m'avez mal cerné, docteur Fellows. Je n'essaie pas de diriger l'univers. De vous à moi, je me contrefiche de l'univers. Mais j'aime contrôler ce que je suis. J'aime être maître de mes actes.

— Dixit l'homme qui a perdu tout contrôle le jour des funérailles de son père.

Elle vit alors dans son regard gris un éclair de colère froide et brutale qui assombrit son visage, crispa ses mâchoires. Une colère puissante. *Excitante.*

Elle s'efforça de nouveau d'ignorer la crispation au creux de son ventre. Mais dans les yeux de Matteo, une lueur étrange indiquait clairement qu'il savait ce qu'il se passait. Qu'il était tout à fait conscient de l'effet qu'il exerçait sur elle.

— Oh ! docteur ! dit-il d'un ton suave, presque bienveillant. Vous croyez franchement que j'ai boxé ce type parce que j'avais perdu le contrôle ? Pas du tout. Au contraire. J'étais parfaitement lucide. J'avais très envie de le frapper, et je l'ai fait avec grand plaisir.

3

Matteo savait qu'il aurait mieux fait de se taire. La vérité n'est pas toujours bonne à dire, surtout quand elle est inutilement provocante.

Sarina Fellows s'était levée, une étrange expression sur son visage. Une expression triomphante, avait-il songé sur le moment sans savoir pourquoi. Elle avait lissé les plis de sa jupe du plat de la main puis lui avait décoché un sourire compatissant.

— Nous allons en rester là pour aujourd'hui, avait-elle déclaré.

Comme si c'était elle qui donnait des ordres sous ce toit ! En sa présence ! Alors que les seules personnes qui avaient jamais osé lui parler ainsi avaient été ses parents - et que ceux-ci n'étaient plus de ce monde.

— D'ici à notre prochaine séance, prenez donc le temps de méditer sur cette chance de développement personnel qui s'offre à vous, monsieur Combe, avait-elle poursuivi en rangeant le dossier le concernant dans son attaché-case. Mais pour progresser dans cette voie, encore faut-il que vous manifestiez du remords pour avoir agressé physiquement un autre homme.

Cette fois, il avait eu la bonne idée de se taire. Et il avait pris le temps de méditer. Mais pas sur son développement personnel comme elle le lui avait ordonné.

Non. Il avait médité sur elle. Sur son refus de passer la nuit dans l'une des chambres du palais, ce qui était plutôt sage parce qu'il ne pouvait s'empêcher de la regarder d'une façon qu'il ferait mieux d'éviter. Il avait aussi médité sur la hauteur de ses talons aiguille, qui faisait paraître ses jambes d'une longueur interminable et faisait naître dans son esprit des images toutes plus indécentes les unes que les autres.

Il avait médité sur l'intelligence que distillaient ses beaux yeux noirs, et à quel point ça lui plaisait, même si elle avait visiblement l'intention de s'en servir contre lui. Peut-être pour ça, d'ailleurs. Parce qu'il adorait relever des défis.

Il avait enfin médité sur le fait que c'était vraiment dommage que son conseil d'administration ait loué les services d'une experte aussi attirante, tant intellectuellement que physiquement.

En revanche, il n'avait eu aucune pensée pour le prince Ares, dont il avait pris grand plaisir à mettre les yeux au beurre noir. Ce qu'il referait avec joie.

Il s'était montré d'une extrême politesse tandis qu'il attendait avec Sarina la gondole qui devait la ramener à son hôtel. Mais il savait que leur premier entretien ne s'était pas passé aussi bien qu'il aurait dû.

Et s'il avait eu des doutes, Lord Christopher Radcliffe, l'un de ses rares alliés au sein du conseil d'administration, était venu sonner à sa porte dès le lendemain matin pour le lui confirmer.

— Tu lui as dit que tu avais délibérément frappé le prince, s'était-il lamenté, l'air désespéré. Matteo, tu tiens vraiment à ce qu'ils votent tous contre toi ? C'est du suicide !

— Bien sûr que non.

Cela dit, ce n'était pas tout à fait vrai. Une part de lui-même mourait d'envie de tout plaquer et de ficher le camp.

Cette part de lui haussait parfois le ton. Au point même de hurler tandis qu'il volait vers Londres, deux jours plus tard.

Il avait eu au téléphone chaque membre du conseil, lui demandant des explications à propos du premier compte rendu fourni par le Dr Fellows. Il avait ainsi appris quelque chose d'édifiant : cette femme avait décidé de le mettre en pièces.

Maintenant que c'était clair, il devait réagir. Il n'aurait pas dû répondre à ses provocations. Il aurait dû la considérer comme une arme de destruction massive dès le début, au lieu de se laisser embobiner par son potentiel de séduction.

Aussi agréable que soit d'imaginer le plaisir qu'il pourrait prendre avec elle, il ne laisserait pas cette femme le détruire.

Soucieux de donner une image plus raisonnable et conciliante que son père, il avait accepté de se soumettre à son expertise, mais il ne lui permettrait pas de semer les graines du doute et de la discorde dans son conseil d'administration. Il devait à tout prix prouver à cette bande de vieillards sentencieux qu'il était parfaitement capable de tenir la barre de l'entreprise dont il assurait déjà la bonne marche depuis des années. Et comme si ça ne suffisait pas, il devait aussi gérer les révélations contenues dans les testaments de ses parents.

Il avait beau rêver de tout laisser tomber pour commencer une nouvelle vie, il ne le ferait pas. En qualité de fils aîné – du moins, c'était ce qu'il croyait jusqu'à l'ouverture des dernières volontés maternelles —, il était chargé de préserver l'héritage familial et l'avenir de Combe Industries. Que ça lui plaise ou non, il devait veiller au grain et réparer les erreurs de parcours, d'où qu'elles viennent.

Dans l'immédiat, l'erreur à réparer venait de lui. C'était lui qui avait frappé le prince Ares. À sa décharge, ce dernier avait finalement assumé ses responsabilités en proposant le mariage à Pia. Mais le mal était fait : les paparazzis avaient présenté l'affaire comme s'il avait battu à mort le futur époux de sa sœur.

L'incapacité des siens à gérer leur existence lui donnait un travail fou. Il y avait bien sûr les décisions de sa sœur adorée et leurs conséquences – elle n'avait désormais d'autre choix que d'accepter la demande en mariage du prince Ares puisqu'elle portait l'héritier du royaume insulaire d'Atilia. Il y avait aussi les vieux scandales de ses parents qui refaisaient surface maintenant qu'ils ne donnaient plus de grain à moudre aux tabloïds. Le dernier en date : ce demi-frère dont il n'avait jamais entendu parler.

Et tout cela, sans compter l'empire industriel qu'il devait continuer à faire tourner contre vents et marées, en dépit du nouveau bâton que le conseil d'administration lui mettait dans les roues avec cette maudite expertise.

Quand l'avion atterrit à Londres, il avait déjà éteint pas mal d'incendies.

C'était son job. Contrairement à ce que prétendaient certains et à ce qui se lisait dans les journaux, il était un bosseur acharné, compétent pour ce job. Mais à force d'éteindre les feux, un pompier finit parfois par y prendre goût et par développer une forme de fascination pour les flammes. Il lui arrivait ainsi de les attiser pour exploiter à son avantage la chaleur dégagée.

C'était exactement ce à quoi il réfléchissait – comme le lui avait ordonné ce brave Dr Fellows.

Elle voulait jouer à ce petit jeu ? Très bien. Maintenant qu'il connaissait ses intentions, il était partant. Parce qu'il était un joueur dans l'âme. Surtout quand les enjeux étaient élevés.

— Désolée de vous interrompre, lui dit son assistante un après-midi, quelques jours après son retour à Londres. Mais elle est là. Et elle insiste pour vous voir.

Plongé jusqu'au cou dans des négociations de contrat avec des distributeurs étrangers qui avaient manifestement passé les dernières semaines à lire la presse à scandale – il ne voyait pas qui avait le culot de réclamer une seule seconde de son temps.

— Qui *elle* ? La reine mère ?

Lauren était à son service depuis trop longtemps pour se laisser intimider par son ton cassant et son regard féroce.

— Je ne pense pas que la reine mère débarquerait sans rendez-vous et sans sa garde royale, monsieur. C'est la psy.

Il esquissa une grimace agacée.

Il avait accepté n'importe quoi pour calmer les membres du conseil qui agitaient les tabloïds, l'écume aux lèvres, en braillant comme si le ciel était sur le point de tomber sur leurs têtes. Et maintenant, il avait sur les bras une psy qui faisait le siège de son bureau en plein milieu d'une journée de travail surchargée – une journée soit dit en passant « normale » dans son quotidien de P-DG.

Bon, il allait devoir s'occuper de Sarina Fellows plus tôt que prévu. Elle voulait jouer avec les allumettes ? Parfait. Il allait lui offrir un feu d'artifice.

— Très bien, Lauren. Laissez-moi cinq minutes avant de la faire entrer.

Une fois son piège en place, il s'avança vers la baie vitrée qui donnait sur Hyde Park.

Le soir tombait déjà, glacial et tempétueux, au diapason des émotions qui grondaient en lui. Un tumulte qui atteignit son paroxysme quand il entendit la porte de son bureau s'ouvrir puis se refermer.

Colère. Fureur. Excitation.

— Beau travail, docteur, dit-il avec une douceur dangereuse. En moins d'une semaine, vous avez réussi à semer la zizanie au sein de Combe Industries. L'incertitude règne, et les spéculations vont bon train.

— Je ne vois pas ce que vous voulez dire, monsieur Combe, répondit Sarina sur le même ton empreint de douceur dans lequel il crut cependant percevoir une pointe de satisfaction. Comme je vous l'ai précisé dès le début, vous n'êtes pas mon patient. Il s'agit d'une expertise, pas d'une consultation. Vous auriez dû savoir que tout ce que vous me disiez n'était pas couvert par le secret médical.

Il ne prit pas la peine de se retourner vers elle. Il garda le regard rivé sur la baie vitrée, mais ce n'était plus Londres qu'il voyait, c'était le reflet de Sarina. Toujours vêtue de noir, élégante, fine, tranchante telle une épée.

Un frisson le parcourut. De colère ?

Cette femme n'avait aucune idée de ce dont il était capable. Il allait le lui montrer.

— Je ne comptais pas sur le secret médical, docteur Fellows. Simplement, j'imaginais que vous feriez au moins semblant de chercher à établir la vérité. À présent, il est clair que votre mission consiste à me détruire.

Il attendit qu'elle proteste, mais elle n'en fit rien.

Elle n'esquissa pas non plus un sourire. Et il aurait juré entendre un brin d'amusement dans sa voix quand elle lui rétorqua :

— Vous n'avez besoin de personne pour vous détruire. Vous le faites très bien tout seul.

— Je vous croyais chargée d'une évaluation impartiale, pas d'un assassinat.

Sarina Fellows s'avança dans le bureau.

Il vit son reflet se rapprocher, son déhanchement fluide et gracieux, et il cessa de prétendre que la façon dont cette femme l'affectait n'était que de la colère.

Elle portait de nouveau ces incroyables talons aiguille...

Bon sang ! Elle était en train de le transformer en fétichiste ! Ça aussi, il le lui ferait payer.

— Je ne vous suis pas, monsieur Combe, observa-t-elle calmement.

Il la regarda s'immobiliser devant sa table de travail, s'y appuyer d'une hanche, les bras croisés sur sa poitrine.

— Vous avez l'impression que c'est votre personnage qu'on assassine ? susurra-t-elle.

C'était un jeu de pouvoir dont il était parfaitement conscient. En d'autres circonstances, il aurait applaudi. En digne fils de son père, il aimait la bagarre, mais il était aussi l'héritier des San Giacomo, l'une des plus puissantes familles italiennes, réputée pour son art de la manipulation et de l'intrigue. Sarina Fellows aurait dû mieux se renseigner.

— À grands coups de hache, docteur Fellows.

Il devina dans son dos son sourire aussi tranchant qu'un poignard.

— Votre personnage ne regarde que vous, monsieur Combe. Comment pourrais-je vous nuire si vous êtes convaincu du bien-fondé de vos actes ? Il faudrait pour cela que vous en ayez honte au fond de vous.

— Est-ce ce que vous recherchez ? Faire en sorte que j'aie honte d'avoir frappé le gars qui a engrossé ma sœur ?

— Que vous évoquiez cette possibilité est un progrès. Je n'en espérais pas tant.

Sentant la colère battre dans ses veines, et quelque chose de plus sombre aussi – quelque chose qui lui donnait l'impression d'être sur le point de perdre tout contrôle –, il se tourna vers elle.

— Il faudra m'expliquer quel est le but de votre expertise et jusqu'où je vais devoir aller. Dois-je me traîner à vos pieds ? Dois-je me plier à tous vos caprices ? Dites-moi ce que vous attendez de moi.

Le sourire de Sarina était calme, mais son regard gris étincelait. Imperturbable, elle le dévisagea.

— Si ça ne vient pas de vous spontanément, monsieur Combe, comment savoir si vous êtes sincère ?

Il fronça les sourcils, affichant un air préoccupé.

— Dites-moi, docteur… Comment pouvez-vous juger de ma sincérité dans cette affaire, vous qui n'avez ni frère ni sœur ?

Le coup porta, et c'est avec satisfaction qu'il la vit se raidir.

— N'en faites pas une affaire personnelle en vous aventurant sur ce terrain, monsieur Combe. Je vous le déconseille fortement ! dit-elle d'une voix sévère, comme si elle s'imaginait le faire plier en prenant son petit ton d'institutrice.

— Pourquoi pas, docteur Fellows ? Mon conseil d'administration s'autorise à fouiller ma vie privée. Pourquoi n'en ferais-je pas autant avec l'outil contondant qu'ils m'ont envoyé pour satisfaire leurs caprices ?

— À vos yeux, je ne suis qu'un outil ?

— Ce que vous êtes, c'est une femme qui n'a aucune expérience du genre de relations qui m'ont conduit à agir comme je l'ai fait lors des funérailles de mon père.

— Vous croyez que je ne connais rien aux rapports humains parce que je suis fille unique. C'est ce que vous êtes en train de me dire ?

Totalement centré sur sa cible à présent, il enfonça les mains dans ses poches et enclencha le tir de roquettes.

— Vos parents sont de brillants intellectuels. Ils font partie de cette catégorie de professeurs qui passent leur vie à l'écart du monde réel, dans des établissements d'élite réservés à la progéniture de familles fortunées.

Sarina ne cilla pas, mais il aurait juré que ses pupilles s'étaient un tantinet dilatées.

— Ça n'a rien à voir, monsieur Combe.

Ignorant l'interruption, il poursuivit.

— Ils vous ont conçue alors qu'ils avaient déjà un certain âge. Vous êtes une enfant unique, tout comme eux l'étaient aussi. Si bien qu'ils sont votre seule famille et que vous n'êtes pas la mieux placée pour juger des obligations et des liens familiaux qui gouvernent l'existence de la plupart des gens. Votre vision est forcément limitée par votre expérience.

— Je ne vis pas à l'écart du monde, rétorqua Sarina avec une soudaine véhémence indiquant qu'il avait touché sa cible. Aux dernières nouvelles, le monde est peuplé d'hommes et de femmes qui entretiennent des relations humaines auxquelles j'ai décidé de consacrer ma vie professionnelle. Alors, même si je n'ai pas connu les plaisirs d'un toit partagé avec de nombreux frères et sœurs – ou comme vous de plusieurs toits partagés avec une seule sœur et une foule d'employés de maison —, soyez assuré que je possède une connaissance approfondie de toutes les formes possibles d'émotions humaines.

— Permettez-moi d'en douter, insista-t-il avec un calme jubilatoire. D'autant qu'il semble que vous n'entretenez à ce jour aucune relation d'ordre... intime, si je puis dire.

Sarina s'empourpra, preuve qu'il y avait certaines choses qu'elle préférait qu'il ne sache pas, conclut-il, satisfait. Puis elle se redressa de toute sa hauteur.

— Vous n'avez pas le droit de fouiller dans ma vie privée.

Il aurait juré la voir vibrer de colère.

— Ce n'est que justice, puisque vous creusez dans la mienne à grands coups de pelleteuse.

— Voyez-vous, monsieur Combe, votre façon de faire constitue une preuve de plus du genre de comportement inadapté qui vous a mis dans cette situation.

— Je n'ai fait que me renseigner sur votre compte, docteur Fellows. Ceux qui me connaissent – les membres de mon conseil d'administration, en l'occurrence – savent que je ne laisse jamais rien au hasard et que je n'autorise pas quelqu'un à fouiller dans mes pensées ni dans ma vie sans avoir d'abord enquêté sur lui.

Elle détourna brièvement les yeux, le rouge de ses joues trahissant sa colère et sa frustration. Mais elle se ressaisit presque aussitôt et lui décocha un regard glacial.

— Content de vous, monsieur Combe ? Vous pensez avoir la situation en main parce que vous croyez connaître la vérité sur moi. Ça vous rassure ?

Il ignora la question.

— Vous êtes une femme ambitieuse qui ne vit que pour son travail, reprit-il comme s'il rendait un verdict. Toute l'année, vous naviguez d'hôtel en hôtel à travers le monde, sans attaches. Vos parents ne se soucient que de leurs recherches. Au final, vous êtes très seule.

Ils se faisaient face à présent, comme deux adversaires sur le champ de bataille, se jaugeant, résolus à ne pas céder un pouce de terrain.

— Si vous espérez me déstabiliser en m'attaquant sur ma vie

personnelle, vous vous trompez, monsieur Combe. Vous ne faites qu'apporter un éclairage supplémentaire sur votre caractère. Et comme je vous l'ai déjà dit, personne ne cherche à vous assassiner, vous vous en chargez très bien tout seul.

Elle semblait avoir repris le contrôle de ses émotions et le regardait à présent avec une certaine condescendance. Sans doute pour le rabaisser et le mettre mal à l'aise. Mais il voyait son pouls battre frénétiquement à la base de son cou, trahissant sa colère.

C'était exactement sur cette réaction qu'il comptait.

Dissimulant sa satisfaction, il repartit à l'attaque sans attendre.

— À vrai dire, tout ce qui touche à la psychologie me fascine, docteur Fellows. Ainsi, je me demande pourquoi une femme qui mène une existence aussi solitaire que la vôtre ose se dire experte en émotions et en relations qu'elle n'a jamais connues. À ce compte-là, je pourrais me déclarer expert en littérature du moment que j'ai lu un livre.

— Continuez de creuser votre trou, monsieur Combe.

Il s'avança vers elle sans quitter des yeux le creux de sa gorge où battait son pouls. De colère, sans doute. Mais comme il se rapprochait, il vit ses yeux s'écarquiller, ses narines se dilater légèrement. Et son pouls s'accélérer.

Il savait reconnaître le désir quand il le voyait. Il y avait aussi cette flamme qui s'allumait dans son propre corps.

— On dirait que vous en faites une affaire personnelle, docteur Fellows.

Il s'immobilisa quand elle fut à portée de main, suffisamment près pour noter le léger frisson sur sa peau.

— Il n'y a rien d'objectif dans cet entretien, n'est-ce pas ? Dans le précédent, non plus. Vous êtes ici pour m'abattre, ni plus ni moins.

Sarina secoua la tête.

Il savait qu'elle ressentait ce courant entre eux qui s'intensifiait de seconde en seconde, parce que lui aussi le ressentait.

Elle s'éclaircit la gorge.

— Vous êtes conscient, monsieur Combe, que chaque parole qui sort de votre bouche est un clou que vous plantez tout seul dans votre propre cercueil.

Soudain, elle leva la main. Pour mimer l'action de planter le clou ou dans l'intention de le gifler ?

Il ne saurait jamais. Parce que, au lieu de ça… Elle posa la main sur son torse. Juste dans le creux situé entre ses pectoraux.

Un instant, tous deux regardèrent cette main audacieuse, et l'air se chargea d'électricité.

Comme il relevait les yeux sur Sarina, il vit ses joues s'empourprer et une expression horrifiée se peindre sur son visage.

Elle voulut retirer sa main, mais il s'en saisit et la maintint là où elle était, plaquée contre son torse. Sans la lâcher des yeux, il en profita pour prendre l'avantage et se rapprocher encore.

— Vous n'êtes qu'un intermédiaire, asséna-t-il d'une voix basse et profonde qui la fit frissonner. Un simple dispositif d'enregistrement qui rapporte chacune de mes paroles à mes adversaires au sein du conseil d'administration, afin qu'ils puissent s'offusquer et se débarrasser de moi en prouvant mon incapacité à gérer l'empire industriel hérité de mon père.

Il sentit ses doigts se crisper contre son torse. Elle tenta d'afficher une expression glaciale, ce dont il se fichait vu cette fièvre qui montait entre eux. Une fièvre qui irradiait du tréfonds de leurs êtres. Une fièvre orageuse à laquelle il n'était pas préparé.

Ce qui ne voulait pas dire qu'il ne s'en servirait pas.

— Je rapporte vos paroles à mon client, rectifia Sarina. C'est tout à fait normal.

Il lâcha sa main et observa qu'il fallut une seconde pour qu'elle en prenne conscience et qu'elle la retire brusquement, comme si elle s'était brûlée.

La fièvre entre eux était toujours là.

Lentement, il tendit les doigts vers le visage de Sarina et dessina le contour de sa jolie mâchoire.

Elle se figea.

La voyant trembler sous la caresse, il sentit le désir lui brûler le ventre. Un désir si violent qu'il faillit oublier le petit jeu auquel il était en train de jouer avec elle.

— Qu'est-ce que vous essayez de faire ? dit-elle d'une petite voix incertaine.

Il y avait aussi une étrange lueur d'appréhension dans ses

yeux. Et le fait qu'elle ne le repoussait pas. Mais il n'était pas ici pour chercher à la comprendre, ni pour s'émouvoir sur la douceur satinée de sa peau sous ses doigts. Il était ici pour gagner.

— Votre main posée sur moi, c'était pour me montrer que c'est vous qui détenez le pouvoir ? questionna-t-il posément. Parce que, si je m'en tiens à votre définition du concept de masculinité toxique, on pourrait parler ici de féminité toxique.

— C'était accidentel, un simple instant d'inattention, répliqua Sarina.

Sans son habituel petit sourire narquois, cette fois.

Il avait gagné, mais il devait cependant rester prudent. La joue de Sarina sous sa paume dégageait une chaleur qui se propageait jusque dans son sexe. Et ses périlleux talons aiguille mettaient sa bouche à hauteur de la sienne. Il lui suffirait d'incliner la tête pour la goûter, s'y perdre...

— Monsieur Combe...

À coup sûr, elle allait lui demander de s'éloigner. Pourtant, elle n'en fit rien. Elle ne chercha pas à détourner la tête pour échapper au contact de ses doigts sur sa joue. Elle ne chercha pas à s'éloigner. Elle ne broncha pas, ni ne le menaça. Elle se contenta de le regarder comme si cette situation lui échappait. Comme si elle ne comprenait pas ce qu'il se passait entre eux. Il sentait son pouls qui la trahissait et qui faisait écho au sien, le prévenait qu'il courait à sa perte. Parce que la soie de sa peau le rendait fou et qu'il mourait d'envie de caresser son corps de la tête aux pieds. Parce qu'il aurait dû s'inquiéter de la férocité de sa réaction au lieu de vouloir à tout prix gagner la partie.

— Si nous sommes en train de clouer mon cercueil, souffla-t-il contre ses lèvres, assurons-nous qu'il est bien hermétique.

Puis il inclina la tête un peu plus et goûta à cette bouche si belle et si futée.

Enfin.

4

Sarina était consciente de trahir la femme qu'elle prétendait être, mais elle n'y pouvait rien.

Elle était entrée dans ce bureau totalement maîtresse d'elle-même et de Matteo Combe. La veille, elle avait envoyé le compte rendu de leur premier entretien à Venise à ses clients impatients d'avoir son avis à propos de leur P-DG à problèmes. Aujourd'hui, elle avait décidé de débarquer à l'improviste dans son bureau londonien, une de ses manœuvres préférées.

Le dos au mur, pris par surprise, les hommes de pouvoir se montraient souvent sous leur véritable jour. Certains lui avaient lancé des menaces de mort. D'autres, le visage écarlate et les veines saillantes, avaient promis de l'écorcher vive. Elle avait été achetée, soudoyée. Elle s'était même fait expulser manu militari par l'équipe de sécurité d'un patron exaspéré. À chaque fois qu'un homme réagissait ainsi, elle se sentait confortée dans sa mission. Elle avait raison de faire ce qu'elle faisait : trier les bons des mauvais, éliminer les corrompus et les dépravés. Les démolir un par un, les mettre hors d'état de nuire. Faire en sorte qu'ils ne puissent plus abuser de leur pouvoir pour faire du mal. Et même si elle éprouvait quelque part en elle une certaine gêne, elle continuait la lutte. Parce que, au fond de son cœur, elle savait que Jeanette en aurait fait autant pour elle.

Mais là, c'était autre chose. Elle naviguait en terrain inconnu. Matteo Combe était hors de sa zone d'expérience – et il l'embrassait comme s'il connaissait mieux qu'elle-même tous les trucs coupables dont son corps était capable.

Elle n'aurait pas dû le toucher. Sa main avait agi indépendamment de son cerveau pour aller se poser sur son torse. Elle aurait dû le gifler quand il avait caressé sa mâchoire. Pourquoi ne l'avait-elle pas fait ?

Elle n'en savait rien.

« Menteuse », lui souffla sa conscience. Elle savait très bien pourquoi.

Oui, c'était à cause de... de sa bouche sur la sienne, brûlante et déterminée. À cause de son parfum viril, incroyablement addictif.

Et comme si Matteo Combe était conscient qu'il était synonyme de désastre annoncé et de tentation, il inclina la tête pour approfondir son baiser.

Tout ceci était déjà terriblement dangereux, mais au lieu de se rebeller, elle oublia la femme qu'elle s'était juré d'être, celle qu'elle croyait être – tout –, et elle l'embrassa à son tour.

Le monde chavira, allumant un brasier en elle. Plus rien n'existait, hormis cette pulsion impérieuse qui la poussait vers cet homme. Sinon, comment expliquer qu'elle ait noué ses bras autour de son cou ? Comment expliquer qu'elle soit sur la pointe des pieds, plaquée contre lui ?

Ça n'avait aucun sens, mais Matteo Combe avait le goût du feu et lui faisait découvrir un territoire inexploré. Elle était comme ivre, ses jambes tremblaient tandis que sa langue jouait avec la sienne à un jeu provocateur. Ses mamelons avaient durci et, entre ses cuisses, ce qui avait été une crispation à Venise était devenu une pulsation lancinante.

Matteo rompit brusquement leur baiser, lui arrachant un gémissement. Il la dévisagea de son regard gris étincelant et acéré comme l'acier.

— N'oubliez pas de mentionner ce baiser dans votre prochain rapport, docteur Fellows, asséna-t-il d'une voix râpeuse qui fit à Sarina l'effet d'une horrible caresse. Je ne voudrais pas que les membres du conseil d'administration ratent un seul détail de votre réponse pour le moins... enthousiaste.

La honte la frappa de plein fouet. Elle s'écarta vivement, comme elle aurait dû le faire dès le début. Mais ça ne servait plus à rien. Mettre de la distance entre eux, se flageller pour cette réponse

« enthousiaste » à son baiser ne changerait rien. Impossible de se mentir ou de prétendre qu'il ne s'était rien passé.

Bon sang, qu'est-ce qu'il lui avait pris ?

— Pas de retour au score ? se moqua Matteo sans manifester la moindre gêne. Pas de réplique tranchante comme un scalpel pour me mettre en pièces ? Je suis déçu, *docteur.*

Pétrifiée, elle le dévisagea en silence.

Les pensées les plus folles et les plus désespérées rebondissaient comme des balles de ping-pong dans son esprit. Elle devait à tout prix se ressaisir.

Elle redressa le menton.

— Ce que vous venez de faire est indigne. Et ce ne sera certainement pas à votre avantage quand j'informerai les membres de votre conseil que vous avez osé m'embrasser de force…

Elle ne comprit pas l'expression qui se peignit alors sur le visage de son adversaire. Une expression de triomphe.

Il lui sourit.

— C'est ça, dites-leur que je suis une sale brute ! Allez-y, ne vous gênez pas !

Elle ne s'était jamais considérée comme une menteuse. Le fait que Matteo s'attende vraiment à ce qu'elle aille raconter qu'il l'avait embrassée de force, alors qu'ils savaient tous deux qu'il n'en était rien, lui fit l'effet d'une claque monstrueuse. Elle se rendait soudain compte qu'il ne la jugeait pas honnête. Et qu'il n'était sans doute pas le premier.

Pour la première fois, les raisons d'être de sa mission vacillèrent sur ses fondations. Ses certitudes étaient ébranlées.

Elle s'entêta cependant.

— Ce sera ma parole contre la vôtre sans qu'il soit nécessaire de traiter qui que ce soit de brute, monsieur Combe.

— Matteo, rectifia-t-il d'une voix d'une douceur diabolique. Maintenant que nous avons échangé nos salives, on pourrait peut-être s'appeler par nos prénoms, qu'en dites-vous ?

Ces derniers mots résonnèrent sous son crâne comme un gong, une sorte de signal d'alarme, même s'il était sans doute déjà trop tard.

Dans un violent effort, elle fit taire sa peur et sa honte pour tenter de redresser le cap et reprendre en main cette situation absurde.

— Ce sera ma parole contre la vôtre quelle que soit la façon dont je vous appelle. Et vous savez aussi bien que moi que les membres de votre conseil me trouvent plus convaincante que vous.

Elle s'attendait à ce qu'il explose, qu'il défoule sa colère comme le faisaient les hommes de son espèce. Mais il continuait de sourire.

— À votre place, je n'en serais pas si certaine, dit-il avec une pointe de triomphe dans la voix qui la fit tressaillir. Vous découvrirez peut-être que ces messieurs, s'ils sont ravis de me condamner par contumace pour se remplir les poches, ne sont que de vieux grigous affreusement conservateurs aux idées rétrogrades.

Elle eut l'impression qu'une énorme vague noire s'apprêtait à l'engloutir.

Elle inspira profondément.

Elle n'avait aucune raison de paniquer. Elle seule savait comment, l'espace d'un seul baiser, elle venait de faillir à sa mission.

— N'importe quoi, réussit-elle à proférer, le cœur bondissant dans sa gorge. Tout le monde sait que les membres des conseils d'administration sont généralement conservateurs. Ce n'est pas nouveau.

Raison pour laquelle elle faisait toujours très attention à se conduire de manière irréprochable. Jusqu'à aujourd'hui.

— En réalité, reprit Matteo en enfonçant les mains dans ses poches, l'air satisfait, la question est la suivante : comment croyez-vous que votre client réagira à une vidéo vous montrant collée à moi ?

Elle sentit ses cheveux se dresser sur sa tête. Une émotion intense la fouetta, menaçant de la faire fondre en larmes – idée qui lui faisait horreur.

— Ne soyez pas ridicule. Dites plutôt que vous rêveriez d'avoir cette vidéo.

En dépit de son trouble, elle avait réussi à parler d'une voix ferme.

— Malheureusement pour vous, je suis un homme d'action, pas un rêveur, répliqua Matteo en pointant une télécommande en direction du mur opposé.

Elle vit avec épouvante le panneau coulisser pour dévoiler un écran. Son estomac lui parut se retourner, et l'espace de quelques secondes, elle crut qu'elle allait vomir. Ou s'évanouir. Ou les deux.

— C'est contraire à toute morale d'enregistrer…

— Vous pensez vraiment que c'est le moment de parler de moralité ?

La bouche sèche, elle fixa l'écran noir.

— Je ne vous crois pas, vous bluffez.

— Je n'espérais pas que vous me croiriez, répliqua Matteo d'une voix douce – bien trop douce.

Il enfonça une touche sur la télécommande, et la vidéo démarra.

Elle se vit apparaître sur l'écran. Elle s'avançait dans la pièce confiante, tête haute, sourire aux lèvres, la démarche assurée, certaine de tenir au creux de sa main un autre capitaine d'industrie arrogant. Mais la femme sur l'écran abandonnait presque aussitôt sa position de force. Pour commencer, elle s'approchait beaucoup trop près de Matteo. Et si elle se souvenait des paroles qu'elle avait prononcées d'un ton froid et professionnel, son corps racontait une tout autre histoire. L'histoire d'un jeu de séduction.

Elle fut atterrée avant même d'arriver à la séquence où elle avait stupidement posé la main sur lui.

Ensuite, il l'embrassait, et là, c'était pire. La femme sur l'écran fondait littéralement. Il n'y avait pas d'autre mot pour décrire la scène. C'était *elle* qui s'était plaquée contre lui. *Elle* qui avait noué les bras autour de son cou.

Elle avait l'impression de regarder une inconnue. Une inconnue qui n'était autre qu'elle-même.

— Oh là là, commenta Matteo d'un ton empreint de fausse sympathie. Ça s'annonce mal pour notre brillante experte.

Elle se ressaisit. Elle se sentait en mille morceaux, mais elle réglerait ça plus tard, seule dans sa chambre d'hôtel, en essayant de comprendre d'où sortait cette femme qu'elle voyait sur l'écran. Elle essaierait de comprendre comment elle avait pu être assez sotte et aveugle pour se tromper à ce point sur sa cible. Mais dans l'immédiat, elle devait d'abord sortir de ce pétrin.

— Félicitations, monsieur Combe, réussit-elle à dire d'une voix glaciale.

Elle se tourna vers lui, la tête haute.

— Vous m'avez piégée, bravo ! Cependant, laissez-moi vous prévenir. Le président de votre conseil d'administration tient à cette expertise. Vous n'y échapperez pas. Si vous me faites congédier, je serai remplacée.

— Vous n'avez pas compris, Sarina, observa Matteo d'une voix caressante. Je veux que vous restiez. Les cartes ont changé de main, voilà tout. Et vous allez continuer à jouer le jeu.

Elle se raidit.

— Je ne saisis pas.

Matteo haussa les épaules, les yeux étincelant d'une jubilation malveillante.

— C'est pourtant simple. Rien ne m'empêche de montrer cette vidéo à votre client, voire au monde entier. À vous de choisir.

D'une certaine façon, elle ne pouvait guère le lui reprocher.

Elle s'éclaircit la gorge tout en cherchant désespérément une solution.

— Si je vous suis bien, vous menacez de m'humilier publiquement en diffusant une vidéo enregistrée à mon insu. Une vidéo illégale, par conséquent.

— Trouvez-moi un seul paparazzi, un seul journaliste, qui s'inquiétera de l'aspect illégal de cette vidéo. Allez-y, Sarina. Je vous souhaite bien du plaisir.

— Personne ne s'inquiètera de quoi que ce soit jusqu'à ce que la justice s'en mêle.

— Certes, mais le mal sera fait, observa Matteo avec un sourire en lame de rasoir.

Elle avait sous-estimé cet homme. Il n'était pas comme les autres. Il était pire.

— Votre réputation professionnelle repose sur votre capacité à naviguer dans le monde des grosses entreprises tel un requin qui tue sa proie sans pitié et sans appel, reprit-il froidement. Comment ferez-vous quand on saura que vous êtes parfois sujette à des élans de ferveur romantique ?

Elle secoua la tête.

Elle ne disposait plus d'aucun moyen de pression, il n'y avait plus rien à négocier. Mais n'étant pas du genre à baisser facilement les bras, elle continuait de chercher une sortie.

— Si je comprends bien, vous me faites chanter. Qu'allez-vous me demander en échange de la non-diffusion de cette vidéo ? Des faveurs sexuelles avilissantes ? asséna-t-elle, provocante.

— À seule fin que vous puissiez passer pour une martyre sur l'autel de ma luxure ? ricana Matteo. Et prouver ainsi que je suis bel et bien le monstre que vous pensez ?

— Allons donc, vous n'êtes pas un monstre. Filmer quelqu'un à son insu pour le faire chanter est tout à fait normal. Ça n'a *absolument rien* de monstrueux !

Son ton acide arracha un éclat de rire à Matteo.

— Ne jouons pas sur les mots, Sarina. Il s'agit bien d'un chantage, mais je ne vais pas vous réclamer de faveurs sexuelles. Ce que vous voudrez m'offrir ne regarde que vous.

Son regard gris la rendit atrocement nerveuse. Elle avait l'impression qu'il se glissait sous sa peau. Il y avait de nouveau cette tension dans ses seins, ces picotements dans certaines parties de son anatomie, comme si son corps réagissait à cet homme de façon insensée.

— Je tiens à préciser que je ne suis pas fan de pratiques sexuelles avilissantes, poursuivit Matteo avec un sourire diabolique. Cela dit, je suis ouvert d'esprit. Si vous souhaitez me faire changer d'avis, n'hésitez pas.

— Et si je décide de ne rien vous offrir du tout ?

— À vous de voir. Ce qui m'intéresse, ce n'est pas ce que vous pouvez faire pour moi au lit. C'est ce que vous pouvez faire pour moi au conseil d'administration.

Elle essaya de se convaincre que ce qu'elle ressentait, c'était du soulagement. D'une part parce qu'elle serait bien incapable d'offrir à cet homme, ni à aucun autre d'ailleurs, la moindre faveur sexuelle même avec un revolver sur la tempe – en l'occurrence la diffusion de cette maudite vidéo qui sonnerait le glas de sa carrière professionnelle. D'autre part, parce qu'elle préférait ignorer cette chaleur humide entre ses cuisses qui laissait entendre que ses sentiments sur le sujet étaient bien plus complexes.

— Vous voulez que je mente à votre conseil d'administration ?

— Pas du tout, répondit Matteo avec son petit sourire horripilant. Je veux simplement que vous leur procuriez le rapport élogieux que je mérite sur mon aptitude à diriger l'empire industriel dont j'ai hérité de droit. Ni plus ni moins. Alors ? Que choisissez-vous, *docteur* ?

Elle aurait aimé pouvoir se draper dans sa vertu et abattre cet homme par la seule force de son intégrité. N'était-ce pas ce pour quoi elle était venue ici ?

Matteo Combe était l'image même du genre d'homme qui avait détruit Jeanette et qu'elle s'était juré de mettre hors d'état de nuire. Le salaud qui avait détruit son amie avait été le premier dirigeant d'entreprise poussé à la démission grâce à ses services. Certaine que ce n'était que justice, elle s'était ensuite lancée dans une traque sans merci de ces hommes qui abusaient de leur pouvoir, se croyant tout permis. Et Dieu sait qu'ils étaient nombreux dans ce bas monde. Bien sûr, il existait aussi des gars corrects, mais la balance avait tendance à pencher du côté des autres...

En fait, elle avait fini par s'arroger un rôle de justicière – exactement le rôle qu'elle reprochait à Matteo à l'égard de sa sœur. Elle était devenue une sorte de cow-girl sillonnant la planète, revolver au poing, parce qu'elle se sentait investie d'une mission et qu'elle était douée au tir. Comme tout le monde, elle avait vu dans la presse les photos des funérailles d'Eddie Combe. Oui, Matteo avait abîmé le portrait du séduisant prince Ares. Mais la sœur de Matteo n'avait pas eu l'air horrifié. Et pour être honnête, le prince non plus.

Pourquoi, finalement, croyait-elle que son jugement sur une situation comptait davantage que le ressenti des personnes en cause ?

Parce que ça faisait un bout de temps qu'elle avait cessé de s'interroger sur la justification de tel ou tel comportement. S'il lui semblait caractéristique d'un abus de pouvoir, elle intervenait. Point barre.

« Est-ce vraiment toi ? » questionna une petite voix au fond d'elle.

Elle la reconnaissait, cette petite voix, c'était celle de Jeanette, son amie, la sœur qu'elle avait perdue.

Elle n'avait pas envie de répondre à cette question, mais le simple fait de se la poser lui donnait la réponse. Et elle commençait à se demander si, au lieu de punir les abus de pouvoir, elle n'était pas en train d'en commettre elle-même lorsqu'elle mettait ses compétences au service de clients discutables, comme le président du conseil de Combe Industries qui lui avait ouvertement laissé entendre qu'il voulait le départ de l'héritier Combe.

Secouée, elle recentra son attention sur l'homme face à elle qui l'observait comme s'il pouvait lire chacune des pensées qui lui traversaient l'esprit. Comme s'il savait déjà comment tout cela finirait.

— Je ne veux pas que cette vidéo soit diffusée, dit-elle quand elle fut certaine de pouvoir parler sans bégayer ni trembler. Dites ce que vous attendez de moi.

Elle allait devoir payer pour son erreur et en tirer les leçons. Et tant qu'elle y était, elle pourrait peut-être même envisager de changer de vie pour se réconcilier avec elle-même.

À condition qu'elle survive à cette histoire. Ce qui n'était pas gagné quand Matteo Combe la regardait ainsi, avec ce sourire de prédateur à donner la chair de poule.

5

Le domaine de la famille Combe était érigé sur la colline dominant l'une des plus vieilles cités industrielles du Yorkshire. Au fil des ans et des évolutions technologiques, les usines s'étaient transformées, mais la ville n'avait pas beaucoup changé – de modestes maisons de pierre aux toits d'ardoise alignées en rang d'oignons entre les cheminées d'usine.

Combe Manor avait été construit pour proclamer la rapide ascension sociale d'une famille d'ouvriers. Visible des quatre coins de la cité, l'imposante bâtisse, d'une opulence ostentatoire avec son corps de logis massif encadré par quatre tourelles en faux gothique, s'élevait au bout d'une étroite route escarpée, loin de tout. Totalement isolée.

Sans doute était-ce la raison pour laquelle Matteo avait choisi de la traîner jusqu'ici, ne put s'empêcher de noter Sarina.

Et elle allait devoir faire avec.

Il avait insisté pour quitter Londres le soir même. N'étant pas en position de négocier quoi que ce soit, elle s'était mordu la langue et avait baissé pavillon tandis que l'atroce vidéo passait en boucle sous son crâne. Matteo avait envoyé quelqu'un chercher ses affaires à l'hôtel. Ensuite, il l'avait fait monter dans une limousine et s'était tranquillement installé à côté d'elle avant de daigner enfin l'informer de leur destination – sa demeure ancestrale dans le Yorkshire.

Il s'attendait certainement à ce qu'elle se rebiffe, aussi avait-elle fait tout le contraire. Dans une brillante interprétation du rôle de la créature soumise, elle avait hoché la tête avec un sourire réservé – tout en se demandant comment elle allait survivre à ce supplice. Surtout avec cet homme à côté d'elle qui lui avait fait perdre l'esprit au point de l'embrasser sans réfléchir, alors que c'était la dernière chose à faire.

À quoi avait-elle pensé ? se demanda-t-elle pour la centième fois tandis que la limousine gravissait la colline sur la route qui menait à Combe Manor.

Justement, c'était là le problème. Pour la première fois de son existence – une existence sage et conventionnelle, résolument intellectuelle – elle n'avait pensé à rien du tout, et elle en était mortifiée.

Elle s'était attendue à ce que Matteo se moque d'elle pendant le trajet. À ce qu'il enfonce le couteau dans la plaie, ou qu'il répète le scénario qui l'avait amenée à se conduire de façon insensée dans son bureau. Mais il s'était contenté de pianoter sur son ordinateur portable et de passer des appels professionnels dans cinq ou six langues étrangères.

Au lieu de se détendre puisqu'il ne lui prêtait aucune attention et qu'elle n'avait pas à riposter à ses attaques, elle s'était crispée.

Pour la première fois, elle avait l'impression de n'être qu'un simple pion.

Depuis la perte de Jeanette, elle était devenue une maniaque du contrôle – principale raison de sa réussite professionnelle. C'était toujours elle qui imposait sa volonté, toujours elle qui maîtrisait la situation. Maintenant que les rôles étaient inversés, elle ne savait pas quoi faire. Elle ne savait pas comment s'asseoir, comment se comporter, comment fonctionner quand c'était Matteo Combe qui tirait les ficelles. Elle n'avait pas appris à danser comme une marionnette, et elle n'était pas sûre de vouloir commencer.

La nuit était humide et sombre quand ils descendirent de voiture. Le ciel était sans étoiles, comme pour lui rappeler le châtiment qui l'attendait derrière ces sinistres murs de pierre grise. Et quand Matteo poussa la lourde porte d'entrée, elle prit une grande bouffée d'air froid qui la glaça jusqu'aux os.

— Bienvenue à Combe Manor, dit-il avec désinvolture, en la précédant dans le vaste hall. De mémoire d'homme, personne n'a jamais été heureux ici, mais qui sait ? Peut-être serez-vous la première ?

Elle lui glissa un coup d'œil, ne sachant que répondre.

Elle ne savait que faire d'elle ni de cet homme dangereux qui lui avait déjà montré les dents.

— Il serait souhaitable que vous définissiez les termes de notre arrangement.

Les lèvres de Matteo s'incurvèrent sur un sourire sardonique.

— Chaque chose en son temps, Sarina, répondit-il d'un ton presque enjoué, une étincelle moqueuse dans ses prunelles d'acier. Profitez donc un peu de ce sentiment d'appréhension que vous savez si bien inspirer aux autres. C'est une de vos armes préférées, non ?

Le voyant faire un signe de tête, elle ne comprit qu'au bout de quelques secondes qu'il s'adressait à quelqu'un dans son dos. Une employée de maison. Matteo Combe disposait bien entendu d'une armée de serviteurs.

— Angela va vous montrer votre chambre. Je vous verrai demain matin à la première heure. J'espère que vous allez passer une nuit blanche à méditer sur vos péchés en contemplant le plafond...

Elle ouvrit la bouche pour riposter, mais elle se ravisa et tint sa langue.

— Voyez-vous ça, observa Matteo avec cette sorte de douceur dans la voix qui la chavirait et la terrifiait tout à la fois. C'est bien. Vous apprenez vite.

Après quoi, il agita la main comme un roi congédiant son valet, et elle n'eut d'autre choix que de suivre l'employée muette et antipathique à travers l'immense demeure dont les murs renvoyaient l'écho lugubre de leurs pas.

Chaque parole de Matteo résonnait comme une menace qui enflait en elle, bloquait l'air dans sa gorge, l'empêchait de respirer. C'était le but, sans doute. Mais elle mourrait plutôt que de lui montrer à quel point elle était affectée. Elle-même avait du mal à l'admettre.

La dénommée Angela ouvrit une porte et s'effaça pour la laisser entrer dans une vaste chambre dont les fenêtres donnaient sur l'arrière du château. Il n'y avait pas la moindre lumière indiquant la présence d'habitations dans le vallon en contrebas. Peut-être verrait-elle la lande, demain matin. Mais ce soir, elle ne voyait que son reflet dans les vitres.

Et la dernière personne qu'elle voulait voir, c'était elle.

Elle tira étroitement les rideaux puis alla prendre une douche, laissant l'eau chaude ruisseler longuement sur son corps dans l'espoir d'apaiser son anxiété. En vain. Elle s'allongea dans le lit à colonnes collé contre l'un des murs de la chambre, éteignit les lampes et resta là, couchée sur le dos, à contempler le plafond – exactement comme l'avait prédit Matteo – en se demandant comment tout ceci était arrivé. Pas seulement ce qu'il s'était passé dans le bureau de Matteo et l'effet dévastateur qu'il exerçait sur elle. Mais aussi sur tout le reste. Sur sa vie. Sur la femme qu'elle était.

Comment avait-elle atterri dans ce château lugubre, plus ou moins prisonnière d'un homme qu'elle haïssait par principe avant qu'il ne la piège en la prenant à son propre jeu ?

« Tu sais très bien comment », lui susurra cette petite voix qui commençait à l'horripiler autant que Matteo Combe.

En fait, elle avait débuté avec les meilleures intentions du monde. D'une certaine façon, son travail lui avait permis de faire le deuil de Jeanette, et elle croyait sincèrement que ce qu'elle faisait était juste et bien. Elle avait toujours mis un point d'honneur à se montrer impartiale. La preuve, elle s'était parfois opposée à des conseils d'administration quand elle découvrait qu'ils ciblaient injustement un de leurs dirigeants, généralement parce qu'un des membres convoitait le poste. Mais quand c'était nécessaire, elle n'hésitait pas à débarrasser le monde des brutes narcissiques et cruelles uniquement sensibles aux résultats financiers.

La démarche initiale était honnête, mais quelque part en chemin, ça lui faisait mal de l'admettre, elle avait franchi une ligne rouge et basculé dans le camp adverse. Le camp de ceux qui abusent de leur pouvoir.

Et il fallait que ce soit Matteo Combe qui lui en ait fait prendre conscience.

Toute la nuit, elle se tourna et se retourna sans parvenir à trouver le sommeil. L'aube non plus ne lui apporta pas de repos. Elle avait les yeux fatigués et les nerfs à vif après avoir passé des heures à réexaminer de façon obsessionnelle chaque cas qu'elle avait expertisé.

Les hommes qu'elle avait contribué à faire tomber de leur piédestal avaient tous été des salauds notoires. Pour autant, ça ne faisait pas d'elle la justice incarnée. Ses motivations n'étaient peut-être pas si nobles qu'elle voulait bien le dire. Parce que, si elle s'était montrée vraiment juste avec Matteo Combe – disons, si elle avait réellement essayé de le comprendre au lieu de tout faire pour le pousser dans le précipice —, elle n'en serait pas là, seule face à elle-même, à affronter son propre jugement.

Elle se leva, le corps douloureux, et s'habilla. Quand elle sortit de sa chambre, une nouvelle employée de maison l'attendait devant la porte.

— Monsieur Combe aimerait vous voir. Maintenant.

Sarina essaya de lui répondre par un sourire, mais elle avait l'impression de porter un masque. Ses lèvres n'obéissaient plus aux ordres envoyés par son cerveau.

Elle avait enfilé la tenue qu'elle gardait habituellement pour le soir quand elle regagnait enfin sa chambre d'hôtel : un chandail fluide sur un pantalon de sport. Elle n'avait pas non plus pris la peine de rassembler en chignon ses cheveux qui flottaient librement sur ses épaules Elle songea une seconde à se changer pour avoir l'air plus professionnel, mais elle se ravisa.

Au point où elle en était, c'était inutile. Matteo avait toutes les cartes en main.

Pour le moment.

Elle suivit l'employée le long du couloir, puis dans le grand escalier.

La demeure silencieuse était peuplée d'ombres projetées par les statues et le mobilier massif. Elle en était à se demander si ce château n'était pas une sorte de mausolée à la mémoire des défunts jusqu'à ce qu'elle entre dans un petit salon étonnamment lumineux, avec une vue à couper le souffle sur la lande par-delà les hautes fenêtres.

Surprise, elle parcourut des yeux les étendues de bruyère et de genêt parsemées de rochers, la brume légère qui flottait au-dessus d'un étang. Mais cet instant de contemplation fut de courte durée.

— Vous avez l'air suffisamment torturée, dit Matteo, moqueur, assis à la table du petit déjeuner, ses yeux gris étincelant déjà des victoires qu'il se réservait. Je m'attendais presque à vous voir entrer dans cette pièce en traînant une croix derrière vous.

« Il y en a déjà pas mal sur les tableaux atroces qui encombrent vos murs », faillit-elle rétorquer.

Mais elle se tut. L'ancienne Sarina avait fait place à une nouvelle Sarina, plus prudente. Plantée devant Matteo, elle s'obligea à ployer le cou et à croiser les mains devant elle d'un air modeste et réservé comme si elle attendait ses ordres.

— Vous n'avez pas l'air dans votre assiette. Vous êtes souffrante ?

Le ton était cassant, mais si elle ne s'y trompa pas, il y avait une lueur amusée au coin du regard gris, autoritaire.

— Je vais très bien, monsieur Combe.

Ensuite – peut-être parce qu'il n'existait qu'une seule Sarina et que c'était plus fort qu'elle – elle sourit, provocante.

— En fait, il y a longtemps que je n'avais pas si bien dormi.

Les prunelles grises riaient à présent, mais la bouche de Matteo restait sévère.

— Ravi de l'apprendre. Le château n'est pas réputé pour son hospitalité, encore moins pour son confort. Une fois de plus, vous défiez mes attentes.

Il ne l'avait toujours pas invitée à s'assoir.

En temps normal, elle n'aurait pas patienté davantage. Elle aurait tiré une chaise, se serait installée à table et se serait servi un café – ce dont elle avait grand besoin. Mais, là encore, elle s'abstint, persuadée qu'il s'agissait d'un test spécialement conçu pour la mettre en échec.

Aussi resta-t-elle plantée où elle était, tout en s'efforçant d'avoir l'air à l'aise.

— Je croyais que ce genre de demeure était le must du confort et de l'hospitalité, dit-elle en plaquant un sourire faussement intéressé sur ses lèvres.

— C'est tout à fait américain comme idée, commenta Matteo en repliant le journal qu'il était en train de lire. Un tas de pierres comme Combe Manor n'a pas été bâti pour le confort ni l'hospitalité. C'est un monument à la gloire de l'ambition pure et dure.

Chaque pierre représente un morceau d'âme humaine donné ou échangé par un de mes ancêtres. Il n'y a qu'un seul chemin pour s'élever de la condition d'ouvrier à une fortune comme celle-ci, et ce chemin n'est pas joli joli. Combe Manor procure des cauchemars, pas de beaux rêves.

— Pourquoi y venez-vous, si vous ne l'aimez pas ?

— Parce que c'est chez moi, Sarina. Que ça me plaise ou non.

Il la dévisagea puis, d'un hochement de tête, lui désigna la chaise face à lui. Elle s'assit et réprima un soupir de reconnaissance quand il lui servit une tasse de café.

Il agissait ainsi uniquement pour la désarmer et tromper sa vigilance, elle le savait. Mais elle s'en fichait, du moment qu'elle pouvait enfin prendre sa dose de caféine – une dose vitale après cette nuit blanche.

— Hier soir, vous vouliez connaître les termes de notre arrangement, dit-il alors qu'elle sirotait une gorgée du délicieux breuvage. C'est très simple : vous devez convaincre les membres du conseil d'administration que mon comportement est irréprochable. Vous devez leur fournir un rapport d'expertise prouvant que je ne suis pas seulement le meilleur P-DG que Combe Industries ait jamais eu à sa tête, mais que je suis aussi le meilleur des hommes.

Elle prit une autre gorgée de café, le temps de rassembler ses esprits.

— Vous croyez que ça sera crédible ?

— Si ça ne l'est pas, nous serons deux à perdre notre job. J'imagine que la vidéo fera le buzz dans les médias, ajouta Matteo, au cas où elle aurait été tentée d'oublier où elle était et pourquoi.

— Merci pour cette précision. Je n'ai pas oublié que vous me faites chanter.

— Je préfère le voir comme une incitation à bien faire.

— Dans ce scénario, « bien faire » consiste à pervertir ma façon de procéder pour obtenir le résultat que vous souhaitez.

— Vous n'allez tout de même pas me faire croire que vous êtes venue à notre premier entretien sans feuille de route préétablie ? Comment pourrais-je pervertir un procédé déjà biaisé au départ ?

La douceur dans la voix de Matteo ne faisait qu'enfoncer plus profondément le couteau dans la plaie.

Elle éluda la question.

— Voilà comment je procède : l'expertise dure normalement de quatre à six semaines. Je m'entretiens avec le sujet aussi souvent que nécessaire. Après chaque séance, je fais le point avec mon client en expliquant comment s'est passé l'entretien.

— Avez-vous fait le point avec le conseil d'administration suite à notre entretien d'hier ?

Elle ne voulait pas penser à ce maudit entretien, encore moins en parler. Malheureusement, là aussi, ça ne dépendait plus d'elle.

Nerveuse, elle cala une mèche derrière son oreille.

— Non.

Matteo se frotta le menton tout en la jaugeant du regard. Puis il pencha la tête sur son épaule.

— Alors, faites-le. Maintenant.

C'était un ordre, même si la voix était de velours.

— Et mettez le haut-parleur. Je veux entendre tout ce qui se dit.

Elle ne s'était pas attendue à cela. Elle réprima une envie de pleurer. Elle se sentait sur le point de craquer comme elle l'avait fait après la mort de Jeanette. Qu'est-ce qui ne tournait pas rond chez elle ? Elle aurait dû. Cet homme avait le don de la prendre au dépourvu et de bousculer ses repères. Le pire dans cette histoire, ce n'était pas tant le chantage que le chaos d'émotions qu'il libérait en elle : les regrets, la détresse, l'impuissance. Des émotions qu'elle était certaine d'avoir enfermées à double tour pour toujours. Elle croyait les avoir excisées, et elles étaient de retour. Comme si elles avaient attendu tout ce temps, tapies dans quelque recoin obscur de son esprit.

— Très bien, dit-elle posément, malgré la boule dans sa gorge. Si vous insistez.

— J'insiste.

Elle essaya d'afficher une expression impassible sans y réussir vraiment. Le regard gris fixé sur elle était trop intense. Trop sombre et résolu. Et elle n'avait d'autre choix que de faire ce qu'il lui ordonnait et sortir son téléphone portable de sa poche de pantalon.

Elle avait l'étrange impression qu'une autre version d'elle-même s'était échappée de son corps. Sauf que les deux versions étaient piégées dans cette demeure sinistre avec ce type diabolique. Elle fit défiler ses contacts, sélectionna le nom du président du conseil d'administration de Combe Industries et enfonça la touche d'appel.

En attendant que son correspondant décroche, elle contempla le visage de son adversaire baigné par les premiers rayons de soleil. C'était la première fois qu'elle le voyait à la lumière naturelle. Pas de pluie, de nuage ou de ciel orageux pour altérer ses traits.

Matteo Combe était vraiment très beau. Il portait une chemise bleue qui rehaussait son teint mat et l'éclat de son regard d'acier.

Elle serra les dents en entendant son correspondant décrocher.

— Haut-parleur, chuchota Matteo en tapant l'index sur la table pour indiquer qu'il tenait absolument à entendre ce qui se dirait des deux côtés.

Elle s'exécuta. Que pouvait-elle faire d'autre ? Elle enfonça la touche haut-parleur et posa le téléphone entre eux sur la table.

— J'espère que vous m'apportez de bonnes nouvelles, retentit la voix de Roderick Sainsworth.

L'homme avait été le meilleur ami d'Eddie Combe et fait figure d'oncle auprès de Matteo et de Pia. Mais avec la disparition d'Eddie et l'écart de conduite de Matteo à l'occasion des funérailles paternelles, il avait enfin une chance de prendre les rênes de l'empire industriel qu'il convoitait depuis des lustres. Elle connaissait bien ce genre d'individu. S'il continuait comme ça, il serait le prochain sur sa liste.

Tout ce qu'elle faisait, c'était jouer à chasse-taupe avec des sociopathes, ricana sa conscience. C'était quoi le but ?

L'heure n'était pas à l'introspection.

— Hier soir, j'ai rendu une visite surprise à M. Combe, commença-t-elle avec son ton de clinicienne – un ton qui, ce matin, lui semblait soudain assommant au possible. Ces visites à l'improviste font partie du processus d'expertise. Le sujet n'étant pas prévenu, il perd la maîtrise de la situation. Généralement, je m'arrange pour que ça se passe dans un lieu où il se sent intouchable, en parfaite sécurité. Si bien que cette perte de contrôle est plus ou moins ressentie comme une atteinte personnelle. Cette méthode permet très souvent de déceler le véritable caractère d'un individu.

De l'autre côté de la table, les yeux de Matteo étincelaient, lui promettant un châtiment à couper le souffle – à supposer qu'elle puisse encore respirer pour voir la différence.

— C'est bon, j'ai compris, s'impatienta Roderick Sainsworth. Je me souviens de votre argumentaire de vente.

— M. Combe a d'abord réagi comme je m'y attendais, poursuivit Sarina, incapable de détourner les yeux de Matteo, comme s'il la tenait à la gorge d'une main de fer. Au début, il était sur la défensive, mais ensuite, à ma grande surprise, il a changé de cap.

Il y eut un silence au bout du fil.

— Pardon ?

— En fait, M. Combe s'est montré plutôt souple, répondit lentement Sarina comme si elle réfléchissait au problème.

Comme si l'homme en question ne la fusillait pas du regard de l'autre côté de la table, au cœur d'un château isolé digne d'un film d'horreur.

— Vous le savez certainement, monsieur Sainsworth, il existe deux catégories d'hommes. Ceux qui atteignent de hautes fonctions par la brutalité et l'intimidation. Et ceux qui y accèdent grâce à une certaine forme de souplesse qui se traduit par leur capacité à changer de cap pour s'adapter aux circonstances. À priori, M. Combe appartiendrait à cette dernière catégorie.

— Si vous parlez de sa capacité à transformer un enterrement en combat de rue qui fait la une de la presse à scandale, peut-être, ironisa Sainsworth. Écoutez, docteur Fellows, on ne vous paie pas pour laisser ce garçon vous mettre la tête à l'envers.

Elle dévisagea Matteo, cherchant un signe indiquant qu'il était fou de rage. Parce qu'il l'était forcément. Il ne pouvait pas en être autrement. Mais il gardait un visage de marbre, semblable à celui de ces ancêtres sculptés dans la pierre.

— Je croyais que vous aviez besoin de mes services pour examiner la personnalité de votre P-DG, répliqua fraîchement Sarina, qui n'était malheureusement pas de pierre. Si vos exigences ont changé, monsieur Sainsworth, prévenez-moi. Mais que ce soit bien clair entre nous : une expertise est une expertise. Personne ne me met la tête à l'envers. Ni M. Combe ni vous.

Son interlocuteur se récria, prétextant qu'elle l'avait mal compris, et elle conclut en présentant un profil nuancé de Matteo. Plutôt flatteur, en fin de compte.

Quand elle eut raccroché, Matteo hocha la tête avec un sourire qui n'atteignit pas ses yeux.

— Bien joué, docteur Fellows. On peut supposer que, avec le temps, vous deviendrez de plus en plus... enthousiaste.

Ce dernier mot claqua aussi violemment qu'une gifle, la renvoyant aussitôt dans le bureau de Matteo quand elle s'était abandonnée à son baiser. Elle sentit ses joues s'embraser.

— Concernant ma parfaite aptitude au poste de P-DG, naturellement, précisa Matteo, comme s'il venait seulement d'intercepter ses pensées.

— Il faudra prévoir un entretien supplémentaire, déclara-t-elle en luttant de son mieux contre la rougeur qui envahissait ses joues. J'ai l'habitude de présenter un rapport préliminaire au bout de trois séances. Si les conclusions préconisent que le sujet soit démis de ses fonctions, une nouvelle série d'entretiens est réalisée pour s'en assurer.

Matteo la dévisagea jusqu'à ce qu'elle cille.

— Par simple curiosité, vous arrive-t-il de conclure dès le rapport préliminaire que le sujet est parfaitement apte à remplir ses fonctions de dirigeant, ou bien tombez-vous toujours sur des gars coupables d'abus de pouvoir ?

— Quand un homme est coupable, il l'est, un point c'est tout, répondit-elle aussi calmement que possible, alors même qu'elle avait l'impression que l'étau sur sa gorge se resserrait. Je n'y suis pour rien.

— Facile à dire, pour une femme qui gagne sa vie sur le dos de cette culpabilité.

Elle ne releva pas le gant. Autant chercher à endiguer un raz-de-marée. Au lieu de ça, elle prit le temps de se resservir un café. Puis, s'adossant au dossier rigide de sa chaise, elle s'obligea à croiser le regard gris, froid et assuré.

— Qu'attendez-vous exactement de moi, monsieur Combe ?

— Matteo, s'il vous plaît.

— Matteo...

Ce prénom sur ses lèvres sonnait comme une capitulation, qu'elle s'efforça d'ignorer de la même façon que tout le reste.

— Vous avez obtenu ce que vous voulez. Vous êtes maître du jeu. Dans quelques jours, je transmettrai les résultats de notre troisième et dernier entretien en chantant vos louanges, et nous pourrons reprendre chacun notre route. Ça ne vous suffit pas ?

— Si, bien sûr. Mais il va nous falloir passer le temps d'ici là, répondit Matteo au bout d'un long silence éprouvant pour les nerfs de Sarina. Or, j'ai très envie de vous comprendre. Pendant que vous dormiez à poings fermés la nuit dernière…

Le regard qu'il lui décocha laissait entendre qu'il savait parfaitement qu'elle n'avait pas fermé l'œil.

— Je me suis renseigné sur vous. Sarina Fellows, l'ange exterminateur, le médecin qui consacre sa vie non pas à soulager son prochain mais à choisir des cibles pour les descendre l'une après l'autre.

— Il ne s'agit pas de cibles, protesta-t-elle tout en s'exhortant à garder son sang-froid. Et je ne descends que ceux qui le méritent. Dans un sens, je rends service à tous ceux qui n'ont rien à se reprocher.

— C'est ce que vous vous racontez. Ce que je veux savoir, c'est *pourquoi* ?

Elle baissa les yeux sur la tasse de café qu'elle serrait entre ses mains.

— Parce que c'est juste…

Cet interrogatoire était insupportable, mais elle n'avait d'autre choix que de s'y plier. À cause de cette maudite vidéo, elle était coincée ici, loin de tout, à la merci du bon vouloir de Matteo Combe. Et elle ne pouvait s'en prendre qu'à elle-même parce que c'était elle qui lui avait permis de s'emparer du contrôle de la situation à la seconde où elle avait perdu la tête et posé la main sur son torse.

Alors, s'il avait décidé de la faire parler d'elle – ce qu'elle avait toujours pris soin d'éviter – elle ne pouvait faire autrement que de s'y plier.

Mais les mots restaient coincés dans sa gorge.

Comment lui faire comprendre ce que Jeanette avait représenté pour elle ? Leur amitié avait débuté alors qu'elles étaient encore en poussette, grandissant dans la solitude de l'enfant unique livré à la sollicitude de nounous tandis que leurs parents se consacraient à leur vie professionnelle. Ceux de Sarina quittaient rarement l'université et ceux de Jeanette quittaient rarement leurs cabinets médicaux respectifs.

Elles avaient très vite appris à se débrouiller seules. Négligées par leurs parents, chacune était devenue la famille de l'autre. Elles se suffisaient à elles-mêmes. Leurs parents étaient accessoires, de simples notes de bas de page.

A dix ans, elles étaient devenues sœurs de sang. Les cicatrices sur leurs paumes en étaient le témoignage. Elle ne souvenait comme si c'était la veille de ce fameux après-midi chez Jeanette, dans le grenier avec un petit couteau pointu, et de leurs rires tandis qu'elles déchiraient un vieux T-shirt pour s'en faire des bandages.

Comment expliquer à Matteo ce lien si fort entre deux fillettes affamées de tendresse ?

Surtout quand il l'observait ainsi, comme si elle était une bête curieuse.

— Et bien entendu, vous êtes certaine que votre façon de voir les choses est la seule qui soit juste.

Son ton était presque amusé, et sa voix s'enroulait autour d'elle. Trop chaude. Trop intense. Dangereuse.

Il voulait la faire passer pour la méchante. Ce qu'elle n'était pas. Elle ne l'avait jamais été. Tous les hommes de pouvoir ne méritaient pas d'être poussés dehors, mais sans une vigilance de tous les instants, certains étaient susceptibles de se transformer en monstre. Elle était là pour assurer cette vigilance et se débarrasser des monstres avant qu'ils ne causent trop de dégâts.

Alors, même si c'était utile de revoir ses motivations, elle ne devait en aucun cas se sentir coupable.

— Il ne s'agit pas de ma façon de voir les choses, mais de faits avérés, répondit-elle avec vivacité, dans un retour du feu sacré qui l'avait animée pendant toutes ces années.

— Je comprends, commenta Matteo presque gentiment.

Elle sentit alors le piège se refermer sur elle. Elle ne savait pas d'où allait venir le coup, mais elle le sentait tout proche.

Ce que vint confirmer le sourire de son adversaire.

— Dites-moi... Si nous parlions un peu de Jeanette ?

6

Matteo vit Sarina vaciller comme s'il l'avait frappée.

Ce n'était pas son intention, si bien que sa réaction le mit mal à l'aise. Il y avait quelque chose en elle qui le touchait. Quelque chose en rapport avec cet étrange pincement qu'il éprouvait dans la poitrine et qu'il préférait ignorer.

— Jeanette Maroney habitait la maison voisine quand vous étiez enfants, continua-t-il comme si de rien n'était. Il semble que vous soyez très tôt devenues amies, non ?

Face à lui, Sarina s'était figée, le visage blême.

— Sœurs, rectifia-t-elle.

Sa voix avait résonné enrouée dans le petit salon, la seule pièce qui soit vivable dans cette demeure sombre et étouffante.

— Je ne vous suis pas, Sarina.

Elle baissa la tête et s'éclaircit la gorge. Quand elle releva les yeux sur lui, il y lut une lueur de défi.

— Jeanette était bien plus qu'une amie. En ce qui me concerne, nous étions sœurs. Elle était *ma* famille.

— Ça vous intéresse de savoir ce que j'ai découvert à son sujet ?

La question était cruelle, il en était conscient. Mais il était aussi conscient que Sarina aurait été sans pitié avec lui si elle était restée maîtresse du jeu. Elle serait repartie avec sa tête sur un plateau. Il n'avait donc aucune raison de prendre des gants avec elle. Et cette sorte de désarroi qu'il lisait sur son visage ne devait pas le toucher.

— Je sais déjà tout ce qu'il y a à savoir sur Jeanette, répondit-elle au bout d'un moment. Je doute que vos petites recherches sur Internet m'apprennent quoi que ce soit de nouveau.

La tension était perceptible dans sa voix, visible dans la façon dont elle était assise face à lui, raide comme la justice.

Il choisit d'ignorer le léger tremblement de ses lèvres qui trahissait sa colère. Tout comme il préférait oublier l'excitation éprouvée quand il était tombé sur d'anciennes photos de Sarina Fellows, étudiante. Des photos qui l'avaient conduit à découvrir la fin tragique de Jeanette Maroney, dont le corps sans vie avait été retrouvé par sa meilleure amie.

— En tout cas, ça m'a permis de comprendre vos motivations, dit-il presque nonchalamment. La raison pour laquelle vous passez votre vie dans des chambres d'hôtel à réfléchir à la meilleure façon de démolir la cible du moment.

Sarina soutint son regard une seconde avant d'éclater de rire.

C'était le premier signe de vie qu'elle donnait depuis qu'elle était entrée dans la pièce, l'air quasi soumis. Et cela lui fit l'effet d'une décharge électrique. Le rire de Sarina s'insinua en lui, brûlant, ensorcelant.

Espèce d'idiot ! Comment avait-il pu vouloir la soumettre ? Il la préférait ainsi, vive et imprévisible. Imprudente et flamboyante.

— Vous devriez voir votre tête, ironisa Sarina. Vous croyez m'avoir comprise, n'est-ce pas ? Jeanette est morte, et boom ! C'est la révélation. Vous avez mon profil psychologique tout tracé, vous tenez ma motivation.

— Un simple oui ou non suffirait, répliqua-t-il.

Le rire de Sarina fusa de nouveau, chamboulant en lui quelque chose de profond.

— Vous ne savez *rien* de Jeanette ! Elle était bien plus que deux dates sur une pierre tombale, lui lança-t-elle, les yeux un peu trop brillants. Elle racontait des blagues nulles, elle était futée et naïve en même temps. Elle était toujours en retard. Même quand on lui donnait rendez-vous avant l'heure prévue, elle trouvait le moyen d'arriver en retard.

Elle marqua une pause, le regard perdu dans le lointain.

— Jeanette avait un cœur d'or, elle était gentille avec tout le monde. Ce qui ne veut pas dire que c'était une sainte. Au contraire, elle avait un sex-appeal d'enfer, les garçons tournaient autour d'elle comme des mouches. Mais son côté fleur bleue la poussait à collectionner les liaisons calamiteuses. Elle n'a pas vécu assez longtemps pour apprendre à se méfier des gars qui ne pensent qu'à leur propre satisfaction.

Il éprouva un brusque sentiment de honte.

— Sarina…

Celle-ci ne l'entendit pas ou fit comme si.

— Quand elle m'a parlé du nouvel homme de sa vie, on aurait dit qu'elle venait de rencontrer le prince charmant. C'était ainsi qu'elle le voyait, il lui faisait tourner la tête. Il l'emmenait dîner dans les meilleurs restaurants, lui offrait des voyages, la couvrait de cadeaux, la traitait comme une princesse. Elle avait l'impression d'être unique à ses yeux.

Sarina sourit, mais il y avait des larmes contenues dans sa voix.

— Mais contrairement à ce qu'il se passe dans les contes de fées, quand elle est tombée enceinte, il n'y a plus eu de dîners, de voyages ni de cadeaux. Seulement l'envoi d'un chèque pour couvrir les frais d'un avortement. Et le prince charmant n'a plus répondu à ses appels téléphoniques.

— Je suppose qu'il était marié ?

— Oh ! pour ça, oui ! Il avait déjà trois ex-femmes. Cela dit, il n'a jamais envisagé Jeanette dans ce rôle. Et n'essayez pas de défendre sa cause, ajouta Sarina avec virulence, comme s'il venait de soutenir que le statut marital du gars excusait son attitude. Je peux comprendre qu'un homme ne veuille pas être père, encore moins quand il est confronté à une grossesse non désirée. Pour autant, ça ne l'autorise pas à se conduire comme le pire des salauds.

Elle inspira profondément pour se calmer.

Il aurait voulu lui dire de se taire, qu'il n'avait pas besoin d'en savoir plus. Mais il resta silencieux. Sans doute parce qu'il savait qu'elle n'obéirait pas. Ou plus simplement, parce que la suite de cette histoire tragique lui permettrait peut-être de connaître la véritable Sarina Fellows.

Redressant les épaules, elle le regarda droit dans les yeux.

— Pour finir, reprit-elle, comme Jeanette refusait de se débarrasser du bébé, il a fait mine de céder. Il l'a emmenée dîner, il lui a fait l'amour toute la nuit en lui disant ce qu'elle rêvait d'entendre…

Sa voix se brisa légèrement.

— Qu'il désirait cet enfant. Alors, bien sûr, elle a cru avoir reconquis son cœur. Mais à l'aube, quand de violentes crampes l'ont réveillée, elle était seule dans leur chambre d'hôtel, et les draps étaient maculés de sang.

Sarina se versa une autre tasse de café. Elle en sirota une gorgée et la reposa. Ses gestes étaient raides, saccadés. Comme ceux d'un robot. Sauf que la tempête dans ses yeux prouvait qu'elle n'avait rien d'une machine.

Il voulait savoir qui était Sarina Fellows, lui rappela durement sa conscience. Maintenant, il savait.

— Jeanette n'a pas compris tout de suite. Affolée, elle a appelé son prince charmant pour lui dire qu'elle était en train de perdre leur bébé. Et savez-vous quelle a été la réaction de ce salaud ?

Il le devinait, mais il resta silencieux, incapable de prononcer un mot.

— Il lui a ri au nez.

— Sarina…

Elle leva la main pour le faire taire.

— Il lui a ri au nez, l'a traitée d'idiote et lui a expliqué ce qu'il avait versé en douce dans son verre la veille. Alors, elle m'a appelée…

Matteo sentait la honte enfler en lui. Il avait obligé Sarina à raconter cette histoire tragique. Peut-être n'était-il pas si différent du salaud dont elle parlait ?

Le regard de Sarina était rivé au sien, étincelant de chagrin et de rage.

— Je suis allée la chercher à l'hôtel et je l'ai ramenée chez nous, reprit Sarina, un pli amer autour de la bouche. Le soir, je l'ai trouvée dans la baignoire. Elle avait vidé les boîtes de cachets de l'armoire à pharmacie, et pour être sûre de ne pas se rater, elle s'était ouvert les poignets avec une lame de rasoir.

Un silence de plomb s'abattit entre eux, comme un rideau de fer qui s'abaisse, et Matteo n'entendit plus que les battements de son propre cœur.

Un cœur qui cognait fort, exigeant de savoir quelle sorte d'homme il était devenu pour forcer cette femme à lui raconter cette histoire atroce. Comment avait-il pu se réjouir de posséder une telle arme ? Depuis quand se comportait-il comme son père ?

Il avait respecté Eddy Combe, il l'avait même admiré pour son sens des affaires. Mais jamais il n'avait cautionné sa brutalité ni souhaité lui ressembler...

Il réprima un soupir excédé.

Ce n'était pas le moment de se torturer avec ça. Pas sous le regard de cette femme dont l'expression reflétait à présent tout ce qu'elle avait perdu.

— Alors, oui, reprit-elle, des larmes dans la voix, je reconnais que j'avais une dent contre ce salaud qui a tué mon amie... Ma sœur. Curieusement, pendant que je me consacrais à sa chute, j'ai croisé d'autres gars de son espèce, et je me suis dit que je pourrais rendre service au monde en les empêchant d'abuser de leur pouvoir pour faire du mal autour d'eux. Ce que beaucoup s'autorisent, vous le savez très bien.

Elle n'avait pas dit « ce que vous faites aussi », mais c'était tout comme. Et il l'entendit comme une preuve supplémentaire de son héritage paternel.

— C'est une histoire épouvantable, réussit-il à proférer d'un ton aussi détaché que possible. Je m'excuse de l'avoir remise sur le tapis.

— Inutile de vous excuser, martela Sarina.

Il la regarda se lever avec une grâce éthérée qui ne fit que renforcer sa honte, lui qui s'était juré de ne jamais, *jamais* ressembler à son père.

Elle plongea son regard dans le sien.

— J'assume l'entière responsabilité de mes actes, monsieur Combe. Si vous voulez vous venger, allez-y, faites-vous plaisir. Mais laissez Jeanette en dehors de ça.

— Je ne comprends pas, monsieur. Vous pensiez gagner la partie et punir le Dr Fellows en lui offrant un séjour rafraîchissant dans ce coin sinistre du Yorkshire...

Même si la voix de son assistante restait parfaitement neutre, fidèle à son habitude, Matteo visualisait son expression dubitative aussi clairement que si elle s'était tenue face à lui dans la bibliothèque de Combe Manor, au lieu de monter la garde dans les bureaux londoniens de la compagnie avec son efficacité coutumière.

— Ne vous en faites pas pour ça, Lauren, je m'occupe de la psy. J'ai besoin de vous pour autre chose.

— S'il s'agit de gérer le bureau en votre absence, pas de souci, monsieur. Tout fonctionne à merveille.

— Je n'en doute pas. Il s'agit de quelque chose d'un petit peu différent.

Il venait de vivre une journée étrange. Il s'était levé de bonne heure, prêt à démolir Sarina Fellows, mais rien ne s'était passé comme prévu. Il l'avait bousculée, et elle lui en avait raconté plus qu'il n'en demandait sur son amie disparue, et sur elle-même par la même occasion. Après quoi, il s'était retrouvé seul à s'interroger sur l'homme qu'il était.

Il avait tout appris de son père, cet homme impressionnant, véritable force de la nature, fougueux et pugnace. Aujourd'hui encore, il avait du mal à croire qu'un truc aussi banal qu'une crise cardiaque ait pu emporter Eddie Combe. Quand il s'imaginait la mort de ce dernier – ce qui lui était arrivé plus d'une fois en pleine révolte adolescente —, il voyait le doigt de Dieu pointé sur Combe Manor, déclenchant un ouragan qui abattrait ce tas de vieilles pierres sur ses occupants. Mais à la place du doigt divin, c'étaient le manque de sport et une alimentation trop riche qui avaient eu raison d'Eddie, comme de n'importe quel autre mortel.

Matteo en avait tiré les leçons. Il faisait du sport chaque jour et surveillait son alimentation. De la même façon, en affaires, au lieu d'appliquer la méthode paternelle – une poignée de main un jour, un coup de matraque le lendemain —, il s'appuyait sur la logique et sur le pragmatisme développé au cours de ses études supérieures à Cambridge et dans les différents postes occupés chez Combe Industries. Il connaissait de l'intérieur l'empire industriel dont il avait hérité – les employés et leurs fonctions —, contrairement à Eddie qui avait régné en monarque absolu, donnant des ordres et ne se fiant qu'à son instinct pour fixer de nouvelles règles sur un simple coup de tête.

Matteo avait admiré la toute-puissance paternelle autant qu'il l'avait détestée – une excellente façon de décrire sa relation avec son père. Mais ce matin, dans cette demeure où des générations de Combe avant lui avaient sévi, tyrannisant leurs domestiques et leur entourage, il avait compris que, en dépit de tous ses efforts, il n'était guère différent de ses ancêtres.

S'il n'avait pas frappé Sarina avec ses poings, il l'avait frappée émotionnellement. Il avait voulu l'écraser, la soumettre à sa volonté. Le désir de vengeance l'avait consumé depuis leur premier entretien, quand elle avait osé lui imposer sa loi. C'était cela qui l'avait poussé à la tourmenter avec le suicide de son amie, exactement comme son père l'aurait fait, sans état d'âme ni compassion. Mais la satisfaction s'était transformée en honte. Incapable de regarder plus longtemps Sarina en face, il avait été le premier à quitter la pièce.

Difficile cependant de fuir sa propre image. Surtout dans ce château hanté par des générations de drames et de discordes familiales. Ses ancêtres avaient cru que l'argent pouvait tout acheter, même le bonheur, et génération après génération, ils avaient appris qu'il n'en était rien. Ils avaient fait fortune, mais le bonheur était resté hors de portée.

La bibliothèque dans laquelle il avait installé son bureau en était le symbole. C'était une pièce magnifique, dotée de hautes fenêtres donnant sur la lande. Les étagères harmonieusement espacées étaient chargées de livres aux reliures de cuir ornées de dorures étincelantes. Excepté que ces livres étaient faux. Ce n'était qu'une façade. Ils étaient vides, leurs pages étaient blanches.

Geoffrey Combe, son arrière-arrière-grand-père, avait utilisé tous les subterfuges dans l'espoir de passer pour un homme instruit, ce qu'il n'était pas. Une malédiction familiale. L'argent n'avait jamais suffi à faire oublier la modestie de leurs origines.

De longues heures, il était resté assis là, le regard fixé sur ces livres en trompe-l'œil, mesurant peu à peu qu'il n'était guère différent. Il possédait les gènes des San Giacomo, bien sûr. Extérieurement, il leur ressemblait. Mais intérieurement, il était vide. C'était cette soudaine prise de conscience qui l'avait amené à décider qu'il était temps de faire ce que son père n'avait pas fait.

— Lauren, il y a dans le testament d'Eddie une disposition que je ne sais pas comment régler.

— Vous voulez que je la lise et que je vous dise ce que j'en pense ? proposa-t-elle avec son habituel pragmatisme, parce que c'était ce pour quoi elle était payée et parce qu'elle le connaissait mieux que personne.

— C'est un peu plus compliqué que ça. Il semble que ma mère a eu un fils avant d'épouser mon père et qu'elle lui a légué l'essentiel de sa fortune dans son testament.

— Pourquoi n'est-il pas venu réclamer sa part ? s'enquit fort judicieusement Lauren d'une voix toujours aussi posée, sans manifester la moindre surprise.

— Pour deux raisons. La première, c'est que personne ne sait où le trouver. Aux dernières nouvelles, il vivrait quelque part dans une forêt .

— Une forêt, répéta lentement Lauren. Voilà qui réduit le champ des recherches. C'est tout ce que votre mère savait de lui ?

Il ne voulait pas parler de sa mère. Il n'en avait plus parlé depuis sa disparition brutale. Six semaines avant le décès de son époux, Alexandrina avait avalé un mélange de barbituriques et d'alcool. De façon purement accidentelle, avait-il été officiellement déclaré. Il n'avait pas cherché à en savoir davantage, de peur de ce qu'il découvrirait sur ses parents et sur lui-même s'il fouillait dans la vie ou la mort de sa mère.

— Deuxièmement, et c'est sans doute le plus important, reprit-il comme s'il n'avait pas entendu la question de son assistante, cette volonté de ma mère était entre les mains de mon père, mais je ne crois pas qu'il ait eu l'intention de l'honorer.

— Je vois, murmura Lauren.

Il ne tenait pas non plus à parler de son père, qui s'était toujours contenté d'écarter ce qui le dérangeait. Comme le fait que son épouse conquise de haute lutte avait connu un autre homme avant lui et conçu un fils.

— J'aimerais que vous le retrouviez. Par tous les moyens. C'est un San Giacomo, et c'est à lui de choisir s'il veut ou non continuer à vivre en ermite dans sa forêt.

Ce n'était pas à Eddie Combe d'en décider. Et lui, Matteo, il n'avait pas l'intention d'enterrer dans un recoin de son esprit l'existence de ce frère aîné.

Il reposa le téléphone nerveux, oppressé comme s'il était à

l'étroit dans sa peau. Comme s'il n'était qu'un de ces livres vides à la reliure dorée. Une imposture. Un mensonge.

Et quand il releva les yeux, il ne fut pas surpris de voir Sarina sur le seuil de la bibliothèque – son ange exterminateur avec pour épée sa langue acérée. Une langue qu'il mourait d'envie de goûter à nouveau.

7

Sarina n'avait pas changé de tenue. Et maintenant que Matteo ne pensait pas uniquement à la massacrer, il prit le temps de noter que le chandail et le pantalon qu'elle portait lui donnaient l'air plus sympathique que les stricts tailleurs noirs de leurs deux premiers entretiens officiels.

Ange exterminateur ou pas, il voulait croire qu'il avait sous les yeux la *vraie* Sarina. Elle avait l'air plus accessible. Moins lisse. Moins intimidante. Ses cheveux à nouveau tirés en un chignon souple sur sa nuque dégageaient son visage, soulignant sa pureté. Celle de son ossature, de ses sourcils droits, de ses pommettes hautes et de sa bouche souple.

Cette bouche dont il connaissait le goût, qu'il rêvait d'embrasser. Séparer ses lèvres, la sentir s'abandonner dans ses bras, la posséder...

Un courant de désir le transperça.

Sarina restait sur le seuil, visiblement sur la défensive, prête à détaler au moindre signe de sa part.

Il se leva.

— Qu'est-ce qui vous amène dans ma tanière ? Après notre échange de ce matin, je m'attendais à ce que vous filiez. Il y a une petite heure de marche jusqu'au village, une heure de plus jusqu'à York pour attraper un train. Vous seriez déjà à Londres.

Sarina esquissa un semblant de sourire, et aussitôt il sentit son pouls s'accélérer et l'intensité de son désir grimper d'un cran.

Ce n'était pas bon du tout. Malheureusement, il n'y pouvait rien.

— Il en faut plus pour me faire fuir. L'histoire de ce qui est arrivé à Jeanette n'a rien de nouveau pour moi, dit-elle posément, son regard noir rivé sur lui. Je ne suis ni plus ni moins triste qu'à mon réveil.

— Tant mieux, s'entendit-il dire, surpris tant par sa propre voix éraillée que par cette réponse inappropriée.

Alors que le silence s'étirait, il s'aperçut que la lumière avait baissé. Les derniers rayons de soleil perçaient à l'horizon à travers les nuages, jetant des éclats d'or sur la lande.

Avec l'arrivée de la nuit, la bibliothèque se peuplait d'ombres. Celles de tous ceux qui avaient hanté ces lieux emplis de désolation, de colère et d'amertume. Des sentiments qui s'étaient accumulés en lui malgré des années d'efforts pour tenter d'affirmer sa différence. Regarder Sarina Fellows ne faisait qu'aggraver ce chaos d'émotions. Pourquoi ? Il n'en savait rien, mais il se surprit à frotter l'endroit de son torse où elle avait posé la main, comme pour chasser ce trop-plein d'émotions.

— Que vous est-il arrivé dans ce château ? questionna-t-elle.

À croire qu'elle s'était insinuée dans son cerveau.

— Je ne vois pas de quoi vous parlez.

Elle croisa les bras et le dévisagea.

— Bien sûr que si. Vous n'aimez pas cet endroit. Pourquoi ?

— Vous avez vu la cité ? répondit Matteo en tendant la main vers la fenêtre de son bureau qui donnait sur la vallée en contrebas. Des cheminées d'usine à perte de vue.

— J'ai cru comprendre que le problème, c'était le château, pas les usines.

— Contrairement aux apparences, le destin des occupants de Combe Manor est intimement lié à ces usines...

Il pencha la tête de côté.

— Puis-je savoir en quoi ce qu'il s'est passé ici vous intéresse ?

— Ce pourrait être un facteur essentiel de votre profil psychologique. Et plus vite je fournirai un troisième compte rendu d'entretien à votre conseil d'administration, plus vite nous pourrons repartir chacun de notre côté.

Sarina faisait mine de se préoccuper de ce qu'il voulait alors qu'en réalité, son seul souci, c'était de filer d'ici. Loin de lui. Et bizarrement, ça ne lui plaisait pas. Il se sentait soudain incapable de poursuivre ce petit jeu qu'il avait lui-même initié. C'était totalement irrationnel.

Il esquissa un sourire ironique.

— On dirait que vous êtes pressée d'en finir, maintenant que ce n'est plus vous qui tirez les ficelles !

— N'est-ce pas ce que vous vouliez ? En finir au plus vite avec cette expertise ?

— Depuis quand vous inquiétez-vous de ce que je veux ? dit-il, furieux contre lui-même. Mes souhaits et mes désirs seraient-ils devenus une priorité aux yeux de la femme programmée pour me détruire ?

— J'ai dû mal vous comprendre, rétorqua-t-elle calmement. Voulez-vous sortir indemne de ce conflit avec votre conseil d'administration et reprendre le cours normal de votre existence ? Ou bien préférez-vous continuer à jouer au chat et à la souris avec moi dans votre château hanté ?

Il la toisa, l'œil mi-clos, la prunelle orageuse.

— Je dois choisir ?

Elle redressa le menton.

— Rien ne vous oblige à décider tout de suite. J'imagine cependant que chaque jour qui passe avec cette épée de Damoclès suspendue au-dessus de votre tête fragilise votre position à la tête de l'entreprise.

La logique de cette femme était exaspérante.

— Bon, puisque vous tenez à connaître mon histoire familiale, sachez que le bonheur n'a jamais eu sa place sous ce toit, dit-il d'un ton brusque. Cette demeure est hantée par les fantômes d'hommes qui, malgré leur détermination, n'ont jamais réussi à obtenir ce qu'ils voulaient et n'ont rien trouvé de mieux que de reporter leur frustration sur leur épouse et leur progéniture.

— Je croyais que les Combe étaient de riches industriels depuis plusieurs générations.

— Exact. Mais quand on peut tout avoir, on a tendance à se focaliser sur l'inaccessible. Chez les Combe, c'est la position sociale. Croyez-moi, il n'y a pas plus désespéré qu'un gars plein aux as qui rêve d'appartenir à l'aristocratie mais ne peut pas se débarrasser de son sang de prolétaire.

— Votre père a cependant rompu avec cette fatalité en épousant une aristocrate italienne. Vous devriez être content, non ? Vos parents formaient un couple célèbre.

Incapable de maîtriser sa nervosité, il se mit à faire les cent pas et finit par s'arrêter sous le nez de Sarina.

— Ils étaient surtout célèbres pour leur saga amoureuse... Savez-vous ce que ça signifie ?

Sarina haussa les épaules. Un mouvement dangereusement provocant alors qu'il était si proche d'elle.

Il inspira brusquement et sut qu'elle avait perçu le danger en voyant la méfiance s'allumer dans son regard.

— Ça signifie qu'ils étaient absorbés l'un par l'autre au détriment de tout le reste. Lequel était infidèle, lequel avait menti, lequel avait trop bu ou flirté lors de telle ou telle soirée. Ils se trahissaient, se chamaillaient, se séparaient, se remettaient ensemble encore et encore, conscients que chaque faux pas était monté en épingle par les journalistes pour un public avide de scandales. Accessoirement, ils s'apercevaient qu'ils n'étaient pas seuls sous ce toit, par exemple qu'il y avait des enfants qui avaient besoin de temps en temps de leur part d'un brin d'attention, voire d'affection. Malheureusement, les enfants ne font pas un bon public, ils préfèrent les contes de fées dont les héros ne sont pas leurs parents. Si bien que Pia et moi étions généralement ignorés.

Le regard de Sarina chercha le sien.

— Ça ne ressemble pas vraiment à une histoire d'amour.

— Qu'est-ce que l'amour, si ce n'est l'entêtement à espérer contre toute évidence ?

Une vision cynique, certes, mais bien réelle et qu'il n'avait aucune raison de cacher à Sarina.

— Vous devriez songer à créer votre propre gamme de cartes de vœux sentimentales, commenta-t-elle. Vous feriez fortune.

Le ton était ironique, insolent, le menton relevé, mais une fois de plus le pouls qui battait à la base de son cou trahissait sa nervosité.

— Ma mère traitait mon père de brute, reprit-il. Lui la traitait de menteuse. Leur relation était tumultueuse, et l'enfant que j'étais avait l'impression d'être balloté sur une mer démontée. Je voulais juste qu'ils soient ceux que j'imaginais : un homme bien trop fort et une femme bien trop belle pour ce bas monde.

— J'ai cru comprendre que c'est le château lui-même que vous accusiez. Pas vos parents.

— Personne n'a jamais été heureux ici. Les gens du coin prétendent que ces murs sont maudits et que même les fantômes y sont trop déprimés pour les hanter.

Il était conscient d'être trop proche de Sarina. Bien plus qu'il n'aurait dû. C'était très simple, il lui suffisait de reculer. Mais il n'en fit rien.

— Vous pensez que le fait d'avoir été négligé par des parents en conflit permanent pourrait expliquer votre comportement à l'enterrement de votre père ?

— À quoi rime cette tentative de psychanalyse, docteur ? questionna Matteo d'une voix si basse qu'elle était à peine audible. Nous n'en sommes plus là, non ?

Sarina déglutit péniblement, et l'accélération des battements au creux de sa gorge indiqua clairement que leur proximité l'affectait autant que lui.

C'était déjà ça.

— Je dois suivre le protocole, argua-t-elle. Le troisième entretien exige un compte rendu de ma part au client.

Il esquissa un sourire dubitatif.

— Un client qui ne vous paie pas pour me trouver d'un naturel sympathique et qui va s'en prendre à vous si vous ne concluez pas dans son sens.

— Quelle que soit la conclusion attendue par M. Sainsworth, il me paie pour être impartiale. Vous m'avez entendue le lui rappeler.

— Et vous pensez qu'il va vous croire ?

Soudain, quelque chose en lui céda. Il savait qu'il n'aurait pas dû, mais ce fut plus fort que lui.

Il tendit la main vers le visage de Sarina et laissa ses doigts tracer un chemin délicat de ses tempes à la commissure de ses lèvres, puis plus bas sur sa gorge, là où battait son pouls. Il s'arrêta là jusqu'à ce qu'il sente les battements se propager dans son propre sexe.

— Comment croyez-vous qu'il réagira quand vous lui fournirez un rapport conseillant de ne pas me virer ?

Sarina saisit sa main. Pour la repousser, sans doute. Mais la petite part irrationnelle qu'il y avait en lui l'accueillit comme une caresse.

Elle soutint son regard.

— Quand vous m'avez lancé l'histoire de Jeanette à la figure, ça ne m'a pas plu, mais je comprends pourquoi vous l'avez fait. Et c'est encore plus dur pour moi de reconnaître que vous aviez peut-être raison. Je me suis toujours enorgueillie d'être impartiale, mais il est possible que je me sois autorisée à présumer de la culpabilité de certains des cas que j'ai expertisés au lieu de m'appuyer sur les faits.

Il ne fit pas l'erreur d'imaginer qu'elle puisse le féliciter pour sa perspicacité. Ni même se rendre. Encore moins, s'excuser.

Ce que vint confirmer le sourire glacial de Sarina.

— Cela dit, nous ne saurons jamais si mon rapport d'expertise forcément élogieux vous concernant est mérité ou si ce n'est que le résultat de votre chantage.

— Je pense pouvoir vivre avec. Ce n'est pas très important.

— C'est important pour moi, répliqua sèchement Sarina en repoussant sa main avec un peu de retard. Quoi qu'il en soit, je n'ai pas forcément besoin que vous me racontiez votre vie, monsieur Combe. Mais plus je pourrai donner de détails prouvant que nous avons bien eu ce troisième entretien, mieux ce sera. Comprenez que ce n'est pas seulement votre carrière professionnelle qui est en jeu.

Pour la première fois de sa vie, il se fichait de sa carrière professionnelle et de ressembler ou non à son père. Il aurait dû reculer. Il aurait dû se remettre à arpenter la pièce pour dompter sa nervosité. Il ne fit ni l'un ni l'autre.

— Pourquoi ne m'appelez-vous pas par mon prénom, dit-il en baissant les yeux sur la naissance du cou de Sarina où son pouls battait frénétiquement. Je vais finir par le prendre comme une provocation délibérée.

— Le nom que je vous donne n'a aucune importance, rétorqua-t-elle froidement.

Il obligea son regard à dériver sur les murs de la bibliothèque chargés de livres vides aux reliures ouvragées, faux-semblants d'une mine de connaissances qu'aucun occupant de cette demeure n'avait jamais possédées.

— Vous ne faites pas beaucoup d'efforts pour me satisfaire, observa-t-il comme s'il avait passé la journée à y réfléchir. Quand on fait chanter quelqu'un, on peut raisonnablement espérer qu'il va faire ce qu'on lui demande, non ?

— Vous appeler par votre prénom n'a jamais été mentionné dans notre arrangement, répliqua Sarina.

— C'était implicite.

Il ne s'attendait pas à ce qu'elle se penche brusquement vers lui, si bien qu'il lui fallut une seconde de trop pour se rendre compte que son regard étincelait d'une rage annonçant la tempête. Et quand il s'en aperçut, c'était trop tard. Son corps réagit instantanément. Tendu. Brûlant. Prêt à enclencher la vitesse supérieure.

— Vous êtes aussi mauvais que tous les hommes que j'ai démolis, asséna-t-elle en détachant soigneusement chaque mot comme pour mieux enfoncer le clou. La différence, c'est qu'*eux* en étaient conscients. Contrairement à vous. Alors, laissez-moi vous expliquer : quand on est un homme bien, on ne pratique pas le chantage. C'est tout.

— Quand on est une femme bien, on ne construit pas sa vie sur un désir de vengeance, riposta-t-il aussi sec. Alors, inutile de monter sur vos grands chevaux pour me faire la morale.

— J'ai un but. Ma vie a du sens. Peu importe ce que vous en pensez, et tant pis si mes décisions dérangent les types de votre espèce, arrogants, tyranniques et insupportables !

Elle lui lançait les mots comme des poignards.

Il lui jeta un regard qui aurait réduit une crécelle au silence.

— La seule chose qui vous sauve, Sarina, c'est ma bienveillance à votre égard. Un conseil, ne la gaspillez pas !

Elle le crucifia à son tour du regard.

— Votre problème, *Matteo*, c'est que vous avez l'habitude que les gens aient peur de vous. Eh bien, pas moi. Je ne veux pas que cette vidéo fasse le tour du monde, c'est vrai. Pour autant, je n'ai pas peur de vous.

Il la toisa lentement, notant la rougeur sur ses joues, la façon dont sa poitrine se soulevait sous la force de sa respiration haletante, et ses poings qu'elle crispait convulsivement au rythme du pouls qui battait au creux de sa gorge.

Elle semblait sur le point d'exploser. Mais pas de colère...

C'était autre chose. Quelque chose de beaucoup plus simple. La chose la plus primitive, la plus naturelle du monde.

— Si vous avez envie de moi, docteur Fellows, il suffit de demander.

L'effet fut immédiat. Sarina se raidit, ses joues s'embrasèrent.

— Espèce de... De prétentieux personnage !

— Sarina, murmura-t-il d'une voix soyeuse. Ce n'est pas ainsi qu'on dit « s'il te plaît ». À moins que...

8

La voix de Matteo, sensuelle et tentatrice, semait des frissons sur la peau de Sarina, l'étourdissait, menaçait de lui faire perdre la tête.

— Peut-être ne savez-vous pas comment demander ce dont vous mourez d'envie ? C'est ça, ma petite chérie ?

Toute la journée, elle avait ruminé sa colère, enfermée dans sa chambre, à ressasser chaque seconde de chaque échange avec cet homme diabolique pour tenter de comprendre comment elle en était arrivée là.

Il était odieux avec elle, et pourtant, dès qu'il la regardait, dès qu'il la touchait, il y avait cette crispation traîtresse entre ses jambes.

C'était encore pire maintenant. Ce qu'il venait de dire lui donnait envie de hurler. Elle se contenait, mais elle était impuissante à endiguer la vague de chaleur qui la suffoquait.

— Ne m'appelez pas comme ça, marmonna-t-elle. Je ne suis pas votre « petite chérie ».

Le regard qu'il lui lança la fit tressaillir, c'était un regard différent, ouvertement évaluateur. Mélange de spéculation, de détermination et de... patience. Comme si cet homme avait plongé en elle et, patiemment, fouillait dans les moindres recoins, menaçant son équilibre intérieur.

— Vous étiez une enfant très performante, dit-il d'une voix songeuse. Première de la classe, major de promotion à l'université avec une double mention d'excellence.

De tout ce qu'il aurait pu dire, elle ne s'attendait certainement pas à ça. Elle s'efforça de suivre le déroulement de sa pensée en professionnelle. Elle était censée garder le fil conducteur, assembler les pièces du puzzle…

Mais c'était d'elle que Matteo parlait avec cette étrange lueur dans ses prunelles grises, cette sorte de patience obstinée qui n'augurait rien de bon.

— Je connais mon dossier universitaire, merci, réussit-elle à dire.

Elle frissonnait, à présent. Peut-être couvait-elle quelque chose – cela n'aurait rien eu d'étonnant, compte tenu du stress provoqué par cette histoire. Elle se sentait étourdie, comme en état d'apesanteur. Ses seins étaient douloureux, et il y avait cette crispation dans son bas-ventre… Oui, elle couvait forcément quelque chose.

— Vous avez appliqué à votre existence la même rigueur que vous mettiez dans vos études, continua Matteo. Et puis, vous avez perdu votre amie.

— Plus personne ne me parle de Jeanette, observa-t-elle malgré son trouble. On dirait qu'elle n'a jamais existé. Je devrais être ravie d'entendre son nom prononcé deux fois dans la même journée. Et même ça, vous réussissez à le gâcher.

Une lueur furtive traversa les prunelles grises de Matteo, mais sa bouche magnifique se contenta d'esquisser un sourire. Un sourire qu'elle aurait trouvé presque doux s'il s'était agi d'un autre homme.

— Je ne peux que constater les faits, *ma petite chérie*.

Il la provoquait exprès pour la faire enrager. Mais en réalité, ce qu'elle éprouvait, c'était une sorte de faiblesse. Comme si ces quelques syllabes lui faisaient perdre l'équilibre. Comme si le sol se dérobait sous ses pieds.

— Des années de travail acharné pour satisfaire aux exigences de vos parents et décrocher les meilleurs diplômes, reprit-il. La perte de votre amie. Et depuis, vous menez une existence d'ermite. Pas même une virée dans un des bars de tous ces hôtels où vous passez vos nuits. Si bien que je me pose la question…

Là, Matteo passa la vitesse supérieure. Il tendit la main, enfouit les doigts dans ses cheveux et fit sauter la barrette qui les retenait sur sa nuque.

La masse de sa chevelure se répandit sur ses épaules, et elle fit un effort surhumain pour soutenir le regard gris de Matteo tandis qu'il entortillait une mèche autour de son index et tirait légèrement dessus.

— Docteur Fellows, dit-il d'une voix de velours. Êtes-vous vierge ?

Les oreilles de Sarina bourdonnèrent, son estomac se contracta, mais elle réussit à ne pas baisser les yeux, et même à hausser les sourcils. Parce qu'il n'était pas question qu'elle sombre corps et biens comme le *Titanic*.

— Quelle drôle de question ! De nos jours, la virginité est une conception rétrograde à connotation péjorative, typique des sociétés patriarcales, répondit-elle.

— Allons, ma petite chérie, inutile de tourner autour du pot. Soit vous avez eu des relations sexuelles, soit vous n'en avez pas eu. Vous pouvez le formuler comme vous voulez, la question reste la même. Êtes-vous vierge ?

Sur les lèvres de Matteo flottait toujours ce petit sourire patient.

— Je n'aime pas ce terme, éluda Sarina. C'est une unité d'évaluation absurde.

— Tout dépend de l'unité en question et…

— Savez-vous qui s'intéresse à des trucs comme la virginité ? le coupa-t-elle vivement. Des pré-adolescentes surexcitées. Et des hommes qui n'y connaissent rien.

Ignorant l'interruption, Matteo reprit sa phrase.

— Comme je le disais, tout dépend de l'unité en question et de l'homme qui manipule cette unité un peu particulière. Ce qui demande un certain talent, naturellement. Ça ne s'apprend pas.

— Pensez ce que vous voulez, je ne répondrai pas à cette question ridicule, déclara-t-elle avec un petit reniflement.

Le sourire de Matteo s'élargit.

— Vous venez d'y répondre.

Elle inspira profondément, prête à contre-attaquer par une nouvelle série d'arguments, n'importe quoi…

Quand Matteo la souleva brusquement de terre.

Ce fut comme si le monde basculait sur son axe, la projetant dans un univers parallèle où tout n'était que sensations – les bras musclés de cet homme qui l'enlaçaient, son torse dur pressé contre sa poitrine, le creux de son cou à la hauteur de ses lèvres. Et son parfum qui l'enveloppait, puissant, viril. Qui l'intoxiquait.

Quand il la cloua contre le mur, se pressant contre elle tandis que ses mains relevaient ses jambes pour les enrouler autour de sa taille, elle laissa échapper une plainte qui lui était étrangère.

— Qu'est-ce que vous… ? Que… ?

Elle ne trouvait plus ses mots. Son cerveau était comme court-circuité. Plus rien n'existait que Matteo, son corps plaqué contre le sien. Et son regard gris rivé sur elle. Inflexible. Sûr de lui. Un regard qui la faisait frissonner tout à la fois de peur et d'excitation.

N'était-ce pas au fond ce qu'elle avait voulu dès le départ ? Son corps ne l'avait-il pas su bien avant elle, dès leur première rencontre à Venise ?

— Il existe différents types de lutte, ma petite chérie, souffla Matteo tout contre son oreille. Laisse-moi te montrer celle-ci.

Et il s'empara de sa bouche.

Elle avait à peine survécu au premier baiser.

Celui-ci était encore plus brûlant, plus exigeant. Plus sauvage. Elle n'avait jamais été embrassée ainsi. Elle avait l'impression d'être en pleine tempête, frappée par les éclairs, foudroyée, et elle en redemandait…

Elle cessa de penser. Enroulant les bras autour de la nuque de Matteo, elle resserra les cuisses autour de sa taille et sentit son érection contre son ventre. D'instinct, ses hanches se mirent à osciller pour aller à sa rencontre et frotter son sexe contre le sien.

Elle avait sans doute perdu la tête. Cet homme éveillait en elle des sensations inconnues qu'elle ne pouvait ni ne voulait réprimer. Des sensations tout à la fois douloureuses et délicieuses. La seule façon d'apaiser la tension dans ses seins, c'était de les presser encore plus durement contre son torse. Il l'embrassait comme si elle lui appartenait – comme s'il connaissait tout d'elle, au-dedans comme au dehors – lui inclinant la tête d'un côté puis de l'autre jusqu'à trouver le meilleur angle pour l'embrasser plus profondément. Plus intensément. Plus sauvagement.

Si c'était une lutte, c'était celle qu'elle avait attendue toute sa vie. Alors, elle s'y jeta tête baissée. Sans réfléchir. Elle se fichait qu'une caméra puisse enregistrer ce qu'il se passait. Elle se moquait même que la vidéo fasse le tour du monde.

Plaquée contre lui, elle avait l'impression de s'éveiller à la vie.

Elle n'avait pas imaginé qu'un baiser puisse éveiller en elle un tel déchaînement des sens. Elle n'avait jamais imaginé être un jour aussi brûlante, étourdie, enivrée, capturée par le parfum d'un homme et le goût de sa bouche, promesses de plaisirs sauvages.

Matteo s'arracha à ses lèvres pour descendre plus bas, semant sur la cambrure de son cou une pluie de baisers brûlants, embrasant chacune de ses terminaisons nerveuses.

Fermant les yeux, elle tenta de calmer sa respiration, d'absorber le chaos de sensations.

— Accroche-toi à moi, souffla-t-il tandis qu'il glissait une main entre eux, sous la ceinture de son pantalon, pour s'aventurer entre ses cuisses et s'emparer de son intimité.

Il enfonça un doigt en elle et, sans hâte, la caressa tout en pressant la paume contre son clitoris, lui faisant perdre pied jusqu'à ce que l'orgasme s'empare d'elle et que le monde autour d'elle disparaisse dans un tourbillon de plaisir.

Quand elle rouvrit les yeux, elle était étendue sur le sol de la bibliothèque, Matteo au-dessus d'elle, mâchoires serrées, regard brûlant. Il prit de nouveau sa bouche avec une brutalité qui n'avait rien de cruel et qui réveilla en elle un instinct primitif : le besoin éperdu d'assouvir son désir de l'autre.

Elle n'avait jamais fait ça avant, mais ça n'avait guère d'importance. La lutte, elle connaissait. Elle avait passé sa vie à lutter. Alors, c'est ce qu'elle fit. Pour se coller à lui. Pour le lécher. Partout. Connaître son goût. Il lui retira son chandail et le jeta sur le côté. Elle en fit autant avec le sien.

Il la repoussa et l'étendit sur le dos pour torturer ses seins avec ses lèvres et ses mains expertes. Jusqu'à ce qu'elle se torde sous le délicieux supplice en gémissant son nom.

Ensuite, ce fut son tour à elle de contre-attaquer. Elle échappa à Matteo et roula sur lui pour prendre le contrôle de son corps, mordiller ses mamelons, effleurer son torse de ses seins nus.

Il l'arrêta quand elle glissa plus bas vers son ventre. Sans lui laisser le temps de protester, il l'écarta et retira son pantalon, tandis qu'elle retirait le sien sans le quitter des yeux.

— Tu veux ma mort, murmura-t-il, le regard étincelant.

— Nos fantômes hanteront Combe Manor avec tous les autres,

rétorqua-t-elle, avant de fondre à nouveau sur lui avec une audace dont elle ne se serait jamais crue capable.

Il la laissa faire, se laissa embrasser, lécher, goûter.

Folle de désir, elle s'enivrait de son odeur, de sa peau. Elle aurait pu continuer ainsi une éternité si Matteo n'avait pas décidé que ça suffisait comme ça.

Le souffle court, elle croisa son regard couleur d'orage, le pli sévère sur sa bouche. Ses mains crispées sur ses hanches ne toléraient aucune rébellion quand il la souleva pour l'asseoir sur lui. Il ajusta sa position pour presser sa virilité à l'entrée de son sexe.

— Prends-moi en toi, lui dit-il d'une voix aussi ferme et assurée que son regard.

Elle avait confiance en cet homme – ce à quoi elle préférait ne pas trop réfléchir, et surtout pas maintenant. Et, plus que tout, elle le désirait. Rien d'autre n'avait d'importance : ni leurs positions sociales, ni leurs différends, ni même le scandale.

Elle posa les mains sur son torse et lentement, lentement, descendit sur son érection. Un pincement au fond de son ventre la fit tressaillir. Elle s'immobilisa un instant, le temps de s'habituer à cette sensation tout à la fois exquise et douloureuse d'être distendue, remplie. Puis elle continua, jusqu'à ce que le sexe de son amant soit totalement enfoncé en elle, faisant naître une sensation inconnue qu'elle ne pouvait ni ne voulait réprimer.

Matteo ne la quittait pas des yeux.

— Et maintenant ? souffla-t-elle, haletante, entièrement concentrée sur lui et… sur cette part de lui qui était en elle.

— Tu as mal ?

Il y avait de la tension dans sa voix, mais aucune trace sur son beau visage.

— Je te l'ai dit. La virginité n'est qu'un mot.

— Qui ne s'applique désormais plus à toi. Maintenant, il te suffit de bouger.

Elle s'exécuta, cherchant sa position, son rythme. Lentement, elle fit basculer ses hanches, puis se souleva et se rassit. Recommença. S'enhardit.

Elle se sentait puissante. C'était elle qui commandait. Matteo était à elle.

Elle ne sut pas quand elle cessa de jouer, quand elle commença à gémir et à frissonner sous l'assaut de la pulsion lancinante au fond de son ventre, pareille à une brûlure.

— Sarina !

La voix dure de Matteo ne fit que l'exciter davantage. Elle sursauta violemment et se figea.

Il plongea dans ses yeux.

— Tôt ou tard, tu vas devoir te rendre. Tu dois lâcher prise.

Elle voulut lui dire qu'elle ne savait pas comment faire. Qu'elle ne voulait pas. Que ce n'était pas dans sa nature...

Mais il glissa la main entre ses jambes, pressa ses doigts contre son clitoris, accentua ses caresses, déclenchant des vagues profondes et violentes qui lézardaient le mur d'autodiscipline qu'elle avait si laborieusement édifié autour d'elle.

— Ne résiste pas, Sarina.

Alors, elle s'abandonna. Elle se laissa rouler dans le flot impétueux de la jouissance, tandis que Matteo soulevait les hanches pour plonger encore plus profondément en elle et lui apprendre la différence entre la satisfaction immédiate et l'art exquis de faire durer les choses. Entre le jeu et la passion.

Chacun de ses coups de reins lui faisait atteindre un nouveau palier de plaisir, et l'extase était à chaque fois si intense qu'elle croyait être parvenue au sommet. Et pourtant, elle montait toujours plus haut, plus haut, encore plus haut.

Elle n'entendait plus que ses gémissements, la respiration rauque de Matteo qui faisait écho aux furieux battements de son cœur. Ses pensées s'éparpillaient. Plus rien n'existait que leurs corps plongés dans un même brasier. Jusqu'à ce que l'explosion les disperse en milliers de morceaux.

Elle reprit ses esprits alors que Matteo la soulevait dans ses bras. Elle enfouit son visage contre son épaule en se demandant confusément s'il était possible de rassembler les morceaux. Le voulait-elle seulement ?

Sans un mot, Matteo la porta à l'étage, dans ses appartements. Mais au lieu de la déposer sur le lit qui trônait dans sa chambre, il l'emmena dans la salle de bains adjacente.

Il la remit sur ses pieds et attendit quelques secondes qu'elle retrouve son équilibre. Elle voulut lui dire que c'était inutile, mais sa bouche semblait ne plus pouvoir fonctionner normalement, et quand il la lâcha, elle se rendit compte qu'elle tenait à peine sur ses jambes. S'appuyant au rebord de l'immense baignoire, elle regarda Matteo la remplir.

Quand elle fut pleine, il la souleva de nouveau dans ses bras et la déposa dans l'eau. Puis il entra dans la baignoire à son tour et s'installa face à elle, leurs jambes entremêlées dans une intimité naturelle qui fit battre le cœur de Sarina.

Soudain, son ravissement se transforma en crainte. Toutes ces choses dont elle aurait dû se souvenir, toutes ses réserves et ses appréhensions l'assaillirent, s'élevant entre eux tel un mur, la poussant à se demander...

— Arrête !

La voix de Matteo la fit sursauter.

— Le monde ne va pas s'arrêter de tourner, Sarina. Inutile de te torturer l'esprit.

Elle fronça les sourcils, mais avant qu'elle ait eu le temps de réagir, il l'attira à lui et l'installa dos contre son torse.

Toute sa vie, elle s'était battue. D'abord pour obtenir d'excellents résultats scolaires et universitaires en sa qualité de fille unique de deux intellectuels superstars qui remarquaient à peine son existence. Ensuite, il y avait eu la perte de Jeanette, et là encore, elle s'était battue pour ne pas sombrer. Elle avait construit sa vie autour de cette lutte. Jamais, elle n'avait songé à lâcher prise.

Mais là, dans cette eau chaude, douce comme la soie sur sa peau, prisonnière du corps dur et brûlant de Matteo, elle se sentait... bien. Elle n'avait plus envie de batailler. Alors, pour une fois, elle décida de laisser faire.

Ce fut la lumière qui réveilla Sarina.

Elle tirait toujours les rideaux pour se protéger des premières lueurs de l'aube, seul moyen pour surmonter ses problèmes d'insomnie dus au décalage horaire quand elle traquait des brutes tyranniques à l'autre bout du monde. Elle ne laissait jamais le jour entrer.

Elle fit la grimace, l'esprit engourdi. Désorientée, elle sentit un corps bouger contre elle, et dans la seconde suivante, elle se souvint où elle était. Et avec qui.

Quand elle ouvrit les yeux, la réalité la secoua si durement qu'elle en eut la nausée.

La nuit s'était déroulée comme dans un rêve. Elle s'était abandonnée dans la baignoire, elle avait renversé la tête en arrière pour offrir sa bouche à Matteo. Puis il l'avait portée sur son lit. Là, il lui avait enseigné tout ce qu'elle ne savait pas. Il l'avait possédée avec art, avec fièvre, jusqu'à ce qu'elle ne soit plus qu'un corps écartelé, fourbu de sensations.

Pas une seule fois, elle n'avait pensé qu'il la faisait chanter. Pas une seule fois elle ne s'était inquiétée de mettre son avenir entre ses mains, littéralement parlant et de son plein gré. Pas une seule fois elle n'avait songé aux conséquences professionnelles.

Elle avait renié tout ce qu'elle était. Pire, elle avait trahi Jeanette.

Elle sentit son estomac se nouer et son cœur s'emballer. Il cognait si fort qu'elle craignit un instant que le bruit des battements ne réveille l'homme endormi à ses côtés.

Prudemment, elle s'écarta et se glissa sans un bruit hors du lit.

Dehors, les premières lueurs de l'aube éclairaient la cité en contrebas, avec ses vieilles maisons de brique et ses rues étroites.

Elle sortit de la chambre sur la pointe des pieds et retrouva le chemin jusqu'à la bibliothèque.

Les vêtements qu'elle était certaine d'avoir jetés au sol étaient à présent soigneusement pliés sur une chaise, comme pour lui rappeler que le personnel du château n'ignorait rien de ses ébats avec le maître des lieux.

Honteuse, elle s'habilla, courut à sa chambre prendre sa valise et se faufila jusqu'à la porte d'entrée. La main sur la poignée, elle hésita et jeta un regard derrière elle.

Un sanglot dans sa gorge menaçait de s'échapper. Et s'il s'échappait, elle s'effondrerait. Or, elle ne pouvait pas – elle ne *devait* pas rester.

Alors, elle ravala sa peine et quitta le château.

Conformément aux dires de Matteo, il lui fallut une bonne heure de marche pour atteindre la route principale du village, d'où elle appela un taxi pour la conduire à York. Arrivée là, elle grimpa dans le premier train pour Londres.

Elle ne savait pas ce qu'elle serait devenue dans les bras de Matteo Combe. La seule chose certaine, c'est qu'elle ne pouvait pas se permettre d'être à nouveau la femme de la nuit dernière. La femme impudique, soumise, qui avait besoin de ses caresses, besoin de *lui*. Désespérément. Le genre de femme qu'elle n'avait jamais été et qu'elle méprisait. Le genre de femme capable de se donner corps et âme à un homme tel que Matteo Combe.

Quelle idiote d'avoir imaginé une seconde pouvoir prendre un tel risque et s'en sortir indemne ! Tôt ou tard, elle paierait forcément pour ce plaisir. Elle le savait. Elle savait comment ces choses-là se terminaient : dans les larmes et le désespoir.

9

Avant même d'ouvrir les yeux, Matteo sut qu'il était seul dans le lit monumental hérité de ses ancêtres.

Il passa la main sur les draps dans lesquels Sarina avait dormi. Ou plus précisément, où elle avait brièvement repris son souffle entre des élans de passion comme il n'en avait jamais connu avec une autre.

Le drap était froid.

Il roula sur le dos et se frotta le visage, assailli par tout ce qui le hantait, tout ce à quoi il refusait de penser dans cet endroit peuplé de fantômes.

Il n'était pas un play-boy. Contrairement à beaucoup de ses semblables de sang bleu et aux comptes bancaires bien garnis, il ne collectionnait pas les conquêtes. Comme il l'avait précisé à Sarina, il était plutôt du genre « archaïque ». Vieux jeu, quoi.

Ce qui ne voulait pas dire qu'il faisait vœu de chasteté, sa vie sexuelle avait toujours été bien remplie. Mais jamais il n'avait senti le désir l'incendier à ce point. Jamais il n'avait connu chez une femme une telle sauvagerie des sens exigeant d'exploser librement.

En dépit de son inexpérience, Sarina avait répondu passionnément à chacune de ses caresses, chacun de ses baisers, comme s'il était le seul homme au monde capable de la satisfaire. Elle l'avait rendu fou de plaisir. Plaisir de la sentir autour de lui, de sentir ses mains agrippées à ses épaules, de la douceur de sa peau, des courbes de son corps épousant le sien. Elle avait provoqué un cataclysme dans ses émotions. Il n'était plus le même. Il se sentait… Possessif. Parce qu'il était le premier. Parce que Sarina n'avait appartenu à aucun autre homme avant lui et qu'il lui avait enseigné comment donner et recevoir. Et la vierge inexpérimentée s'était transformée en une déesse sensuelle diaboliquement efficace.

Au souvenir de leurs ébats insatiables, son désir se réveilla. Il était déjà en manque ! Sarina était une drogue.

Réprimant un soupir, il s'extirpa du lit pour aller prendre une douche. L'eau lui éclaircirait les idées et le débarrasserait peut-être de cet embrouillamini de sentiments bizarres où il ne se reconnaissait plus lui-même.

Mais quand il émergea de la salle de bains, il était toujours aussi tendu, les nerfs à vif.

Il n'y avait aucune raison pour que ce soit autre chose qu'un intermède purement sexuel entre cette femme qui avait fait de sa soif de vengeance une véritable entreprise de démolition d'hommes de son espèce, et lui qui avait pris un malin plaisir à la faire chanter.

Alors, pourquoi était-il à ce point obsédé par le souvenir de ses soupirs et de ses gémissements quand il s'était perdu en elle dans un tourbillon de sensations, au point de ne plus savoir qui il était ? Sarina ne l'avait pas seulement ensorcelé, elle l'avait mis à nu.

L'esprit en ébullition, il sauta le petit déjeuner et gagna directement la bibliothèque. Assis à sa table de travail, il contempla les murs couverts de livres qui n'en étaient pas.

Après tout, que leurs pages soient blanches ou pas n'avait pas tant d'importance. Il n'y a pas de mal à s'abriter derrière une façade. Ce n'est pas parce que le monde prône la transparence en toute chose qu'il faut nécessairement partager cette obsession. Il lui suffisait de regarder par les fenêtres de cette pièce pour comprendre que le passé ne peut être chassé de certains endroits. Que certaines choses restent plus ou moins immuables au fil des siècles. Et qu'il serait ridicule d'imaginer pouvoir y changer quoi que ce soit.

Il ouvrit son ordinateur, posa son smartphone sur le bureau à côté de lui et se mit au travail avec toute l'énergie d'un homme déterminé à ne pas fendre sa carapace pour voir ce qui se cache dessous. S'il y avait bien une leçon qu'il avait retenue, c'était de ne rien montrer de sa vie intérieure. Celle-ci devait rester là où elle était. À l'intérieur. Sous peine de détruire les années de discipline de fer qui avaient fait de lui l'homme qu'il était.

Il passa la matinée à négocier des contrats et à discuter avec les responsables des filiales de Combe Industries à travers le monde. À chaque fois, il devait se défendre – sans paraître agressif – contre la sournoise campagne de dénigrement lancée par Roderick Sainsworth à la suite du premier compte rendu de Sarina. Ce qui avait le mérite de lui rappeler qui il était. Qui elle était. Et la raison pour laquelle il l'avait piégée avec cette vidéo.

Sarina Fellows haïssait les hommes comme lui. La preuve, elle préférait se terrer dans sa chambre plutôt que d'affronter la réalité de ce qu'il s'était passé entre eux.

Il aurait pu s'en amuser, mais comme le soir tombait, il commença à s'inquiéter. Il sortit de la bibliothèque et prit la direction de l'aile sud où Sarina avait été installée à son arrivée. Son humeur s'assombrit encore à mesure qu'il remontait les corridors où régnait un silence absolu, devant les portraits de ses ancêtres Combe, des hommes durs et déterminés, richement vêtus et tentant d'afficher une noblesse qu'ils ne possédaient pas.

Arrivé devant la chambre de Sarina, il frappa un coup sec et ouvrit la porte.

La pièce était déserte.

Une seconde lui suffit pour comprendre que son occupante n'était pas simplement sortie se promener dans les jardins. Sa valise n'était plus là. Sarina Fellows s'était volatilisée.

Il rebroussa chemin, les mâchoires crispées par la colère.

— Où est le Dr Fellows ? demanda-t-il à la première femme de chambre qu'il croisa.

— Je pensais que vous le saviez, monsieur, répondit celle-ci, l'air gêné. Elle est partie tôt ce matin. À pied.

Piqué au vif, il préféra se taire de crainte d'exploser. Il rumina sa colère et sa frustration toute la nuit avant d'appeler Sarina le lendemain matin, de la bibliothèque, là où il avait pour la première fois goûté à son innocence.

— Dr Fellows à l'appareil, répondit-elle d'un ton neutre, comme si elle ignorait de qui émanait l'appel.

Comme si elle s'imaginait les ramener ainsi sur un terrain purement professionnel !

— On dirait que tu n'as pas compris comment marche un

chantage, Sarina, dit-il d'un ton détaché, alors même qu'il bouillait de rage.

— Je croyais que nous étions d'accord sur les termes de notre arrangement, répliqua-t-elle, glaciale. Je ne vois pas pourquoi je me serais attardée plus longtemps. Vous pensiez me séquestrer encore longtemps dans votre château ?

Il fronça les sourcils, douché par le retour au vouvoiement formel qu'elle lui opposait.

— Si j'avais eu l'intention de vous y séquestrer, vous y seriez encore.

Sa voix n'était plus aussi calme, mais Sarina l'ignora.

— Je présenterai les conclusions de mon expertise à votre conseil d'administration dans une semaine, dit-elle sur le ton avec lequel elle aurait discuté des préparatifs d'un voyage ou d'une liste de courses. Vous pourrez suivre la vidéoconférence à distance. Si, pour une raison ou une autre, vous n'appréciez pas les résultats de mon analyse, nous pourrons en discuter.

Même dans sa manière de marquer une pause, Sarina paraissait indifférente. Distante. Presque dédaigneuse.

Il dut se faire violence pour ne pas lui rappeler avec quel abandon elle avait découvert la jouissance dans ses bras… Et lui dire à quel point ça l'avait ébranlé, même s'il avait du mal à l'accepter.

— Avez-vous quelque chose à ajouter, monsieur Combe ?

— Je ne crois pas, répondit-il d'une voix tout aussi glaciale.

Le regard fixé sur la charge de nuages chargés d'électricité qui galopaient au-dessus de la lande plongée dans la pénombre, il raccrocha en essayant de se convaincre qu'il n'éprouvait absolument rien.

Six jours plus tard, dans son bureau de Londres, Matteo regardait Sarina Fellows parler avec assurance devant une caméra.

Elle parlait de lui – ou plutôt du personnage que son conseil d'administration et les paparazzis avaient créé de toutes pièces —, mais il s'en fichait. Il ne voyait qu'elle.

Une semaine plus tôt, il aurait affirmé qu'il n'existait rien de plus important pour lui que son rôle à la tête de Combe Industries. Mais aujourd'hui, la seule chose qui occupait son esprit, c'était cette femme.

Elle paraissait impeccable. Ce qui l'agaçait prodigieusement quand il se souvenait d'elle, les joues cramoisies, les yeux brillants, la peau brûlante, couchée sur lui ou sous lui.

Son épaisse chevelure était rassemblée en un chignon d'où ne dépassait aucune mèche. Vêtue d'un de ses éternels tailleurs noirs, elle affichait un sourire froid, et ses mains étaient sagement croisées sur son bureau.

Dans son dos, le mur était couvert de livres dont il était prêt à parier qu'elle avait lu chaque page.

Parce que Sarina était bien réelle, lui murmura une voix insidieuse sous son crâne. C'était lui qui était factice.

Ou peut-être un fantôme. Celui de ses ancêtres, âmes errantes d'une famille maudite au goût prononcé pour la bagarre, l'argent, l'amertume et les désillusions.

Pas étonnant que Sarina se soit sauvée comme si elle avait le diable aux trousses. Sans laisser un mot.

Même l'homme dont elle parlait maintenant, le Matteo Combe dont elle dressait le profil psychologique, était bidon. Un faux né d'un chantage.

— Mes entretiens avec M. Combe m'ont convaincue que son comportement lors des funérailles de son père n'est lié à aucun trouble caractériel, mais à un désarroi bien compréhensible, suite à la perte brutale de ses parents en l'espace de quelques semaines. Il s'agit d'un moment de faiblesse qu'il serait injuste d'exploiter pour mettre en doute ses capacités professionnelles.

À l'entendre, Matteo aurait presque pu croire qu'elle pensait réellement ce qu'elle disait.

En réalité, son unique faiblesse, c'était elle. Et il croyait savoir pourquoi, à chaque fois qu'il la voyait, il y avait cette étincelle en lui, comme s'il la retrouvait après l'avoir perdue. Mais il n'avait jamais été très doué pour exprimer ses sentiments, et Sarina Fellows ne voulait rien avoir à faire avec un homme qui la faisait chanter. Alors, ce qu'il croyait savoir resterait enterré au fond de lui – un boulet de plus à traîner.

Dès qu'elle eut terminé son exposé aussi soigné qu'efficace, Sarina se déconnecta, jugeant sa mission accomplie.

Des murmures s'élevèrent parmi les membres du conseil réunis dans la salle de conférence, trois étages au-dessous du bureau de Matteo.

— Je suis content que nous puissions clore ce chapitre, déclara Lord Christopher Radcliffe.

Le vieil homme haussa un sourcil à l'adresse de Roderick Sainsworth, assis à l'autre bout de la monumentale table de verre et d'acier.

— Roderick ? Vous devez être soulagé de voir que vos craintes étaient sans fondement.

— Bien sûr, marmonna l'intéressé entre ses dents.

Sainsworth avait joué et perdu.

Matteo aurait dû être aux anges. Mais la réalité était tout autre. Il se sentait meurtri et amer. Parce que tout ce qui occupait son esprit, son seul désir de conquête, c'était Sarina Fellows. Une femme qui le haïssait trop pour voir en lui l'homme et pas qu'un simple cas d'étude.

— Merci, messieurs, dit-il quand vint son tour de prendre la parole par écran interposé. Je comprends que vous ayez tenu à vous assurer de mes capacités à remplir mon poste à la tête de Combe Industries, ce qui nous a valu cette petite incursion dans le monde de l'analyse psychologique. Naturellement, je suis ravi que le Dr Fellows m'ait déclaré apte à poursuivre la direction de l'entreprise familiale comme prévu.

Après quoi, le contact vidéo fut coupé, chacun se déconnecta, et il se retrouva seul devant un écran vide, à tenter de se persuader qu'il était heureux d'avoir obtenu ce qu'il voulait.

Absolument tout ce qu'il voulait, se répéta-t-il.

Parce que tôt ou tard, à force, il finirait par y croire.

Un mois s'écoula. Puis deux. Matteo travaillait, consacrant tout son temps à l'entreprise familiale parce que c'était tout ce qu'il possédait et la seule chose qu'il savait faire.

Quand bien même certains membres du conseil d'administration auraient été tentés de le chasser de son bureau, c'était à lui de diriger Combe Industries et d'assurer la pérennité de l'œuvre familiale dans un monde en pleine mutation. Ce qui exigeait de ne pas fonctionner comme son père et d'établir un réel dialogue avec le personnel. Il s'était ainsi astreint à se rendre en personne dans chaque bureau de la compagnie, si petit et reculé soit-il partout dans le monde, pour rencontrer et communiquer directement avec tous les employés du haut en bas de l'échelle hiérarchique.

Ces dernières semaines, alors qu'il était en voyage d'affaires à Perth, il avait également fait la connaissance par Skype de son demi-frère, que Lauren avait enfin retrouvé.

— Je t'aurais reconnu entre mille, avait-il dit en voyant l'homme face à lui sur l'écran.

Dominik était un grand brun aux yeux gris, de ce même gris qu'ils avaient tous deux hérité de leur mère. Plus costaud que lui, il portait sur le visage cette sorte de scepticisme fatigué propre à ceux qui n'ont pas eu la vie facile. Mais leur lien de parenté ne faisait aucun doute.

— Content de faire ta connaissance, frangin, avait-il dit d'une voix bourrue, avec une lueur méfiante dans le regard qui indiquait clairement que s'il avait vécu en solitaire au fond des bois il n'était pas né de la dernière pluie et certainement pas du genre à se laisser embobiner.

Matteo jugeait ce premier contact tout à fait satisfaisant.

— Comment ça, vous ne rentrez pas directement à Londres ? s'était étonnée Lauren après que Dominik avait quitté son bureau.

D'ordinaire imperturbable, elle le regardait sur l'écran en fronçant les sourcils.

— Que voulez-vous que je fasse avec votre frère tombé du ciel pendant que vous voyagez à l'autre bout du monde ?

Matteo avait haussé les épaules.

— Je compte sur vous pour le civiliser, Lauren. C'est un San Giacomo. Apprenez-lui ce que ça signifie avant que les journalistes ne le mettent en pièces.

— Avec tout le respect que je vous dois, monsieur, avait répliqué Lauren sur un ton indiquant qu'elle ne lui en devait pas tant que ça, ne serait-ce pas plutôt à vous de faire ce boulot ?

Justement non, ce boulot n'était pas de son ressort. Parce que, après toutes ces semaines passées à voyager loin de chez lui, il avait eu tout le temps de mesurer à quel point une femme peut distraire un homme de son objectif. À quel point la famille est synonyme d'exigences et de complications. À quel point il est important de créer des compartiments étanches entre les émotions et la raison.

Combe Industries devait à tout prix rester à l'écart des préoccupations personnelles de son P-DG. L'entreprise existait avant lui et serait encore là après lui. Comme le palais des San Giacomo à Venise. Il n'était que le gardien, celui qui protégeait l'œuvre de ses ancêtres pour la transmettre à son tour à celui qui prendrait le relais.

— J'ai appris que nous avions un frère, Matteo, lui avait dit Pia quelques jours plus tard au téléphone, sur un ton blessé. Tu aurais pu me prévenir, au lieu de me laisser découvrir son existence dans les journaux !

— Je ne t'en ai pas parlé parce que je n'étais pas certain qu'on le retrouverait.

— Mais quand il a été retrouvé, tu aurais pu me mettre au courant, non ?

— Je croyais que tu m'appelais pour m'annoncer l'heureux événement, dit Matteo, éludant la question.

En fait, il ne savait comment répondre. En quelques mois, la configuration familiale avait radicalement changé. La disparition de leurs parents. L'irruption dans leur vie de ce demi-frère qui lui enlevait sa place d'aîné. Et pour finir, le mariage à huis clos de sa petite sœur – le seul membre du clan familial qu'il aimait de façon inconditionnelle – pour cause de maternité imminente.

— La famille, c'est compliqué, avait observé Pia au bout d'un moment. Pense à notre mère.

— Je préfère pas.

Alexandrina ne s'était jamais intéressée à lui. Peut-être parce qu'elle avait dû renoncer à Dominik, son premier-né. Quoi qu'il en soit, elle avait toujours fait preuve de froideur à son égard, et il ne savait pas comment faire son deuil d'une mère qu'il avait à peine connue.

— Imagine qu'on te force à épouser quelqu'un contre ton gré, avait repris Pia avec gravité. Tu ne t'en sortirais peut-être pas mieux qu'elle.

— Pia…

Matteo lui avait promis de ne plus jamais interférer dans sa vie personnelle. Il avait passé une main nerveuse dans ses cheveux.

— Est-ce que c'est un appel à l'aide ? Il y a un problème avec le prince Ares ?

— Bien sûr que non.

Elle avait marqué un long silence avant d'observer d'une voix sourde :

— Je me demande s'il n'aurait pas été plus sage de laisser notre frère là où il était.

— C'est lui qui décidera, avait répondu Matteo.

En tout cas, c'était ce qu'il croyait juste.

— D'accord. Quand rentres-tu ? avait murmuré Pia. Ça fait un bout de temps que tu es parti.

Matteo s'était octroyé encore trois semaines supplémentaires avant de retourner à Londres. Et s'il avait choisi de faire étape à San Francisco sur le chemin du retour, c'était uniquement pour affaires. Il avait donné rendez-vous à son avocat-conseil américain dans un bar chic du centre-ville fréquenté par des cadres en costume-cravate, l'œil et l'oreille rivés à leur smartphone.

— Bravo pour votre campagne mondiale de relations publiques ! le félicita Pier Cotton. Ce doit être exténuant, mais quel coup génial d'avoir transformé ce regrettable accès d'humeur lors de l'enterrement de votre père en annonce d'une nouvelle ère pour Combe Industries ! Rien ne vaut une bonne stratégie de communication pour redorer le blason.

Matteo hocha la tête.

Il avait lu la presse. « Un Combe doté d'un cœur ? » titraient les journaux. Il était à présent considéré comme une sorte de héros. Le gars qui n'avait pas hésité à sortir les poings pour défendre l'honneur de sa sœur devant un parterre de personnalités et avait pris sur lui de réparer l'injustice faite par leur père à ce demi-frère resté dans l'ombre.

La situation ayant enfin tourné à son avantage, il aurait dû s'en réjouir. Or, il n'éprouvait ni joie ni enthousiasme. Il ne ressentait rien. Le vide béait en lui, menaçant de l'aspirer.

— Content que ça ait produit l'effet désiré, marmonna-t-il en s'efforçant d'ignorer l'horripilant sourire de son interlocuteur.

Il regrettait déjà de s'être arrêté à San Francisco. Il s'était absenté bien trop longtemps de Londres. Réhabiliter son image et celle de l'entreprise par la même occasion était indispensable, mais ce tour du monde avait été un supplice. Parce que, soir après soir, aux quatre coins de la planète, il s'était retrouvé seul dans sa chambre d'hôtel, à revivre sa nuit avec Sarina Fellows.

Il avait passé ses derniers mois à faire l'amour avec un fantôme. Au point qu'il craignait d'en devenir un lui-même. Et quelle que soit la quantité d'alcool absorbée en compagnie de types en costard-cravate au sourire « ultra-bright » comme celui qui lui faisait face ce soir, il avait toujours l'impression de jouer un rôle. Il restait semblable à ces livres bidon à la couverture dorée mais vides de mots qui couvraient les murs de la bibliothèque du château familial.

— Ne vous retournez pas tout de suite, lui souffla l'avocat.

Matteo le dévisagea, surpris. Dos à la porte, il eut l'impression que le niveau de bruit autour d'eux avait grimpé d'un cran.

— Voici l'occasion de prouver que cet épisode absurde avec votre conseil d'administration ne vous a nullement touché.

— Je n'y pense plus depuis des mois, mentit-il. C'est de l'histoire ancienne.

— Peut-être. Mais là tout de suite, je peux vous assurer que c'est la question que se posent autour de nous tous ceux qui vous ont reconnu, répliqua l'avocat qui ne souriait plus.

Matteo se retourna sur son siège pour suivre son regard vers la porte donnant sur la rue.

Un groupe de personnes se saluaient. Elles s'écartèrent, et soudain il la vit.

Sarina.

Il se figea, comme tétanisé par une décharge électrique.

L'avocat continuait de jacasser, mais il l'entendait à peine.

Parce qu'elle était juste *là*. Et que c'était la véritable raison pour laquelle il avait décidé de s'arrêter à San Francisco. Même s'il prétendait que c'était uniquement pour affaires, il était venu ici pour la revoir.

Son visage était resté gravé dans son esprit depuis si longtemps maintenant qu'il avait fini par croire qu'il l'idéalisait. Aucun être vivant ne pouvait être aussi parfait qu'elle l'était dans son souvenir. Mais en la voyant, il se sentit pâlir et rougir tour à tour.

Jamais femme ne lui avait paru plus belle. Jamais femme n'avait exercé un tel effet sur lui. Hypnotisé, il était incapable de réprimer les battements désordonnés de son cœur. Il ne pouvait détacher son regard de Sarina. L'ovale admirable de son visage, son nez délicat, ses immenses yeux noirs, sa bouche sensuelle, la ligne de sa mâchoire, la courbe de ses seins...

Son regard avide s'immobilisa sur son ventre.

Cette nuit-là, il avait passé des heures à explorer ce corps de rêve, à l'apprendre par cœur dans ses moindres détails. Il s'était attardé sur le galbe de ses hanches, son nombril, la douce pente vers le cœur de son intimité entre ses cuisses.

Et cette fois-là, son ventre était plat. Pas rebondi comme il l'était à présent sous une robe qui en soulignait le renflement sans équivoque.

Sarina était *enceinte*.

Le mot lui fit l'effet d'une bombe, et il s'étonna presque d'être encore en un seul morceau.

Les jours précédents, il voyageait à travers le monde, traînant ses fantômes avec lui d'hôtel en hôtel, de bureau en bureau, l'esprit comme anesthésié. En l'espace d'une seconde, il reprit vie, bouillonnant d'une rage si profonde et si intense qu'il fut surpris que le bar autour de lui ne soit pas en miettes, que la terre n'ait pas oscillé sur son axe, que San Francisco même ne soit pas réduit en cendres.

Sans plus se soucier de son avocat, il se leva et se mit en marche, se frayant un chemin à travers la foule qui semblait s'écarter devant lui.

Il gardait les yeux rivés sur Sarina comme si elle risquait de se volatiliser. Comme si elle allait détaler en le voyant.

Il n'avait aucune idée de ce qu'elle pourrait faire. En revanche, lui savait ce qu'il allait faire.

Il nota l'instant précis où Sarina l'aperçut fonçant sur elle avec la précision d'un missile sur son objectif.

Elle s'interrompit en plein milieu de sa discussion avec le groupe, son beau visage traversé par une succession d'émotions.

Des émotions trop nombreuses pour toutes les nommer, mais il en était une qu'il reconnut aussitôt.

La culpabilité.

Il vit rouge. Son cœur se mit à taper contre ses côtes. Douloureusement. Ces palpitations lui martelaient le crâne, mais rien n'aurait pu l'arrêter dans sa trajectoire. Pas même une crise cardiaque. Pas maintenant.

— Matteo...

Sur les lèvres de Sarina, son prénom ne fut qu'un murmure. Peut-être une supplique. Pour lui, c'était du pareil au même.

— Docteur Fellows, dit-il d'une voix qu'il reconnut à peine. Quelle surprise ! À plus d'un titre.

Elle s'écarta du groupe en les saluant de la main, sans pour autant le quitter des yeux. Parce que cette femme qui avait failli le démolir était tout sauf idiote.

Elle s'éclaircit la gorge.

— Matteo, je...

— Il me semble que les félicitations s'imposent, la coupa-t-il avec une douceur menaçante. Et si je calcule bien, je parie que je vais deviner très exactement de combien de mois tu es enceinte. Je fais fausse route ?

— Matteo, vraiment, je pense...

Il n'avait pas esquissé le moindre geste, mais elle s'interrompit net comme s'il avait tapé du poing sur une table. La colère en lui était si violente, si noire, si brûlante, qu'il avait l'impression que son champ de vision s'était réduit à un minuscule point lumineux avec Sarina pile au centre. Où qu'il aille, elle était là, occupant tout l'espace.

La garce.

— Sarina, ma petite chérie, dit-il presque gentiment. Je ne te le pardonnerai jamais.

10

Sarina avait du mal à respirer.

Savoir que cet instant arriverait tôt ou tard aurait dû faciliter les choses. Eh bien, non. Elle était incapable de faire quoi que ce soit pour ralentir son cœur qui cognait dans sa poitrine comme pour en faire exploser les limites.

Le regard couleur d'orage de Matteo lançait des éclairs qui la foudroyaient. Et quand il lui désigna la porte d'un coup de menton, elle obtempéra sans protester et le précéda vers la sortie. Loin de tous ces gens qui s'apprêtaient sans doute déjà à alerter le monde entier que Matteo Combe et Sarina Fellows semblaient bien plus proches qu'ils n'auraient dû.

Dehors, la nuit sur San Francisco était fraîche et l'ambiance plus calme que dans le bar qu'ils laissaient derrière eux. Des bancs dc brouillard rampant s'enroulaient autour des ombres, s'accrochaient aux lumières, enveloppant la ville d'une clarté sépulcrale qui rendait la situation plus redoutable encore.

Ou était-ce la présence de Matteo ?

Il paraissait plus grand, ses épaules plus larges. Sa bouche était réduite à une ligne sévère, furieuse. Et pourtant, elle mourait d'envie de sentir ses mains sur elle, de se nicher contre lui. Elle rêvait qu'il la prenne dans ses bras, qu'il l'emporte comme si elle n'était qu'une plume.

Jamais elle n'aurait imaginé désirer un homme à ce point. Ces derniers mois, elle n'avait cessé de penser à lui. Le souvenir de ses caresses l'avait torturée nuit et jour, sans répit. Elle avait fait son possible pour l'oublier. Elle s'était sermonnée, s'était répété, juré qu'elle ne tomberait pas dans le piège du sentiment comme tant de femmes. Matteo Combe était son premier amant, voilà tout.

Voilà tout.

Mais la réalité était tout autre. Il suffisait qu'elle le revoie pour que son cœur se mette à cogner, pour qu'elle tremble, en proie au désir fou de se presser contre son corps et de s'ouvrir à lui. Elle détestait ces émotions animales qu'il éveillait en elle. Cette faim que personne d'autre ne pouvait apaiser. C'était totalement irrationnel, absurde. Et elle ne savait pas comment réagir.

— Comment vas-tu ? demanda-t-il du bout des lèvres, comme si poser la question lui coûtait.

Elle déglutit péniblement.

— Très bien, réussit-elle à répondre, la gorge serrée par une émotion qu'elle se refusait à admettre.

— Ravi de l'apprendre.

Chaque mot de Matteo claquait comme une gifle.

Il fit un signe au portier devant le bar. Quelques instants après, une limousine se gara le long du trottoir.

Sans un mot, il ouvrit la portière arrière, son regard sombre rivé sur elle, la dissuadant de se sauver.

— Écoute, commença-t-elle, essayant d'avoir l'air calme. Je comprends que ce soit un choc. Ça l'a été aussi pour moi. Mais il n'y a aucune raison de…

— Sarina. Si tu ne montes pas dans cette voiture *maintenant*, c'est moi qui t'y mettrais de force.

Il avait prononcé son prénom presque gentiment. C'était terrifiant. Car la détermination dans ses yeux indiquait clairement qu'il n'hésiterait pas à mettre sa menace à exécution.

Elle plissa les yeux, en quête d'une échappatoire, mais elle n'en trouva aucune. Elle n'avait d'autre choix que d'obtempérer de crainte de se faire malmener, se dit-elle, furieuse, tout en étant consciente que, l'instant d'avant, elle rêvait de sentir les mains de cet homme sur son corps.

Elle s'engouffra à l'arrière de la limousine et s'assit dans un silence tendu, aussi loin de lui que possible, tandis qu'il s'installait à son tour sur la banquette. Une vibration dangereuse émanait de tout son être. Envahissante, menaçante.

Elle déglutit.

— Au début, j'ai confondu les nausées avec les symptômes d'une grippe intestinale, se surprit-elle à expliquer alors que la voiture s'insérait dans le flot de circulation.

La vitre de séparation avec le chauffeur était relevée, lui donnant l'impression d'être dans un confessionnal. À condition de faire abstraction de l'homme qui l'observait d'un œil assassin à l'autre bout de la banquette.

— Comme ces virus peuvent subsister longtemps dans l'organisme, je ne me suis pas inquiétée. Et quand j'ai fini par consulter un médecin, il m'a annoncé que j'étais enceinte de trois mois.

— Il te l'a annoncé aujourd'hui ?

Prise au dépourvu par le ton sarcastique de Matteo, elle tressaillit, sans pour autant baisser les yeux.

— Non. Mais...

— Mais tu n'as pas jugé bon de me prévenir. J'imagine que si je n'étais pas venu à San Francisco, si je ne t'avais pas croisée par hasard dans ce bar, tu n'aurais pas pensé à partager cette nouvelle avec moi ?

Mortifiée, elle s'obligea à inspirer et à expirer lentement pour garder le contrôle de ses émotions.

— Je ne sais pas, Matteo. A vrai dire, je commence juste à me faire à l'idée d'être enceinte. Je n'avais encore rien décidé.

— Ah bon ! Tu n'as pas encore pris de décision unilatérale concernant *mon* enfant ? C'est vraiment gentil de ta part. Je suis touché.

Blessée par son ironie mordante, elle détourna la tête.

— Ce n'est pas ton enfant.

La colère de Matteo enfla comme une vague sur le point de déferler.

— Sarina, je te déconseille fortement de me mentir en prétendant que je ne suis pas le père. Ose me dire que tu as perdu ta virginité avec moi et que tu as ensuite batifolé à droite à gauche pendant cette semaine fatidique.

Elle blêmit.

— Je voulais dire que ce n'est pas ton enfant, mais *tes* enfants, réussit-elle à articuler... J'attends des jumeaux.

Il y eut quelques longues secondes de flottement, signe que Matteo était sous le choc. Lentement, elle tourna de nouveau la tête vers lui.

Il la dévisageait fixement.

— Des jumeaux, répéta-t-il lentement, comme s'il entendait ce mot pour la première fois de sa vie.

— C'est pour ça que ma grossesse se voit déjà, marmonna-t-elle en baissant les yeux sur son ventre rebondi. À vrai dire, j'ai du mal à imaginer que j'attends deux bébés. Encore plus...

— Encore plus à partager la nouvelle avec leur père, ne put s'empêcher d'asséner Matteo. Je sais.

Elle croisa nerveusement les mains sur ses genoux, se débattant avec le sentiment de culpabilité qui lui nouait l'estomac.

Après tout, de quel droit l'agressait-il ainsi ? Elle ne lui devait rien. De toute façon, elle aurait fini par le lui dire. Évidemment qu'elle l'aurait prévenu.

— Tu étais en voyage, objecta-t-elle. Et je te rappelle que nous n'avions pas échangé nos numéros de portable.

— Ben voyons ! Toi qui es capable de pourchasser un homme à l'autre bout du monde pour fouiller dans sa cervelle, tu veux me faire croire que tu ne savais pas où me trouver ? Je parie que tu as constitué un dossier complet sur moi pendant que tu t'organisais pour me dépouiller de mon entreprise, ricana Matteo, son regard gris lançant des éclairs. Dis plutôt que tu n'as pas essayé de me chercher.

Elle avait chaud, soudain. Très chaud. Comme si elle allait de nouveau être malade.

— Si, je l'aurais fait, protesta-t-elle faiblement.

Matteo éclata de rire. Un rire creux, amer. Blessant.

— Tu peux te raconter ce que tu veux, Sarina. Mais j'ai lu la vérité sur ton visage quand tu m'as aperçu dans le bar. Si tu avais pu garder le secret, tu l'aurais fait. Parce que, soyons clairs, tu es comme ça. Une femme sans états d'âme.

Blessée et furieuse, elle en oublia toute prudence, faisant fi de la tension volatile entre eux qui absorbait tout l'oxygène.

— C'est tout ce que trouve à dire l'homme qui m'a fait chanter pour que je couche avec lui ! lança-t-elle.

Matteo se retourna d'un bloc vers elle, si rapidement qu'elle en eut le souffle coupé. Mais il ne la toucha pas.

Il ne voulait pas la toucher, susurra une petite voix sous son crâne. Elle avait tout fait pour qu'il la déteste. Et elle n'aurait su dire pourquoi ça la rendait aussi malheureuse.

— Je suis le premier à confesser mes péchés, et je n'ai besoin de personne pour m'autoflageller, lui dit-il d'une voix basse et dure. Ceci étant, je ne t'ai pas fait chanter pour que tu couches avec moi. Je te rappelle que c'est toi la première qui a posé les mains sur moi. Pas l'inverse.

— J'étais vierge.

— Tu veux sans doute parler de cette conception rétrograde à connotation péjorative, typique des sociétés patriarcales ? ironisa Matteo, lui jetant ses propres paroles à la figure.

Elle sentit sa poitrine se serrer douloureusement. L'acuité de cette douleur qui la tenaillait la sidéra. Elle avait le sentiment que quelque chose d'infiniment précieux était en train de glisser entre ses doigts, et elle ignorait comment le retenir. Pour la première fois de son existence, la logique infaillible derrière laquelle elle s'était toujours protégée ne lui était d'aucun secours, ce qui ajoutait à sa détresse.

— Laisse-moi t'expliquer un truc, dit Matteo, plein d'une fureur contenue qui resserrait progressivement son étreinte autour d'elle. J'ai passé ma vie à essayer de ne pas être aussi impulsif que mon père, même si j'admirais sa capacité à faire avancer les choses et à obtenir des résultats. *Lui* prenait ce qu'il voulait sans se soucier des conséquences. Et je te garantis qu'il aurait réagi très différemment si la femme qu'il désirait s'était tirée en douce comme tu l'as fait. *Moi*, je me suis conduit de façon irréprochable.

Il lui parlait comme s'il était surpris qu'elle n'ait pas conscience de l'immense sacrifice qu'il avait consenti.

— « Irréprochable » ? s'étrangla-t-elle. Tu plaisantes, j'espère ! Je n'étais pas tenue de te laisser une note concernant les raisons pour lesquelles je ne voulais pas me réveiller dans ton lit.

— Tu ne t'es pas contentée de quitter mon lit, Sarina. Tu t'es sauvée comme une voleuse.

— Je ne te devais rien, Matteo. Et je ne vois toujours pas pourquoi j'aurais dû te laisser des explications.

Il se rapprocha, et une fois de plus, elle fut trahie par son propre corps. Ce corps qui se fichait qu'elle soit en colère contre cet homme et qu'elle se soit acharnée durant tous ces mois à faire comme s'il n'avait jamais existé. Ce corps qui n'avait qu'une obsession : Matteo Combe. Qui le désirait comme un fou. Ici. Maintenant. N'importe où.

Lentement, Matteo se pencha pour lui souffler à l'oreille dans un murmure rageur :

— Tu peux te raconter ce que tu veux, Sarina, mais ne compte pas sur moi pour te croire. Je sais très exactement ce qu'il y a eu entre nous cette nuit-là. Et tu le sais aussi bien que moi.

Ce serait plus facile s'il s'écartait un peu afin qu'elle puisse respirer.

— Nous avons couché ensemble, c'est tout, répliqua-t-elle avec une petite moue dédaigneuse. Désolée si tu y as mêlé du sentiment.

Elle redressa le menton avec défi en voyant les pupilles de Matteo se dilater sous l'effet de l'incrédulité et de la fureur.

— Nous aurions peut-être dû en discuter avant de passer à l'acte, crut-elle bon d'ajouter, histoire d'enfoncer le clou. Je t'aurais dit qu'il était peu probable que j'éprouve quoi que ce soit pour un homme qui menace de détruire ma réputation professionnelle en suspendant une épée de Damoclès au-dessus de ma tête pour me faire chanter.

Elle aurait été bien incapable de nommer la succession d'émotions qui traversa le beau visage de Matteo. Et ce qui la terrifiait, c'était justement de ne pas savoir les lire. Parce qu'elle aurait voulu tout connaître de lui, ce qui en disait long sur ses véritables sentiments à son égard. Ces sentiments qu'elle préférait ranger dans un coin de son cerveau derrière une porte verrouillée empêchant tout examen approfondi.

Elle s'était parjurée. Elle avait sali la mémoire de Jeanette. Elle avait agi comme une idiote en laissant cet homme l'approcher. De tout ceci, elle était parfaitement consciente. Ce qu'elle ne comprenait pas – et qu'elle préférait ne pas comprendre – c'était pourquoi elle continuait. Pourquoi elle désirait tant le revoir. Pourquoi elle se réveillait chaque nuit, les joues brûlantes, la tête pleine d'images de lui. Des images si réelles qu'il lui fallait allumer sa lampe de chevet pour s'assurer qu'il n'était pas là, près d'elle.

— Je ne vais pas me disputer avec toi, déclara Matteo quand le silence se fut suffisamment étiré entre eux pour en faire une arme. Mais tu vas vite comprendre qu'il te sera difficile de me filer entre les doigts, cette fois. Parce que je n'ai pas l'intention de fuir mes responsabilités de père, Sarina. Te voilà prévenue.

Elle voulut répliquer, mais sa gorge était trop serrée pour proférer un seul son – comme si Matteo avait mis ses mains autour de son cou. Et il y avait certainement quelque chose qui clochait chez elle, parce qu'elle n'aspirait qu'à ça. Elle n'aspirait qu'à sentir de nouveau ses mains sur sa gorge et sur tout son corps.

Tant pis pour les conséquences. Tant pis pour le prix à payer. Tant pis pour les regrets.

Matteo ne l'emmena pas à l'hôtel. Il ne la ramena pas non plus chez elle, dans l'appartement qu'elle occupait quelques nuits par mois entre deux missions. Ils prirent la direction d'un aérodrome. Lorsqu'ils furent arrivés là, Matteo lui fit signe de descendre de la limousine et désigna de la tête un jet privé dans lequel il s'attendait manifestement à ce qu'elle embarque pour l'emmener où bon lui semblerait.

Elle envisagea de faire une scène sur le tarmac. De se mettre à hurler en tapant du pied. Mais à quoi bon ? Il n'y avait personne ici pour l'aider. Juste le sempiternel état-major de Matteo Combe.

Son état-major, son regard d'acier et les mauvaises décisions qu'elle avait prises.

Elle n'avait d'autre choix que de monter à bord de l'appareil, de s'asseoir dans le siège qu'il lui indiquerait et d'attendre de voir ce qu'il allait se passer.

Le vol dura toute la nuit.

Si Sarina avait espéré une nouvelle passe d'armes ou un quelconque contact avec Matteo, elle en fut pour ses frais. Dès le décollage, Matteo avait disparu dans la cabine du fond. Il n'en émergea qu'au moment où l'avion amorçait sa descente sur une chaîne de montagnes couronnées de crêtes blanches.

— Je peux savoir où nous arrivons ? questionna-t-elle quand il vint s'asseoir à côté d'elle pour l'atterrissage. Ou bien ça fait partie de ma punition ?

Matteo ne répondit pas tout de suite, et sous son regard plus sombre que jamais, elle détourna la tête, s'efforçant d'afficher une indifférence qu'elle était loin de ressentir mais qui constituait son seul moyen de défense.

Elle ne devait pas laisser ce regard s'insinuer sous sa peau et creuser une brèche dans son barrage défensif. Ses émotions étaient de plus en plus difficiles à maîtriser. Certainement un effet secondaire du bouleversement hormonal lié à la grossesse.

— Les San Giacomo ne possèdent pas seulement un palais à Venise, finit-il par préciser avec une morgue tout aristocratique. Il y a plusieurs siècles, ils ont fait l'acquisition d'un monastère dans les Dolomites. Il s'agit d'une forteresse accessible seulement après plusieurs jours de marche sur des chemins de randonnée escarpés. Ou par hélicoptère. Nous allons en prendre un sous peu.

Alarmée, elle tourna de nouveau les yeux vers lui.

— Autrement dit, tu as l'intention de me séquestrer ?

Il haussa les épaules avec un petit sourire cruel.

— Si tu veux.

— Je suppose que tu es conscient que tout le monde m'a vue avec toi dans ce bar ? Si je disparais de la surface de la terre, tu seras le premier à qui on viendra demander des comptes.

— Encore faudrait-il qu'on sache où me trouver.

Son regard gris était impassible, et le pli dur de sa bouche trahissait sa détermination.

Ulcérée, elle serra les dents pour ne pas hurler, tout en priant pour que son cœur cesse de cogner comme un forcené contre ses côtes comme si lui aussi ne pensait qu'à se sauver.

Quand le train d'atterrissage toucha le sol, elle déglutit péniblement.

Il était inutile de braquer davantage Matteo en refusant de sortir du jet ou d'embarquer à bord de l'hélicoptère qui les attendait sur l'aérodrome, totalement désert par ailleurs.

Mais une heure plus tard, quand l'hélicoptère se posa derrière de hautes murailles médiévales dressées à flanc de montagne, elle s'en voulut de ne pas avoir tenté de résister.

Ici, il n'y avait rien. Rien d'autre que son châtiment. Et cet homme sinistre à côté d'elle qui ferait tout pour qu'elle n'y échappe pas.

— Ressaisis-toi, marmotta-t-elle entre ses dents, tandis que le bruit des rotors s'éloignait dans le ciel.

S'il l'entendit, Matteo ne le montra pas. Il traversa la petite esplanade en direction d'une bâtisse antédiluvienne enchâssée dans la roche. Et là encore, elle ne vit d'autre issue que de le suivre. Sauf à vouloir rester plantée dans cet endroit lugubre à grelotter de froid sous les rafales d'un vent glacial, en attendant que la neige tombe. Ce qui semblait fort probable à cette altitude, même si l'on était au printemps.

Ravalant son exaspération, elle lui emboîta le pas, s'attendant à ce que l'intérieur du monastère soit aussi austère que l'extérieur – c'est-à-dire plus ou moins semblable à la prison d'Alcatraz. Aussi, elle ouvrit de grands yeux quand Matteo poussa la lourde porte de bois et d'acier pour la laisser entrer dans une vaste salle voûtée où tout n'était que… Confort et harmonie.

L'accent avait été mis sur la simplicité d'un mobilier moderne s'intégrant à merveille à l'architecture d'époque. Çà et là, des toiles contemporaines apportaient des notes de couleurs vives. Chaque objet, chaque meuble était disposé avec un goût parfait. Au sol, le dallage était recouvert d'épais tapis aux motifs chamarrés qui faisaient de cette forteresse bâtie à l'écart du monde, dans la crainte de Dieu ou des envahisseurs, un endroit intime et accueillant.

« Merveilleux », fut-elle à deux doigts de murmurer.

Il n'y avait cependant aucune raison pour que cette atmosphère la touche, si ce n'est que, une fois de plus, Matteo Combe avait trouvé le moyen de la surprendre pour mieux la déstabiliser.

Il la précéda le long d'un couloir, puis dans une volée d'escaliers. Aux murs, des appliques projetaient des lumières donnant un éclat doré à la pierre.

Son ravissement fut à son comble quand il la fit entrer dans une chambre avec vue sur les cimes enneigées.

Autrefois, des hommes austères vivant dans un sacrifice quotidien s'étaient penchés à ces fenêtres en ogive, songea-t-elle, subjuguée malgré elle. Aujourd'hui, il y avait l'électricité dans la pièce, et un feu crépitait joyeusement dans la cheminée. L'ambiance était douce et chaleureuse.

Mais quand elle se retourna vers l'homme qui l'avait amenée là, l'impression de douceur disparut.

L'expression du visage de Matteo restait dure. Sévère.

Elle s'était raconté beaucoup d'histoires pour comprendre et justifier ses réactions à son égard. Mais ce qu'elle n'arrivait toujours pas à expliquer, c'était pourquoi son regard gris suffisait à éveiller en elle des sentiments aussi complexes et tenaces.

— Charmant comme endroit, lâcha-t-elle, mesurant que seul un murmure avait franchi ses lèvres quand les murs de pierre renvoyèrent le faible écho de sa voix. Mais ça reste une prison.

— Peut-être devrais-tu le voir comme un lieu de retraite propice à la méditation.

— En règle générale, on peut difficilement qualifier un kidnapping de retraite, si plaisant soit l'environnement.

— Kidnapping, répéta lentement Matteo.

Posément, il la détailla des pieds à la tête, l'enveloppant dans son regard. Et cela aurait pu être doux et délicieux s'il s'était agi d'un autre homme. S'ils avaient été tous deux des personnes différentes.

— D'ordinaire, le kidnapping implique l'usage de la force, non ? Je ne me souviens pas t'avoir bâillonnée et mis un sac sur la tête, ni t'avoir poussée dans le coffre de ma voiture, Sarina. Je ne me souviens pas non plus t'avoir entendue refuser de monter dans le jet. Ni même dans l'hélicoptère qui nous a déposés ici.

Elle émit un petit reniflement de mépris.

— Je n'ai pas eu l'impression que tu me laissais le choix. Je me suis sentie *forcée* de te suivre.

Matteo afficha une expression faussement compatissante.

— Tu te trompes. Ce n'est pas la contrainte qui t'a amenée ici, c'est ta conscience. Parce que tu te sens coupable de m'avoir caché ta grossesse.

Ses paroles lui nouèrent l'estomac, la mettant au bord de la nausée, preuve qu'il était plus proche de la vérité qu'elle voulait bien l'admettre.

— Bravo, dit-elle au bout d'un moment, le temps de se ressaisir et d'affermir sa voix. Maintenant que tu m'as amenée ici, dans cet endroit perdu au milieu de nulle part, on fait quoi ?

Immobile sur le seuil de la chambre, Matteo avait l'air parfaitement détendu à présent, mais son petit sourire en coin lui fit dresser les cheveux sur la tête.

— Tu as raison de poser la question. Tu m'as psychanalysé, tu as fouillé dans mon espace mental, Sarina. À mon tour de te rendre la pareille.

— Je suis formée à la psychiatrie. Pas toi, souligna-t-elle, tentant de se persuader que c'était uniquement pour des raisons professionnelles que son pouls s'accélérait.

— Je saurai me débrouiller, ne t'inquiète pas.

Matteo se tut et attendit.

Jusqu'à ce qu'elle cille de peur, qu'elle cesse de réfléchir à une échappatoire, capitule sous son regard impassible et se tienne plantée là au milieu de la chambre, souhaitant de toutes ses forces pouvoir se téléporter à San Francisco et ne pas se retrouver dans cette situation absurde.

L'appréhension enflait en elle, s'intensifiant de seconde en seconde. Puis elle s'abattit sur elle, semblable au vent glacial descendu des sommets, la bousculant, s'insinuant sous sa peau.

— On dirait une condamnée montant à l'échafaud, ironisa Matteo. Pas de panique, Sarina. Je n'ai pas l'intention de te couper la tête. Je veux simplement voir ce qu'elle contient.

Elle esquissa un sourire contraint.

— Je ne panique pas. Simplement, je doute que tu veuilles me psychanalyser pour m'annoncer que je suis une personne merveilleuse.

— Voilà qui en dit long sur la façon dont tu conçois ton métier d'experte, n'est-ce pas ?

L'éclat tranchant de son regard la dissuada de répondre.

— Commençons par ce que je sais de toi, Sarina. Tu as du bagout. Tu tiens de beaux discours en prétendant œuvrer pour le bien des femmes. Mais au final, tout ce que tu sais faire, c'est croupir dans ton chagrin et ton amertume.

Elle blêmit. Sous ses pieds, les plaques tectoniques oscillaient, se déformaient. Confusément, elle se dit qu'elle devrait se mettre à l'abri. Mais elle voyait bien que les murs ne tremblaient pas et que rien ne bougeait.

Ce qui signifiait que le séisme était en elle. Que c'était elle qui était en train de voler en éclats.

— Qu'arriverait-il..., demanda Matteo d'une voix indolente, aux antipodes de la détermination sur son visage et de la tempête dans son regard d'acier. Qu'arriverait-il, Sarina, si tu décidais plutôt de vivre ?

11

Matteo n'avait pas prévu d'amener Sarina au monastère. C'était un lieu réservé uniquement aux San Giacomo. Un refuge qu'aucun des siens n'avait jamais partagé avec le monde extérieur.

Son premier réflexe avait été de la ramener à Venise, là où tout avait commencé, pour boucler la boucle et voir où ça les mènerait. Mais ensuite, tandis qu'ils roulaient à travers les rues de San Francisco en direction de l'aéroport, il s'était mis à ruminer des idées noires, habité par une colère froide. Quand ils étaient montés à bord de son jet privé, il s'était aussitôt isolé dans une cabine séparée, loin de Sarina, de crainte de succomber à ses charmes. De crainte peut-être que le désir n'anesthésie sa colère.

Cette colère, il voulait l'entretenir, avait-il compris au bout d'une heure de vol, alors qu'il tournait en rond dans l'espace exigu à l'arrière du jet en imaginant tous les stratagèmes auxquels Sarina aurait probablement eu recours pour continuer à lui cacher ses enfants, si le hasard n'en avait pas décidé autrement en le mettant sur sa route.

Il sentait la rage flamber en lui tel un incendie, et la tentation était grande de plonger dans le brasier pour alimenter lui-même les flammes de sa colère, comme l'avaient fait tous les Combe avant lui. Après tout, c'était peut-être la seule chose qu'il savait faire lui aussi : cultiver sa rancœur de la même façon que Sarina cultivait son chagrin.

À présent, entre ces murs de pierre austères au cœur des Dolomites, Sarina n'avait toujours pas répondu à sa question.

Elle se contentait de le dévisager, pâle comme la mort, le regard tourmenté.

— Tu m'as trompé, Sarina.

Les mots sur ses lèvres étaient aussi pesants que les pierres autour d'eux. Aussi menaçants que les montagnes les encerclant.

— Or, quand on trompe quelqu'un, il y a forcément un prix à payer. Dans ma famille, c'est comme ça.

Sarina battit des paupières, et sa bouche magnifique se tordit légèrement en une moue dédaigneuse.

— Se retrouver coincée sur un piton rocheux au milieu de nulle part, sans possibilité de redescendre si ce n'est en hélicoptère ou avec l'aide d'un sherpa, ça me semble un prix un peu excessif.

Cependant, elle n'avait plus l'air aussi bravache et sûre d'elle. Il avait remarqué la façon dont ses paroles l'avaient touchée. Visiblement, elle était encore sous le choc. Et il tenait suffisamment de son paternel pour exploiter cette faille.

— Lorsque je dresse la liste de mes péchés pour faire mon mea culpa, j'en reviens toujours à mon choix de départ, reprit-il. Tu sais à peu près tout ce qu'il y a à savoir sur mon père. De l'autre côté de l'équation, il y avait ma mère. Elle se battait elle aussi à coups de scandales, d'infidélités et d'excès d'alcool. Mais le plus souvent, elle s'évadait.

C'était ce à quoi il n'avait cessé de penser toute la nuit, durant le vol entre San Francisco et l'Italie.

— Tu veux dire qu'elle partait ?

Il s'assombrit.

— Quand elle s'évadait, ma mère ne claquait pas la porte. Non, c'était plutôt comme si elle s'enveloppait de grisaille et disparaissait. Ça rendait mon père fou de rage.

Il se souvenait d'elle enveloppée dans un plaid, étendue sur un divan, le regard perdu dans le vide. Muette, sans réaction. Plus vraiment là.

— Tu lui en veux ?

— Non, c'est *à* moi que j'en veux, répondit-il avec une franchise qui le surprit lui-même. Je pensais avoir le temps. Je croyais que mes parents finiraient par devenir adultes et que j'avais des années devant moi pour les comprendre. Pour analyser les raisons de leur comportement. Mais ils ont emporté leurs secrets dans la tombe. Je ne saurai jamais si ma mère s'évadait parce qu'elle détestait mon père... Ou si c'était moi qu'elle haïssait.

— Matteo..., murmura Sarina, le cœur dans la gorge.

Il secoua la tête.

— Ça n'a plus vraiment d'importance. Très jeune, j'ai compris que mes choix étaient clairs. Rendre coup pour coup ou disparaître. Devine ce que j'ai choisi ?

Il la vit chanceler comme si les dalles sous ses pieds tanguaient. Puis elle porta une main délicate à son cou et pressa les doigts au creux de sa gorge, là où chaque battement de son pouls trahissait des vérités qu'il la soupçonnait de vouloir garder exclusivement pour elle, derrière une porte cadenassée dont il avait pourtant l'intention d'obtenir la clé.

— Rien ne t'oblige à agir comme ton père, observa-t-elle d'une voix si dépourvue de son mordant habituel qu'il aurait presque pu croire à une trêve.

Presque.

— Toute ma vie, je me suis félicité de ne rien ressentir, poursuivit-il, sûr de lui à présent. Les émotions ont toujours été un mystère pour moi. Durant mon enfance, elles m'ont bousculé, chahuté, secoué en tous sens. Alors, je les ai fait taire. Du moins, c'est ce que je croyais.

C'était comme si le voile qui l'avait aveuglé toutes ces années se déchirait et qu'il voyait clair à présent. Et ce qu'il voyait, c'était Sarina.

Sarina avait les yeux un peu trop brillants, mais elle gardait la tête haute.

— Si c'est ta façon de me faire comprendre que je t'ai blessé en te cachant que j'étais enceinte...

— Je m'occupe des affaires de famille, l'interrompit-il. Je dirige l'entreprise bâtie par mes ancêtres paternels. Tu me connais uniquement parce que j'ai choisi de défendre l'honneur de ma sœur lors des funérailles de notre père. Nous sommes ici dans un monastère datant du Moyen Âge où l'un de mes ancêtres maternels copiait des textes sacrés sur des parchemins. Quoi que je fasse, où que j'aille, la famille est là, ancrée en moi. C'est toute ma vie.

— Matteo…

Son nom sur les lèvres de Sarina sonnait comme une supplique, mais il l'ignora.

— Alors, tu comprendras que je t'en veuille d'avoir voulu me cacher que j'allais bientôt être père. Que j'allais avoir mes propres enfants. Ma propre famille…

Sarina s'empourpra, et il se souvint que ce n'était pas ce qu'il voulait. Il n'était pas venu ici pour se battre avec elle. Il en avait marre. Ce genre de scène, il y avait assisté des milliers de fois entre ses parents. C'était toujours la même chose. Le même tour de montagnes russes, le même chariot sur les mêmes rails, dévalant la pente vers nulle part.

— Matteo, insista-t-elle. Je sais que tu penses…

Il leva une main pour la faire taire.

— Je connais la chanson. Tu vas me reprocher mon chantage, je te renverrai la balle avec ton expertise fallacieuse. Je te parlerai ensuite de ta grossesse.

Il fit un signe de tête en montrant le ventre de Sarina et les enfants – *leurs* enfants — qu'elle portait. L'avenir. Débarrassé des brutes et des conspirateurs. Débarrassé des fantômes du passé.

— Bien entendu, tu vas me dire que tu aurais fini par me l'annoncer. Mais là encore, je ne saurai pas si je dois te croire. On peut continuer à se disputer ainsi, jour après jour, mois après mois, année après année, jusqu'à ce que nos enfants aient grandi et finissent par nous ressembler. C'est ce que tu veux, Sarina ?

Elle ne lui avait jamais paru plus belle qu'en cet instant, vibrante et si réelle. Elle n'était pas un fantôme, un simple souvenir qui le torturait. Elle était bel et bien là sous ses yeux. En chair et en os.

— Ce n'est pas à moi qu'il faut poser la question, répondit-elle d'une voix éraillée. C'est à toi. Tu as dit que tu ne me pardonnerais jamais. Je peux comprendre et assumer. Sauf si tu comptes m'agresser chaque fois que nous nous croiserons.

— « Chaque fois que nous nous croiserons » ? répéta-t-il comme s'il ne comprenait pas le sens de ces mots.

Sarina fit un geste vague de la main.

— Eh bien, oui. Si tu tiens à assumer tes responsabilités de père, nous serons forcément amenés à nous croiser selon les modalités de l'accord que nous établirons pour la garde des enfants. Week-ends partagés, droit de visite.

Ces dernières heures, il avait compris quelque chose d'essentiel : ce qu'il avait d'abord pris pour un accès de rage pure, cette vague incandescente qui avait failli le submerger quand il avait aperçu Sarina dans ce bar de San Francisco, ce n'était pas que de la colère. C'était un mélange d'émotions bien plus complexe.

De la peur, surtout. Peur d'être condamné à répéter les erreurs commises par ses ancêtres et ses propres parents. Peur de ce désir complètement fou de poser les mains sur cette femme, d'explorer son corps, de la caresser. Et pas seulement parce que ses enfants grandissaient en elle.

Plus terrifiant encore et bien plus profond, il y avait cette joie intense, indicible, qu'il éprouvait de l'avoir retrouvée.

— Et si je te dis que je ne veux pas d'accord pour la garde des enfants, ni de week-ends partagés, ni de droit de visite ?

Il vit Sarina se pétrifier et plaquer les mains sur son ventre comme pour le protéger. Comme si elle avait peur de lui.

— Si tu penses pouvoir m'enlever les enfants, tu te trompes, lança-t-elle. Je me battrai bec et ongles pour les garder.

Cette réaction aussi lui était familière. Ça lui rappelait les nuits d'angoisse, quand il était enfant. Toute cette tension insupportable quand les murs résonnaient des paroles terribles que ses parents se hurlaient à la figure. Il ne voulait pas croire qu'il était condamné à répéter ce même schéma sordide.

Il traversa la pièce sans la quitter des yeux, le cœur battant.

— Sarina… J'ai passé ces derniers mois seul dans des chambres d'hôtel, fatigué par le décalage horaire, perdu dans des villes étrangères. Et mon seul point fixe, mon unique constante, c'était *toi*.

Elle entrouvrit la bouche pour dire quelque chose, puis la referma, frappée de mutisme.

Il tendit la main et caressa l'encre soyeuse de sa chevelure. Parce qu'elle était là. Parce qu'elle était la réalité. Parce qu'il en avait terminé avec les fantômes.

— Où que j'aille, quoi que je fasse, je ne cessais de penser à cette nuit. À toi, Sarina. À nous.

— Tu devrais sans doute passer plus de nuits comme celle-ci, marmonna-t-elle.

Ces paroles étaient insolentes, dédaigneuses, mais il pouvait lire sa vulnérabilité dans ses yeux noirs.

Il laissa sa main glisser lentement le long de sa tempe, vers sa joue. Et, l'espace d'un instant, il sentit Sarina s'abandonner contre sa paume. Le temps d'une respiration, puis d'une autre. Preuve qu'il n'avait pas créé ses propres fantasmes là-bas, dans ces chambres d'hôtel dont le souvenir s'enchevêtrait dans son esprit. Qu'il n'avait pas rêvé la façon dont leurs corps s'accordaient si bien, ni ce qu'elle avait ressenti.

— Le problème, dit-elle en s'écartant de lui, c'est que je ne te crois pas.

— Sarina...

— Tu as fait une vidéo compromettante pour moi. Tu as menacé de la diffuser si je ne faisais pas ce que tu voulais. Je me suis exécutée, mais rien ne t'empêche de la ressortir quand ça t'arrangera. Et n'essaie pas de me faire croire que tu l'as détruite. Nous vivons dans un monde numérique où rien ne s'efface vraiment.

— Il me semble cependant que le simple fait que tu portes mes enfants suffit à prouver que notre relation n'est pas strictement professionnelle. Je ne suis pas certain que, à ce stade, la diffusion de cette vidéo puisse avoir une quelconque importance. Elle ne constitue plus une menace pour toi.

— Tu sais très bien qu'elle peut mettre en péril ma carrière professionnelle. Or, elle est entre tes mains. Et j'ai du mal à croire que cette...

Comme elle balayait la chambre du regard, il perçut davantage encore sa fragilité dans ses prunelles sombres.

— ... cette charmante forteresse perdue dans les montagnes, au décor digne d'un conte de fées, n'est pas un autre de tes pièges pour obtenir de moi ce que tu veux.

Il résista à l'envie de poser à nouveau ses mains sur elle pour lui rappeler qu'il possédait un arsenal sensuel bien plus efficace qu'une vidéo pour la manipuler.

— Que crois-tu que je veuille obtenir de toi, Sarina ?

— Des descendants, soupira-t-elle comme si c'était une calamité.

Comme toutes les grandes familles, je suppose, les Combe et les San Giacomo sont obsédés par la continuité de leur lignée familiale. Toi aussi, tu veux tes héritiers. Je parie que tu as passé tout le vol à te demander comment m'amener à te donner les enfants afin que tu puisses les façonner à ton image.

— Tu n'as pas à les donner à qui que ce soit…

Ignorant l'étau dans sa poitrine, il la dévisagea.

— Je veux t'épouser, Sarina.

Le petit rire plein d'amertume qu'elle laissa échapper n'était pas vraiment ce qu'il espérait.

— Tu m'étonnes ! Ce serait un sacré bon point pour toi. Non seulement tu épouses la femme qui a essayé de te démolir – une preuve d'abnégation de ta part qui, dans le même temps, remet en question les résultats de mon expertise et mon professionnalisme –, mais surtout, tu t'assures que les enfants porteront bien ton nom. Tout le monde sait que c'est la raison de vivre des gens comme toi.

Cette fois, il n'essaya pas d'argumenter. Ignorant la provocation, il secoua la tête.

— Je vais t'expliquer d'une façon que tu comprendras peut-être mieux, dit-il calmement. Donne-moi ton téléphone.

Soupçonneuse, elle fronça les sourcils, et il s'étonna de trouver sa méfiance aussi attendrissante, alors même qu'il en était la cible.

— Pour que tu puisses le jeter du haut du rempart et le regarder s'exploser au sol en mille morceaux ? Pourquoi ferais-je une chose pareille ? lança-t-elle avec un petit reniflement méprisant.

— Ton téléphone, Sarina.

C'était un ordre.

Sa jolie mâchoire prit une expression butée tandis qu'elle plongeait la main dans sa poche avant de le lui tendre avec un soupir agacé.

Il pianota quelques secondes avant de le lui rendre.

— Dirige-le sur moi. Il est en train de filmer.

Elle fronça les sourcils, le regarda, baissa les yeux sur le téléphone dans sa main et les releva de nouveau sur lui, tout en pointant l'objectif sur son visage.

— Je n'ai pas passé tout le vol à me demander comment j'allais te manipuler, commença-t-il d'une voix ferme. J'ai plutôt réfléchi à ce que je voulais.

— Tu dis ça comme si c'était deux choses distinctes. Ce qui n'est pas le cas dans ton mode de fonctionnement.

Là encore, il ne releva pas la pique. Il se contenta de poursuivre.

— L'héritage familial est important pour moi, c'est vrai. Je ne le nie pas. Mais il est constitué essentiellement de biens matériels. Un empire industriel possédant des filiales dans le monde entier, de belles demeures, des palais et même un monastère. Mais il existe une grande différence entre un patrimoine et l'héritage familial fondé sur les liens du sang.

— J'aurais juré que c'était la même chose dans ton monde.

Une fois de plus, il ne s'offusqua pas de son petit coup de menton provocateur. Ni de sa main libre refermée en un poing. C'était simplement la preuve à ses yeux qu'il n'était pas le seul entre ces murs à vivre avec des fantômes.

— Le mariage de mes parents était replié sur le passé, continua-t-il. Je l'ai compris seulement la nuit dernière. Il n'y avait pas de pardon pour les erreurs commises, il n'y avait pas d'avenir. Ils ressassaient les vieilles querelles, les vieilles rancœurs, les vieilles trahisons.

Il marqua une pause.

Il mourait d'envie d'aller vers Sarina, de la serrer dans ses bras. Mais il se contint. Il devait faire attention à sa main qui tremblait tandis qu'elle filmait. Il devait faire attention à la façon dont ses joues s'empourpraient. Il devait y croire. Il devait croire en elle. En eux.

— Tu portes mes enfants, reprit-il d'une voix dont l'intensité ne trahissait pas le dixième du feu qui brûlait en lui. Grâce à toi, je vais être père. Et moi qui ai passé ma vie à tout faire pour ne pas ressembler au mien, ma première réaction en découvrant ta grossesse a pourtant été la colère. C'est vrai, je ne pensais qu'à me venger de toi. Mais crois-moi, Sarina, je ne veux pas être cet homme-là.

— Pourquoi fais-tu ça ? murmura-t-elle.

Il ne savait si elle parlait de la vidéo qu'il lui demandait d'enregistrer ou bien du fait qu'il l'ait amenée ici, à l'écart du monde. Mais c'était sans importance, parce que lui qui s'était juré de ne jamais se soumettre à personne, de ne jamais rien ressentir, il s'agenouilla devant elle et laissa son cœur parler.

— Tu m'obsèdes depuis le jour où je t'ai vue pour la première fois, dit-il en plongeant dans ses yeux sombres. Une seule nuit passée avec toi n'était pas assez et ne le sera jamais. Je crois que je suis tombé amoureux. J'entends ta voix dans ma tête. Je rêve de toi chaque soir, et quand j'ouvre les yeux, je reste allongé à revivre chaque instant passé ensemble.

— L'obsession n'est pas de l'amour, marmonna Sarina.

— Il me semble que nous avons cinq bons mois devant nous pour y réfléchir.

Il leva les mains vers elle comme pour l'implorer.

— Sarina, je ne veux pas t'épouser parce que tu es enceinte. Je veux t'épouser parce que tu me fascines. Parce que tu n'as pas peur de moi. Parce que je te trouve belle à mourir et que je te désire comme un fou. Voilà des semaines que j'essaie de me persuader que cette obsession, comme tu dis, va disparaître. Que je vais finir par t'oublier. Mais je n'y crois plus. Si j'ai atterri à San Francisco, ce n'était pas par hasard. Je ne pensais qu'à te retrouver.

— Je te rappelle que tu m'as d'abord fait chanter et que tu viens de m'amener ici de force. Ça s'appelle un enlèvement, Matteo. Où crois-tu que ce genre de relation va nous mener ?

— Aucune idée, répondit-il simplement. Tout ce que je sais, c'est que, avant toi, je me croyais incapable de ressentir quoi que ce soit. Maintenant, c'est tout le contraire.

Sarina haussa les épaules avec un petit soupir agacé, mais il ne baissa pas les bras pour autant.

— Quand ma mère est morte, j'ai fait comme si ça ne m'affectait pas. Elle avait toujours été si distante, si froide à mon égard. Je me disais que ça ne me touchait pas parce que je ne voulais pas que ça me touche. Mais aujourd'hui, je me demande si c'était elle le problème ou si, tout simplement, c'est moi. Je ne sais pas si elle aurait pu changer, choisir d'être une autre femme, une autre mère. En revanche, moi, j'ai le choix. J'ai choisi d'être l'homme que je suis. Je ne sais pas comment faire pour devenir meilleur, Sarina, mais j'aimerais vraiment essayer…

Ses mains étaient toujours tendues vers elle.

— Veux-tu essayer avec moi ?

C'est alors qu'il les vit. Les larmes qui roulaient sur les joues de Sarina. Elle laissa retomber sa main qui tenait le téléphone et l'expression sur son beau visage lui serra le cœur.

Elle avait l'air vaincue. Elle, Sarina Fellows, une battante comme il n'en avait jamais vu.

Ce fut d'une toute petite voix qu'elle lui répondit. Une voix qui lui fit aussi mal que les mots qu'elle disait.

— J'ai essayé. J'ai vraiment essayé, Matteo. Mais je n'y arrive pas. Tout ce que je sais faire, c'est croupir dans mon chagrin. C'est toi-même qui me l'as dit, et tu n'avais pas tort.

12

Sarina percevait l'angoisse dans sa propre voix. Elle la sentait tapie dans les recoins de son esprit, cette angoisse qui ne la quittait pas et qui ne lui laisserait jamais de répit, elle l'avait compris depuis longtemps.

Matteo était toujours agenouillé devant elle, si fier et si beau.

— Tu aimais ton amie, dit-il doucement, avec dans son incroyable regard couleur d'argent une sorte de gentillesse qu'elle n'était pas certaine de pouvoir supporter. Tu dis qu'elle était comme une sœur pour toi. Crois-tu vraiment qu'elle t'en voudrait si tu décidais de passer à autre chose ?

Elle ferma brièvement les yeux, et ce qui franchit ses lèvres n'était pas un rire parce que c'était trop triste, trop empli de regret. Plutôt un sanglot jailli du plus profond d'elle-même. Elle n'aurait su dire la différence.

— Tu t'es accrochée à son souvenir pendant toutes ces années, poursuivit-il d'une voix apaisante, comme s'il essayait de la consoler.

Et il y avait cette douceur traîtresse au fond d'elle qui la poussait à croire qu'il pourrait réussir si elle le laissait faire.

— Tu as largement honoré sa mémoire, Sarina. Il est temps pour toi de faire autre chose que de la pleurer.

— Je lui en voulais tellement… J'étais en colère contre elle.

Il lui fallut quelques secondes pour prendre conscience que c'était elle qui venait de parler. Que ces mots étaient sortis de sa bouche, dévoilant son secret le plus noir, semblable à une cicatrice hideuse au fond de son cœur. Ce secret qui enlaidissait son âme.

Ces mots, elle ne les avait jamais prononcés à voix haute. Et maintenant que c'était fait, elle avait l'impression de partir à la dérive. Les mots se déversèrent comme si le regard gris de Matteo leur intimait de sortir.

— Je n'aimais pas cet homme. Je l'ai détesté dès le premier jour, et je ne me suis pas gênée pour le faire savoir à Jeanette. Je la trouvais idiote de croire qu'il voulait ce bébé. Quand elle m'a appelée en larmes depuis cette chambre d'hôtel, j'ai essayé de l'aider. Ce qu'il lui avait fait était si horrible. Tellement cruel.

De nouveau cette sorte de sanglot qui enflait dans sa gorge, menaçant de s'échapper.

— Mais qu'espérait-elle ? dit-elle d'une voix brisée.

Elle secoua la tête pour chasser les images de cette journée atroce qui l'assaillaient sans répit, lui rappelant qui elle était. Qui elle était *vraiment*.

— Tu trouves que j'ai l'air d'une amie, Matteo ? D'une sœur ? Non. Je ne le suis pas. Je me suis disputée avec Jeanette au moment où elle avait besoin de mon amour et de ma compréhension. Elle était en train de perdre son bébé, et j'étais en colère contre elle. Voilà la femme que je suis.

Elles étaient si complices, si proches, que leurs disputes explosives se terminaient dans les rires et les embrassades avec une opération commando sur un pot de crème glacée. Elles n'hésitaient pas à se lancer des mots durs « par honnêteté ». Parce que la famille, c'était fait pour ça. Même si leurs parents ne leur criaient jamais dessus – il aurait fallu pour cela qu'ils s'aperçoivent de leur existence.

Mais là, les mots avaient jailli entre elles avec la violence d'une lame, et leur dispute s'était envenimée.

— À quoi tu t'attendais ? avait-elle lancé à Jeanette dans la voiture les ramenant à la maison.

— Pas à ça ! avait sangloté son amie. Il m'aimait ! Il m'aimait vraiment, je le sais.

— Non, il ne t'a jamais aimée ! Il s'est servi de toi. C'est ce que font les salauds de son espèce.

— Tu ne le connais pas ! avait riposté Jeanette, alors qu'elle était en train de perdre son bébé dans la voiture, assise sur une serviette de toilette volée à l'hôtel. Si tu n'étais pas obsédée par tes études vingt-quatre heures sur vingt-quatre, tu pourrais peut-être tomber amoureuse et comprendre ce que ça veut dire « aimer ». Peut-être serais-tu un peu moins moralisatrice.

— Je suis désolée de ce qu'il t'arrive, mais je t'avais prévenue. Dès le départ, je t'avais dit...

— Évidemment, tu es si intelligente, si parfaite ! Tu dois être fière de toi...

Sarina secoua la tête sous le regard attentif de Matteo.

— Elle avait besoin d'aide, murmura-t-elle. Au lieu de la consoler et de la rassurer, je lui ai fait la morale, comme si ça pouvait changer quelque chose à sa détresse. Le soir, elle était morte. Et je dois vivre le restant de mes jours en sachant que, au moment où mon amie, ma sœur, avait tant besoin de soutien, j'ai décidé que ce dont elle avait réellement besoin, c'était d'être mise face à la cruelle réalité.

Matteo la dévisageait, mais rien dans son regard n'indiquait qu'il la trouvait monstrueuse.

— Tu ne pouvais pas savoir, Sarina.

— Tu veux connaître la vérité ? dit-elle en essuyant rageusement les larmes sur ses joues. En fait, je la trouvais faible. Je me sens coupable parce que je lui ai donné le coup de grâce alors qu'elle était déjà à terre, mais la vérité – la vraie —, c'est que je pensais que c'était sa faute. Parce qu'elle ne maîtrisait rien de ce qu'il lui arrivait. Elle n'avait aucun contrôle sur ses émotions. Moi, je me considérais comme totalement différente. J'étais sûre que je ne me mettrais jamais dans une telle situation. Que je ne transigerais jamais, absolument *jamais*, avec un homme. Et puis, je t'ai rencontré...

Matteo ne lui avait jamais paru plus beau qu'en cet instant. Plus fascinant. Plus magnétique, alors même qu'elle savait à quel point il était dangereux pour elle.

— Et regarde ce que j'ai fait, dit-elle avec une sorte de petit rire creux. Je me suis compromise dans tous les sens possibles du terme. J'ai couché avec toi alors que j'étais censée évaluer ton profil psychologique. Je ne peux même pas prétendre que c'est toi qui m'y as poussée. J'ai franchi la ligne rouge toute seule comme une grande en brandissant ma virginité comme un trophée.

— Je ne me souviens pas que ça se soit exactement passé comme ça, observa doucement Matteo avec un sourire amusé qui ne fit qu'aggraver le remords de Sarina.

Parce qu'elle ne méritait pas ses sourires. Ni sa douceur.

— J'ai accepté ton chantage et menti à ton conseil d'administration. Et quand j'ai découvert que j'étais enceinte, ma première réaction n'a pas été de me demander comment j'avais pu me mettre dans un tel pétrin. Non, ma première réaction a été une sorte de joie absurde à l'idée que, un jour, quelque part, je te reverrais parce que je portais tes enfants.

Cette fois, le sanglot lui échappa.

— Je ne sais pas pourquoi j'ai réagi ainsi. Je ne comprends pas. Qu'est-ce qui a pu...

— Tout simplement ça, ma petite chérie, l'interrompit Matteo en saisissant ses poignets d'une main ferme pour l'attirer vers lui.

Elle tomba à genoux face à lui tandis qu'il l'enveloppait de ses bras. Elle frissonna en lisant la tendresse et la certitude dans ses yeux gris.

— Je ne veux pas, murmura-t-elle. Je n'ai jamais voulu ça.

La bouche magnifique de Matteo s'incurva sur un sourire.

— Tant pis.

Puis lentement, il posa ses lèvres sur les siennes.

C'était un baiser. Une demande. Une caresse. C'était de l'espoir et de la joie. Et elle ne sut pas quoi faire, si ce n'est l'embrasser à son tour et fondre dans ses bras.

— Épouse-moi, souffla-t-il contre sa bouche. Continue de batailler avec moi si tu veux, docteur Fellows, mais promets-moi que ce sera pour toujours.

Il quitta ses lèvres pour couvrir son visage de baisers. Puis il la remit sur ses pieds tout en gardant les mains sur ses hanches.

— Épouse-moi, répéta-t-il encore.

Il releva son chemisier et sema une pluie de baisers sur son ventre, doux réceptacle de leur avenir.

— Je ne sais plus où j'en suis, sanglota-t-elle. Je ne sais plus ce que je veux.

— Si, tu le sais.

Et il l'embrassa de nouveau.

Il l'apprivoisait, il la calmait.

Elle n'aurait su dire qui commença à arracher les vêtements de l'autre, mais toute cette douceur vira brusquement à l'incendie.

Elle avait besoin d'être nue contre Matteo, de sentir sa peau contre la sienne. Ils avaient été ensemble si peu de temps et séparés si longtemps qu'elle ne pouvait soudain plus supporter la moindre barrière entre eux.

La première fois, elle le prit sur le sol de pierre. Elle grimpa sur lui et se laissa glisser sur son sexe, se remplissant tout entière de son amant.

— Ce sera comme ça pour toujours, lui dit-il en entrelaçant ses doigts aux siens.

La fermeté de son sexe dans la douceur du sien. Leurs corps nus qui bougeaient en rythme. Ils ne faisaient plus qu'un, mêlés l'un à l'autre, l'un dans l'autre. Un seul être qu'aucune pensée, aucun mot ne pouvaient séparer.

Leurs yeux se nouèrent quand la vague les submergea et les roula ensemble dans un océan de plaisir.

Elle avait encore la tête qui tournait quand Matteo la souleva dans ses bras pour la porter sur le lit et s'enrouler autour d'elle.

— Est-ce que c'est un rêve ? murmura-t-elle.

D'une main douce, il écarta une mèche de cheveux de son visage et lui sourit comme si elle était belle. Comme si son âme était belle. Et quand il la regardait ainsi, elle avait l'impression qu'elle pourrait l'être.

— Non, ce n'est pas un rêve, Sarina. C'est l'amour tel que nous le faisons ensemble.

Elle le dévisagea, et le désir la dévora de nouveau. Il dévora Matteo aussi, elle le devina à son regard ardent tandis qu'il la faisait rouler sur le dos et s'installait entre ses jambes.

— Épouse-moi, redit-il.

Puis, il se mit à jouer avec son corps, à en explorer chaque parcelle. Sa bouche était partout sur son cou, ses seins, son ventre. Il pressa sa paume entre ses cuisses, glissa un doigt dans son intimité, embrasant chacune de ses terminaisons nerveuses, la faisant vibrer, frissonner, gémir.

— S'il te plaît..., souffla-t-elle, la tête rejetée en arrière, soulevant les hanches.

Sentant les premières ondes de plaisir sous sa main, il la retira.

— Épouse-moi, Sarina.

Elle poussa un petit cri étranglé, à mi-chemin entre colère et frustration.

Il reprit son délicieux supplice, l'abandonnant une fois de plus pantelante de désir au bord de l'orgasme.

— Épouse-moi, Sarina.

— Oui, hoqueta-t-elle. Oui !

Alors seulement, il la pénétra lentement, profondément, et elle ferma les yeux tant le plaisir fut intense – mélange de joie et d'espoir.

Il se mit à bouger en lui murmurant des mots d'amour dans toutes sortes de langues, l'obligeant à goûter toutes les vagues de la jouissance, l'emmenant toujours plus haut à chaque coup de reins, jusqu'à ce que l'orgasme les emporte.

Son regard couleur d'argent étincelait de cette joie dont elle sentait elle aussi son cœur déborder.

— Souviens-toi, lui dit-il en la tenant dans ses bras comme si elle était la chose la plus précieuse au monde. Ce sera toujours comme ça. Toute notre vie.

Et elle sut qu'il disait vrai.

Épilogue

Dix ans plus tard.

Sarina embrassa ses deux garçons âgés de neuf ans, passa voir sa fille de six ans qui s'entraînait à lire toute seule au lit, et s'assura que son dernier-né dormait à poings fermés dans son berceau. Après quoi, elle laissa tout son petit monde aux bons soins d'un bataillon de nounous pour rejoindre son époux sur le toit du palais des San Giacomo.

— Considère ceci comme un enlèvement, dit Matteo, son regard gris empli de cette passion orageuse qui n'était que pour elle.

— J'adore être enlevée, fit Sarina en riant. Joyeux anniversaire, mon amour.

Ils s'embrassèrent sur le toit de cette demeure où ils s'étaient rencontrés. Avec la même fougue, le même désir, le même sentiment d'urgence que la première fois.

Matteo l'aida à grimper à bord de l'hélicoptère qui les attendait. Et tandis que l'appareil s'élevait dans la nuit pour voler vers le nord, elle songea aux dix années qui venaient de s'écouler.

Elle avait du mal à se souvenir de la femme qu'elle avait été autrefois. Cette femme qui avait peur d'aimer, certaine que ça se terminerait mal. Cette femme convaincue qu'elle ne méritait pas d'être heureuse parce qu'elle n'avait pas su sauver son amie. Il lui avait fallu des années pour soulager son tourment, mais elle avait réussi. Avec Matteo, ils avaient patiemment dénoué les nœuds l'un après l'autre et construit leur bonheur ensemble. Chaque jour. Dans chaque rire, chaque caresse, chaque baiser, chaque mot doux.

Ils étaient restés cloîtrés dans le monastère pendant des semaines, n'en sortant que pour s'occuper des questions importantes. Ils avaient appris à se connaître à l'écart des contraintes du monde extérieur.

Mais ce n'est qu'au huitième mois de grossesse qu'elle avait enfin épousé Matteo, alors qu'elle se dandinait avec un ventre énorme en se demandant si elle survivrait à l'accouchement des deux garçons qu'elle portait.

— Épouse-moi, lui avait-il répété par un beau matin ensoleillé. À moins que tu ne veuilles attendre que nos enfants marchent pour te conduire à l'autel ?

C'était son père qui l'avait conduite à l'autel dans les jardins de Combe Manor. Ce jour-là, Matteo et elle avaient chassé les fantômes du château et levé la malédiction. Et la nuit, blottie contre Matteo dans ce lit où il lui avait volé son cœur, elle avait chuchoté pour la première fois :

— Je t'aime.

Il lui avait souri.

— Je sais, ma petite chérie.

— Je t'aime, avait-elle répété, savourant les mots sur sa langue. Et je t'aime encore plus de m'épouser sans m'avoir obligée à te le dire avant.

— Il te fallait les vœux indissolubles du mariage pour croire en l'amour, souffla Matteo contre ses lèvres. Et ça ne me gêne pas de promettre de t'aimer et de te chérir jusqu'à la fin de mes jours, Sarina.

Quand elle avait donné naissance à leurs jumeaux, il était là pour les prendre dans ses bras et lui sourire comme si elle était allée lui décrocher la lune.

Il était aussi là quand leur fille avait vu le jour, et c'était lui qui avait proposé de l'appeler Jeanette.

Et il ne l'avait pas quittée une seconde quand leur petit dernier était né trop vite, trop tôt, leur causant une belle frayeur. Il avait été là pour sécher ses larmes quand elle avait enfin pu prendre leur quatrième enfant dans ses bras.

C'était Matteo, tout simplement. Il était à ses côtés, prêt à la soutenir quand elle flanchait. Jour après jour, il lui apprenait à vivre.

En retour, elle lui apprenait qu'il était un homme profondément humain depuis toujours, même s'il prétendait le contraire. Ensemble, ils avaient terrassé leurs démons, et les souvenirs douloureux avaient cédé la place au bonheur et à l'amour.

Elle continuait d'exercer, mais elle s'occupait désormais de femmes qui avaient besoin d'accompagnement et de réconfort, pas de vengeance. De son côté, Matteo avait appris à déléguer pour ne plus être l'unique gardien de l'œuvre familiale et ne pas être trop souvent séparé des êtres qui comptaient plus que tout pour lui.

Comme l'hélicoptère se posait dans la cour du monastère qui restait pour elle le plus beau et le plus doux havre de paix, elle se rendit compte qu'il y avait un bout de temps qu'elle n'avait pas pensé à tout ce qui les avait hantés.

— Qu'est-ce qui te fait sourire ? demanda Matteo en prenant sa main pour traverser la cour, entremêlant leurs doigts comme à son habitude.

— Je réfléchissais. Je ne me souviens pas à quand remonte la dernière fois que nous avons croisé un fantôme.

Elle plaisantait, mais le visage de Matteo se fit grave.

— Les fantômes appartiennent au passé. Devant nous, il n'y a rien d'autre que l'avenir, Sarina. Un avenir lumineux.

Elle acquiesça avec ferveur.

Main dans la main, plus amoureux que jamais, ils le découvraient jour après jour ensemble.

CAITLIN CREWS

Une conquête scandaleuse

INTÉGRALE
SCANDALEUSE NOBLESSE

Traduction française de
LOUISE LAMBERSON

SAGAS
HARLEQUIN

Titre original :
UNTAMED BILLIONAIRE'S INNOCENT BRIDE

Ce roman a déjà été publié en 2020

1

Lauren Isadora Clarke était une Londonienne pure souche.

Les charmes tant vantés de la campagne anglaise ne l'attiraient absolument pas. Cet océan de verdure quadrillé de haies qui vous barrent le passage, dans toutes les directions – quelle horreur ! Non, ce n'était pas pour elle. Lauren préférait la ville. Là, au moins, elle pouvait se rendre n'importe où, par toutes sortes de moyens de transport, et en cas de problème, eh bien, elle se déplaçait à pied. Elle était d'une ponctualité infaillible et savait marcher très vite, mais pour rien au monde, elle ne se serait affublée de ces horribles *bonnes* chaussures à semelles de caoutchouc !

La randonnée ne l'avait jamais tentée. Comment peut-on prendre plaisir à battre la campagne durant des heures, par tous les temps, quitte à patauger dans la boue, au prétexte qu'on prend l'air et que c'est bon pour la santé ?

Lauren aimait le béton, les briques, le métro, et les boutiques proposant des plats à emporter à tous les coins de rue.

Et pourtant, elle était là, à marcher sur ce que l'aubergiste du village avait appelé une *route* – alors qu'il ne s'agissait en réalité que d'un vulgaire chemin –, qui s'enfonçait dans une épaisse forêt hongroise.

Naturellement, elle portait des chaussures à hauts talons.

Tout, dans sa vie, était raisonnable et parfaitement organisé parce qu'elle avait l'esprit pratique. Elle payait ses factures à temps, voire en avance, dormait juste ce qu'il fallait pour reprendre des forces, et se levait tôt pour se préparer et arriver de bonne heure au bureau – quand elle ne passait pas la nuit sur place. En résumé, elle se consacrait entièrement à son travail d'assistante personnelle du riche et puissant P-DG de Combe Industries. Lauren était totalement dévouée à son patron, et éprouvait une immense satisfaction à la pensée de lui être indispensable.

Sa seule et unique folie, c'était les chaussures, lesquelles n'avaient rien de pratique, au contraire. Elle les choisissait pour leur beauté, leur raffinement, ces accessoires étant destinés avant tout à lui rappeler qu'elle était une femme. Ce dont elle avait grand besoin en ces temps où Matteo – son patron – la traitait davantage comme une machine qu'il préférait apparemment voir fonctionner en totale autonomie.

Quelques semaines plus tôt, il lui avait soudain annoncé, avec son sérieux habituel, que sa mère avait abandonné un enfant avant de se marier.

Lauren, comme tous ceux qui avaient l'occasion de lire, ne serait-ce que de loin, les gros titres des tabloïdes, savait tout sur les parents de Matteo. Et, étant sa collaboratrice, elle en savait davantage que la plupart des gens.

La belle Alexandrina San Giacomo, riche aristocrate, avait défié la raison et sa famille vénitienne en épousant Eddie Combe, aussi fortuné qu'elle mais dont les ancêtres n'avaient rien d'aristocratique, tant s'en faut. Originaires du nord de l'Angleterre, ceux-ci avaient bâti leur empire de leurs propres mains, et sans rechigner à se servir de leurs poings au besoin. Aussi l'idylle improbable d'Alexandrina et Eddie avait-elle provoqué maints scandales, leur mariage d'amour mouvementé donnant par la suite lieu à pléthore de spéculations, avant que leurs décès, survenus à quelques semaines d'intervalle, suscitent encore plus de remous.

Mais jamais il n'y avait eu la moindre rumeur à propos d'un fils illégitime.

Dès qu'elle avait appris l'existence du demi-frère de Matteo, Lauren avait compris qu'une fois que la nouvelle se répandrait – ce qui arriverait forcément tôt ou tard parce que ce genre de « secret » finit toujours par être divulgué – le pire ne serait pas les rumeurs, mais les meutes de paparazzis qui ne leur laisseraient pas un instant de répit.

— Je veux que vous le retrouviez, avait enchaîné Matteo.

Sur le même ton qu'il lui aurait demandé d'aller lui chercher un café.

— J'ignore complètement de quel genre d'individu il s'agit, avait-il poursuivi, mais je tiens à ce qu'il soit prêt à affronter les médias et, si possible, accommodant.

— Vous ne l'avez jamais rencontré, avait répliqué Lauren. Il pourrait très bien vous mépriser, vous et votre mère, et ne rien vouloir savoir des San Giacomo. Et vous croyez néanmoins pouvoir le décider à se montrer *accommodant* avec vous ? Vous croyez vraiment qu'il va se plier à vos quatre volontés ?

— J'ai confiance en vous.

Elle avait aussitôt excusé la nouvelle lubie de son patron. Le pauvre, il avait tellement de problèmes à gérer. Ses parents étaient morts, l'un après l'autre. Sa sœur était partie avant de tomber enceinte, ce qui avait conduit Matteo à exprimer le fond de sa pensée au géniteur de l'enfant. Réaction tout à fait compréhensible, mais malheureusement, Matteo avait choisi le jour des obsèques de son père pour cette petite mise au point.

Le coup de poing donné au prince Ares d'Atilia ayant été photographié, filmé sous tous les angles par les paparazzis – et par plus d'un invité –, le conseil d'administration en avait profité pour se monter contre Matteo. Ce dernier s'était alors vu contraint de consulter une psychologue spécialiste du comportement qui détenait désormais son sort entre ses mains. Car, si le rapport de ladite psy s'avérait défavorable à Matteo, il n'était pas du tout exclu que le conseil d'administration parvienne à se débarrasser de lui.

Quant à Lauren, elle excusait son geste, cela va sans dire.

— Ça t'arrive, de ne *pas* l'excuser ? lui avait demandé sa colocataire ce matin-là, sans lever les yeux de son smartphone.

— C'est un homme important et *très* occupé, Mary.

— Comme tu ne rates jamais une occasion de le rappeler.

Si Lauren n'avait rien répliqué, c'était uniquement parce qu'elle devait partir pour l'aéroport, et qu'une bonne colocataire ne se trouvait pas si facilement. En outre, Mary, véritable obsédée des réseaux sociaux, passait la majeure partie de son temps enfermée dans sa chambre, laissant ainsi tout le reste de l'appartement à l'entière disposition de Lauren – lorsqu'elle ne se contentait pas d'y passer en coup de vent, autrement dit très rarement.

En outre, reconnut-elle en son for intérieur, elle n'avait pas protesté parce que Mary n'avait pas tort… Mais le moment était mal choisi pour ce genre d'introspection. Elle se trouvait là, en plein cœur d'une forêt étrangère et hostile, pour satisfaire les exigences de Matteo, pas pour remettre en question son dévouement envers lui.

Resserrant son étole rouge garance sur son buste, elle continua d'avancer sur ce fichu chemin qui menait dieu sait où, en faisant attention à ne pas se coincer un talon dans une ornière. D'autant qu'elle avait choisi de ravissants escarpins à bout pointu, agrémentés de strass sur le dessus. Et pas du tout appropriés pour ce genre d'expédition, ce qui rendait la chose encore plus désagréable que prévu.

Lauren foudroya ses pieds du regard, resserra à nouveau son étole sur sa poitrine en se laissant aller à des réflexions peu aimables au sujet de son patron – réflexions qu'elle n'aurait jamais exprimées à voix haute, évidemment –, et poursuivit sa progression laborieuse.

Le bon Dominik James n'avait pas été facile à dénicher. En dehors des quelques détails fournis par la mère de Matteo dans son testament, elle ne disposait de quasiment aucune information. Aussi avait-elle commencé par aller voir le notaire d'Alexandrina, vieil homme à l'air rusé plus accoutumé à gérer les affaires d'aristocrates et de célébrités qu'à devoir répondre aux questions de vulgaires employés. Après l'avoir dévisagée par-dessus ses lunettes baissées sur le bout du nez, il avait déclaré que s'il avait été en possession d'autres informations pertinentes sur le sujet il les aurait jointes au testament de sa cliente.

Lauren ne l'avait pas cru, mais il n'aurait servi à rien d'insister. Aussi s'était-elle lancée dans des recherches frénétiques tandis que, conscient que l'avenir de Combe Industries en dépendait, Matteo se concentrait sur ses séances avec sa psy.

En fait, la réalité était d'une simplicité presque déprimante. Alexandrina, héritière de la fortune colossale des San Giacomo et connue dans le monde entier comme *une pauvre petite fille riche*, s'était retrouvée enceinte à quinze ans à peine, après une brève aventure avec un homme plus âgé et n'appartenant pas du tout à son milieu, et qu'elle n'aurait jamais dû rencontrer. Lorsque sa famille avait découvert la grossesse, à un stade avancé et par conséquent impossible à dissimuler, Alexandrina avait été envoyée dans un établissement scolaire bien plus sévère que celui qu'elle avait fréquenté jusqu'à présent.

Elle avait seize ans à la naissance de son enfant, lequel avait aussitôt été confié aux bons soins de l'Église, tandis qu'elle-même retournait à son ancienne vie de petite fille riche et adulée, comme si rien ne s'était passé depuis le moment où elle l'avait quittée. Et apparemment, Alexandrina n'avait jamais fait mention de son premier fils avant de rédiger son testament.

> *À mon premier-né, Dominik James, qui m'a été enlevé alors que je n'étais encore moi-même qu'une enfant, je laisse un tiers de ma fortune et de mes biens matériels.*

Le nom de cet enfant constituait en lui-même un indice, James étant la version anglaise de Giacomo. Lauren avait donc répertorié tous les Dominik James dont l'âge correspondait à celui du fils disparu, jusqu'à ce que la liste ne se réduise plus qu'à deux individus. Le premier ayant été vite écarté après vérification de son profil sur un site de généalogie, il n'en restait plus qu'un.

Le Dominik James en question avait grandi en Italie dans une succession d'orphelinats catholiques, avant de s'enfuir en Espagne. Il y avait passé son adolescence, se déplaçant de lieu en lieu à la façon d'un nomade. Âgé d'une vingtaine d'années, il était revenu en Italie et s'était engagé dans l'armée, puis avait disparu après l'avoir quittée. Il était réapparu par la suite dans une université, y avait étudié pendant un certain temps, avant de disparaître à nouveau.

Il avait fallu pas mal d'investigations supplémentaires pour retrouver sa trace et le localiser au fin fond de cette forêt hongroise. Après que Lauren eut achevé ses fastidieuses recherches, Matteo lui avait confirmé que le mot Hongrie avait été noté à la main par son père sur l'exemplaire du testament d'Alexandrina.

« Oui, c'est cela – la Hongrie est mentionnée sur sa copie du testament ! », s'était exclamé Matteo en souriant gaiement.

Gaiement, car à aucun moment il ne lui était venu à l'esprit que cette précieuse information aurait pu servir à Lauren, et lui épargner une somme considérable de travail.

Elle ne le lui avait pas dit, bien sûr. Elle l'avait remercié.

Resserrant une fois de plus son étole sur sa poitrine, elle contempla les bois qui l'entouraient de toutes parts, tel un décor de conte de fées. Des ombres immenses surgissaient de temps en temps, faisant naître en elle des sensations... bizarres.

Dieu merci, elle ne croyait pas aux contes de fées.

Lauren repensa soudain à la réaction de l'aubergiste en apprenant qu'elle cherchait Dominik James.

« Je vous souhaite bonne chance ! s'était-il esclaffé. Les types comme lui souhaitent qu'on leur fiche la paix, mademoiselle, alors à votre place, je le laisserais tranquille. Sinon, vous vous exposez à de mauvaises surprises. »

Il en fallait plus pour décourager Lauren. En fait, elle se sentait prête à faire face à *toutes* les surprises possibles. Forte de cette résolution, elle continua bravement son chemin, environnée d'arbres immenses à l'air menaçant et dont l'abondante frondaison bloquait les rayons du soleil.

À présent, elle comprenait mieux ce que l'aubergiste avait voulu dire... Au même instant, un craquement la fit sursauter. Des oiseaux s'agitèrent sur des branches au-dessus de sa tête. Comme s'ils la surveillaient, la guettaient.

Lauren haussa les épaules en se traitant d'idiote, puis amorça un nouveau tournant du chemin, avant d'écarquiller les yeux, croyant tout d'abord avoir affaire à un mirage. Mais non, elle ne rêvait pas. Il y avait bien une maisonnette en bois au milieu de la petite clairière dissimulée derrière les arbres.

Ralentissant le pas, elle se rapprocha, en proie à une nervosité grandissante. Ce qui était ridicule. Lauren s'arrêta et fronça les sourcils. La maisonnette était assez rustique, mais pas dénuée de charme, avec ses murs constitués de poutres intriquées de manière régulière. De la fumée blanche montait de la cheminée, et il n'y avait absolument aucune raison qu'une citadine comme Lauren sente quelque chose frémir en elle à cette vue. Elle avait presque l'impression d'avoir passé toute sa vie à errer sans le savoir dans une forêt de briques et de béton, à la recherche d'un petit cottage accueillant semblable à celui qu'elle avait devant les yeux.

De plus en plus ridicule...

Lauren se posa la main sur la poitrine, comme si cela pouvait apaiser la chose qui continuait d'y frémir. Elle ne croyait pas aux contes de fées, mais elle en avait lu. Et rien de bon ne sortait jamais des mignonnes petites maisons perdues au fin fond de forêts sombres menaçantes. Quelle était cette histoire, déjà ? Elle se souvint de sorcières au rire sinistre, de loups montrant les crocs...

Tout à coup, elle se rendit compte que sous l'auvent surmontant la porte ce qu'elle avait pris pour une ombre était en réalité un homme.

Et qu'il la regardait fixement.

Son cœur fit un bond étrange sous sa paume. Lauren eut la sensation curieuse de tomber dans un précipice. Décidément, elle avait des réactions bizarres, ce qui ne lui ressemblait pas du tout.

— Monsieur Dominik James ? demanda-t-elle en laissant retomber son bras.

Elle avait posé la question d'un ton professionnel et neutre, alors qu'en réalité elle sentait la nervosité se muer en panique. Nouvelle réaction des plus incongrues.

Immobile entre deux arbres, elle attendit, tandis que son cœur continuait ses petites cabrioles stupides.

La haute silhouette se détacha de la porte et apparut dans la lumière du soleil inondant la clairière. Le cœur de Lauren s'emballa.

Il était grand. Bien trop grand, avec des épaules impressionnantes qui donnaient envie de... de faire des choses auxquelles elle refusait de penser. Il avait les cheveux brun foncé et épais, trop longs sur la nuque au goût de Lauren, mais qui faisaient ressortir la mâchoire volontaire. La bouche ne souriait pas, mais le dessin des lèvres dénotait une sensualité qui la fit tressaillir au plus profond de son être. Il était vêtu simplement, d'une chemise à manches longues lui moulant le torse et d'un jean délavé mettant beaucoup trop en valeur ses cuisses musclées. Quant aux boots de cuir noir, ils avaient de toute évidence été choisis pour leur côté pratique et non pour leur esthétique.

Mais le plus stupéfiant, le plus troublant, c'étaient les yeux. Du même gris que ceux de Matteo. Et d'Alexandrina.

Lauren se força à avancer vers lui.

— Je me présente, reprit-elle du même ton professionnel. Lauren Clarke, assistante personnelle de Matteo Combe, P-DG de Combe Industries. Au cas où vous l'ignoreriez, il est par ailleurs le fils de la regrettée Alexandrina San Giacomo Combe. Et j'ai de bonnes raisons de croire que celle-ci était également votre mère.

Elle avait répété son petit discours d'introduction, en avait tourné et retourné les phrases dans sa tête, elle s'était entraînée à l'auberge, devant le miroir de sa chambre. Et avait décidé d'aller droit au but, afin de régler cette affaire au plus vite.

Quant aux réactions de Dominik James, elle en avait imaginé plusieurs. Il pourrait nier l'évidence. Ou bien se mettre en colère et lui ordonner de partir. Elle s'était préparée à toutes sortes de scénarios...

Mais le frère de Matteo demeurait silencieux, tandis qu'il se dirigeait lentement vers elle, d'une démarche souple et fluide contrastant avec son physique imposant.

Lauren le regarda se rapprocher en retenant son souffle. Dans les yeux gris, elle discerna une lueur amusée et ironique.

Elle n'avait rien prévu de tel. Dans aucun scénario.

— Alexandrina San Giacomo Combe vous a désigné comme légataire, continua-t-elle avec effort. Et mon employeur tenant à honorer les dernières volontés de sa mère, il m'a envoyée ici pour vous en faire part.

Toujours en silence, Dominik James s'arrêta à un mètre d'elle et se contenta de la regarder. Avec un flegme insoutenable, le regard gris descendit sur son corps, faisant frissonner Lauren. Comme si cet homme posait les mains sur son corps. Partout. Son buste, son ventre, ses jambes, ses pieds chaussés des ravissants escarpins totalement inappropriés...

— M. Combe est un homme fortuné et conscient de ses responsabilités, reprit-elle d'une voix moins assurée, et nettement moins autoritaire. Mais sa notoriété nous oblige à procéder avec délicatesse. Vous le comprenez, n'est-ce pas ?

Trop de détails l'assaillirent à la fois. Dominik James était rasé de frais. Et, à en juger par les cheveux encore humides, il avait pris une douche récemment. Pire, Lauren *sentait* les effluves de lavande, mêlés d'autres, plus chauds et musqués. Et incontestablement virils.

Une sorte de vertige la gagna, alors que son cœur se livrait à des pirouettes encore plus saugrenues que les précédentes.

Tout autour d'eux, la forêt semblait attendre, bruissant doucement de sons ne ressemblant en rien à ceux de la ville. Il s'agissait plutôt de murmures, de chuchotements mystérieux, se mêlant en une symphonie étrange et envoûtante.

D'où sortaient ces pensées absurdes ?

Si elle ne réagissait pas maintenant, elle risquait fort de sombrer dans le ridicule, se dit Lauren en se forçant à se ressaisir.

— Excusez-moi. Parlez-vous anglais ? J'aurais dû vous le demander plus tôt.

La bouche sensuelle remonta imperceptiblement au coin. Fascinée, Lauren le regarda franchir le peu de distance qui les séparait encore.

Son cœur s'arrêta de battre. Il allait lui poser la main sur le visage, ou la glisser dans ses cheveux, ou bien lui effleurer le cou du bout des doigts, ainsi qu'elle avait vu faire le héros d'un film romantique qu'elle avait honte d'avoir regardé.

Au lieu de cela, Dominik James saisit la bordure de son étole et la fit glisser entre ses doigts. Comme pour en apprécier la texture.

— Vous... Qu'est-ce que vous faites ? balbutia Lauren.

Cette fois, inutile de se raccrocher à son professionnalisme. Ses genoux tremblaient de façon incontrôlable, sa voix lui paraissait totalement étrangère, voilée, rauque...

— Quand une superbe blonde s'aventure dans la forêt, vêtue de rouge écarlate...

La voix mâle s'insinua en Lauren, tel un charme ensorceleur. Une voix grave, profonde et teintée d'un léger accent qui semblait résonner dans ses veines, dans tout son corps.

— ... À quels dangers s'expose-t-elle, à votre avis ?

Sans attendre sa réponse, il pencha la tête et l'embrassa.

2

Il l'embrassait.

Ce qui était aussi incroyable qu'absurde.

Il lui caressait les lèvres du bout de la langue, avec une douceur et une sensualité inouïes, l'invitant à ouvrir la bouche. À s'ouvrir à lui.

Ce que Lauren ne ferait pas, bien entendu.

Ce qu'elle finit par faire, avec un petit gémissement qui monta de sa gorge, accompagné d'un frisson délicieux.

Et lorsque soudain une langue chaude se glissa dans sa bouche, l'explora, le baiser échappa à tout contrôle.

Peut-être à cause du goût de cet homme étrange, aussi singulier qu'intense. Ou bien de l'art impossible, merveilleux, avec lequel Dominik explorait maintenant sa bouche et approfondissait le baiser.

Quand il écarta le visage du sien, Lauren se rendit compte qu'elle tremblait de la tête aux pieds. De colère, évidemment.

— Vous ne pouvez pas... *embrasser* les gens comme ça !

Le petit sourire en coin s'agrandit.

— Je m'en souviendrai, si un autre petit chaperon rouge émerge tout à coup de ma forêt.

Lauren était dans un état d'agitation insensée. Elle avait trop chaud aux joues, et la chaleur semblait se propager partout en elle, la faire fondre. Quant à cette sensation incontrôlable, là, entre ses cuisses..., elle avait quelque chose de honteux.

— Je ne suis pas un personnage de conte de fées, rétorqua-t-elle en redressant le menton. Ces histoires à dormir debout ne m'intéressent absolument pas !

— C'est vraiment dommage. Les contes de fées regorgent de tentations de toutes sortes, de fantasmes, de créatures ténébreuses et envoûtantes…

— Je ne doute pas que pour certains ce type de chimères présente un attrait irrésistible, surtout ceux qui ne passent pas la majeure partie de leur temps à travailler. Pour ma part, j'ai des préoccupations beaucoup moins puériles.

— Parce qu'obéir aux ordres d'un patron, c'est une preuve de maturité, je présume ?

Cette fois, elle eut carrément l'impression d'être bancale, ce qui ne lui arrivait *jamais*.

— Tout le monde n'a pas les moyens de vivre en autarcie dans une cabane perdue au fond des bois, répliqua-t-elle d'un ton peut-être un peu trop acerbe.

En tout cas, son attitude ne sembla pas troubler le moins du monde Dominik James. Il se contenta de continuer à la regarder, avec l'infernal petit sourire en coin, une lueur argentée pétillant au fond des yeux. Lauren la sentit rayonner en elle, au plus intime de son corps, là où elle fondait.

— L'aubergiste m'avait prévenu de votre arrivée.

Il avait à peine bougé, mais cela avait suffi à augmenter son trouble. Cet homme avait une façon de se mouvoir qui exerçait une sorte de fascination sur elle, lui donnant envie de s'appuyer contre ce corps puissant et viril, de poser les mains sur les solides épaules…

Lauren croisa résolument les bras et prit l'air le plus déterminé possible, dans le vain espoir d'apaiser les frémissements qui la parcouraient de part en part.

— Vous êtes venue pour rien, poursuivit-il. Je ne veux rien avoir affaire avec votre riche patron et, oui, je sais de qui il s'agit. Et il ne m'intéresse pas. Ni sa mère. Ni les dispositions prises par celle-ci à mon égard. Je me fiche éperdument de ces gens qui possèdent des fortunes scandaleuses et je les aurais tout autant haïs si je les avais connus personnellement.

Ces paroles firent à Lauren l'effet d'une trahison, alors qu'elle n'avait aucun lien familial avec les Combe ou les San Giacomo. Le fait que Dominik James refuse ce qui lui revenait de naissance la choquait et l'irritait. Elle sentit ses lèvres tressaillir. Elle se rappela la sensation de la bouche chaude et ferme sur la sienne, avec une telle intensité qu'elle faillit fermer les yeux pour refouler ce souvenir brûlant.

— Mon riche patron est votre frère, fit-elle remarquer d'un ton vif. Il ne s'agit pas d'argent mais de famille.

— Une famille fort riche, acquiesça-t-il.

La lueur argentée devint dure, métallique.

— Et qui, jusqu'à l'ouverture du testament, ne s'était jamais préoccupée de moi. Par conséquent, je me passerai sans difficulté d'une charmante réunion résultant du caprice d'une défunte.

Lorsqu'il lui prit le menton, Lauren frissonna tout entière.

— J'ai beaucoup aimé ce baiser, reprit-il en la regardant droit dans les yeux. Je n'aurais jamais soupçonné qu'une blonde aussi pimpante puisse avoir un goût d'une telle suavité.

Sur ces mots, il se détourna et repartit vers le cottage, tandis que Lauren le regardait s'éloigner en tâchant d'ignorer les battements désordonnés de son cœur. Elle maudit les larmes qui se pressaient sous ses paupières. Cela faisait une éternité qu'elle ne les avait pas laissées couler.

— Étant donné que l'aubergiste vous avait prévenu de ma venue, j'en déduis que vous m'attendiez. Vous avait-il précisé que je portais une étole rouge, vous permettant ainsi de préparer votre petite histoire de Chaperon rouge ?

C'était à son dos qu'elle s'adressait. Ce dos musclé – comme tout le reste de sa personne…

Voyant que Dominik continuait d'avancer vers la maison sans répondre, Lauren le suivit, furieuse, et consciente qu'elle aurait mieux fait de s'en abstenir. Elle se sentait trop ébranlée, trop vulnérable. Ce baiser l'avait… chamboulée complètement.

— Si je comprends bien, cela fait de vous un Grand Méchant Loup ? poursuivit-elle.

Quand il se retourna, son regard parut plus sombre tandis qu'il le laissait errer à nouveau sur le corps de Lauren.

— Dans les forêts hongroises, on trouve toutes sortes de loups. « Grand et méchant » est une description aussi bonne qu'une autre.

— Pourquoi ?

Elle s'arrêta et se posa les mains sur les hanches, son geste écartant les pans de l'étole. Elle se détesta de jubiler en voyant les yeux gris s'arrêter sur la chaîne en or reposant sur sa gorge, visible dans l'échancrure du chemisier en soie.

Ses seins s'alourdirent, leurs pointes se durcirent. À cause de la fraîcheur de l'air, pas de la chaleur du regard de Dominik.

Depuis des années, Lauren portait des chaussures ultra-féminines pour se rappeler qu'elle était une femme, et dans l'espoir qu'un jour Matteo la verrait enfin comme telle. Ce jour n'était jamais arrivé et n'arriverait jamais.

Or, face à cet homme, elle se sentait féminine de la tête aux pieds. Et ses chaussures n'y étaient pour rien.

— Vous voulez savoir pourquoi je vous ai embrassée ?

Un lent sourire se dessina sur ses lèvres.

— Parce que j'en avais envie, tout simplement.

— Ou peut-être plutôt parce que vous êtes un porc, répliqua-t-elle avec calme. Comme la plupart des hommes quand ils sentent le contrôle leur échapper.

— Un porc, ou un loup ? Il faudrait savoir, ma belle. Relisez vos contes de fées, cela pourrait vous donner des idées. À moins que vous ne souhaitiez les explorer de façon plus... concrète avec moi ?

Lauren se força à ne pas tenir compte de l'effet que le sous-entendu évident produisait sur ses sens.

— Je ne suis pas surprise qu'un ermite vivant au fond des bois ait tout le loisir de trouver de la perversité dans de banals contes de fées, monsieur James, mais je ne...

— Appelez-moi Dominik, l'interrompit-il en souriant.

Mais elle ne s'y trompa pas, il n'y avait rien d'aimable dans ce sourire.

— Pour moi, *M. James* se réfère à mon père, que je n'ai hélas jamais eu le plaisir de rencontrer, poursuivit-il.

— J'ai bien compris votre petit jeu de pouvoir, répliqua Lauren à la hâte.

Histoire de reprendre ses esprits.

— Vous m'avez remise à ma place, très bien, continua-t-elle. Ce que j'aimerais, maintenant, c'est partir d'ici et aller dire à mon employeur qu'il ferait mieux de vous laisser à votre solitude et à vos interprétations douteuses des contes de fées. Mais malheureusement, je ne le peux pas.

— Et pourquoi ?

— Parce qu'en dépit du fait que vous viviez dans les bois comme un sauvage, j'ai pu vous retrouver, ce qui signifie que d'autres y parviendront également. Et *eux* n'hésiteront pas à déployer les grands moyens, croyez-moi. Vous serez assiégé par des hordes de paparazzis. Et votre chère solitude se transformera vite en enfer.

Elle sourit. Jusqu'aux oreilles.

— Ce n'est qu'une question de temps.

— J'ai passé toute mon enfance à attendre que l'on vienne me chercher, dit-il après un long silence à peine supportable. Mais personne n'est jamais venu. Alors, pardonnez-moi mais je ne vois pas pourquoi tous ces gens s'intéresseraient soudain à mon humble personne.

— Enfant, vous représentiez *une erreur illégitime*, répliqua Lauren en durcissant délibérément la voix. C'est ainsi que le père d'Alexandrina vous avait catalogué. Mais cette description n'a plus cours. Vous êtes désormais l'héritier que vous auriez toujours dû être. Ce qui fait de vous un homme très riche, monsieur James. Et le descendant d'une longue lignée illustre.

— Vous vous trompez complètement, repartit-il de cette même voix douce qui faisait tressaillir Lauren. Je suis un orphelin. Un ancien soldat. Et dorénavant, un homme qui préfère sa propre compagnie à celle d'autrui. Alors, à votre place, je me dépêcherais de repartir et d'aller en informer l'homme riche et puissant qui vous tient en laisse.

Si se voir réduite au rang d'animal domestique tenu en laisse par Matteo pouvait la protéger de cet homme des bois, elle n'y voyait aucun inconvénient, au contraire. Mais elle avait une mission à accomplir.

— Désolée de vous décevoir, monsieur James, mais je ne le peux pas, hélas.

— À mon tour de vous décevoir. Je vous ai donné ma réponse et je ne changerai pas d'avis.

Il le pensait, comprit Lauren. Il allait rentrer dans ce cottage perdu au milieu de nulle part et faire comme si de rien n'était. Comme si personne n'était venu lui dire qu'il était un riche héritier.

Une émotion dérangeante la traversa à cette pensée. Qu'elle éradiqua aussitôt.

Parce que, à la place de Dominik, elle n'aurait pas dédaigné l'héritage des San Giacomo et tout ce qui allait avec. Même si elle avait été ignorée complètement par sa famille depuis sa naissance. Ç'aurait toujours été mieux que la morne réalité. Sa mère et son père s'étaient en effet remariés chacun de leur côté et avaient créé chacun une nouvelle famille qu'ils avaient aimée, considérant probablement leur première fille comme une erreur de parcours, ou le symbole d'une mauvaise décision prise ensemble.

Par la suite, Lauren avait été ballottée entre eux avec mauvaise grâce et une absence totale d'affection, jusqu'à ce qu'elle soit en âge de déclarer que ce manège avait assez duré. La triste vérité, c'était qu'elle avait espéré que l'un des deux protesterait. Ou ferait au moins semblant de protester. Or ni l'un ni l'autre n'avait émis la moindre objection.

— La plupart des gens seraient enchantés d'apprendre ce genre de nouvelle, dit-elle d'un ton détaché. C'est un peu comme gagner au loto, non ? Un beau jour, vous découvrez que vous êtes quelqu'un de complètement différent de celui que vous croyiez être.

— Je sais exactement qui je suis, décréta-t-il d'une voix dure. Je n'ai pas ménagé mes efforts pour le devenir. Et je n'ai pas l'intention de me renier à cause de la culpabilité d'une morte, fût-elle ma génitrice.

— Mais je...

— Je sais qui sont les San Giacomo, coupa-t-il brutalement. J'ai grandi en Italie dans leur ombre et je ne veux pas en faire partie. Dites-le à votre patron.

— Il me renverra aussitôt ici. Et si vous persistez à refuser, il finira par venir lui-même. C'est ce que vous voulez ? Avoir l'occasion de lui dire en face que vous ne voulez pas de ce qu'il vous offre ?

Dominik la regarda en silence.

— S'agit-il de m'offrir quelque chose ? Ou de me restituer un droit qui m'appartenait de naissance mais que l'on m'a empêché de revendiquer ?

— Dans ce cas, pourquoi vous obstiner à le refuser maintenant, ce droit ?

Il éclata de rire. D'un rire presque silencieux qui se transforma rapidement en sourire crispé, donnant envie à Lauren de voir Dominik lui adresser un *vrai* sourire.

Décidément, elle ne se reconnaissait plus…

— Ce que je ne comprends pas, c'est votre zèle. Je sais que vous avez dû entreprendre des recherches fastidieuses pour me retrouver. Cela vous a pris des semaines, mais vous ne vous êtes pas découragée. Et si au cours de votre petite enquête, l'idée vous a traversée que je pourrais ne pas désirer être retrouvé, vous n'y avez pas accordé la moindre attention. Et vous débarquez maintenant chez moi sans y avoir été invitée.

— Si vous saviez que je vous recherchais… pourquoi ne pas vous être manifesté ?

— Personne ne s'isole au fin fond d'une forêt de Hongrie s'il souhaite avoir des visites. Surtout des visites surprises.

Le sourire devint tranchant.

— Mais cela ne vous a pas arrêtée.

— Je remplis toujours les missions qui me sont confiées. Jusqu'au bout.

— S'il vous demande de sauter, vous bondissez comme un petit lièvre ?

— Je suis son assistante personnelle, monsieur James. Ce qui signifie que mon rôle consiste à effectuer de multiples tâches destinées à le seconder. C'est la nature même du poste. Pas un défaut personnel.

— Je vais vous dire ce que je sais de votre employeur, répliqua-t-il nonchalamment. C'est un homme honorable, n'est-ce pas ? Et si attaché à sa famille qu'il vous a demandé de faire tout ce chemin pour obtenir de moi que je me lie à un individu capable de donner un coup de poing en pleine figure à l'amant de sa sœur – lors des obsèques de leur père. Quel bel exemple ! Je me demande vraiment pourquoi je n'ai aucune envie de m'impliquer avec un tel individu.

Son attitude était compréhensible. Dominik en voulait à ceux qui l'avaient abandonné tout bébé. Peut-être refusait-il l'offre de Matteo parce qu'il estimait que celle-ci arrivait trop tard. Que rien n'effacerait jamais toutes ces années durant lesquelles Alexandrina n'avait jamais cherché à retrouver son premier-né.

— Je comprends votre position, dit Lauren d'un ton conciliant. Vraiment. Mais je désire toujours vous réunir avec votre famille. Que dois-je faire pour vous convaincre ?

— Vous vous aventurez dans la forêt enveloppée dans une étole écarlate, commença-t-il lentement. Puis vous vous laissez embrasser par le Grand Méchant Loup. Et maintenant, vous lui faites une proposition ouverte ? Vous n'avez pas froid aux yeux...

Un violent frisson la parcourut. Alors que ces provocations ridicules auraient dû la laisser de marbre. Elle en avait plus qu'assez de ces petits jeux stupides.

Mais les bois les entouraient de toutes parts. La brise chuchotait dans les branches et le village était loin, très loin de cette clairière.

Et Dominik l'avait *déjà* embrassée.

Alors, à quoi jouait-elle de son côté ? se demanda soudain Lauren avec un nouveau frisson, glacé et brûlant à la fois.

Face à cet homme mystérieux, elle avait l'impression de ne plus savoir qui elle était. Il lui semblait tout à coup que son corps appartenait à une autre. Que son cerveau ne fonctionnait plus comme avant. Et tout cela lui déplaisait profondément.

Dominik James lui déplaisait. Mais elle ne s'en alla pas pour autant.

— L'argent ne vous intéresse pas, sinon vous auriez déjà sauté sur l'occasion de mettre la main sur votre part d'héritage. Mais il doit bien y avoir un moyen de vous convaincre de revenir avec moi à Londres et de prendre votre place légitime dans la famille San Giacomo, dit-elle d'un ton détaché.

— Si vous croyez pouvoir m'attendrir en me parlant de ma prétendue famille, vous vous trompez, se contenta-t-il de répliquer avec un haussement d'épaules.

— Vous prétendez que le pouvoir ne vous intéresse pas, mais vous ne vous privez pas d'en user pour faire le contraire de ce que l'on vous demande.

Peut-être n'aurait-elle pas dû dire cela, songea Lauren en voyant Dominik plisser les yeux.

Après l'avoir contemplée un long moment en silence, il sourit. Lentement. Et l'expression qui empreignit alors les traits virils était si sauvage, si impérieuse, que Lauren le dévisagea en retenant son souffle, tandis que son cœur lui martelait les côtes et qu'une chaleur dévoratrice l'envahissait.

— Vous avez tout compris, ma belle, dit-il d'une voix suave. Entrez, je vous en prie, installez-vous près du feu – et convainquez-moi.

3

Dominik avait passé des années à chercher sa place. Les religieuses lui avaient dit qu'il était orphelin et il l'avait cru. Au début. À ses yeux d'enfant, cela expliquait sa situation.

Mais à dix ans, la plus méchante lui avait fait découvrir une tout autre réalité, après l'avoir surpris en train de se livrer à une filouterie quelconque.

« Ta mère t'a abandonné, avait-elle déclaré sournoisement. Et elle a eu bien raison ! Qui voudrait s'encombrer d'un sale gosse comme toi ? »

Pendant les dix années suivantes, il avait saisi toutes les occasions de prouver que sa mère, qui qu'elle soit, avait eu parfaitement raison de se débarrasser de lui. Après s'être enfui de l'orphelinat, il était allé en Espagne où il avait vécu à la dure, se débrouillant comme il pouvait pour survivre. C'était toujours mieux que ce qu'il avait vécu chez les religieuses, aussi s'estimait-il heureux.

Un jour, il avait fini par retourner en Italie et s'était engagé dans l'armée, davantage pour se punir que par patriotisme. Il espérait être envoyé dans une zone de conflit à hauts risques, et mourir au service de sa patrie plutôt qu'en cédant à ses tendances autodestructrices. Au lieu de cela, il avait découvert la discipline, le respect, et s'était trouvé une place dans le monde. En outre, il y avait acquis les outils lui permettant de mériter cette place.

Il avait donné dix ans de sa vie à son pays. Une fois désengagé de ses obligations militaires, il avait mis à profit ce qu'il avait appris à l'armée, mais dans le privé. Il y avait consacré toute son énergie, tout son temps. Ensuite, il avait vendu la compagnie de sécurité qu'il avait créée à partir de rien. Pour une coquette somme.

Livré à lui-même, Dominik avait décidé de s'occuper de son éducation et de son développement personnel. Là non plus, il n'avait pas ménagé ses efforts, déterminé à gérer sa fortune de la façon qui lui conviendrait le mieux.

Il n'avait que faire de l'argent de sa famille. Il en avait suffisamment de son côté. L'entreprise de sécurité informatique créée presque par hasard avait fait de lui un homme très riche. En la vendant, il était devenu milliardaire. Et fort de ces capitaux, il s'était employé à développer son influence financière au gré de ses envies.

En fait, il aimait se faire passer pour un ermite parce qu'il en avait les moyens. Et aussi parce que dans sa forêt il se sentait isolé du reste du monde qui l'avait toujours traité avec indifférence, même après qu'il s'y fut taillé une place.

Désormais, Dominik préférait la fraîcheur de l'ombre et la compagnie sereine des arbres. Il savourait sa solitude. Rien de plus radieux que la lumière du soleil filtrant à travers les branches, et le merveilleux silence, loin de l'agitation et de la fureur des villes...

Alors pas étonnant que l'apparition d'une blonde ravissante aux yeux caramel et au goût de nectar... le rende affamé et brûlant. Tel qu'il avait été autrefois et n'avait jamais pensé le redevenir.

Il aurait dû la renvoyer sur-le-champ. Au lieu de quoi, il venait de l'inviter à s'asseoir au coin du feu.

Lorsqu'elle eut franchi le seuil, ses absurdes talons aiguilles claquèrent sur le plancher, tandis que Dominik contemplait le balancement régulier des hanches délicieusement féminines. Il ne pouvait en détacher les yeux, c'était plus fort que lui.

Il avait commis une erreur *colossale* en l'invitant à entrer.

Après avoir goûté à cette bouche exquise, il brûlait non seulement de renouveler l'expérience, mais de goûter Lauren Clarke tout entière. D'embrasser la nuque vulnérable, le cou gracieux. De refermer les mains sur les seins dont il devinait la perfection sous le chemisier de soie fine. D'enfouir le visage entre des cuisses à la peau douce, avant de se perdre totalement dans sa chaleur de femme.

Il la regarda s'avancer, le dos et les épaules raides, comme si elle redoutait de voir un monstre surgir d'un coin obscur et se jeter sur elle. Or il avait conçu sa maison pour en faire avant tout un endroit accueillant. Chaleureux et confortable. Dominik s'y sentait bien. Chez lui.

C'était le refuge qu'il n'avait jamais eu enfant. Alors, pourquoi laisser cette femme troubler sa solitude ? Il l'y avait même invitée… Alors que jusqu'à présent il n'avait accordé ce privilège à personne.

— Je suis très surprise, dit-elle soudain.

Elle baissa les yeux sur l'épais tapis, les fauteuils en cuir placés devant la cheminée.

— Je m'attendais à quelque chose de plus… rustique.

— Évidemment.

— Je ne voulais pas vous offenser. Mais je n'aurais jamais imaginé qu'un ermite puisse vivre dans un intérieur aussi cosy, je l'avoue.

— Je regrette déjà de vous avoir invitée à entrer, murmura Dominik.

Du temps où il gérait une entreprise florissante, il avait souvent eu l'occasion de rencontrer des femmes comme elle. Il les connaissait par cœur, même s'il avait toujours veillé à garder ses distances avec elles. Les chaussures étaient révélatrices à elles seules. Hors de prix et superflues, destinées uniquement à affirmer une prétendue personnalité. À faire en sorte que tout le monde se demande comment leur propriétaire pouvait marcher avec, ou combien elle les avait payées. Ou encore à faire crever de jalousie d'éventuelles rivales.

De tels accessoires en disaient long sur Lauren. Alors qu'il s'interrogeait sur la jeune femme, il songea que son propre intérieur était révélateur, lui aussi. Qu'y découvrait-elle à son sujet ?

Dominik avait voulu de hauts plafonds pour avoir trop souvent dû se baisser à cause de sa taille. Des tapis épais parce qu'il avait trop souffert du froid. Grâce à son agencement, ce cottage paraissait deux fois plus spacieux qu'il ne l'était en réalité, parce que Dominik s'était juré de ne plus jamais vivre dans des cabanes où il ne pouvait même pas s'allonger complètement.

Dans la pièce à vivre, une cheminée de pierre occupait presque tout un mur tandis qu'à l'opposé il avait installé une cuisine pratique et bien équipée. Quant à la chambre, il l'avait conçue à sa taille. Le lit aurait pu accueillir deux gabarits comme le sien. Parce qu'il n'avait jamais oublié les lits trop petits de l'orphelinat.

— C'est vraiment très charmant, reprit-elle tout à coup. Tout en restant... masculin.

Dominik désigna l'un des profonds fauteuils en cuir. Pourquoi y en avait-il deux, puisqu'il ne recevait jamais personne ? Quand il avait imaginé l'espace parfait dont la cheminée serait l'élément central, il avait toujours vu deux fauteuils en cuir comme ceux-là.

Comme Lauren s'installait dans l'un d'entre eux, il fut traversé par la sensation très étrange qu'il avait... prévu ce moment. Presque comme si le fauteuil l'avait attendue.

Il chassa cette pensée absurde – et fort déplaisante – en se traitant d'imbécile. Puis il alla s'installer dans le second fauteuil, étendit ses longues jambes devant lui, dans l'espace le séparant de Lauren. La voyant déglutir, il songea qu'il aurait pu lui offrir un verre. Et n'en fit rien.

— Je croyais que vous vouliez me convaincre de répondre à votre sommation, dit-il au bout d'un certain temps.

Entre eux, l'atmosphère sembla s'épaissir. S'alourdir, vibrer de sous-entendus, de promesses. Dominik ne voulait ni des uns ni des autres.

— Les choses se passent peut-être différemment dans votre milieu, poursuivit-il. Mais personnellement, je ne commencerais pas une tentative de persuasion en insultant la personne que je cherche à convaincre.

Elle le regarda en battant des cils, puis ôta son étole et la plia avec soin avant de la poser sur ses genoux, tandis que Dominik contemplait le buste recouvert de soie ivoire.

Sans se presser, il caressa du regard les seins dont il devinait le galbe ferme sous l'étoffe. À la lueur du feu, les cheveux blonds prenaient des reflets dorés et, passée devant une épaule, la queue-de-cheval reposait nonchalamment sur un sein. Il s'autorisa quelques images délicieuses, se vit à genoux devant elle, découvrant la douceur de la peau, à l'intérieur des cuisses...

Dominik se contenta de s'enfoncer dans son fauteuil, posa les avant-bras sur les accoudoirs, et ignora les protestations sans équivoque de la partie la plus virile de son anatomie.

— Je ne voulais pas vous insulter, se défendit-elle, la voix un peu rauque. Je trouve ce cottage vraiment charmant, et vous avez beau vivre en ermite, vous n'êtes pas non plus totalement coupé du monde, à en juger par le confort dont vous vous entourez. Alors, que faudrait-il pour vous persuader d'y retourner ?

— Il faudrait d'abord que vous m'expliquiez pourquoi je pourrais le désirer, ou même simplement y songer.

— Une fois en possession de votre héritage, vous auriez les moyens de construire une centaine de cottages semblables à celui-ci, par exemple. Dans toutes les forêts d'Europe.

— J'en ai déjà un et cela me suffit, répliqua-t-il avec un haussement d'épaules.

Ainsi que des propriétés un peu partout dans le monde, mais il ne le lui précisa pas.

— Vous pourriez encore l'améliorer, dit-elle d'un ton enjoué. L'équiper des technologies les plus performantes – imaginez les opportunités qui s'offriraient alors à vous !

— Je n'ai jamais prétendu vivre en autarcie, fit remarquer Dominik. Vous semblez penser que je vis à l'âge de pierre, mais détrompez-vous, j'ai accès à la modernité autant que je le désire.

— Vous pourriez vous offrir *tout* ce que vous désirez.

Il la dévisagea un instant en silence.

— Tout ce que vous avez à m'offrir, c'est de l'argent. Or je vous l'ai déjà dit, j'en ai suffisamment. Mais votre insistance en dit long sur vous. Mon cher frère ne vous paierait-il pas à votre juste valeur ?

Un pli creusa le front lisse, elle se raidit.

— M. Combe s'est toujours montré très généreux envers moi.

— Cela ne me dit pas si votre salaire est à la hauteur de vos mérites. À combien estimez-vous le type de loyauté qui conduit une citadine comme vous à sortir de son univers protégé pour s'aventurer dans la forêt vierge, et à pénétrer dans la tanière d'un dangereux étranger ?

— Je ne vois pas en quoi le montant de mon salaire vous concerne.

— Si vous n'étiez pas venue jusqu'à ma porte, je ne m'en serais jamais soucié, en effet. Pourquoi ne pas me dire la vraie raison de cette petite visite impromptue ?

De roses, les joues devinrent cramoisies. Le petit pli se creusa davantage. La raideur se mua en rigidité.

— Je vous l'ai déjà donnée, monsieur James.

— Le patron de l'auberge vous a certainement informée que je me rendais au village au moins une fois par semaine pour m'approvisionner. Vous auriez pu m'attendre là-bas. Vous n'aviez pas besoin de traverser la forêt pour me trouver, surtout avec ces chaussures.

Une expression suffisante se lut sur les traits fins. Apparemment, il avait raté le test.

— Inutile de vous préoccuper de mes chaussures, rétorqua-t-elle en croisant les jambes.

Afin d'attirer son attention sur les chaussures en question.

— Je les trouve très confortables, figurez-vous.

— Que ce soit le cas, ou que vous vouliez que je le croie, cela n'implique pas pour autant qu'elles le soient. Et cela ne les rend certes pas plus adaptées au genre de chemin qui mène jusqu'ici.

Elle le foudroya du regard. De toute évidence, elle tenait de nouveau à lui montrer qu'elle lui était supérieure.

Ce que Dominik trouva très amusant… et excitant.

— D'après mon expérience, ceux qui se préoccupent de mes choix vestimentaires – notamment de ma manière de me chausser – le font parce que c'est pour eux le seul moyen d'ignorer ce que j'ai à leur dire, décréta-t-elle. Concentrons-nous sur mes chaussures et nous pourrons en tirer toutes sortes de généralités sur le type de femme que je suis, c'est cela ? Eh bien, je vais vous confier un secret : *j'aime* les belles chaussures. C'est la seule chose qu'elles révèlent de moi.

Il sourit. Lentement. Et se réjouit de voir Lauren déglutir avec difficulté.

— Laissez-moi vous assurer que je ne suis en aucun cas dépourvu de moyens et que par ailleurs je serais ravi d'ignorer ce que vous avez à me dire, répliqua-t-il en soutenant son regard. Mais jusqu'à présent, vous ne m'avez pas dit grand-chose de convaincant. Et vous ne m'avez toujours pas expliqué pourquoi je devrais renoncer au confort de ma maison pour rejoindre une famille qui m'a ignoré toute ma vie. Ce serait commode pour eux, j'imagine. Mais vous comprendrez que cet argument n'est pas très persuasif à mes yeux.

— Je vous l'ai dit, les paparazzis…

Dominik secoua la tête.

— Je crois que nous savons tous les deux que ce n'est pas moi qui serais le plus incommodé par l'arrivée des journalistes. Je sais comment me débarrasser des intrus qui s'avisent de pénétrer dans ma propriété.

Il sourit de plus belle.

— En revanche, votre riche patron n'aimerait pas se retrouver exposé ainsi, je suppose. N'est-ce pas pour cette raison que vous êtes venue jusqu'ici, après avoir enquêté sur moi avec tant de zèle ?

— Jusqu'à tout récemment, M. Combe ignorait qu'il avait un frère, répliqua-t-elle d'une voix plus calme.

Ou plus prudente, peut-être.

— Et il a essayé de vous retrouver dès qu'il a appris votre existence.

— Je suis sans doute censé applaudir…

Elle ne soupira pas, ne roula pas des yeux, mais le sourire crispé n'en fut pas moins éloquent.

— Monsieur Combe…

— Qu'avez-vous compris, exactement, lorsque je vous ai proposé de me convaincre ? l'interrompit Dominik. Je vous ai déjà embrassée. Pensez-vous vraiment que je vous aie invitée à entrer pour que vous me fassiez la morale ?

La réaction de Lauren le prit de cours. Elle ne lui décocha aucun regard indigné ou méprisant, ne se leva pas avant de s'en aller et de disparaître de sa vie pour toujours, elle et ses fichus hauts talons.

Elle le dévisagea d'un air suffoqué. Sa suggestion ne l'avait pas offensée, non. Ce genre de pensée ne l'avait même pas effleurée.

— Mêlez-vous le sexe à la conversation lorsque celle-ci vous ennuie ?

— Je le fais le plus souvent possible.

Quand elle éclata de rire, ce fut au tour de Dominik d'être suffoqué. Parce que son rire paraissait sincère.

— Vous perdez votre temps avec moi, dit-elle avec un sourire artificiel. Je suis désolée, mais je dois vous dire – comme je l'ai dit à tous les hommes qui croyaient pouvoir atteindre mon patron à travers moi – que je suis totalement insensible au sexe.

Ce n'était pas possible, il avait mal entendu...

— Vous pouvez répéter, s'il vous plaît ?

Sidéré, il la vit se détendre en face de lui, ce qu'il aurait cru impossible encore une minute plus tôt. Et lorsqu'elle lui sourit de nouveau, elle ressemblait à un chat repu.

— Le sexe ne m'intéresse pas. Je suis insensible à tout ce qui concerne ces choses, répéta-t-elle tranquillement.

Cependant, la vulnérabilité qu'il lisait dans les yeux de Lauren détrompait son calme apparent. Et il n'avait pas oublié la façon dont elle avait répondu au baiser, ni l'abandon dont elle avait fait preuve. Elle avait *fondu* dans ses bras.

— Pour des tas de gens, c'est une véritable obsession, je sais. La vie de certains individus est complètement régie par le sexe, mais pas la mienne. J'avoue que je n'ai jamais compris tout le raffut que l'on fait autour de cela.

Elle le pensait, elle était sincère, comprit Dominik, de plus en plus abasourdi. Elle *voulait* le croire.

— Dites-moi, vous vous rendez compte qu'un baiser est un acte sexuel, n'est-ce pas ?

— Vous n'êtes pas le premier homme que j'aie embrassé, répliqua-telle en plissant le nez.

Comme si elle le trouvait... benêt.

— J'ai fait mes premières expériences en la matière à l'université. Et j'ai su tout de suite que ce n'était pas pour moi.

— Vos expériences, répéta-t-il lentement. En matière de baiser.

— Oui, et j'en ai expérimenté de plusieurs sortes, sans jamais éprouver aucun plaisir. Tout le monde ne ressent pas le besoin irrépressible de s'exhiber dans le plus simple appareil et de s'agiter dans tous les sens. Non que j'y voie le moindre inconvénient, seulement certaines personnes ont des préoccupations différentes...

Il l'avait déstabilisée, comprit Dominik.

— ... Et plus importantes, précisa-t-elle.

— Par exemple ?

— Vous vous êtes moqué de mon dévouement envers mon patron, mais je prends mon travail très au sérieux. Cela requiert un engagement total. Beaucoup de concentration et d'énergie. Alors, quand je quitte mon bureau, il me serait impossible d'aller…

— Vous agiter dans tous les sens. Dans le plus simple appareil.

— Exactement.

À présent, Dominik n'avait plus le moindre doute : Lauren mentait. Et s'il ne se méprenait pas, il était fort probable que cette ravissante blonde aux yeux caramel paradant sur ses talons aiguilles soit vierge. Détail qui embrasait littéralement sa libido.

Parce qu'il l'avait embrassée, goûtée, et quoi qu'elle dise, il était certain qu'elle n'était pas restée insensible à son baiser.

— Mon Dieu, cette façon que vous avez de me regarder…, soupira-t-elle.

Elle était trop détendue, là, en face de lui, dans son fauteuil en cuir fauve. Comme chez elle. Elle croyait contrôler la conversation. Et *le* contrôler.

— Je ne comprends vraiment pas pourquoi les hommes en font une histoire de défi.

— Ah, vous ne comprenez pas ? répliqua Dominik avec un léger sourire.

— Je suis très à l'aise avec moi-même, telle que je suis, déclara-t-elle avec un petit haussement d'épaules nonchalant.

— Oui, apparemment.

Puis, prenant la même pose que Lauren, il resta silencieux et se contenta de l'observer durant un long moment, tandis que le désir rugissait en lui.

Finalement, il avait affaire à la Belle au bois dormant…

— Je vais vous dire une chose, ma belle, les gens qui sont à l'aise avec eux-mêmes parlent rarement de leur sexualité. Or curieusement, vous me cassez les oreilles avec ce sujet *intime*.

— Oh ! je vois…

Cette fois, il y avait de la pitié dans son expression, et de l'incertitude.

— Vous êtes vexé, poursuivit-elle. Vous croyez que je dis cela parce que je n'ai pas aimé votre baiser. Ne vous inquiétez pas, monsieur James. Je n'aime *aucun* baiser. Pas seulement le vôtre.

Il adora le frémissement des lèvres qu'elle ne put réprimer. Et qui en disait bien davantage que ses paroles.

— De nous deux, Lauren, c'est moi qui suis à l'aise avec moi-même. Et puis, je ne suis pas un imbécile : je sais à quel point vous avez *détesté* mon baiser, alors inutile de me raconter des histoires.

— Vraiment ? rétorqua-t-elle, le menton haut. Je connais la chanson, vous savez ? Maintenant, vous allez me faire une proposition. Ensuite, vous vous offusquerez que je la décline, alors qu'elle était si sincère et désintéressée. Vous vous efforcerez de me faire comprendre que je manquerais une occasion unique de profiter de votre savoir-faire. C'est toujours le même refrain.

— Ah ? Et si vous me racontiez ?

Elle le gratifia d'un petit geste las.

— Vous tenterez de m'embrasser, certain qu'un simple effleurement de vos lèvres expertes m'ouvrira aux joies de la chair. Cela ne fonctionnera pas, vous avez déjà échoué à m'ouvrir à quoi que ce soit, mais vous ne me croirez pas. Je vois déjà que vous ne me croyez pas.

Là, il eut droit à une petite moue dédaigneuse, accompagnée d'un imperceptible soupir... d'ennui.

— Alors, si vous voulez bien, je préférerais éviter cette éternelle rengaine. C'est barbant, à la fin.

Dominik la regarda en se frottant la mâchoire. Quand il l'avait embrassée, elle avait trouvé cela *barbant*, en effet...

— Très bien. De quoi souhaiteriez-vous parler, à présent ? demanda-t-il d'un ton neutre.

— De l'affaire qui m'a amenée ici, naturellement !

— N'êtes-vous pas venue pour me persuader de quitter ma modeste cabane perdue au fond des bois et de vous suivre dans le grand monde ?

— En effet. Il suffit que vous précisiez vos conditions.

Il n'était plus l'homme impulsif d'autrefois. Il avait tiré parti de ses expériences et avancé. Mais il y avait chez cette femme quelque chose qui lui tapait sur les nerfs. Elle continuait de le regarder avec pitié, alors qu'il n'était pas dupe. Il l'avait embrassée, bon sang ! Se mentait-elle autant à elle-même qu'elle lui mentait à lui ? Dominik l'ignorait mais une chose était certaine : il ne voyait pas pourquoi il ne profiterait pas de la situation pour s'amuser un peu.

La tentation était trop forte. Et Lauren Clarke représentait le meilleur divertissement qu'il eût connu depuis bien longtemps.

Même si, pour s'offrir cette petite parenthèse, il devait s'impliquer avec les membres de la famille qu'il avait localisée à l'époque où il était à l'armée, sans ressentir toutefois le besoin de prendre contact avec eux.

Pas question d'aller mendier des miettes d'une relation dont il s'était passé toute sa vie.

— D'accord, acquiesça-t-il tranquillement. Vous m'embrasserez chaque fois que je le souhaiterai. Voilà ma condition. Acceptez-la et je vous suivrai où vous voudrez et ferai tout ce que vous me demanderez de faire.

— Ne soyez pas ridicule.

Elle croyait à une plaisanterie. Sinon, elle se serait raidie dans son fauteuil, les joues écarlates. Or elle continuait de le contempler avec commisération, comme si elle avait affaire à un idiot.

Ce qu'il était sans doute à cet instant, d'ailleurs. Mais il ne reviendrait pas sur sa proposition.

— Vous êtes victime de votre obsession pour les contes de fées, monsieur James. Redescendez sur terre, dans la réalité, même si vous vivez dans un cottage enchanté caché au fond de la forêt.

— Sachez que je ne suis jamais ridicule, déclara Dominik d'une voix onctueuse. Lorsque je fais une promesse, je la tiens. Alors, acceptez-vous ? Vous m'embrasserez quand et comme je le voudrai. Ce n'est pas grand-chose, pour une femme insensible à tous les baisers, j'imagine ?

— Je vous ai déjà dit que je connaissais la chanson.

Plus de sourire, à présent. Elle le contemplait en fronçant les sourcils.

— Vous dites *embrasser* mais cela va toujours plus loin.

Elle soupira de nouveau, mais cette fois... elle était nerveuse. Agitée, même.

— Quoi que je fasse, on en revient toujours à la même discussion, enchaîna-t-elle. Je suis insensible au sexe. Point final.

— Fabuleux. Moi aussi je suis insensible, si cela équivaut à s'abandonner complètement.

Dominik la regarda droit dans les yeux.

— Soyons insensibles ensemble.

Elle le dévisagea en battant des cils, le froncement de sourcils s'accentua.

— Je ne crois pas que...

— Nous pouvons établir des règles, si vous voulez, l'interrompit-il en souriant. Règle numéro un, vous m'embrassez chaque fois que j'en exprime le désir. Règle numéro deux, quand vous en avez assez, vous vous arrêtez. C'est tout. Cela me suffit.

— Mais..., murmura-t-elle, l'air franchement perdu.

— En retour, je vous suivrai docilement en Angleterre et je ferai tout ce que votre cher patron désirera que je fasse. De quoi s'agira-t-il, à votre avis ? Devrai-je prêter allégeance en public ? Ou simplement me faire couper les cheveux chez son coiffeur privé, afin de ne pas détoner par rapport aux éminents membres de la famille ?

L'espace d'un instant, elle parut perplexe, comme si elle se demandait s'il pourrait jamais être transformé en homme du monde. Dominik adorait la voir ainsi, déstabilisée et ne sachant si elle devait le croire ou non. Les lèvres entrouvertes, le regard incertain.

— Je ne comprends pas pourquoi vous vous contenteriez... d'un baiser, ou de quelques baisers, alors que vous pourriez demander tout ce que vous désirez.

— Vous ne pouvez pas m'acheter, Lauren. Mais vous pouvez m'embrasser.

Une expression de doute passa sur les traits délicats.

— Combien de temps pensez-vous que cet arrangement puisse durer, monsieur James ?

— Aussi longtemps que votre M. Combe aura besoin que je reste sous le feu des projecteurs avec lui, j'imagine.

— Et vous me donnez votre parole que lorsque je voudrai arrêter vous ne protesterez pas ?

— Je suis un homme de parole, Lauren.

— Je suppose qu'ici, au milieu de nulle part, vous n'avez pas souvent l'occasion de vous offrir ce genre de plaisir. Mais pourquoi me choisir moi ?

Dominik eut du mal à ne pas répliquer qu'il n'avait aucun mal à se trouver des partenaires quand il avait envie de sexe. Que sa solitude était une retraite délibérée, pas un bannissement.

— J'ai toujours eu un faible pour le Petit Chaperon rouge…

Quant à la perspective de faire émerger la belle princesse de son long sommeil… D'éveiller ses sens endormis…

Lauren laissa échapper un long soupir qui se finit en un rire aussi bref qu'incertain.

— Très bien. J'accepte. Mais nous partirons le plus tôt possible.

— Comme vous voudrez, murmura-t-il.

Il exultait. Brûlait. Cependant, au sentiment de triomphe qui l'avait envahi et au désir qui le consumait, se mêlait une émotion plus sombre, plus intense, qu'il refusa d'identifier. Mieux valait profiter du divertissement. Dès maintenant.

— Mais avant de partir, un baiser. Comme promis.

4

Déconcertée, Lauren le dévisagea en silence. Elle n'en revenait toujours pas qu'il se contente d'un baiser. Enfin, de *baisers* au pluriel, parce qu'il lui en faudrait plusieurs, évidemment.

Par le biais de son travail, elle avait rencontré pas mal d'hommes, aussi se considérait-elle plutôt experte en matière de mâles se croyant tout-puissants. Mais jamais elle n'avait eu affaire à un individu comme Dominik James. Il ne détenait apparemment aucun pouvoir, mais se comportait en maître du monde.

Qu'importe. Elle n'était pas là pour le comprendre. À présent, elle n'avait plus qu'à le remmener à Londres, et à recouvrer le sang-froid qu'elle sentait lui échapper de minute en minute.

— Maintenant ? Ici ? Vous voulez que je vous embrasse *maintenant* ?

Dominik était nonchalamment installé dans son fauteuil, une lueur affamée au fond de ses yeux gris, alors que le reste de son visage ne trahissait aucune émotion.

Toujours impassible, il se tapota le genou tandis qu'un sourire adoucissait *presque* le pli sévère de sa bouche.

De nouveau envahie par une étrange sensation de chaleur se répandant dans tout son corps, Lauren se leva. Elle ressentait la même impression qu'en enfilant une nouvelle paire de chaussures qui lui plaisait. Elle se sentait… dangereuse. Enfin, quelque chose d'approchant. En tout cas, elle adorait cette sensation – comme toutes les femmes, sans doute.

Si Matteo l'avait regardée comme elle regardait ses chaussures, elle aurait exulté. Mais il ne l'avait jamais fait.

Alors, pourquoi ressentait-elle ladite sensation maintenant, dans une maisonnette perdue au fond des bois ? Et pourquoi Dominik cherchait-il à anéantir son assurance ? Parce qu'il suffirait d'un baiser pour la faire fondre. Lauren le savait.

Le baiser de tout à l'heure n'avait certes ressemblé en rien à ses quelques expériences d'autrefois. Mais Dominik en voudrait vite davantage. C'était toujours la même chose. Tôt ou tard, il deviendrait de plus en plus ardent et elle de moins en moins concernée. Le même phénomène se reproduisait à chaque fois, confirmant que mieux valait *penser* au baiser que le vivre, dans sa décevante réalité.

Le moment préféré de Lauren, c'était celui où un homme la regardait et la voyait comme une femme désirable. Féminine jusqu'au bout des ongles et capable d'éprouver toutes ces choses que ressentaient les vraies femmes. Capable de désirer et d'être désirée en retour alors qu'en fait elle était incapable d'éprouver ce genre de désir.

Dominik semblait la voir comme telle. Et il l'avait déjà embrassée. Ça, c'était une bonne chose. Lauren savait à quoi elle s'était engagée. Et puis, ce baiser avait été *beaucoup* plus agréable que ceux expérimentés autrefois. Il avait été… fabuleux, reconnut-elle avant de repousser aussitôt cette pensée.

C'était l'inattendu de la situation qui la rendait aussi vulnérable, la déstabilisait. Elle n'avait pas l'habitude d'éprouver ce type de sensations, voilà tout.

— Vous ne vous en rendez peut-être pas compte, puisque embrasser un homme vous déplaît autant, mais en général, un baiser ne s'échange pas à distance, dit Dominik avec une pointe d'amusement dans la voix.

Mais Lauren y perçut une autre nuance, plus sombre. Elle ne put l'identifier mais la sentit, là où son corps paraissait vibrer depuis sa course à travers bois. Phénomène qu'elle ne comprenait pas plus que le reste.

— Vous croyez vraiment que je vais m'asseoir sur vos genoux ? demanda-t-elle, suffoquée.

— Où et quand je veux, lui rappela-t-il doucement.

Les yeux gris pétillèrent.

— Comme je le veux.

L'efficacité avait toujours été le moteur de la vie de Lauren. N'ayant jamais désiré quiconque, et manquant de l'instinct qui pousse un individu à désirer un autre individu, elle avait appris à se rendre indispensable. Elle avait choisi de devenir assistante personnelle, parce que c'était par excellence le poste où son employeur aurait constamment besoin d'elle.

Lauren aimait les défis auxquels elle se trouvait sans cesse confrontée, mais ce qu'elle aimait par-dessus tout, c'était le fait que Matteo *dépende* d'elle. Si elle ne faisait pas son travail, il ne pouvait pas faire le sien.

Par conséquent, elle devait se prêter à ce petit jeu instauré par Dominik. Parce que Matteo voulait un frère docile et prêt à se plier aux exigences des médias. Or elle avait la capacité d'accomplir ce prodige : transformer l'ermite en homme du monde. Même si une sorte d'instinct l'avertissait qu'elle se lançait dans une aventure très périlleuse.

La chaleur émanant de l'âtre où crépitait le feu lui parut soudain plus intense. Elle lui caressait le flanc, lui embrasait les joues. Lauren ne s'était jamais assise sur les genoux d'un homme, et Dominik ne lui faciliterait pas la chose, bien sûr. Il se contentait de la regarder, sans plus sourire du tout. Seule la lueur affamée brillait dans les yeux gris.

Elle se glissa entre ses jambes, fascinée par leur longueur et la force qui s'en dégageait, puis s'assit du bout des fesses sur un genou en appuyant gauchement la main sur le torse musclé pour ne pas perdre l'équilibre.

— Vous comptez m'embrasser dans cette position ?

Le visage viril gardait son expression sévère mais Lauren était certaine que Dominik se moquait d'elle.

— Vous êtes consciente que pour embrasser quelqu'un il faut que les lèvres se rejoignent, n'est-ce pas ?

Lorsqu'il l'avait embrassée, elle s'était contentée de se laisser faire. Jamais elle n'avait pris d'initiative dans ce genre de situation. Mais pas question de le lui dire.

La chaleur provenant du feu s'accentua encore. L'atmosphère sembla s'épaissir. Les flammes paraissaient jaillir de l'âtre pour venir lui lécher la peau. Et le plus étrange, c'était que la sensation n'était pas désagréable.

Lauren se souleva légèrement et s'assit plus franchement sur une cuisse en même temps qu'elle se rapprochait du torse puissant, jusqu'à ce qu'elle estime être à la distance requise pour embrasser Dominik.

D'un mouvement à peine perceptible, il bougea et lui posa les mains sur la taille. Vu qu'il la touchait à peine, elle n'avait aucune raison de tressaillir ainsi, tout entière.

Dépassée par la multitude de sensations qui la traversaient, Lauren retint son souffle. Les doigts de Dominik lui brûlaient la peau à travers son chemisier. La chaleur virile se diffusant de la cuisse musclée se propageait en elle, la faisant trembler et fondre dans des endroits auxquels elle n'accordait d'habitude pas grande attention.

D'aussi près, elle remarqua des détails qui lui avaient échappé. Les reliefs surprenants du visage, les hautes pommettes, la ligne du nez, droite et précise. La mâchoire arrogante. Les cheveux épais, peignés négligemment en arrière et dans lesquels, étrangement, elle brûlait de glisser les doigts.

Les battements de son cœur ralentirent, tout en lui martelant la poitrine. Si fort que Dominik devait les entendre.

Lauren fouilla le regard gris sans savoir ce qu'elle y cherchait. La chaleur s'amplifia, celle du feu ainsi que l'autre, sourde, inexorable.

Lentement, prudemment, Lauren approcha sa bouche de celle de Dominik, puis appuya les lèvres sur les siennes. Durant un long moment, il n'y eut que cela : le tremblement qui l'agitait tout entière et la sensation de leurs deux bouches unies.

Très bien, c'était plus facile qu'elle ne l'avait imaginé…

Au même instant, il sourit contre sa bouche, glissa la langue entre ses lèvres, et Lauren… s'embrasa.

Une sorte de brouillard brûlant et opaque l'enveloppa. Les grandes mains chaudes de Dominik remontèrent sur son dos pour la serrer farouchement contre lui. Non seulement elle le laissa faire mais elle se rapprocha encore et laissa ses propres mains glisser sur le dos musclé, les solides épaules, avant d'enfouir les doigts dans les cheveux épais – et d'une douceur surprenante – pour les refermer sur la nuque puissante.

Quant à lui, il continuait de l'embrasser, de dévorer sa bouche. La langue experte enlaçait la sienne, avec langueur et détermination à la fois. D'instinct, Lauren répondait à chaque caresse, ivre du goût de cet homme étrange, de sa chaleur.

Une sensation inconnue naquit soudain en elle, d'une intensité inouïe, prit bientôt possession de tout son corps, puis se concentra entre ses cuisses.

Traversée par un mélange de stupéfaction et de honte, Lauren écarta ses lèvres de celles de Dominik et sentit une autre sensation l'envahir, proche du chagrin.

Durant quelques instants, elle ne fut plus consciente que de ce feu qui palpitait dans l'espace séparant leurs deux corps. Des yeux aux reflets argentés soudés aux siens. De la belle bouche sensuelle, aussi tentatrice que terrifiante. Elle eut soudain l'impression de ne plus rien comprendre. D'être complètement perdue.

— Vous aviez promis, dit-elle à grand-peine.

— Exact.

La voix rauque de Dominik la fit de nouveau trembler, au plus profond de son être.

— Et vous rompez déjà votre promesse. Vous avez...

Quand elle s'interrompit en retenant son souffle, il lui caressa les cheveux, tira doucement sur la queue-de-cheval.

— Quelle promesse ai-je rompue ? demanda-t-il lentement.

Le sourire qui se dessina sur les lèvres de Dominik l'atteignit en plein cœur.

— C'est vous qui devez me demander de m'arrêter, ma belle. Or je ne me souviens pas de vous avoir entendue prononcer un seul mot.

Abasourdie, Lauren le dévisagea en silence. Il avait raison. Non seulement elle l'avait laissé faire, mais elle avait répondu à son baiser.

Elle se leva d'un mouvement brusque. Il fallait qu'elle se ressaisisse. Qu'elle reprenne ses distances. Où était passé son professionnalisme ?

— C'est ce que nous avions convenu, non ? demanda Dominik.

L'air amusé, il la regarda se réfugier derrière son propre fauteuil au lieu de s'y rasseoir.

— Ne me dites pas que vous regrettez déjà le petit contrat que nous avons passé ensemble ?

Lauren ne croyait pas aux contes de fées. Mais, alors qu'elle dévisageait l'homme qui semblait détenir le pouvoir de l'atteindre au plus intime de son être, de la rendre étrangère à elle-même, elle songea qu'il y en avait plusieurs sortes. Ceux avec baguette magique, fées bienveillantes et princes charmants. Et d'autres versions de ces mêmes histoires, plus sombres et plus barbares. Dans celles-là, il était question de sang, de sacrifice, de bois où l'on se perd, corps et âme. De buissons épineux aux pouvoirs redoutables. De sorcières maléfiques...

Et d'hommes dangereux, tel Dominik, dont les yeux étincelaient d'un éclat sauvage.

Lauren avait ignoré tous les avertissements. La surprise de l'aubergiste en apprenant qui elle cherchait. Le chemin quasiment impraticable. La forêt impénétrable. Le cottage perdu au fond des bois.

Déterminée à prouver sa loyauté et son efficacité à Matteo qui traversait une période difficile, elle avait oublié toute prudence en se lançant dans une aventure à haut risque.

L'arrangement passé avec Dominik allait causer sa perte, elle le comprit dans sa chair. Et il était trop tard pour revenir en arrière. Un engrenage infernal s'était enclenché, qui allait la broyer.

— Je ne regrette rien, mentit Lauren en se forçant à soutenir le regard perspicace scrutant le sien. Mais il est temps de partir, à présent. Comme convenu.

Un lent sourire se dessina sur les lèvres dont elle se souvenait si bien la fermeté et la douceur, la chaleur...

— Mais bien sûr, acquiesça-t-il tranquillement. Je tiens *toujours* mes promesses, Lauren. Je vous conseille de ne pas l'oublier.

5

Lorsque, après avoir rejoint l'aéroport à bord du 4x4 tout terrain de Dominik, ils s'avancèrent tous deux vers le jet privé qui les attendait sur la piste, Lauren réussit à se convaincre qu'elle s'était simplement… laissé emporter par un vent de folie.

C'était sa traversée de la forêt qui l'avait impressionnée, déstabilisée. Les arbres immenses l'entourant de toutes parts avaient quelque chose d'inquiétant, voire menaçant. Alors, fragilisée par cette épreuve, elle avait succombé à un égarement passager. Il n'y avait pas d'autre explication.

Une fois installée dans la luxueuse cabine, à sa place habituelle, elle laissa échapper un soupir de bien-être. Voilà, elle avait recouvré tout son sang-froid. Elle se sentait bien dans le jet de Combe Industries. Dans son élément.

Sans perdre de temps, Lauren consulta ses e-mails et informa Matteo qu'elle avait bien retrouvé son frère, et qu'elle le ramenait avec elle en Angleterre, comme il le lui avait demandé.

Grâce à ces menues tâches routinières, elle redevint complètement elle-même et prête à croire que l'étrangère qui s'était assise sur les genoux d'un ermite très viril n'avait jamais existé. Et qu'elle-même n'avait *rien* de commun avec la sauvageonne qui s'était abandonnée dans les bras de Dominik.

Des contes de fées ! À quoi avait-elle pensé ? Qu'est-ce qu'elle était allée s'imaginer ?

Arrangement ou pas, jamais plus elle ne succomberait à de telles absurdités, se promit-elle.

Mais durant tout le vol – bref, heureusement –, elle eut beau se concentrer sur son écran d'ordinateur et les e-mails urgents, elle demeura consciente de la proximité de Dominik. Du regard gris suivant ses moindres gestes.

Et, pire encore, de la chaleur que ce regard faisait renaître en elle, tel un courant inexorable et impérieux.

Au moment de l'atterrissage, Lauren se ressaisit tout à fait. Redevint *vraiment* elle-même. Calme. Compétente. Opérationnelle. La vue du tarmac acheva de la ragaillardir. Du béton. Enfin. Des bâtiments en briques.

Ça, c'était son univers, le seul où elle se sentît chez elle.

Installé à côté d'elle à l'arrière de la voiture venue les chercher à l'aéroport privé situé en banlieue, son compagnon fit quelques réflexions sur la grisaille monotone du paysage urbain qu'ils traversaient. Elle y répondit tranquillement, sans plus ressentir aucun trouble, dieu merci. Dominik James n'était plus désormais qu'une connaissance de Matteo qu'elle était allée chercher de sa part en Hongrie.

Jusqu'au moment où il se tourna vers elle.

Aussitôt, tous ses sens furent en alerte. Subitement, elle ne put plus feindre de ne pas remarquer que le corps athlétique occupait quasiment tout l'arrière du véhicule. Les jambes étaient trop longues, les boots en cuir noir la fascinaient. Ils étaient si fonctionnels. Si masculins.

Lauren s'interdit de penser au reste du corps viril tout proche du sien. À la débauche de muscles déliés. À la force exsudant de Dominik.

Il ne s'asseyait pas comme un San Giacomo. Il leur ressemblait, mais en plus sauvage, en plus... brut. Matteo et sa sœur Pia avaient les mêmes yeux gris, et tous deux pouvaient parfois faire preuve d'impétuosité.

Mais Dominik était plus qu'impétueux. Il était... la vigueur mâle faite homme.

Et son propre corps réagissait à la proximité de ce mâle superbe. Il se consumait malgré elle.

— Que va-t-il se passer, maintenant ? demanda Dominik d'une voix paresseuse.

En réalité, il ne se souciait pas le moins du monde de ce qui l'attendait. Pour lui, tout cela n'était qu'un jeu.

Irritée par cette pensée, Lauren le dévisagea d'un air sévère.

— Qu'aimeriez-vous qu'il se passe ?

— Je suppose que votre tâche consiste à me livrer sain et sauf à ma chaleureuse et accueillante famille, répondit-il avec un sourire sardonique.

— Nous nous rendons au siège de Combe Industries, répliqua-t-elle aussi sèchement que possible. Une fois arrivés, vous et moi attendrons les instructions de M. Combe.

— Les instructions, répéta Dominik, l'air amusé. Je suis impatient de les connaître.

Lauren serra son smartphone dans sa main au point de se faire mal.

— M. Combe n'est pas en Angleterre.

Pourquoi lui donnait-elle cette information maintenant, au lieu d'attendre d'avoir rejoint le bureau, où elle se sentait le plus à l'aise ?

— Il séjourne en ce moment en Australie, à Perth. Il fait le tour des bureaux australiens de Combe Industries.

Elle ne précisa pas qu'elle s'était attendue à ce que Matteo se réjouisse d'apprendre qu'elle avait retrouvé son frère, et à le voir rentrer aussitôt à Londres pour rencontrer celui-ci. Or il ne semblait pas du tout pressé de revenir.

— Le grand chef n'est pas en Angleterre ? fit Dominik avec une ironie frisant l'insulte. Comment allons-nous faire pour exécuter ses ordres, alors ?

— M. Combe est toujours en mesure de communiquer avec moi, en toutes circonstances et où qu'il se trouve. Ne vous inquiétez pas. Vous saurez exactement ce qu'il attend de vous.

Elle avait dit ce qu'il ne fallait pas, mais le comprit trop tard. Les yeux de Dominik étincelaient, froids et métalliques.

— Entre nous, je n'ai jamais été très doué pour satisfaire les attentes de quiconque, murmura-t-il. Je préfère faire les choses à ma façon.

— Aucun des membres de la famille San Giacomo n'a jamais procédé ainsi, déclara Lauren. Ils ont représenté autrefois l'une des forces économiques les plus puissantes de l'empire vénitien. Elle s'est peut-être affaiblie avec le temps, mais pas leurs capitaux.

— Fabuleux, murmura Dominik. Et ils ont accompli ce prodige sans jamais se salir les mains, bien sûr.

— Je ne saurais dire ce qu'ils ont fait au VIIIe siècle, évidemment. Mais vous découvrirez bientôt que Matteo Combe est un homme bon et respectable.

— Et que vous êtes toujours là pour le défendre, envers et contre tout. Il doit vraiment se montrer généreux envers vous.

L'espace d'un bref instant, Lauren le regarda en retenant son souffle.

— Que vous aimiez les attentes ou non, je crains que vous ne soyez obligé de satisfaire les siennes.

Une lueur moqueuse pétilla dans les yeux de Dominik.

— Vous croyez ?

— En ce moment, tous les regards sont braqués sur les San Giacomo, dit-elle avec calme.

— J'ai plutôt l'impression que le public s'intéresse au côté Combe de la famille, répliqua Dominik après un léger silence. Côté plus... bagarreur, si je me souviens bien ?

Lauren ne riposta pas instantanément et se le reprocha, voyant cela comme une marque de déloyauté envers Matteo.

— Je ne sais pas s'il existe un modèle quant à la façon dont un homme est censé se comporter aux obsèques de son père, répondit-elle, toujours avec calme. Surtout lorsque sa mère est décédée quelques semaines plus tôt.

— Et moi, comment le saurais-je ? repartit Dominik d'une voix plus incisive. Je n'ai jamais connu personne qui se targue de m'avoir pour fils.

Ses paroles firent à Lauren l'effet d'une gifle. Elle se sentit même rougir, comme si elle avait réellement mérité une réprimande.

— Je propose que nous reprenions cette dispute...

— Parce qu'il s'agit d'une dispute ? l'interrompit-il en riant. Vous êtes *très* sensible, dites-moi ! Personnellement, j'appellerais plutôt cela une discussion. Une discussion amicale.

— ... Une fois arrivés au bureau, continua-t-elle. Quand nous appellerons M. Combe. Il sera plus en mesure que moi de répondre à vos questions.

— Fantastique.

Une lueur de défi traversa le regard de Dominik.

— Embrassez-moi.

Lauren s'était vraiment convaincue d'avoir rêvé. Elle s'était persuadée que cet arrangement absurde avait été le fruit d'une espèce d'hallucination. D'un cauchemar inspiré par l'environnement étrange dans lequel elle s'était aventurée.

— Vous plaisantez. Pas maintenant. Pas ici.

— Vais-je devoir le répéter chaque fois ? fit-il d'une voix douce. Quand, où et comme je veux. Eh bien, Lauren, vous êtes une femme de parole, ou pas ?

Il voulait qu'elle l'embrasse... Là, à l'arrière d'un véhicule de l'entreprise. En Angleterre, dans la banlieue londonienne. Alors qu'ils se dirigeaient vers le siège de Combe Industries. Autrement dit dans la vraie vie, pas dans un univers fictif de conte de fées.

Une sensation de vertige la saisit.

À présent, impossible de prétendre qu'il ne s'agissait que d'un rêve stupide et absurde. Qu'elle ne connaissait pas la Lauren Isadora Clarke qui avait embrassé cet homme avec abandon et avidité.

Dominik secoua la tête, la regarda en plissant les yeux. Comme s'il lisait dans ses pensées.

— Vous avez accepté, Lauren. Inutile de faire la sainte-nitouche.

Un petit sourire moqueur se dessina sur la bouche sensuelle.

— Je vais finir par croire que ces baisers ne vous laissent pas insensible, finalement.

Ces paroles la sortirent de sa sidération. Parce que cette sensation de vertige, d'ivresse qui lui donnait l'impression de perdre pied était due à un affaiblissement passager, forcément...

Confusément, Lauren comprit qu'elle ne devait jamais se trahir. Que Dominik ne devait jamais soupçonner qu'il était le seul à avoir éveillé en elle ces sensations inconnues.

Refoulant l'envie de fermer les yeux, elle se jeta littéralement sur lui, résolue à respecter sa promesse. Quoi qu'il arrive. De cette façon, il ne saurait jamais que sa réticence venait justement du fait qu'avec lui elle ne s'ennuyait pas comme avec les autres.

Dominik la souleva dans ses bras et l'installa à califourchon sur ses genoux, ce qui n'aida pas vraiment Lauren.

Pressée contre le torse musclé, elle sentit sa chaleur virile se propager en elle. Quant au membre ferme dressé contre son ventre…

Elle fut gagnée par une irrépressible langueur, se sentit fondre à nouveau, de la tête aux pieds.

Une fois de plus, elle se retrouvait assise sur Dominik – dans une position encore plus intime que la première fois –, prisonnière du regard argenté et des mains lui enserrant la taille.

— Inutile de mentir, ma belle, de prétendre que vous ne savez pas comment faire. Vous m'avez démontré le contraire. À moins que vous ne vous livriez à un petit jeu pervers…

— Je ne joue jamais, l'interrompit-elle d'une voix crispée.

— Il y a tant de choses que vous ne faites jamais, murmura-t-il, sardonique. Jusqu'à ce que vous vous y essayiez.

Pourquoi perdre du temps ? Elle aurait voulu lui demander de se taire, afin d'en terminer au plus vite avec cette histoire.

Sans réfléchir, Lauren leva les mains et prit le visage de Dominik entre ses paumes.

Il s'arrêta de parler. Mais malheureusement, son esprit à elle cessa lui aussi de fonctionner.

La force contenue dans la mâchoire virile la fascinait. La sensation de la peau des joues, déjà un peu rugueuse, l'émerveillait.

Une sorte de nœud se dénoua en elle, quelque chose s'ouvrit. Lentement, inexorablement, des émotions inconnues se déroulèrent, semblables à des rubans de chaleur se déployant partout en elle, dans les moindres cellules de son corps.

Lauren contempla les pommettes sculptées, la bouche au dessin volontaire et sensuel, et fut parcourue par un long tremblement qui monta du plus profond de son être.

Résistant au désir incongru de se presser encore davantage contre Dominik, elle rapprocha le visage du sien et l'embrassa.

Au départ, elle avait vaguement eu l'intention de lui donner un petit baiser du bout des lèvres, mais dès qu'elle retrouva le goût de sa bouche, elle oublia tout le reste. Un nouveau vertige la gagna, dont lui et lui seul était la cause.

Sans plus réfléchir, Lauren approfondit son baiser, comme il lui avait appris à le faire.

Durant quelques instants, plus rien d'autre n'exista que la caresse de sa langue sur la sienne. Leurs souffles mêlés, là, dans l'habitacle de la voiture qui roulait maintenant dans les rues de Londres.

Rien que cette chaleur divine qui frémissait entre eux et autour d'eux, les enveloppant tous deux, avant de se propager en Lauren jusqu'à ce que, dans un recoin de son cerveau, elle pressente qu'elle ne serait plus jamais la même.

Elle avait déjà changé. De façon irréversible.

Lauren l'embrassa, l'embrassa, et quand elle finit par écarter les lèvres des siennes et vit l'expression de Dominik, elle le dévisagea en silence, le cœur battant à tout rompre.

Dans les yeux gris, un éclat déterminé brillait, une résolution farouche qui la fit frémir tout entière.

— C'est bien, dit-il. Je vois que vous êtes capable de tenir une promesse.

— Je suis une femme de parole, répliqua-t-elle, de nouveau crispée.

Soudain, le fait d'être assise sur lui, à califourchon, de sentir le membre viril intimement pressé contre elle, fut insupportable à Lauren.

Elle appuya les mains sur le torse puissant et descendit comme elle put de son perchoir, puis se réinstalla à sa place. Dominik la laissa faire, tout en l'observant de ce regard qui semblait lire en elle.

C'était ça, le problème. Il la devinait. Et cette pensée était intolérable.

— La seule chose dont vous ayez à vous préoccuper, c'est votre rencontre imminente avec votre demi-frère, dit-elle, professionnelle.

— Parce que vous croyez que cela me préoccupe ? fit-il en haussant un sourcil ironique.

— Je comprends que vous puissiez...

— Non, vous ne comprenez pas, coupa-t-il, péremptoire. J'ai passé les toutes premières semaines de ma vie dans un orphelinat, Lauren. On m'avait dit que mes parents étaient morts. Plus tard, j'ai appris qu'ils pourraient fort bien être vivants mais ne voulaient pas de moi – que penser d'autre, puisque personne ne venait me chercher ? Je me demande vraiment quel genre de réunion émouvante vous envisagez entre moi et ma prétendue famille.

Horrifiée, Lauren constata qu'une partie d'elle-même brûlait de se rapprocher de Dominik. De le toucher.

— Vous avez raison, je ne peux pas comprendre. En revanche, je sais que M. Combe fera tout ce qui est en son pouvoir pour s'assurer que la... transition se passe sans heurt pour vous.

— Vous le connaissez fichtrement bien, votre M. Combe, hein ?

— Je travaille pour lui depuis longtemps.

— Et avec une dévotion à toute épreuve. Et qu'a-t-il fait, exactement, pour mériter votre soutien inconditionnel ?

Lauren replia les orteils dans ses chaussures, ce qui, sans qu'elle puisse dire pourquoi, la rendit encore plus vulnérable. Subitement, elle détesta se sentir aussi transparente. Elle ne voulait pas être devinée ainsi. Cette simple pensée la terrifiait.

— Je vois, reprit-il d'une voix plus sombre. Vous êtes insensible au sexe, dites-vous, mais vous êtes amoureuse de votre patron. Comment gérez-vous la chose, au juste ?

— Je ne suis pas...

La terreur qui l'avait saisie l'empêcha de terminer sa phrase.

— Et jamais je ne...

Elle eut envie de baisser la vitre, pour laisser pénétrer l'air frais et l'aspirer avidement. Mais elle ne pouvait bouger. Ses membres ne lui obéissaient plus.

— Matteo Combe est l'un des hommes les plus estimables que j'aie jamais rencontrés et j'aime travailler pour lui, c'est tout.

Jamais Lauren ne se serait dite amoureuse de Matteo. Et elle aurait encore moins nourri des fantasmes sexuels vis-à-vis de lui. Cela lui aurait paru être un sacrilège par rapport à toutes leurs années de collaboration harmonieuse.

Son seul désir avait toujours été d'être appréciée par Matteo. En tant que femme. D'être vue par lui autrement que comme un accessoire. Indispensable, certes, mais un accessoire tout de même.

— Et cet homme modèle ne peut pas se résoudre à revenir chez lui pour faire la connaissance du frère auquel, à vous entendre, il est si dévoué ? Au fond, vous vous méprenez peut-être sur l'homme que vous vénérez comme un dieu, Lauren.

— Je le connais dans la mesure où c'est nécessaire pour mon travail.

— Mais il n'a jamais posé la main sur vous, répliqua Dominik avec flegme. Je me trompe ?

Elle eut l'impression d'étouffer. Elle avait les joues en feu.

— Ne pas répondre est une forme de réponse, savez-vous ? murmura-t-il.

Au grand soulagement de Lauren, la voiture s'arrêta au bas de l'immeuble abritant le siège de Combe Industries, lui évitant ainsi de devoir chercher une réplique appropriée.

Il ne s'agissait toutefois que d'un répit, songea-t-elle en ouvrant sa portière.

Une fois sur le trottoir, elle offrit son visage à la brise tiède en fermant les yeux. Elle se retrouvait enfin en territoire familier. Chez elle.

Lauren rouvrit les yeux et savoura la sensation de bien-être qui l'envahissait – consciente que celle-ci serait de courte durée.

Parce que Dominik James détenait le pouvoir de lui faire perdre tous ses repères et qu'il en profiterait à la première occasion.

Quand, où, et comme il le voudrait.

6

Il n'y avait aucun doute. L'homme que Dominik voyait sur l'écran vidéo était bien son frère. Même mâchoire volontaire, mêmes yeux gris. Mais les cheveux étaient plus courts, et tout, en Matteo, proclamait la richesse et une haute opinion de soi. La coupe du costume. La façon dont il *trônait* dans son fauteuil de cuir noir...

C'était la première fois que Dominik rencontrait un membre de sa famille. Enfin, si l'on pouvait parler de *rencontre*.

En dépit de la ressemblance physique, son frère était l'opposé de lui-même. À tout point de vue. Alors que lui-même avait souffert et dû lutter pour acquérir la moindre de ses possessions, il avait affaire à un individu à qui il suffisait de bouger le petit doigt pour voir accourir aussitôt une armée de personnel à son entière disposition.

Ils se dévisagèrent en silence. Durant une éternité. Là, dans le bureau de Lauren, immense espace raffiné agencé de façon à faire comprendre aux visiteurs qu'elle était un personnage très important – et la gardienne d'un bureau encore plus vaste et luxueux.

Celui de Matteo Combe, illustre P-DG de Combe Industries.

Son unique frère, pour autant que sache Dominik. Le deuxième enfant d'Alexandrina qui avait profité de tous les bons côtés de sa naissance, alors que Dominik n'en avait récolté que la honte.

Matteo Combe, le patron tant vénéré par Lauren.

Dominik le détesta d'emblée. Farouchement.

— Je t'aurais reconnu n'importe où, dit enfin Matteo.

Jamais Dominik n'aurait avoué qu'il aurait pu dire la même chose.

— Bonjour, mon frère, répliqua-t-il, non sans ironie. Quel plaisir de *presque* te rencontrer.

Peu après cette affectueuse réunion, Lauren le conduisit dans le salon d'attente, aussi luxueux et raffiné que son bureau. Jusqu'ici, il n'avait jamais beaucoup pensé à cette famille qui avait choisi d'oublier le fils gênant, et qui le réclamait maintenant parce qu'elle avait besoin de lui.

Quand il avait enquêté pour retrouver ses parents, Dominik avait rapidement appris que le jeune roturier qui avait eu l'audace d'engrosser une riche héritière avait trouvé la mort dans un accident survenu sur une plate-forme pétrolière off-shore. Il avait à peine vingt ans, et s'était fait embaucher là-bas parce qu'il n'avait pu rester en Europe et poursuivre ses études, après que sa relation avec Alexandrina avait été découverte.

Par la suite, cela avait été un jeu d'enfant de retrouver tous les Combe et San Giacomo. Comprenant que, s'ils l'avaient voulu, ils auraient pu faire la même chose de leur côté et le retrouver sans difficulté, Dominik s'était complètement désintéressé de sa soi-disant famille. Des individus honorables qui s'étaient débarrassés de lui et de son géniteur.

Sans doute devait-il s'estimer heureux d'avoir eu plus de chance que ce dernier, puisqu'il avait réussi à se sortir tout seul de la poubelle où il avait été jeté.

Le fils et la fille que sa mère avaient eus après lui, les enfants qu'elle avait bercés, couvés, choyés, n'étaient rien pour lui. À quoi bon les rencontrer pour discuter d'une banale *erreur* de jeunesse d'Alexandrina ?

Dominik s'était très bien débrouillé sans eux, à sa façon, sans l'aide de deux grandes familles fortunées et puissantes.

Mais il ne s'était pas attendu à se retrouver face à face avec un frère dont les traits étaient… identiques aux siens. Et cette réalité le troublait profondément.

Dans le bureau de Lauren, visible du salon d'attente, son respectable frère occupait toujours l'écran tandis que, debout devant celui-ci, sa zélée assistante semblait bien… lui tenir tête.

Inutile en effet de l'entendre pour comprendre qu'elle n'approuvait guère les directives de son cher M. Combe.

Et qu'elle était furieuse contre son patron.

— Il fait partie de ceux avec lesquels vous avez tenté l'expérience ? demanda-t-il quand elle le rejoignit un peu plus tard.

Cette fois, Matteo avait disparu de l'écran.

— Je ne daignerai pas répondre à cette question, fit-elle, l'air encore plus irrité.

— Bien sûr, la loyauté avant tout, répliqua-t-il, pince-sans-rire. Mais j'aimerais savoir s'il a participé à vos petites expériences commencées à l'université.

Durant quelques instants, elle réussit à afficher une expression détachée. Puis, au grand ravissement de Dominik, elle rosit.

— Certainement pas, déclara-t-elle, offusquée. Comme je vous l'ai dit, je l'admire. J'aime travailler avec lui. Et je n'ai jamais *embrassé*...

Elle s'interrompit, redressa les épaules.

Qu'avait-elle failli dire ?

— Il faut que nous discutions de choses beaucoup plus sérieuses que ces histoires stupides de baisers, monsieur James.

— J'ai toujours accordé le plus grand sérieux à la question des baisers. Voulez-vous que je vous fasse une démonstration ?

Le rose vira au rouge écarlate. La teinte changeait-elle encore de nuance en descendant sur ses seins ? Et de quelle couleur étaient ses mamelons ? Dominik aurait volontiers déchiré ce chemisier de soie fine et mené ses propres expériences.

Sans compter qu'il préférait de loin fantasmer sur le corps de Lauren plutôt que de songer à sa rencontre virtuelle avec son frère.

Dominik se voilait rarement la face. Mais il ne ressentait vraiment pas le besoin, encore moins le désir, de raviver les souvenirs de l'orphelin voué à la solitude.

— M. Combe estime que le mieux est de nous rendre directement à Combe Manor, la propriété familiale. Vous n'êtes pas un Combe, mais il pense qu'en vous emmenant dès maintenant en Italie nous risquerions d'attirer l'attention sur vous, dans l'état actuel des choses.

Dominik attendit la suite. La partie des directives, pour ne pas dire des *ordres*, qui déplaisait tant à Lauren. Elle se tenait debout à l'entrée du salon d'attente, raide et nerveuse.

— Qui pourrait bien s'intéresser à moi, d'après vous ? demanda-t-il au bout d'un moment. Étant donné que jusqu'à présent personne n'a remarqué ma ressemblance – pourtant assez frappante – avec un San Giacomo, je ne vois pas pourquoi on la remarquerait tout à coup.

— Cela se produira dès que vous vous rendrez dans l'une des propriétés des San Giacomo. Avec votre physique, tout le monde aura l'impression de se retrouver face à un fantôme resurgissant du passé.

— Comme vous avez dû le constater, je sais comment me protéger des regards curieux.

— Cette époque est révolue. Vous n'êtes pas conscient de l'urgence de la situation, mais chaque minute compte. La nouvelle s'ébruitera d'un moment à l'autre, c'est inévitable, et une fois que les paparazzis sauront qu'Alexandrina avait un fils illégitime, ils remueront ciel et terre pour le retrouver. Nous devons nous y préparer.

— Je me sens déjà plus que prêt, dans la mesure où je m'en contrefiche.

— Avant qu'ils passent à l'attaque, il y a un certain nombre de détails à régler.

— Vous me tentez..., murmura-t-il, juste pour se faire plaisir. Et voir les yeux couleur caramel lancer des éclairs.

— Pour commencer, nous devons vous rendre plus conforme au profil San Giacomo.

— Me proposez-vous un *relooking* – c'est bien le terme, n'est-ce pas ? Vivrais-je un vrai conte de fées, finalement ?

— Je n'emploierais certainement pas ce terme. Une nouvelle garde-robe suffira. Et une visite chez le coiffeur, naturellement.

Dominik sourit, d'un sourire rapace.

— Eh bien, dites-moi... S'agirait-il d'une nouvelle version de Cendrillon ? Ce qui ferait de vous ma princesse... charmante.

— Ne dites pas n'importe quoi. Mon rôle serait plutôt celui de la bonne fée.

— Je ne me souviens pas que Cendrillon et sa bonne fée aient jamais été liées par un baiser, dit-il d'une voix suave. Mais vos contes de fées sont peut-être plus excitants que les miens.

— Je déteste les contes de fées ! Ce sont des élucubrations

fantaisistes destinées à transformer les enfants en petits êtres dociles et obéissants, et coupables de ce qui leur arrive alors qu'ils n'y sont pour rien.

Elle s'interrompit un bref instant, inspira...

— Autre chose, nous devons nous marier.

Ses paroles flottèrent entre eux, aussi claires qu'absurdes.

Le regard soudé au sien, Dominik la vit s'empourprer de nouveau.

— Excusez-moi, dit-il lentement. Toute cette agitation urbaine doit m'être montée à la tête.

Il fit mine de regarder autour de lui d'un air perplexe avant de se concentrer à nouveau sur Lauren.

— Vous venez de me demander de vous épouser ? reprit-il d'un ton détaché.

— Je ne vous le demande pas *personnellement*. Je vous informe que M. Combe pense que c'est le meilleur plan d'action à adopter. Premièrement, cela empêchera l'inévitable assaut des aventurières qui, sinon, ne manqueront pas de se précipiter à vos trousses dès qu'elles auront appris votre existence. Deuxièmement, le mariage fera de vous un individu plus civilisé et plus fréquentable, parce qu'un homme marié est toujours moins dangereux, semble-t-il, qu'un célibataire. Et troisièmement, détail le plus important, ce mariage ne sera pas réel, cela va sans dire. Nous nous contenterons des formalités indispensables et divorcerons dès que le calme sera revenu.

Dominik soutint son regard, un long moment, tandis qu'elle tâchait de garder une expression neutre. Mais sans grand succès.

— Allons, Lauren. Les hommes sont de grands sentimentaux, c'est bien connu... Il leur faut un peu de romantisme, pas un mode d'emploi. Alors, le moins que vous puissiez faire, c'est de poser un genou à terre et de m'adresser quelques mots doux.

Cette fois, elle ne tenta même pas de se contrôler.

— Je ne vous demande pas en mariage ! se récria-t-elle, cramoisie. C'est M. Combe qui...

— Dois-je épouser mon propre frère ? demanda Dominik en se posant la main sur le cœur d'un air faussement choqué. Dans quel genre de famille suis-je tombé ?

Il crut qu'elle allait exploser. Il la vit serrer les poings, probablement dans le vain espoir de se ressaisir.

— Vous avez accepté de faire tout ce que l'on vous demanderait, lui rappela-t-elle, les yeux étincelants. Ne me dites pas que vous allez rompre votre promesse maintenant. Alors que je...

Alors qu'elle l'avait embrassé, à plusieurs reprises. Mais elle n'acheva pas sa phrase. Quant à Dominik, il se contenta de la dévisager en silence.

Plus les secondes s'écoulaient, plus la nervosité de Lauren augmentait. Et plus il se délectait du spectacle.

— À quoi bon nous marier si notre union n'est pas réelle ? demanda-t-il enfin. Il faudra bien que les curieux croient à notre bonheur si vous voulez que votre petite stratégie fonctionne, non ?

En vérité, Dominik n'avait jamais beaucoup songé au mariage. Personnellement, il n'avait pas d'avis particulier sur la question, sauf que pour lui le fait que deux êtres désirent partager leurs existences relevait du bizarre, voire de la mystification.

Plus étrange encore, le fait que l'on donne le nom *d'amour* à ce genre de... commerce le dépassait complètement.

Par conséquent, la simple idée de se marier, de se lier à un autre être, aurait dû l'horrifier.

Or ce n'était pas du tout le cas. Qu'on veuille le manipuler ainsi le révoltait – parce qu'il s'agissait bien de cela –, mais pas au point de le dissuader. Ni de lui donner envie de partir sur-le-champ, comme il aurait déjà dû le faire.

De toute évidence, il était encore là parce que tout cela relevait du jeu, pour lui. Il s'agissait d'un divertissement. Qu'avait-il à faire de la réputation des San Giacomo ou de l'opinion publique ? Rien. Il s'en fichait comme d'une guigne.

Mais il aimait beaucoup la façon dont Lauren Clarke fondait et s'abandonnait contre lui. Le goût de sa bouche. Et puis, dans les délicieux intermèdes séparant deux baisers, il s'amusait vraiment bien avec elle.

— Il s'agit de *communication*, rien de plus, insista-t-elle, de plus en plus agitée. Vous comprenez ce que cela signifie, n'est-ce pas ? Ce ne sera pas un vrai mariage. Et lorsque tout sera terminé, chacun repartira de son côté, comme si rien ne s'était passé.

— Vous paraissez remuée, Lauren, murmura Dominik.

Il la regarda se mordiller la lèvre, les poings toujours serrés, les épaules et le dos raides.

— Serait-il possible que votre cher M. Combe, ce modèle de vertu et de respectabilité, ait fini par aller trop loin et ait abusé de votre dévouement ?

— Bien sûr que non ! protesta-t-elle, indignée.

Puis elle parut se rendre compte qu'elle serrait les poings et les desserra. Ensuite, elle redressa le menton et plongea son regard dans le sien.

Pourquoi se délectait-il à la regarder ? Pourquoi trouvait-il cette femme irrésistiblement attirante ? Lui qui avait passé sa vie à résister à tout ?

— Vous l'avez peut-être déjà oublié, mais vous avez promis de faire tout ce que je vous demanderais, lança-t-elle, d'un ton presque agressif.

— Merci de me le rappeler, répliqua Dominik en souriant. Je me souviens parfaitement de mes promesses. Je suis choqué et horrifié de voir que vous avez une si piètre opinion du mariage que vous me proposez une sorte de farce destinée à duper les pauvres gens, dont vous imaginez que le regard sera suspendu à nos moindres faits et gestes.

Il secoua la tête, feignant la déception cruelle, et eut le grand plaisir de la voir crisper les mâchoires.

— J'ai du mal à croire que cela puisse vous importer de duper quiconque, répliqua-t-elle au bout de quelques instants. Surtout à propos de ce prétendu mariage.

— Je m'en fiche complètement, en effet, acquiesça-t-il en inclinant la tête de côté. Mais quelque chose me dit que ce n'est pas votre cas.

Quand elle se raidit davantage encore, Dominik crut avoir marqué un point. Mais soudain, elle se détendit, comme pour lui montrer qu'elle demeurait parfaitement maîtresse d'elle-même.

L'instant d'après, ses joues la trahissaient, leur embrasement soudain confirmant qu'il ne s'était pas trompé.

— Je n'ai aucune opinion sur le mariage, déclara-t-elle d'une voix ferme. Je ne l'ai jamais envisagé concrètement pour moi, mais je n'ai rien contre. J'y songe rarement, en fait. Voudriez-vous me faire croire que de votre côté vous restez éveillé la nuit à fantasmer sur le vôtre, monsieur James ?

— Mais oui, acquiesça-t-il de nouveau.

À un moment ou à un autre, il faudrait qu'il se demande pourquoi, dès qu'il s'agissait de cette femme, il s'amusait autant à feindre d'être un autre que celui qu'il était vraiment.

Pour le simple plaisir de la faire sortir de ses gonds ?

— Qui d'entre nous n'a jamais rêvé de s'avancer dans l'allée centrale, dans un froufroutement de dentelle et de tulle, pour le grand plaisir de quelques vagues connaissances ?

— Moi, répondit-elle aussitôt, et avec une note de triomphe dans la voix.

— Évidemment, puisque, comme vous vous évertuez à me le répéter, vous êtes totalement insensible à tout.

— Je ne suis pas sentimentale, répliqua-t-elle, l'air très contente d'elle-même. Et je suis désolée que vous ayez du mal à l'accepter.

— Le mariage vous laisse de marbre. Comme le sexe. Les baisers, même si vous donnez l'impression du contraire quand vous embrassez ou vous laissez embrasser. Au fond, il y a un grand vide en vous, et vous n'êtes capable que d'exécuter les ordres de votre vénérable seigneur et maître. Je comprends, Lauren.

De toute évidence, ce portrait d'elle-même lui déplut. Elle fronça les sourcils et pinça les lèvres.

— Votre M. Combe a vraiment de la chance d'avoir trouvé une telle dévotion, dépourvue de tout sentiment encombrant. Vous pourriez aussi bien être une machine, finalement. Un robot programmé dans le seul but de satisfaire les demandes de son propriétaire.

Elle le foudroya du regard. Ce qui n'empêcha pas Dominik de réaliser avec stupeur qu'il ne supportait pas la pensée qu'elle puisse appartenir à un autre homme. À tout point de vue.

— J'avais sept ans au moment du divorce de mes parents, commença-t-elle d'une voix tendue. Et moins d'un an après, ils s'étaient remariés chacun de leur côté. Ce qui signifiait, comme je l'ai compris plus tard, qu'ils fréquentaient quelqu'un tous les deux bien avant que le divorce soit prononcé. En fait, ils n'étaient restés ensemble que pour éviter d'avoir à me prendre en charge seul, l'un comme l'autre.

Elle secoua la tête, sans doute pour repousser une pensée dérangeante.

— Croyez-moi, poursuivit-elle. Je sais mieux que personne que la plupart des mariages ne sont qu'une comédie. Qu'ils aient été célébrés avec des débauches de dentelle et de tulle ou non. Cela ne fait pas de moi un robot, mais une femme réaliste.

Dominik fut secoué par ces paroles. Ou plutôt par l'accent colorant la voix de Lauren, bien qu'il eût été incapable de dire pourquoi. Ou plutôt, il ne voulait pas le savoir.

— Parfait, répliqua-t-il. Vous allez d'autant plus vous amuser avec notre mariage bidon et lamentablement réaliste.

— Dois-je comprendre que vous acceptez ?

Il eut envie de chasser la fragilité de la voix de Lauren. De tendre la main vers elle pour lui caresser la joue, jusqu'à ce que le voile assombrissant les yeux caramel disparaisse.

— Oui, j'accepte. Pour vous.

Les deux derniers mots lui avaient échappé, mais dès qu'il les eut prononcés, Dominik se maudit. Parce qu'il ne faisait jamais rien pour autrui. Personne n'était assez proche de lui pour demander une quelconque faveur. Personne n'avait jamais cherché à se rapprocher de lui.

De son côté, il gardait ses distances avec tout le monde, de manière à préserver la paix à laquelle il tenait par-dessus tout.

Aucune obligation. Aucune attente.

Mais avec Lauren... Il y avait quelque chose en elle qui le troublait, l'affectait malgré lui. Dans sa façon de lutter pour afficher une prétendue indifférence face à la suggestion scandaleuse de son patron. De feindre de la trouver *raisonnable*.

Il était trop tard pour revenir en arrière. Dominik avait accepté. Il ne pouvait pas non plus préciser que cette acceptation n'entraînait aucune forme d'obligation vis-à-vis d'une femme qu'il connaissait à peine.

Encore moins vis-à-vis du patron de celle-ci, même si cet individu lui était apparenté.

— Pour moi ? demanda Lauren en levant les yeux vers lui.

Lorsque la teinte caramel étincela de reflets dorés, Dominik sentit sa poitrine se serrer.

— Pour vous, acquiesça-t-il, conscient de s'enfoncer encore davantage.

Mais cette réalité ne l'arrêta pas. Il s'appuya la nuque au dossier du fauteuil design, allongea ses jambes au maximum et se permit un petit sourire en coin.

— Mais si vous voulez que je vous épouse, princesse, je crains que vous ne deviez vous fendre d'une demande en bonne et due forme.

Elle le regarda en battant des cils. Déglutit.

— Vous ne parlez pas sérieusement.

— Étant donné que je n'ai pas l'intention de me marier tous les jours, ce mariage devra être parfait et digne de figurer parmi mes plus beaux souvenirs.

Après avoir savouré quelques instants la vue de la merveilleuse roseur colorant les joues claires, il baissa les yeux sur le parquet ciré.

— Allez. À genoux, s'il vous plaît.

Et comme il n'était qu'un homme, Dominik ne put s'empêcher de songer à toutes les occupations auxquelles elle pourrait se livrer, une fois qu'elle serait agenouillée devant lui.

Les images et les sensations qui le traversèrent furent si évocatrices qu'il dut remuer légèrement pour dissimuler le trouble qui gagnait la partie la plus virile de son anatomie.

— Vous avez accepté l'idée d'un mariage bidon, dit-elle.

D'une voix un tantinet trop rauque pour quelqu'un d'aussi déterminé à montrer son insensibilité.

— C'est vous qui avez employé ce terme, poursuivit-elle. Il s'agira en effet de bluff, d'un coup médiatique.

— Peu importe ce que sera notre mariage. Il commence ici, maintenant. Pas de paparazzis. Ni d'employeur incapable de se bouger pour venir saluer en personne son frère disparu depuis si longtemps.

— Il ne...

— Non, inutile de le défendre, Lauren, l'interrompit Dominik. Il n'y a que deux individus qui aient besoin de savoir où et quand commence ce mariage. Vous et moi, seuls dans ces bureaux déserts. À égalité.

Elle le regarda en roulant des yeux.

— Nous pourrons certifier que je m'y suis prise dans les règles, si c'est vraiment ce que vous voulez.

— Vous direz ce que vous voudrez, mais ce que je veux moi, c'est que vous fassiez un petit effort. Je veux une jolie demande sincère. Allez, Lauren...

Il sourit.

— Les hommes aiment être séduits, vous savez ?

Plus aucune roseur sur ses joues, à présent. Elle avait pâli, mais bientôt, tout son visage aux traits délicats s'empourpra.

— Vous ne désirez pas être séduit. Vous voulez m'humilier.

— Peu importe, répliqua-t-il en désignant le parquet du menton. Vous devez prouver votre engagement. Sinon, comment aurai-je la certitude que mon cœur est en sécurité entre vos mains ?

— Il ne s'agit pas d'une affaire de cœur, monsieur James, riposta-t-elle. Mais de limiter les dégâts. Ce qui compte, c'est l'image projetée. Les relations publiques.

— Pour vous et votre cher M. Combe, peut-être, répliqua Dominik avec un haussement d'épaules. Mais je ne suis qu'un simple ermite aux cheveux trop longs vivant dans une hutte, voyez-vous. Un type ordinaire, aux besoins ordinaires, qui ignore tout de ces subtilités.

Sans détacher un instant le regard de celui de Lauren, il se posa la main sur la poitrine d'un geste théâtral.

— Alors si vous me voulez, il faut d'abord me convaincre. À genoux, princesse.

Un soupir exaspéré lui échappa, elle alla jusqu'à lever les yeux au ciel, offrant une vision si comique que Dominik eut du mal à ne pas éclater de rire.

Elle inspira, retint son souffle, exhala. Puis, lentement, elle fit un pas vers lui. Un deuxième.

Mais quand elle se glissa entre ses jambes écartées et s'arrêta, exactement là où il la voulait, Dominik n'avait plus envie de rire.

Et lorsqu'elle s'agenouilla devant lui comme il l'avait imaginé, il la regarda. Il ne pouvait faire que ça, contempler les grands yeux caramel rivés aux siens, tandis qu'elle était là, à genoux entre ses jambes.

Il dut faire un effort surhumain pour ne pas la toucher.

— Dominik James, dit-elle doucement, le regard toujours soudé au sien. Me ferez-vous l'honneur de devenir mon mari ? Temporairement ?

Dominik ne comprit pas pourquoi quelque chose se rebellait en lui contre la précision.

Au lieu de s'interroger, il s'offrit le plaisir de tendre la main et de caresser la joue à la peau soyeuse, puis attendit que les lèvres pulpeuses s'entrouvrent.

— Mais bien sûr. Avec le plus grand plaisir.

Il avait eu l'intention de prononcer ces mots d'un ton ironique. Voire cynique. Mais sa voix avait résonné d'un accent presque... tendre.

— Je ne peux rien imaginer de plus délectable que d'épouser une femme que je connais à peine, dans le seul but de rendre service à un frère que je n'ai jamais rencontré en chair et en os, et de préserver la réputation d'une famille qui m'a rejeté comme un simple déchet.

Une ombre passa dans les yeux de Lauren, qu'il interpréta comme une réponse à cette chose étrange qui frémissait en lui. Ses lèvres tressaillirent imperceptiblement. Juste assez pour lui donner envie d'y goûter à nouveau.

— Dois-je prendre cela pour un *oui*, ou un *non*, finalement ?

— C'est un *oui*, princesse.

Dominik n'aurait jamais dû se trouver là, à mille lieues de la vie qu'il s'était créée sur mesure.

Mais Lauren était entrée chez lui, s'était installée dans le fauteuil qui paraissait l'avoir toujours attendue.

Et maintenant, il ne pouvait s'empêcher de penser qu'elle continuait à s'installer avec le même naturel dans son existence, où qu'il aille.

Pensée si contraire à tout ce qu'il était, à tout ce en quoi il croyait, que Dominik se demanda pourquoi il ne la repoussait pas et ne disparaissait pas immédiatement.

La réponse était simple : il restait parce qu'il le désirait. Autre constat qui aurait dû l'horrifier.

— C'est un *oui*, répéta-t-il d'un ton presque… solennel. Mais je crains que, comme en toutes choses, il n'y ait un prix à payer.

Une lueur d'appréhension traversa les yeux de Lauren.

— Prix que *vous* aurez à payer, précisa-t-il.

7

Lauren eut de nouveau l'impression de perdre pied. Elle n'y comprenait plus rien. Tout s'enchaînait si vite… *Trop* vite.

Et dire que Matteo avait parlé de mariage, d'un ton désinvolte, comme s'il trouvait parfaitement normal d'épouser un quasi-inconnu, parce que cela passerait mieux aux yeux de la presse ! Leur conversation revint la tourmenter.

— Épousez-le, dit-il, tout naturellement, de l'autre bout du monde. Vous êtes une femme honnête et travailleuse, liée à la famille depuis des années. Et tout s'est toujours bien passé, il n'y a jamais eu le moindre problème.

— Vous voulez dire employée par la famille.

— De toute évidence, vous savez le prendre en main, poursuivit Matteo, comme si elle n'avait rien dit. Faites en sorte qu'il soit à la hauteur. Et lorsque les remous causés par les résurgences du passé scandaleux de ma mère se seront apaisés, il sera devenu, grâce à vous, un homme digne de prendre sa place parmi les San Giacomo.

— Mon nouveau rôle sera-t-il assorti d'une prime de risque ? rétorqua Lauren.

Jamais elle ne prenait ce ton avec Matteo, quelles que soient les circonstances.

Décidément, elle n'était plus la même.

— À moins que vous ne vous attendiez à ce que je renonce à mes conditions de vie habituelles, pour une durée illimitée, sans changement de salaire, et sans poser de question ?

Qu'est-ce qu'il lui prenait de s'adresser à son patron avec une telle audace ? Et ce n'était pas non plus dans les habitudes de Matteo de rester silencieux, une expression triste sur le visage.

Une fois encore, Lauren se demanda ce qui s'était passé entre lui et la psy embauchée par le conseil d'administration, dans une tentative évidente de le remettre à sa place. Il était parti avec elle dans le Yorkshire, où il avait été injoignable – ce qui ne se produisait jamais. Ensuite, il avait décidé de faire le tour de tous les sites de Combe Industries, autrement dit un véritable tour du monde.

— *À vous de m'indiquer votre prix, Lauren, répondit-il après un assez long silence. Tout ce que je vous demande, c'est de domestiquer mon frère avant que nous ne le lâchions dans le monde. Le conseil d'administration n'apprécierait pas de voir un nouveau scandale entacher le nom de la famille. Par conséquent, mieux vaut les calmer un peu.*

À l'issue de cette discussion surréaliste, Lauren avait accepté de demander à Dominik de l'épouser. Qu'aurait-elle pu faire d'autre ? Elle n'avait pas menti en disant qu'elle admirait Matteo, pour son intégrité. La preuve en était qu'en dépit de ses efforts pour qu'il la voie il ne l'avait jamais vraiment regardée. Il la traitait en assistante personnelle, pas comme une femme. C'était pour cela que Lauren se sentait en sécurité sur ses talons outrageusement féminins. Et qu'elle pouvait se consacrer entièrement à son travail. Et à Matteo.

S'il l'avait regardée, ne serait-ce qu'une fois, comme le faisait Dominik, qui la dévorait littéralement des yeux, elle n'aurait jamais pu travailler pour lui.

Convaincue qu'elle avait eu raison d'accepter de proposer le mariage à Dominik, elle avait rejoint celui-ci, certaine de le voir éclater de rire, lorsqu'elle lui aurait fait part de la suggestion de Matteo.

Mais il n'avait pas ri, ni même souri.

De toute façon, Lauren avait eu l'intention de lui présenter la chose comme une proposition d'affaires. Un partenariat, une fusion, voilà tout. Or, au lieu d'une banale transaction professionnelle, elle se retrouvait dans une posture pour le moins... personnelle. À genoux entre les longues jambes musclées, elle le regardait dans les yeux comme si elle avait été assise tranquillement en face de lui, et non dans cette position plus qu'évocatrice.

Et, à moins qu'elle n'ait mal compris, Dominik avait accepté de l'épouser. En précisant qu'elle aurait un prix à payer.

Après les baisers, qu'allait-il exiger d'elle ?

— Quel genre de prix ? s'enquit-elle avec le plus grand sérieux.

Dans le vain espoir de leur faire oublier à tous les deux qu'elle était à genoux devant lui comme une suppliante. Ou une amante. Et qu'il avait la main sur sa joue.

— J'ai déjà promis de vous embrasser, chaque fois que vous le voudrez. Que pourriez-vous désirer de plus ?

— Pensez-vous qu'il y ait des limites au désir ? répliqua-t-il tranquillement.

Et d'une voix si basse que Lauren fut parcourue par un long frisson. Elle fondait déjà, alors qu'il ne faisait que lui effleurer la joue.

— Vous parlez à nouveau de sexe.

Elle s'efforçait de prendre un ton sévère, comme si cela pourrait la débarrasser de l'insupportable chaleur qui s'était emparée d'elle.

— Comment vous faire comprendre…

— Que vous êtes insensible au sexe. Oui, je sais.

Tout doucement, il bougea le pouce et le passa sur sa lèvre. Et quand Lauren laissa échapper un petit halètement, elle eut droit au sourire moqueur désormais familier.

— *Complètement* insensible…, ajouta-t-il d'une voix rauque.

Inutile de nier. Dominik lisait en elle.

La chaleur s'accrut, et Lauren n'aurait su dire si elle aimait ou détestait se sentir consumée ainsi.

— Que voulez-vous de moi ? demanda-t-elle dans un souffle.

Le petit sourire s'agrandit. Séducteur. Irrésistible. Elle le sentit couler en elle, dans tout son corps.

— Ce que je veux, princesse, c'est une nuit de noces.

La chaleur devint infernale, presque douloureuse. Lauren avait la bouche trop sèche. Elle avait du mal à respirer.

— Vous voulez dire…

— Une vraie nuit de noces, oui. Avec tout ce que cela implique.

Comme il se penchait en avant, elle se sentit minuscule. Délicate et fragile. Précieuse. C'était stupide, absurde, mais ce fut la sensation qu'éprouva Lauren.

De sa main libre, Dominik lui caressa les cheveux, descendit sur la nuque et le cou. Elle ne fondait plus. Elle sanglotait intérieurement.

— Trouve-nous un seuil, continua-t-il d'une voix pénétrée, et tu le franchiras dans mes bras.

Il y avait quelque chose de si viril, dans les yeux gris, de si… possessif, que son cœur s'emballa.

— Je t'allongerai sur un lit et je t'embrasserai à en perdre le souffle, avant d'envisager la suite. Tout ce que je te demande, c'est de me promettre de ne pas me dire ce que tu aimes ou n'aimes pas avant d'avoir essayé. C'est tout, Lauren. Qu'as-tu à perdre ?

Elle-même. Ses fondements. Sa personnalité. Il allait tout lui prendre.

Peut-être l'avait-elle pressenti dès l'instant où elle avait vu l'ombre se transformer en homme sous l'auvent, dans la petite clairière coupée du reste du monde. Au milieu de cette forêt bruissant de mystérieux murmures.

Peut-être même son chemin l'avait-il toujours menée là. Dans la prison qu'elle sentait se refermer petit à petit autour d'elle.

Mais livrée ainsi à la chaleur des mains de Dominik et à ce tremblement qui l'agitait tout entière, Lauren ne tentait pas de se libérer.

Lorsque cette histoire insensée serait terminée, elle se demanderait sans doute pourquoi elle s'était soumise ainsi.

Si elle y survivait.

Pourquoi ne se redressait-elle pas maintenant, avant de s'éloigner de cet homme aussi ténébreux qu'attirant, aussi doux qu'impitoyable ? Elle aurait pu lui dire d'aller au diable avec son héritage et sa famille retrouvée. Appeler Matteo et lui annoncer qu'elle n'avait pas l'intention d'épouser un inconnu sur commande.

Elle aurait pu le faire. Elle *désirait* le faire.

Lauren tressaillit. Puis, agenouillée entre les cuisses de Dominik qui fouillait son regard, elle capitula.

Ce fut comme plonger du haut d'une falaise et tomber dans un gouffre sans fond. Depuis ses neuf ans, elle n'avait jamais rien fait d'aussi stupide, d'aussi téméraire. Depuis le jour où, croyant pouvoir convaincre ses parents de faire plus attention à elle, elle avait commis une erreur fatale.

Résultat : elle avait passé tout l'été en pension.

Cependant, capituler devant Dominik ne lui faisait pas le même effet. Elle n'avait pas l'impression d'avoir échoué sur des rochers durs aux arêtes tranchantes.

Elle avait au contraire l'impression de voler.

— Je consens à la nuit de noces, dit-elle d'un ton détaché.

Histoire de transformer sa reddition en générosité. Et surtout de ne plus penser à la falaise du haut de laquelle elle venait de se jeter dans le vide.

— Mais à rien d'autre.

— Nous pouvons peut-être envisager de poursuivre ces négociations intimes après la nuit en question, répliqua Dominik.

Il y avait du rire, dans la voix grave. Elle *l'amusait*.

— Tu pourrais finir par la désirer, cette nuit de noces, princesse. Qui sait ? Peut-être même souhaiteras-tu la prolonger. Je vais sans doute te surprendre, mais je connais plus d'une femme qui serait ravie de pouvoir passer un moment dans mon lit.

Une nuit de noces. Passer un moment dans son lit. Il devait s'agir d'une farce.

Pourtant, Lauren se trouvait bel et bien à genoux sur le parquet, là, dans les bureaux de Combe Industries, et elle venait de proposer le mariage à un homme qu'elle ne connaissait que depuis le matin.

Une force traîtresse et terrifiante lui donnait envie de se rapprocher de Dominik. Décidée à lui résister, Lauren voulut se relever, mais la main posée sur sa nuque la retint prisonnière.

Ce fut comme une reddition supplémentaire. Sans réfléchir, Lauren se redressa sur ses genoux, posa les mains sur les cuisses musclées, puis renversa la tête en arrière, offrant son visage à Dominik. Se livrant tout entière à lui.

Peut-être en avait-elle assez de Lauren Isadora Clarke. De la femme insensible qu'elle était devenue.

— Pour que ce soit une vraie demande en mariage, il faut la sceller d'un baiser, dit Dominik d'une voix douce. Même une femme comme toi doit le savoir.

— Cela ne te suffit pas que je t'aie promis une nuit de noces ?

Elle ne reconnut pas sa propre voix.

— Embrasse-moi, ordonna-t-il d'une voix paresseuse. Tiens ta promesse.

Dans les yeux gris, une détermination farouche se lisait. C'était lui qui tirait les ficelles. Pas elle. Ni même Matteo.

— Maintenant, murmura-t-il. Tu ne voudrais pas me faire de la peine, princesse ?

Comme si elle détenait le pouvoir de le faire souffrir...

— Surtout que tu en meurs d'envie..., poursuivit-il, les yeux rieurs.

— Je dirais plutôt que je n'ai pas le choix.

— Menteuse.

Mon Dieu, elle devait avoir les joues cramoisies. Parce qu'il avait raison. Elle mentait. Et il le savait.

Paniquée, Lauren referma la main sur la nuque de Dominik et attira son visage vers le sien. Dès que leurs bouches s'unirent, un déluge de sensations la submergea. Elle avait presque l'habitude, à présent. Elle retrouvait, savourait, les caresses délicieuses de leurs lèvres et de leurs langues qui se goûtaient, se repoussaient, pour mieux se rejoindre et s'enlacer...

Dominik se laissant embrasser, Lauren s'enhardit à explorer la bouche au goût déjà familier, doux et épicé à la fois. Tout en tâchant de se répéter qu'elle n'aimait pas cela. Qu'elle ne voulait pas de ce baiser.

Elle se mentait à elle-même.

Une fois qu'elle l'eut reconnu, elle gémit contre la bouche de Dominik, sentit les grandes mains chaudes glisser sur son dos, et ne protesta pas. Et quand il tira le chemisier de la ceinture du pantalon, elle ne fit rien pour l'arrêter.

À présent, il avait pris le contrôle du baiser et dévorait littéralement sa bouche.

Mais lorsque la main chaude se posa sur son ventre, remonta lentement vers un sein, Lauren eut une sorte d'éblouissement. Une lumière blanche sembla imprégner tout l'espace. Son sein parut gonfler dans la paume qui se refermait sur lui, le mamelon se dressa, durci.

Et chaque fois que Dominik bougeait la main, la chaleur s'intensifiait en Lauren, sauvage, incandescente, et se répandait entre ses jambes.

De l'autre main, il lui maintenait fermement la nuque, comme pour lui montrer que c'était *lui* qui dirigeait les opérations.

Et non seulement elle l'acceptait, mais elle s'en réjouissait.

Lauren creusa les reins pour mieux s'offrir à ses divines caresses. Elle aurait voulu s'abandonner tout entière à lui. Aussi se pressa-t-elle le plus possible contre Dominik, sans savoir ce qu'elle recherchait au juste.

Quand il la repoussa soudain, avec un petit rire moqueur, elle crut mourir. Puis elle se dit que la mort aurait encore été préférable à la réalité.

Au fait qu'elle soit là, agenouillée à même le parquet du luxueux salon d'attente, les cheveux et la tenue en désordre, à contempler l'homme responsable de cette horrible confusion.

Sans doute allait-il lui répéter qu'elle était une menteuse, lui décrire en détail la façon dont il venait de le lui prouver.

Mais Dominik resta silencieux et se contenta de soutenir son regard, le sien ne trahissant aucune émotion.

Dès qu'elle fut en état de parler, Lauren dit d'un ton neutre :

— La société possède quelques appartements destinés à héberger les partenaires en affaires de M. Combe qui le souhaitent. Ici, dans l'immeuble.

Sa voix lui parut étrangère. Tel un vestige de la femme qu'elle était encore au moment où le jet privé atterrissait en Hongrie.

Lauren se releva le plus dignement possible. Pour la première fois de sa vie, elle se maudit de porter des talons aussi hauts. Impossible de se sentir d'aplomb, sur des engins pareils...

Hélas, il ne servait à rien d'incriminer ses chaussures. C'était bien plus grave que cela.

— Ah..., fit Dominik au bout d'un long moment. Des appartements aussi luxueux et impersonnels que ces bureaux, j'imagine.

Cependant, quand elle appela le responsable de la sécurité pour lui demander d'envoyer un agent pour conduire Dominik dans l'un des appartements disponibles, celui-ci ne protesta pas.

Lorsque les deux hommes quittèrent le salon, Lauren se sentit soulagée. Mais il y avait comme un vide, en elle.

Troublée, elle regagna son bureau et se laissa tomber dans son fauteuil ergonomique, puis enfouit son visage dans ses mains.

Et là, dans l'espace raffiné où elle s'était toujours sentie pleinement efficace, Lauren lâcha la bride à toutes les émotions qu'elle refusait de regarder en face, sur lesquelles elle n'aurait su mettre de nom, et laissa enfin couler les larmes qu'elle avait retenues sans même s'en rendre compte.

8

Le lendemain matin, Lauren s'était complètement ressaisie, à tel point que les larmes de la veille semblaient avoir été versées par une autre, beaucoup plus fragile qu'elle.

Après avoir pris une douche dans la salle de bains de l'appartement de fonction qu'elle occupait régulièrement, elle enfila l'une des tenues qu'elle gardait toujours à sa disposition pour les jours où elle passait la nuit au bureau – une petite robe noire toute simple et la courte veste assortie.

Impossible toutefois de faire comme si cette nouvelle journée était semblable à toutes les autres. Lauren ne se retrouvait pas souvent avec un mariage à organiser. Le sien, de surcroît. Elle avait choisi ses talons les plus hauts afin d'être sûre de rester totalement maîtresse d'elle-même, mais aussi pour se donner du courage.

À 9 h 30 précises, sa tablette à la main, elle frappa à la porte de l'appartement où devait s'être installé Dominik. Au fond, elle s'attendait à ce qu'il ait disparu dans la nuit, pour retourner à sa solitude bénie.

Mais la porte s'ouvrit toute grande. Et il se tint devant elle, vêtu d'un seul pantalon décontracté à taille basse, dévoilant ainsi un superbe étalage de virilité… indécente.

Durant un moment interminable, Lauren ne put que le regarder en retenant son souffle.

— Espérais-tu que je me serais enfui au cours de la nuit ? demanda-t-il, la devinant une fois de plus.

Elle se força à respirer, à détacher les yeux de cette débauche de peau hâlée et de muscles parfaits.

— J'aurais pu le faire, bien sûr, mais j'en ai été empêché.

Elle le suivit tandis qu'il tournait les talons et traversait le petit hall d'entrée pour se rendre dans la cuisine bien équipée et baignée de la lumière dorée du soleil matinal.

— Tu fais allusion aux agents de sécurité ?

Après avoir contourné la table bar, il s'assit sur un haut tabouret et la regarda au-dessus d'une tasse de café à l'arôme puissant.

— Non. Au fait que je t'ai donné ma parole, Lauren.

Cette fois, elle ne se laisserait pas submerger par ces émotions absurdes qui l'avaient tant déstabilisée la veille, et empêchée de dormir une bonne partie de la nuit. Il le fallait. Même si le regard gris fouillait le sien, bien trop perspicace. Et que des étincelles brûlantes pétillaient dans son corps, et semblaient éclore sur ses joues.

— J'ai tout organisé, dit-elle après s'être éclairci la gorge. Nous nous marions dans une heure.

L'expression de Dominik ne changea pas. Et pourtant, elle eut la nette impression qu'il se moquait d'elle.

— Et moi qui n'ai pas emporté ma belle robe de mariée, fit-il en plissant les yeux.

— Le pasteur est un ami de la famille Combe, continua Lauren, comme si elle ne l'avait pas entendu.

D'autre part, elle s'interdit de songer à sa propre tenue, élégante mais toute simple, et donc parfaite pour le bureau. Cela suffirait bien, pour un mariage *bidon*.

— J'ai pris la liberté d'affirmer que notre mariage était le fruit d'un amour profond et durable qui nous obligeait à solliciter une licence spéciale et un délai exceptionnel, aussi vaudrait-il mieux que tu ne me contredises pas.

— Je n'en ai pas l'intention, répliqua-t-il de cette voix grave et sardonique qui la faisait frémir de la tête aux pieds. Après tout, je ne suis qu'un simple ermite, tout juste bon à suivre les directives de riches aristocrates qui ne se donnent même pas la peine d'assister à un mariage dont ils sont pourtant à l'origine. Je suis en outre fou de joie et d'impatience de servir votre cher M. Combe qui balance ses instructions depuis l'autre bout de la planète, et comme bon lui semble. C'est vraiment la famille que j'imaginais lorsque, enfant, je fantasmais dans mon orphelinat.

Pour mieux montrer sa joie et son impatience, il lui offrit un sourire dont Lauren ne fut pas dupe.

— Voilà le mariage romantique que j'attendais depuis toujours, au fond de mon cœur, poursuivit-il avec une gaieté qui sonna faux. Écoute bien et tu l'entendras battre la chamade, murmura-t-il en la regardant dans les yeux.

Ce n'était pas le cœur de Dominik qu'elle entendait battre comme un fou, mais le sien.

Lauren posa sa tablette sur le bar d'un geste un peu brusque, voire agressif.

— Pourrais-tu cesser de plaisanter ne serait-ce que quelques heures ? demanda-t-elle. Ou au moins *essayer* ?

Le regard toujours rivé au sien, il souleva sa tasse de café et la porta à ses lèvres avant d'en boire une longue gorgée.

— Si j'en avais eu envie, j'aurais pu m'enfuir cette nuit, crois-moi. Parce que franchement vos dispositifs de sécurité sont grotesques. En ce moment même, le pasteur ami de la famille Combe se décarcasse pour nous. Comment veux-tu que je garde mon sérieux ?

— Tu as accepté de te prêter à cette mascarade. En revanche, je ne pense pas avoir accepté de me soumettre à tes remarques désagréables.

Elle ne s'attendait pas à le voir sourire. D'un sourire éclatant et farouche.

— Tu vas devoir te soumettre à bien d'autres choses aujourd'hui. Alors ne te sous-estime pas, Lauren.

Quand Dominik lui parlait ainsi, elle le détestait. Lui et sa voix grave qui s'insinuait en elle, faisant renaître la chaleur infernale, et lui donnant un avant-goût des mystères qui lui demeuraient pour l'instant opaques. Et que Lauren ne *voulait pas* explorer.

— Je les ai déjà acceptées, lui rappela-t-elle d'un ton sec.

— *Tu* les as acceptées ? Je croyais que c'était moi qui avais acquiescé à tout, comme un gentil petit toutou.

La voix mâle conservait sa suavité, mais le regard gris n'était que dureté.

— Tu m'as réclamé une nuit de noces et je te l'ai accordée,

riposta-t-elle, le cœur battant à tout rompre. Et tu sais très bien que je tiens mes promesses. Chaque fois que tu m'as demandé de t'embrasser, je l'ai fait, non ?

— En effet. On pourrait même dire que tu montres beaucoup de zèle et d'enthousiasme, une fois que tu es lancée.

— Ce que je voulais te faire remarquer, répliqua-t-elle, les dents serrées, c'est que tu n'as pas besoin de continuer avec tes sous-entendus grossiers. Tu as demandé du sexe en échange de ton assentiment et j'ai accepté. Point final.

C'était aussi simple que cela. Alors pourquoi la simple présence de Dominik paraissait-elle absorber tout l'oxygène, subitement ? Au point que Lauren avait de nouveau du mal à respirer ?

— Si cette perspective t'est aussi désagréable, renonce à ce mariage, Lauren.

— Parce que j'ai le choix ? parvint-elle à répliquer. C'est une option ?

— Pendant que tu rumines sur l'injustice de toute cette affaire, souviens-toi que ce n'est pas moi qui suis allé te chercher au fond de la forêt et t'ai ramenée en Angleterre. Si j'accepte de jouer cette comédie pour le simple plaisir d'une nuit de noces obtenue par ruse, ça me regarde.

Il inclina légèrement la tête de côté.

— Tu devrais peut-être te demander jusqu'où tu serais prête à aller pour un chèque. Et pourquoi.

— C'est un peu plus compliqué que cela.

— Ah ? Eh bien, demande-toi aussi ce que tu *refuserais* de faire si ton cher M. Combe te le demandait. Les réponses pourraient s'avérer fort instructives.

— Tu aimes de toute évidence œuvrer en solitaire, riposta Lauren, réprimant à grand-peine sa colère. Mais certains préfèrent travailler en équipe.

— Tu parles de la partie de l'équipe qui s'offre en ce moment des vacances en Australie ? Ou de celle qui reste ici avec des ordres à exécuter et un barbare à civiliser par le biais de la vénérable institution du mariage ? Beau travail d'équipe, en effet.

— *Tu as accepté.*

— Oui. Mais, je te le répète : toi aussi. Serait-ce cela qui te tracasse, princesse ? Serais-tu terrifiée par la perspective de m'offrir ce que tu m'as promis ?

Cette fois, il dépassait les bornes !

— Qu'est-ce que ça peut bien te faire que je sois terrifiée ou pas ? Tu changerais d'avis, si je te disais que c'est le cas ?

L'éclat sauvage passa dans les yeux gris, faisant rejaillir la chaleur en Lauren. À croire que ce n'était pas de la colère qui vibrait en elle.

— Cela pourrait changer mon approche, répondit-il lentement. Mais pas forcément.

— Très bien. Félicitations, alors. Dans peu de temps, tu auras une épouse. Et peu après, une nuit de noces sacrificielle, comme c'était l'usage autrefois.

Il éclata de rire, d'un rire franc et profond.

— Crois-tu me donner mauvaise conscience, Lauren ? T'attends-tu à ce que je proteste à grands cris, et te dise que je déteste l'idée de martyre quand il s'agit de sexe ?

— Non, et tu le sais très bien.

Dominik ne bougea pas, mais Lauren eut l'impression qu'il l'enveloppait. De toutes parts. Que les grandes mains chaudes se posaient partout sur son corps. Elle les *sentit*.

— Tu n'es pas terrifiée, déclara-t-il avec une assurance qui la fit trembler. Tu n'as pas peur de moi mais de toi-même. Et de toutes ces histoires que tu t'es racontées sur ta prétendue insensibilité.

Le regard pénétrant la clouait sur place.

— Et si quelque chose te terrifie, c'est la pensée de te réveiller demain si vivante, si enchantée par ta nuit de noces, que tu ne te reconnaîtras plus.

— À moins que je ne me réveille en bâillant d'ennui.

— *Mourant* d'ennui, même, acquiesça-t-il en riant de nouveau.

Il se pencha vers elle et appuya les coudes sur le bar.

— Mais dis-moi, Lauren. L'ennui te donne-t-il chaud partout ? Notamment entre les cuisses ?

L'espace d'un instant, la question parut flotter entre eux. Incompréhensible. Opaque.

Puis Lauren sentit un courant brûlant déferler en elle, de la tête aux pieds. Personne ne lui avait jamais posé une telle question.

Jusqu'à maintenant, elle ne savait même pas que l'on pouvait discuter de ce genre de choses.

Elle aurait voulu se sentir scandalisée. Dégoûtée. Ne pas comprendre même à quoi il faisait allusion. Elle aurait préféré trouver Dominik répugnant.

Peine perdue. Elle savait très bien ce qu'il voulait dire.

Elle fondait, là, maintenant. Entre les cuisses. Et ce n'était certes pas l'ennui qui la consumait.

— Tu as vingt minutes pour te préparer, annonça-t-elle une fois qu'elle se sentit capable de parler à peu près normalement. Je peux compter sur toi ?

— Je prends ta non-réponse pour un *oui*, répliqua-t-il d'une voix rauque.

Mais pourquoi était-il aussi viril ? Aussi sûr de lui ?

— Tu brûles, Lauren. À tel point que tu as du mal à rester tranquille. Ne t'inquiète pas, princesse. Tu ne sais pas comment remédier à la situation, mais tu peux compter sur moi, en effet.

Après s'être redressé, il contourna la table bar, tandis que Lauren reculait avec raideur. Quand il passa à côté d'elle, elle fut soulagée qu'il ne s'arrête pas et se dirige droit vers la porte de la chambre.

— Si tu veux me rejoindre sous la douche, tu es la bienvenue, lança-t-il par-dessus son épaule.

Ce ne fut qu'au moment où elle entendit l'eau couler dans la salle de bains que Lauren s'aperçut qu'elle serrait les poings si forts que ses ongles lui meurtrissaient la chair.

Elle se força à respirer, et fut bien obligée de reconnaître que Dominik avait raison. Une fois de plus.

C'était d'elle-même, qu'elle avait peur. Pas de lui.

Et elle mourait d'impatience de découvrir enfin ce qu'elle avait raté durant toutes ces années.

Cette pensée avait tourné en rond dans son esprit durant des heures, la nuit précédente. Lauren avait à peine fermé l'œil, allongée dans ce lit où elle dormait plus souvent que dans celui de son propre appartement. Elle s'était toujours enorgueillie d'être indifférente au chaos insensé dont les autres parlaient sans cesse. Elle s'était félicitée de ne pas se laisser entraîner dans les mêmes tourments émotionnels qu'eux. Elle s'était convaincue que rester à l'écart lui permettait d'être encore plus performante dans son travail. Que, forte de son insensibilité, elle naviguait comme un poisson dans l'eau parmi les nombreux écueils de l'univers complexe des affaires.

Mais sa rencontre avec Dominik l'obligeait à admettre qu'elle pouvait éprouver elle aussi des émois sensuels.

Elle avait passé tellement de temps à se persuader qu'elle ne désirait pas ce qui lui était inaccessible. L'amour de ses parents, une place au sein des deux familles qu'ils avaient fondées sans elle, les liaisons romantiques ou purement sexuelles que ses collègues et connaissances entamaient et délaissaient au gré de leurs envies. Quand on l'interrogeait sur son refus de sortir le soir ou d'aller en boîte, par exemple, Lauren répondait invariablement que cela ne l'intéressait pas. Et si quelqu'un insistait, elle déclarait d'un ton catégorique qu'elle avait des obligations personnelles.

Alors qu'en secret elle se croyait au-dessus de tout cela, convaincue qu'elle valait mieux que ces folies assorties la plupart du temps de regrets.

Il lui avait suffi d'embrasser Dominik James pendant une journée pour être obligée de se demander si elle n'avait pas fait le mauvais choix en s'interdisant de désirer ce qu'elle jugeait inaccessible. Où l'avaient conduite ces privations, sinon au terrible constat qu'en fait elle n'avait jamais goûté à la vraie vie ? Avait-elle d'autres perspectives que celle de finir en célibataire endurcie, solitaire sur une île déserte où elle s'était isolée volontairement ?

Cette conclusion déplaisait profondément à Lauren.

Et si elle se laissait aller complètement ? Que risquait-elle à s'abandonner aux mains expertes de Dominik ?

Elle laissa échapper un long soupir, se sentit vaciller. Et la hauteur de ses talons n'y était pour rien.

Une pensée révolutionnaire s'insinua alors dans son esprit. Puisqu'elle devait épouser cet homme, et rester sa femme durant tout le temps qu'il faudrait pour que l'attention des paparazzis et du public retombe et aille se focaliser sur un nouveau scandale, pourquoi ne pas profiter de l'opportunité qui s'offrait à elle ?

Lauren savait déjà que Dominik détenait le pouvoir de lui faire éprouver des sensations inconnues... et fabuleuses. Il possédait le don de l'entraîner dans un tourbillon aussi grisant que mystérieux.

Alors qu'elle avait toujours été persuadée d'être incapable de vivre de tels instants.

Le problème, c'était peut-être qu'elle ne savait pas *comment* désirer. Peut-être ne ressentait-elle rien, parce que personne ne l'avait jamais vraiment désirée ? À commencer par ses parents, qui n'avaient cherché qu'à se débarrasser d'elle.

Lauren ignorait pourquoi Dominik souhaitait se prêter à cette comédie avec elle, mais il avait accepté. Et sans se faire prier. Elle ne le connaissait pas beaucoup, mais suffisamment pour savoir qu'il n'était pas le genre d'individu à se laisser influencer. Un homme aussi farouchement indépendant que lui ne faisait que ce qu'il voulait bien faire.

Pourquoi ne pas profiter elle aussi des bons côtés de ce mariage arrangé ?

Alors, l'insensibilité qu'elle proclamait serait mise au défi et Lauren saurait enfin à quoi s'en tenir à ce sujet. Un jour, l'un des rares hommes qu'elle eût embrassés – sans le moindre émoi – l'avait traitée d'extraterrestre quand elle avait refusé de coucher avec lui.

Dominik l'avait comparée à un robot.

Et si elle était une vraie femme, après tout ?

Lorsque Dominik réapparut, vêtu d'un élégant costume noir à la coupe impeccable et d'une chemise blanche à col droit, Lauren le dévisagea de la tête aux pieds avec stupéfaction. Ces vêtements ne sortaient pas d'une boutique de prêt-à-porter… En outre, il avait les cheveux soigneusement peignés en arrière et était rasé de près.

Elle avait devant les yeux le portrait type du fils aîné de la dernière génération des San Giacomo.

Elle inspira à fond et se lança. Si elle ne le faisait pas tout de suite, elle ne le ferait jamais.

— Je suis d'accord pour la nuit de noces.

— Comme tu me l'as déjà dit, fit-il remarquer de cette voix soyeuse qui la mettait dans tous ses états. Envisagerais-tu de renégocier les termes de notre contrat ?

— Si cela prend plus d'une nuit, pas de problème, enchaîna-t-elle sans respirer. Je veux apprendre.

Elle se sentit à nouveau vaciller. Surtout lorsque Dominik s'arrêta de tirer sur ses manchettes de chemise pour reporter toute son attention sur elle.

— Apprendre quoi ? demanda-t-il avec un calme saisissant.

— Tout le monde pratique le sexe et en parle, dit-elle, incapable de contrôler le flot de paroles qui jaillissait d'on ne sait où. Les gens semblent être obsédés par ça, et je veux savoir pourquoi. Alors, je ne désire pas seulement que tu me prennes ma virginité. Et c'est bien ainsi.

L'éclat sauvage incendia les beaux yeux gris.

— Je suis ravi d'apprendre que nous sommes sur la même longueur d'onde, dit-il, pince-sans-rire. Je n'étais pas particulièrement ravi à la perspective d'avoir affaire à une vierge récalcitrante et dépourvue de tout enthousiasme.

— Je ne sais pas ce qui m'attend, répliqua Lauren avec franchise. Mais je veux comprendre pourquoi on fait un tel raffut autour de tout ce qui touche au sexe. Pourquoi tout le monde, toi y compris, me regarde comme si j'étais anormale, quand je dis que cela ne m'intéresse pas. Peux-tu m'aider, Dominik ?

C'était peut-être la première fois qu'elle l'appelait par son prénom. Lauren n'en était pas certaine, mais ce fut l'impression qui la traversa. Quant à lui, il la regarda en silence, l'air suffoqué.

— J'ai passé toute ma vie à ne pas comprendre les gens qui m'entouraient, continua-t-elle. À ne jamais saisir de quoi ils parlaient. Les sous-entendus, pour eux évidents, m'échappaient toujours. Alors je veux découvrir le grand secret.

— Lauren...

Le visage de Dominik avait changé. Elle ne lui avait encore jamais vu cette expression. Plus aucune ironie dans les yeux gris. Ni de défi ou de dureté.

Ce qu'elle y lisait, c'était... quelque chose ressemblant fort à de la pitié. Et Lauren ne put supporter cette éventualité.

— Je sais que pour toi il ne s'agit que d'un jeu, reprit-elle à la hâte. Tu as peut-être tes raisons personnelles de te plier à cette comédie voulue par M. Combe, et je ne t'en veux pas. Les histoires de famille, c'est toujours compliqué. Mais tu as dit hier que ce mariage ne regardait que nous, toi et moi, et je veux le vivre de cette façon.

Une lueur différente éclairait maintenant le regard de Dominik, tandis qu'il la dévisageait en silence. Ce n'était plus de la pitié – à supposer qu'il se soit agi de cela – mais de la gentillesse.

Et quand il lui tendit soudain la main, Lauren ressentit une envie subite de pleurer, si vive qu'elle battit des paupières pour retenir les larmes prêtes à jaillir.

— Viens, répliqua-t-il d'une voix douce. Allons nous marier. Quant à t'aider, je t'ai déjà dit que tu pouvais compter sur moi.

9

Sa première erreur avait été de sortir de chez lui pour attendre la visiteuse qui allait débarquer sans y avoir été invitée, mais dont la venue lui avait été annoncée par l'aubergiste du village.

Sur le moment, cette visite surprise n'avait pas inquiété Dominik outre mesure. Personne ne venant jamais le voir, le fait qu'une inconnue soit assez hardie pour s'aventurer jusque-là dans le seul but de le rencontrer avait piqué sa curiosité. Surtout quand il l'avait vue émerger de la forêt, avec ses cheveux dorés et son étole rouge vif.

Comment aurait-il pu prévoir qu'il se retrouverait bientôt dans l'une de ces énormes demeures imposantes qu'il détestait ? Un manoir arrogant perché sur une crête dominant le village du Yorkshire où s'élevaient autrefois les moulins qui avaient permis à quelques individus de s'élever au-dessus de leur humble condition.

Ceux-là mêmes qui avaient construit Combe Manor et créé Combe Industries.

Dominik avait lui aussi dû travailler dur, au départ. Mais il avait préféré se servir de la fortune accumulée au fil des années pour aller s'isoler au fin fond d'une forêt.

Alors, que faisait-il dans cette propriété familiale dégoulinant de luxe et de confort ?

Il n'était qu'un imposteur, au fond.

Et il avait beau avoir eu la même génitrice que l'aristocrate rencontré virtuellement sur un écran, il ne partageait pas avec lui ce goût pour les demeures regorgeant d'œuvres d'art et de meubles anciens qui en disaient long sur la fortune familiale, vieille de deux siècles. Plusieurs générations de Combe s'étaient comme lui tenues là, devant l'une des fenêtres de la bibliothèque bourrée de livres destinés à des érudits, à contempler le village où d'autres hommes contribuaient, de par leur travail, à l'enrichissement du patrimoine familial.

Comparée à celle des San Giacomo, la fortune de la famille Combe était toute récente.

Quant à lui, il demeurait un orphelin en dépit de sa filiation maternelle. Un gamin des rues vivant à la dure pendant des années et se débrouillant tant bien que mal pour se nourrir, se vêtir et se trouver un abri pour la nuit. Un soldat ayant accompli son devoir et obéi aux ordres, y compris dans des situations dont il ne parlait jamais à proximité de civils.

Ces liens du sang ne représentaient rien par rapport à l'existence qu'il avait menée. Aussi Dominik était-il surpris de ne pas voir cette demeure extravagante s'écrouler soudain autour de lui comme un château de cartes.

Entendant le clic-clac des talons bien trop hauts résonner sur le parquet derrière lui, il se retourna. Ce fut plus fort que lui.

La femme qui s'avançait vers lui, ses cheveux blonds brillant autour de son visage comme une auréole, était son épouse.

Sa femme.

La cérémonie, si l'on pouvait parler de *cérémonie*, s'était déroulée sans anicroche. Le pasteur était arrivé pile à l'heure, et ils avaient prononcé leurs vœux dans une salle de réunion située tout en haut de l'immeuble abritant la multinationale de son demi-frère. Lauren avait sorti des alliances de son sac, prouvant ainsi qu'elle pensait toujours à tout, ils se les étaient passés l'un l'autre au doigt, et le tour avait été joué.

Lui qui n'avait rien d'un homme impulsif, il avait épousé une femme sur un coup de tête.

Cependant, Dominik était incapable de se reprocher quoi que ce soit. Il ne pensait plus qu'à Lauren. Au désir de lui ôter ces escarpins impossibles dont elle semblait posséder une collection infinie. De faire glisser la petite robe sur les courbes ravissantes, et de s'occuper *enfin* de ce désir déraisonnable qui le dévorait, depuis le premier instant où il avait posé les yeux sur elle.

Après la cérémonie, il n'y avait pas eu de réception, évidemment. Lauren était retournée dans son bureau et y était restée plusieurs heures à travailler. Ensuite, elle l'avait fait monter dans une nouvelle berline noire, tout aussi luxueuse que la première, qui les avait remmenés à l'aéroport privé où ils avaient réembarqué à bord du jet qui les attendait. Moins d'une heure plus tard, ils s'installaient dans une autre voiture noire qui les conduisait vers le mausolée érigé en l'honneur du type d'individus que Dominik avait toujours haïs.

Il refusait de penser qu'il était l'un d'eux. Il ne voulait pas faire partie de cette engeance. Il ne pouvait ni effacer l'existence qui avait été la sienne jusque-là, ni faire comme si sa vie allait changer parce qu'on lui offrait la culpabilité de sa mère sous la forme d'une identité qui ne signifiait rien pour lui.

Mais il avait du mal à se souvenir de sa vie solitaire quand cette femme – *sa* femme – se tenait ainsi devant lui.

— Je viens de parler avec M. Combe, commença-t-elle.

Parce que, bien sûr, elle avait disparu dès l'instant où ils étaient entrés dans cette maison, pour aller passer une ribambelle de coups de fil, répondre à ses e-mails et s'occuper des multiples tâches à effectuer *d'urgence*.

À ce stade, Dominik avait déjà enchaîné erreur sur erreur. La deuxième, en lui adressant la parole. La troisième, en la touchant. Erreur renouvelée à plusieurs reprises. Il n'aurait jamais dû la toucher. Encore moins l'embrasser. Il aurait dû la laisser repartir à Londres sans lui et, surtout, il n'aurait jamais dû l'épouser.

Si la situation n'avait été aussi… absurde, elle aurait frisé le comique.

Une chose était néanmoins certaine. Dominik ne voulait plus entendre parler de ce fichu frère. Pas ce soir.

— J'ai une faveur à te demander, répliqua-t-il. C'est notre nuit de noces qui commence, maintenant. Et nous avons beaucoup à faire, tous les deux. Alors, que dirais-tu de laisser ton M. Combe là où il est ? Pour une fois, il peut bien se débrouiller sans toi, non ?

Au lieu de protester comme il s'y attendait, Lauren croisa les mains devant elle en hochant la tête.

— Que se passe-t-il ? demanda-t-il tranquillement. Une alliance et quelques vœux prononcés devant le pasteur – c'est tout ce qu'il faut pour t'apprivoiser, belle princesse ?

Une sorte de petit gloussement jaillit de ses lèvres pulpeuses, entre rire et protestation étouffée.

— Je ne suis pas certaine d'être apprivoisée, même si je porte un anneau au doigt. Mais j'ai dit que j'étais d'accord pour la nuit de noces... et le reste. Et j'ai bien l'intention de la vivre.

— Tu pourrais afficher un peu plus d'enthousiasme, non ?

Il sourit, assailli par un flot d'images toutes plus suggestives les unes que les autres.

— Je n'ai jamais été très douée pour cela, répliqua-t-elle en redressant le menton.

— Tu ne peux pas sincèrement croire que tu n'es pas docile, dit Dominik en se rapprochant d'elle. Tu es payée pour obéir à ton patron, n'est-ce pas ? Alors je me demande ce qu'il faudrait pour que tu obéisses à ton mari, avec ne serait-ce que la moitié de l'empressement que tu montres envers ton cher M. Combe.

Dominik fut ravi de la voir tressaillir. Quant à lui, il avait une érection si forte que c'en devenait douloureux.

Arrivé devant Lauren, il continua de marcher, tournant nonchalamment autour d'elle comme s'il examinait une sculpture sous tous les angles.

Une nouvelle vision lui apparut, plus excitante encore que les précédentes.

— Je t'ai demandé de m'aider. De me faire découvrir le plaisir, commença-t-elle d'une voix tremblante. Cette initiation implique-t-elle de nouvelles humiliations, ou dois-je les considérer comme un supplément ?

— C'est à moi de te le faire découvrir, Lauren. Tu vas devoir te contenter de me suivre... docilement.

Revenu devant elle, Dominik s'émerveilla de l'expression qui se lisait sur les traits fins, mélange de méfiance et d'anticipation. Et de l'adorable roseur colorant les hautes pommettes.

Jamais il n'avait vu de femme aussi belle. Et elle était à lui. Elle s'était *donnée* à lui.

— Que veux-tu que je fasse ? demanda-t-elle d'une voix douce qui passa sur lui comme une caresse.

Il tendit la main et glissa les doigts dans les cheveux blonds, toujours retenus en queue-de-cheval. Celle-ci faisait partie de son armure, comprit Dominik.

Ce soir, il ne voulait aucun rempart entre eux.

— Détache tes cheveux.

Il vit le pouls s'accélérer à la base du cou gracieux. Les joues roses s'empourprer. Mais elle obéit et détacha ses cheveux, avant d'y passer la main pour les laisser couler en ondes dorées sur ses épaules.

Elle disait ne pas croire aux contes de fées, mais Dominik était certain d'en vivre un. Et il avait beau connaître le prix d'une telle folie, il voulait goûter la princesse aux cheveux d'or, tout entière.

Il voulait cette femme, quitte à y laisser sa peau.

Avec les cheveux ainsi dénoués et tombant librement sur ses épaules, elle était différente. Moins formatée. Moins lisse. Plus accessible. Elle avait même un petit air romantique.

Songeant à ce qu'il lui avait promis, Dominik retint une plainte et la souleva dans ses bras.

Un petit halètement s'échappa des lèvres pleines, mais il l'ignora et s'avança vers la porte en serrant son doux fardeau contre sa poitrine, tandis que Lauren lui refermait les bras autour du cou.

D'un geste si spontané, si... naturel, que cela faillit bien l'anéantir.

Un escalier double, aussi monumental que théâtral, dominait le grand hall d'entrée. Dominik choisit la volée de gauche.

— Les suites réservées aux invités sont de l'autre côté..., commença Lauren en gigotant dans ses bras, avec ce froncement de sourcils qu'il adorait.

— Il y a quelqu'un d'autre dans la maison ?

Il connaissait déjà la réponse. Elle lui avait dit que la maison était vide au moment où ils avaient atterri dans le Yorkshire. Avant de lui donner une foule d'informations sur la propriété, le village, les landes et les montagnes formant l'arrière-pays, comme si elle le croyait intéressé par une visite guidée de la région et un historique de la famille Combe.

— Comme tu le sais, M. Combe est en Australie, et sa sœur, Pia...

Elle s'interrompit et le regarda dans les yeux.

— Ta sœur aussi, donc. Elle séjourne en ce moment à Atilia.

— Sur l'île.

— En fait, il s'agit d'un ensemble d'îles situées en mer Ionienne...

— Je m'en fiche.

Seule comptait la femme qu'il tenait dans ses bras.

— Combien de lits y a-t-il, dans cette maison ?

— Quinze.

— Pas de problème. J'ai l'intention de les essayer tous.

Dominik ouvrit la première porte qu'il trouva sur son chemin et pénétra dans un immense salon donnant sur une chambre. Un lit à baldaquin d'une taille impressionnante trônait au milieu de la pièce, mais Dominik oublia son aversion pour ce genre de meubles, préférant ne songer qu'aux charmantes possibilités qu'ils offraient.

Doucement, il déposa Lauren à côté du lit et sourit en la voyant se raccrocher à son bras pour ne pas perdre l'équilibre.

— Ce sont les chaussures, n'est-ce pas ? Et non une émotion trouble qui te donne le vertige ?

Elle lui lança un regard noir, mais ne dit rien. Se penchant, elle défit la boucle de la fine lanière lui entourant la cheville, puis se débarrassa de la chaussure. Quand elle eut ôté la seconde, elle mesurait une bonne dizaine de centimètres de moins.

Et soudain elle sourit, ses yeux caramel étincelant de beaux reflets mordorés.

— Je ne m'attendais pas à une introduction en douceur. Je croyais que nous passerions tout de suite à... à l'acte.

— Ça, c'est ce que tu aurais eu avec un partenaire rencontré dans le premier pub venu.

Dominik se débarrassa enfin de sa veste de costume qu'il portait depuis le matin, conscient du regard de Lauren qui suivait le mouvement de ses épaules, ses bras...

— Pourquoi ne l'as-tu pas fait ? poursuivit-il en commençant à déboutonner sa chemise, lentement, pour que Lauren ne perde rien du spectacle.

— Pardon ?

— Si tu voulais mettre ta non-sensibilité à l'épreuve, pourquoi ne pas l'avoir fait avec n'importe qui, après avoir bu quelques verres pour te donner du courage ?

— Tu ne vas pas me croire, je sais, mais je n'avais jamais éprouvé la moindre curiosité avant...

Elle s'interrompit en se mordillant la lèvre.

Avant de te rencontrer. Ces mots flottèrent entre eux, aussi clairs que si elle les avait prononcés.

Dominik en resta... interdit. Il se sentit plus humble.

— Ne t'inquiète pas, dit-il d'une voix plus rauque qu'il ne l'aurait voulu. Je t'ai promis que tu pouvais compter sur moi et je n'ai pas l'intention de renier ma promesse.

La chemise blanche tomba sur le tapis.

— Ta robe, princesse. Ôte-la.

Les yeux caramel s'écarquillèrent et, les mains tremblantes, elle saisit la robe par le bas et la fit remonter sur ses cuisses, avant de se tortiller pour la faire glisser plus haut, dévoilant peu à peu son corps à peine vêtu.

Centimètre par centimètre.

Puis elle laissa tomber à son tour la robe qui échoua sur la chemise, et se tint devant lui, en soutien-gorge de dentelle et culotte assortie, d'une nuance de rose pâle à peine plus soutenue que celle de sa peau.

Seigneur, il souffrait comme un damné...

Dominik tendit les mains et les posa enfin sur les longs cheveux doux comme de la soie, descendit sur les bras, jusqu'aux doigts dont l'un portait l'alliance, puis remonta en sens inverse. Il effleura bientôt l'endroit où battait le pouls à un rythme précipité, sentit son membre viril frémir à l'unisson, redescendit pour caresser les seins à travers la dentelle avant de les prendre dans ses mains.

Elle était si douce au toucher, si chaude qu'il réprima un gémissement.

Lentement, Dominik laissa glisser les doigts sur le ventre plat, les hanches faites pour ses mains, les fesses rebondies...

De chaude, Lauren devint brûlante sous ses paumes.

Et lui découvrit avec ravissement que quand elle rougissait, elle s'empourprait jusqu'au nombril.

Le regard soudé au sien, il s'agenouilla devant elle, referma les bras autour de ses hanches rondes et approcha la bouche de son ventre en la sentant frissonner contre lui.

La toucher ne lui suffisait pas. Il voulait la goûter.

Il savoura le petit son choqué qui s'échappa des lèvres de Lauren lorsqu'il laissa descendre sa bouche plus bas, de plus en plus bas. Elle renversa la tête en arrière et s'appuya à l'une des hautes colonnes encadrant le lit, comme si elle avait besoin de soutien, puis enfouit les doigts dans les cheveux de Dominik, mais pas pour le guider. Sans doute parce qu'elle ne savait comment faire. Ou ne le voulait pas. Aussi continua-t-il sa lente exploration à sa façon.

Quand elle baissa les yeux et croisa son regard, il lut dans le sien un désir d'une telle intensité qu'il serra les mâchoires pour dominer le feu qui rugissait en lui.

Levant les bras, il dégrafa le soutien-gorge en dentelle, l'ôta délicatement, dévoilant des seins... parfaits.

Elle était parfaite. Il rapprocha le visage et s'enivra de son parfum de femme, puis se releva et pencha la tête pour aspirer l'un après l'autre les mamelons gonflés et durs.

Le cri qui s'échappa des lèvres de Lauren l'enchanta.

Quand il en eut terminé avec les deux pointes rose framboise, celles-ci se dressèrent fièrement sur les seins à la peau claire. Elle renversa de nouveau la tête en arrière, ses cheveux ruisselant comme un flot d'or sur son dos nu.

Dominik la souleva dans ses bras et l'étendit sur le lit, avant de faire glisser la minuscule culotte sur les hanches délicieusement féminines.

Lauren se mit à haleter, exacerbant le désir qui le consumait sans répit.

Les halètements se transformèrent en petites plaintes follement sexy quand il souleva les longues jambes pour les arrimer sur ses épaules, avant de pencher la tête vers l'endroit d'où s'exhalait sa merveilleuse chaleur de femme.

Lauren le rendait fou. Jamais il n'avait désiré aussi farouchement une femme.

Redressant la tête, Dominik sourit en voyant l'air émerveillé avec lequel elle le contemplait. Il y avait aussi de l'incrédulité, dans les yeux caramel.

— Tu… Mes jambes…, murmura-t-elle.

— C'est pour mieux te dévorer, ma belle.

Puis il posa les lèvres sur le sexe offert, déterminé à lui démontrer que les contes de fées existaient bel et bien.

10

Lorsque Lauren sentit les lèvres de Dominik sur sa chair, là, à l'endroit le plus secret de son corps, elle fut traversée par un courant incandescent d'une intensité inouïe.

Elle se raidit, avant de se mettre à trembler. Mais cela n'arrêta pas Dominik. Son mari.

Il la léchait paresseusement, langoureusement. Il l'explorait avec sa langue, la titillait du bout des dents. Les puissantes épaules lui maintenaient les cuisses écartées tandis que Lauren s'agrippait aux cheveux épais.

Bientôt, une sensation différente naquit en elle, semblable à une flamme dansant allègrement dans tout son corps.

Puis la flamme se transforma en un brasier qui la dévora inexorablement avant de l'emporter dans un tourbillon où Lauren sombra corps et âme.

Dominik écarta la bouche et l'appuya contre l'intérieur de sa cuisse, sourit un instant contre sa peau avant de se redresser de toute sa hauteur en l'entraînant avec lui.

Ils se trouvaient maintenant au centre du lit immense, dans l'une des suites familiales où Lauren n'avait jamais osé pénétrer lors de ses précédentes visites à Combe Manor.

Lorsque Dominik la renversa et s'allongea sur elle, elle s'aperçut qu'il était nu lui aussi. Égarée dans ses propres sensations, elle n'avait même pas remarqué qu'il achevait de se déshabiller.

Elle savoura le poids de Dominik, la sensation de la toison un peu rêche contre ses seins. Le regard gris luisant de reflets argentés, brûlant mais attentif, tandis que Dominik se soulevait et s'appuyait sur les mains pour la contempler. Lauren effleura du bout des doigts les reliefs du torse musclé, les abdominaux parfaits, comme elle désirait le faire depuis l'instant où il lui avait ouvert la porte ce matin-là.

Cette fois, elle allait pouvoir le toucher *partout*, sans réprimer les désirs dont elle avait toujours été inconsciente. Avant de rencontrer Dominik.

— Tu es d'une beauté incroyable, murmura-t-elle.

Il prit sa bouche, presque sauvagement, redoublant l'excitation qui avait pris possession de Lauren. Elle lui referma les mains autour des reins pour l'attirer vers elle. Des sensations insensées tournoyaient autour d'elle et en elle, lui donnant envie de presser son corps contre celui de Dominik, de ne faire plus qu'un avec lui.

Une fois encore, il la devina et la serra farouchement dans ses bras. Lauren sentit le membre viril, chaud et doux, d'une fermeté impressionnante, là, contre son ventre.

Elle trembla de nouveau, de la tête aux pieds, tandis que Dominik l'embrassait et glissait les mains entre leurs deux corps. Puis il se redressa légèrement, elle entendit un bruit de papier déchiré, et il s'installa entre ses jambes.

Ce fut comme si, depuis toujours, elle avait été faite pour ces instants merveilleux. Il la caressa, la cajola, là où son corps le réclamait, tandis qu'elle haletait et creusait les reins pour mieux s'offrir aux savantes caresses. Puis soudain, elle céda à la jouissance en poussant un cri.

Dominik lui souleva les genoux, se rapprocha, jusqu'à ce que son érection effleure le sexe de Lauren.

— Si tu ne sens rien, dis-le-moi, murmura-t-il.

— Si je ne...

Au même instant, elle sentit le membre puissant la pénétrer.

Il s'enfonça davantage. Une douleur aiguë la traversa, aussi intense que brève.

Dominik se retira, avant de donner un coup de reins plus vigoureux. Il recommença, encore et encore. Le plaisir monta en Lauren, presque insoutenable. Trop de sensations déferlaient en elle...

— Souviens-toi, dit-il d'une voix rauque. Tu es insensible. Tu ne ressens pas ce que les autres ressentent. C'est cela que tu vis ? Là, maintenant ?

Impossible de lui répondre. Lauren ne pouvait que s'accrocher aux solides épaules et y enfoncer les ongles tandis que l'ensorcelant va-et-vient se faisait plus rapide, plus sauvage. Plus enivrant.

Jusqu'à ce que, brusquement, il cesse.

Durant quelques instants, Dominik la regarda, appuyé sur les coudes, le regard presque aussi sévère que le pli des lèvres sensuelles. Alors qu'il était complètement enfoui en elle.

L'intensité de ce regard, combinée avec la sensation qui ondoyait dans son corps, avait quelque chose de si absolu, de si profond, que Lauren s'embrasa à nouveau tout entière.

Mais cette fois, ce fut différent. Davantage comme une vague. Ou plutôt une succession de vagues se renouvelant à l'infini, jusqu'à ce que l'une d'elles, plus haute que les autres, l'emporte jusqu'à des sommets éblouissants avant de la laisser retomber sur le rivage.

Lorsque Lauren rouvrit les yeux, Dominik la contemplait les traits tendus, une lueur sauvage au fond du regard.

— Tu me tues, dit-il, les mâchoires crispées.

Elle s'efforça de reprendre son souffle.

— J'ai fait quelque chose qu'il ne fallait pas ?

Un son franchit les lèvres de Dominik, entre soupir et plainte.

— Non, princesse, tu n'as rien fait de mal, dit-il d'une voix torturée.

Mais elle n'eut pas le temps de s'interroger davantage, car il recommença à bouger.

Incapable de respirer, de penser, Lauren n'était plus que sensations. Avidité et passion, plaisir et volupté. Tout son être était concentré sur l'homme qui remuait en elle.

Elle était passée à côté de tant de choses, durant toutes ces années.

Grâce à Dominik, elle redécouvrait l'espoir, l'émerveillement, tandis qu'il continuait son délicieux va-et-vient. À chaque nouveau coup de reins, il lui apprenait quelque chose. Il la rendait humaine, réelle.

Bientôt, il n'y eut plus que du feu entre eux. Des flammes qui dansaient et les dévoraient tous deux, les unissant dans une fusion totale.

Et cette fois, quand Lauren s'envola dans la jouissance, Dominik l'y accompagna.

Il n'aurait jamais dû quitter sa forêt, se répéta Dominik un long moment après leur folle étreinte.

Dehors, le ciel s'était assombri. Et Lauren se trouvait à moitié allongée sur lui, la tête appuyée sur sa poitrine, le souffle régulier et les yeux clos.

Pourquoi n'était-il pas resté en Hongrie, bon sang ? Il aurait dû lui rire au nez quand elle lui avait parlé de ses histoires d'héritage. Et jamais, au grand jamais, il n'aurait dû lui proposer un *vrai* mariage.

Dominik se sentait… anéanti. Et pourtant, il ne pouvait se résoudre à la repousser. Ça aurait été facile. Il lui aurait suffi de rouler sur le flanc, en douceur pour ne pas la réveiller, et de la laisser là. Avant de s'éloigner pour toujours de cette demeure au luxe ostentatoire dont il n'avait que faire.

Mais il avait promis de jouer le rôle que l'on attendait de lui, s'engageant à épouser Lauren et à se soumettre à tout le reste.

Il s'était impliqué délibérément dans cette histoire rocambolesque. Il avait accepté de jouer le rôle que l'on attendait de lui. Mais sans imaginer un seul instant que faire l'amour à Lauren pourrait s'avérer aussi… dévastateur.

Depuis des années, Dominik se croyait immunisé contre tout et aucune étreinte charnelle ne l'avait jamais mis dans un tel état.

Il ne s'était jamais senti aussi à nu, dans tous les sens du terme. Il avait l'impression d'être exposé, comme si tout ce qu'il avait enfoui au plus profond de lui-même se retrouvait à vif. L'orphelin s'efforçant d'être parfait pour attirer des parents potentiels. Le gamin des rues contraint de jouer les durs pour qu'on lui fiche la paix. Le soldat obligé de faire comme s'il approuvait tous les ordres donnés par ses supérieurs.

Cette farce devait cesser. Immédiatement. Il devait se lever et s'éloigner de cette femme. Et s'infliger une longue course punitive qui lui clarifierait les idées. Il avait besoin de se débarrasser des choses étranges qui tourbillonnaient en lui. Parce que Lauren représentait désormais une menace. Elle détenait le pouvoir d'abattre les cloisons érigées en lui au fil des années. Or il ne pouvait se permettre de...

Elle bougea la tête, ses cheveux soyeux lui caressèrent la peau. Aussitôt, une délicieuse chaleur envahit Dominik.

Le murmure qui s'échappa de la bouche pulpeuse le fit tressaillir.

Encore à moitié endormie, Lauren murmurait son prénom.

Comment résister à cela ?

Et quand elle souleva soudain la tête et s'appuya le menton sur la main pour le regarder en battant des paupières, il fut choqué par les mots qui lui vinrent aux lèvres.

— Prête à reprendre l'exercice ?

En outre, il reconnut à peine sa voix, tendre et taquine.

Ses mains se posaient déjà d'elles-mêmes sur les courbes affolantes, comme s'il éprouvait le besoin de s'assurer qu'elles étaient bien réelles. Que Lauren l'était.

— L'exercice ? répéta-t-elle en haussant les sourcils.

Elle réfléchit, d'un air si innocent, si charmant qu'il la contempla avec ravissement. Avant de se traiter de niais.

— Pour certains, cela semble être un sport, en effet, reprit-elle. Pour d'autres, une habitude. Ou encore, une drogue.

— Il y a des amateurs en tout, princesse, mais je ne me suis jamais considéré comme tel.

Il aurait dû s'en aller, mais ses mains caressaient le dos à la peau douce et chaude, descendaient sur les reins, se refermaient sur les adorables rondeurs... De cette femme qu'il connaissait à peine, et qui le dévisageait avec une expression douce et rêveuse qui lui faisait battre le cœur.

Comme si c'était au tour de Lauren de lui enseigner quelque chose.

— Pardonne-moi. Je ne me rendais pas compte que j'avais affaire à une star du sport en chambre, dit-elle, les yeux pétillants de malice.

Dominik eut du mal à ne pas éclater de rire.

— Tu es pardonnée, déclara-t-il. Pour cette fois.

Il devait mettre de la distance entre eux. Maintenant. Il n'était pas fait pour la complicité, les rapports humains en général.

Mais cette femme impossible le regardait comme s'il était la huitième merveille du monde. Dominik contempla les pommettes rose vif et ne put résister au désir de les effleurer du revers de la main, l'une après l'autre.

— C'est toujours notre nuit de noces, fit-elle remarquer.

— En effet.

— Je ne sais pas comment ça marche. Si tu peux... Physiquement, je veux dire. Mais je me demandais...

Une lueur coquine dansa dans les yeux caramel.

— C'est fini, la leçon ?

Dominik avait beau s'être transformé en ermite, en monstre solitaire, il n'en était pas moins homme. Et le désir qui le consumait depuis l'instant où la belle étrangère avait émergé des bois, la faim qu'elle avait fait naître en lui, ne paraissait pas près d'être assouvie.

Ils ne le seraient peut-être jamais.

Une telle pensée aurait dû le scandaliser. Le faire fuir. Mais au lieu de s'éloigner de Lauren, Dominik la souleva dans ses bras et l'installa à califourchon sur lui.

Elle baissa les yeux sur son érection, battit des cils, puis sourit.

— Je peux ? demanda-t-elle, les joues en feu.

— Je t'en prie, répondit-il en refermant les mains sur les hanches rondes. Je suis prêt à te démontrer d'une autre façon que tu ne sens rien, que tu es complètement fermée à ce genre de sensations.

Sans dire un mot, elle prit son érection à deux mains et la guida en elle.

Comme si elle était faite pour cela. Pour lui.

— Oui, totalement fermée, murmura-t-elle en se soulevant légèrement au-dessus de lui.

Puis elle se laissa couler sur son membre et sourit à nouveau.

— Je suis certaine que je ne ressentirai absolument rien. Comme tout à l'heure.

Vaincu, Dominik cessa de se maudire et s'abandonna totalement à l'instant présent. À la femme qui le chevauchait hardiment, la tête renversée en arrière, ses longs cheveux ondulant comme un voile doré.

La vision était si belle, si troublante, qu'il fut saisi d'émerveillement et la contempla un instant en retenant son souffle.

11

Les jours suivants, la situation ne s'améliora pas. Au contraire.

Dominik devait mettre un terme à cette folie. Il n'y avait pas à tergiverser. Le besoin de fuir l'épouvantable gâchis qu'il avait lui-même créé l'obsédait. Il lui fallait quitter cette fichue Angleterre et partir le plus loin possible de la femme qu'il n'aurait jamais dû épouser. Cette pensée le cueillait au réveil, pour le hanter toute la journée. La nuit, elle s'insinuait même dans ses rêves.

Mais les jours se succédaient, et Dominik ne s'en allait nulle part. Il n'essayait même pas. Comme s'il était victime d'un sort contre lequel il se sentait complètement impuissant.

Il initiait Lauren aux plaisirs de la chair, tandis qu'elle lui apprenait les bonnes manières.

— Je sais me servir de couverts, princesse, lui dit-il un matin avec humeur, au retour d'une course punitive.

Après avoir pris une douche et s'être changé, il était descendu au rez-de-chaussée pour se retrouver face à un nombre incroyable de couverts en argent alignés de part et d'autre de chaque assiette, et d'une quantité aussi absurde de verres, ainsi qu'une profusion d'assiettes supplémentaires.

Assise sur une chaise, Lauren le regardait d'un air sérieux qui donna envie à Dominik de la prendre, là et maintenant.

— Nous ne nous attarderons pas sur leur maniement que tu maîtrises parfaitement, j'en suis sûre, commença-t-elle en le dévisageant de la tête aux pieds.

Lui donnant l'impression de redevenir l'orphelin jamais à la hauteur des attentes des religieuses. Il serra les mâchoires.

Ce n'était pas le moment de repenser au passé. Le présent était suffisamment compliqué comme cela.

— Nous nous concentrerons sur le comportement approprié à un dîner formel. Autrement dit, le protocole.

— Je pourrais aussi bien me cuisiner quelque chose, manger avec les doigts si j'en ai envie et continuer à vivre comme avant, sans que personne s'intéresse à mon comportement. Rien de tout cela n'a d'importance.

Au lieu de protester, elle le dévisagea de nouveau en silence. Mais avec davantage de douceur et de chaleur dans le regard.

— Cela dépend de tes objectifs, je suppose, dit-elle avec calme. Le sort du monde n'est pas en jeu, naturellement. Personne n'écrira un manuel sur ta façon de te tenir lors d'un dîner officiel. Mais ce qu'il y a d'intéressant, avec les bonnes manières, c'est qu'elles servent souvent à dissimuler des manques.

— Et quels sont les miens, exactement ? Sois plus explicite, s'il te plaît.

— Je parle de moi, Dominik. Pas de toi.

Quand elle sourit, le monde s'arrêta de tourner. Dominik y vit un avertissement. Le signe qu'il devait s'en aller sur-le-champ, avant qu'il ne soit trop tard. Au lieu de cela, il s'assit en face de Lauren, comme s'il était vraiment victime d'un sortilège.

— À mes neuf ans, mes parents étaient divorcés depuis deux années et ils s'étaient tous les deux remariés, chacun de leur côté. Ma belle-mère attendait un enfant. Je l'ignorais, à l'époque, mais ma mère était enceinte elle aussi. Je pensais encore qu'ils auraient dû s'occuper davantage de moi, s'intéresser à leur fille aînée. Alors un jour, j'ai décidé de fuguer, pour les forcer à s'inquiéter à mon sujet, et se comporter ensuite en vrais parents.

Elle sourit, mais il n'y avait rien de gai dans ce sourire.

— J'ai pris tous les bus possibles, jusque tard dans la soirée, poursuivit-elle. Et ils sont arrivés ensemble, juste comme je l'avais espéré, mais seulement pour se reprocher mutuellement d'avoir fait de moi une gamine infernale. Moins d'une heure plus tard, ils s'étaient mis d'accord pour se débarrasser de moi et m'envoyer en pension tout l'été.

— Je comprends que ton père et ta mère n'aient pas été des

parents modèles, mais je te conseillerais de ne pas trop te plaindre, même s'ils n'ont pas été présents, devant quelqu'un qui n'en a pas eu *du tout*.

— Je ne me plains pas, répliqua Lauren, toujours avec calme. Ils sont comme ils sont. Je te raconte comment je me suis retrouvée dans un établissement très chic en guise de vacances d'été. Un pensionnat rempli d'enfants dont personne ne voulait.

— Mais qui ne manquaient de rien. Je peux t'assurer qu'aucun orphelinat n'est *chic*.

— Oui, c'est vrai. Mais il aurait été difficile de dire à une petite fille de neuf ans, qui savait qu'elle se trouvait là parce que ses parents ne voulaient pas d'elle, qu'elle ne manquait de rien. Je ne me sentais vraiment pas *privilégiée*, je t'assure. La seule chose que je ressentais, c'était de la peur.

Dominik soutint son regard en se disant qu'il n'éprouvait aucune compassion. Parce que ça aurait dû être le cas. Il lui avait démontré que les sensations étaient réelles et qu'elle pouvait les ressentir, mais il n'en voulait pas pour lui-même. Ni de sensations ni d'émotions.

Il ne voulait pas non plus de cette chose qui frémissait dans sa poitrine et contre laquelle il se sentait impuissant.

— Au pensionnat, on nous a appris les bonnes manières, poursuivit Lauren. Nous avons eu droit à des cours de maintien, de comportement, de danse. Tout cela me paraissait aussi stupide que cela te le paraît maintenant, mais je vais te dire une chose, Dominik. Après cet été-là, j'ai passé plus d'une soirée à me sentir déplacée. Différente de tous les autres de mon âge, à l'université, par exemple, où j'étais entourée de garçons et de filles obsédés par leurs intrigues amoureuses. Maintenant, je suis souvent amenée à participer à des soirées formelles où je suis censée être l'ambassadrice de Combe Industries, et à ce titre, représenter l'entreprise avec charme et élégance, et en même temps me fondre dans le décor. Et comment crois-tu que j'y parviens ? En gardant toujours à l'esprit que, quoi qu'il arrive, je sais me tenir en société, dans n'importe quelle situation. Certaines personnes s'angoissent pour des histoires de fourchettes, d'assiettes, alors que je suis assise tranquillement devant les miennes, à écouter des conversations que je ne devrais pas entendre, prête et apte à jouer mon rôle, à faire mon travail.

— Je ne vois pas ce qui pourrait t'empêcher de le faire, ton précieux travail.

— J'aime ce que je fais.

— Vraiment ? Ou ce que tu aimes, n'est-ce pas plutôt de t'imaginer que ton M. Combe ne pourrait pas se débrouiller un seul jour sans toi ?

Elle le foudroya du regard, mais Dominik se contenta de hausser les épaules.

— Nous sommes tous des êtres obscurs, Lauren. Considère l'histoire du point de vue du loup, la prochaine fois. Le Petit Chaperon rouge ne s'en sort pas très bien, à la fin...

Au lieu de répliquer, elle baissa les yeux sur les couverts en argent.

— Nous commencerons par les plus éloignés, et ce faisant, nous ferons le tour des sujets appropriés à un dîner formel, ce qui exclut toute allusion obsessionnelle à des contes de fées.

Dominik ne put se résoudre à lui dire qu'il savait parfaitement comment se comporter lors de ce genre de dîner.

De même qu'il s'interdit de lui parler de ces choses confuses qui se bousculaient en lui à la pensée de la petite fille terrifiée de neuf ans, abandonnée par ses parents et contrainte de se servir des bonnes manières pour se protéger.

Plutôt que de se laisser à de telles confidences, il se leva, se dirigea vers elle, la souleva dans ses bras et s'assit sur la chaise. Là, il l'installa sur ses genoux, avant d'entreprendre l'un de ses propres cours initiatiques qui les ravissaient tous les deux.

Il décida de partir le lendemain, mais il y eut le cours de danse, ce qui l'amena à prendre Lauren dans ses bras et à l'emmener à l'étage, pour lui apprendre à quoi pouvaient servir les colonnes encadrant le lit immense.

Il repoussa son départ au surlendemain, mais elle apporta tout un stock de vidéos pour lui faire découvrir les propriétés des San Giacomo. L'occasion pour lui de la renverser sur le canapé et de l'amener à d'autres voyages bien plus voluptueux.

Chaque jour, il y eut quelque chose. Des exposés sur tel ou tel sujet. Des cours en tout genre. Des rendez-vous chez un tailleur obséquieux, que Dominik détesta cordialement jusqu'au moment où ils revinrent au manoir avec des costumes somptueux dans lesquels il ressemblait à l'aristocrate qu'il n'était pas.

Il aurait dû haïr tout cela, mais ne pouvait s'y résoudre lorsque Lauren le contemplait comme s'il était un dieu fait homme.

Les jours passaient. Partir devenait une nécessité absolue, mais après avoir passé son enfance à s'inventer des histoires où tout tournait autour de sa famille imaginaire, il n'avait pas le courage de quitter la première personne capable de lui raconter d'autres histoires. Et des histoires vraies, cette fois-ci.

Parce que Lauren passait une bonne part de la journée à lui raconter l'histoire des San Giacomo, de façon à ce qu'il sache *tout* ce qu'il y avait à savoir sur eux.

À un moment donné, elle entreprit de lui expliquer comment, âgée de seize ans à peine, une jeune héritière avait été contrainte d'abandonner son enfant illégitime, qu'elle le veuille ou non.

Ce fut la partie le plus dure à comprendre, sans doute parce que Dominik souhaitait ardemment y croire.

— Tu dois l'avoir connue, dit-il d'un ton neutre.

La pluie d'été battait les vitres des fenêtres de la bibliothèque où ils s'étaient installés. Lauren était assise sur le sofa, entourée d'albums photos et de classeurs contenant des articles sur la famille San Giacomo. Toutes ces histoires lui appartenaient désormais, lui répétait-elle de temps à autre. Sans que Dominik parvienne à le croire.

— Alexandrina, ma mère, précisa-t-il quand elle le regarda en fronçant les sourcils. Tu dois l'avoir connue, non ?

Ma mère. Ces mots étaient si étranges dans sa bouche. Ils avaient un goût doux amer. Ils étaient irréels. *Ma mère* évoquait le rêve avec lequel il s'était torturé enfant. Pas une vraie personne. Un être humain, de chair et d'os.

Cela n'avait jamais traversé Dominik que sa colère puisse représenter un cadeau. Une force qui lui avait permis de se construire. Privé d'elle, il ne lui restait plus qu'à rechercher en lui de la compassion pour cette femme, et pour lui-même. Dans quel but ? Pour quoi faire ?

— Oui, je l'ai connue, répondit Lauren. Un peu.

— Était-elle… ?

Il ne savait pas quoi demander. Sans compter qu'il n'était pas certain de vouloir de réponses.

— Je suis mauvais juge en la matière, dit-elle en choisissant manifestement ses mots.

Le croyait-elle fragile à ce point ?

— Je travaillais pour son fils, alors nous n'avons eu que des échanges brefs et polis les quelques fois où nous nous sommes croisées. Je n'en ai gardé aucune impression particulière.

— C'est mieux que pas d'impression du tout, ce qui est mon cas.

Elle acquiesça d'un hochement de tête.

— Elle était très belle.

— Cela ne me renseigne pas beaucoup sur son caractère.

— Elle pouvait se montrer impatiente. Et drôle.

Lauren réfléchit un instant avant d'ajouter :

— Et je pense qu'elle était très consciente de sa position.

— Tu veux dire qu'elle était une horrible snob.

— Non, je ne crois pas. Pas comme tu l'entends, du moins. Je ne l'ai jamais vue se comporter de façon arrogante avec quiconque. Mais elle avait certains idéaux qu'elle pensait avoir atteints.

Un sourire arrondit la belle bouche pulpeuse.

— Si elle avait été un homme, les gens auraient dit qu'elle avait des idées bien arrêtées.

— J'ai lu des choses sur elle.

En effet. Il avait lu une foule d'articles parlant de son *style* incomparable, inimitable.

— Elle m'a paru entièrement définie par ses histoires d'amour et les scandales dont elle était l'objet.

— Mon impression était plutôt qu'elle eût appris à être belle et à se servir de sa beauté pour être à la hauteur des attentes des deux grandes familles dont elle faisait partie. Mais je ne pense pas qu'elle ait jamais songé à être heureuse.

— L'aurait-elle pu ? demanda Dominik d'un ton sardonique. Je ne me rendais pas compte que c'était une possibilité.

— Cela devrait toujours en être une, déclara Lauren avec une assurance tranquille qui le troubla malgré lui. N'est-ce pas le but ?

— Le but de quoi, au juste ?

— De tout, Dominik.

— On dirait une pub, répliqua-t-il au bout de quelques instants. Le bonheur n'est pas un dû, princesse. Et peu ont la chance de le trouver, d'après ce que j'ai pu constater.

Sans s'en rendre compte, il s'était éloigné de la fenêtre et se tenait maintenant devant le sofa où était installée Lauren.

Elle le regarda tranquillement.

— Si nous anticipions le processus, nous en trouverions peut-être un peu en cours de route, du bonheur.

Sa voix douce coulait en lui. Et ce n'était pas bon. Parce que contre ce genre de douceur il n'avait aucune défense.

— Pourquoi ne pas essayer ? ajouta-t-elle.

— Je ne me doutais pas que notre petit mariage de convenance tournerait à la psychothérapie de groupe, répliqua-t-il lentement.

Voyant qu'elle ne réagissait pas, il continua :

— Le prétendu bonheur est le dernier refuge des imbéciles. Et de ceux qui ne savent pas de quoi ils parlent, ce qui revient sans doute au même. Au fur et à mesure que tu avanceras dans la vie, tu te rendras compte qu'en réalité les choses sont un peu plus compliquées que ce genre de platitudes.

Lauren haussa les épaules.

— Je ne crois pas.

Ce fut la manière dont elle prononça ces quatre petits mots qui donna à Dominik l'impression qu'ils lui transperçaient la poitrine. Elle ne redressait pas le menton d'un air de défi. Ne le foudroyait pas du regard avec colère. La douceur de sa voix avait plus d'impact sur lui qu'une démonstration de force.

— Tu ne penses pas que le monde est un endroit horrible, aussi compliqué qu'impitoyable, peuplé d'individus égoïstes ne songeant qu'au profit ou à leur bien-être ? Délaissant leurs enfants ou les abandonnant dès la naissance ?

— Le fait qu'il existe des êtres malfaisants et des gens intéressés signifie seulement que lorsque nous trouvons un peu de bonheur nous devrions nous y accrocher autant que nous pouvons.

— Laisse-moi deviner. Tu penses qu'après tout ce temps je devrais me montrer plus reconnaissant envers la femme qui savait manifestement depuis toujours où j'étais, et qui a indiqué à d'autres où l'on pouvait me retrouver – mais seulement après sa mort, afin qu'ils puissent me raconter la triste histoire selon laquelle elle avait été contrainte de m'abandonner contre son gré. Tu voudrais que j'en conclue que, puisque j'ai fini par échouer ici, je ne devrais pas m'appesantir sur ce que j'ai perdu entre-temps ? Excuse-moi, mais je ne partage pas ton avis et ne vois vraiment pas cela comme un cadeau.

— Le monde ne s'arrêtera pas de tourner si tu t'autorises à insuffler un peu d'optimisme dans ta vie, répliqua-t-elle.

Avec cette même assurance tranquille qui continuait de le troubler sans qu'il puisse s'expliquer pourquoi.

— Et qui sait ? Tu pourrais même te laisser aller à espérer quelque chose. N'importe quoi.

Le regard de Lauren demeurait soudé au sien, calme et déterminé.

— L'espoir, ça nécessite de la force, Dominik. Le bonheur, ça se travaille. Et je choisis de croire que cela en vaut la peine.

— Que sais-tu de l'espoir et du bonheur ? riposta-t-il. Toi qui t'es coupée des autres, convaincue que tu n'avais pas de besoins humains ?

— Je les ai découverts grâce à toi.

Ces quelques mots, pourtant tout simples, le terrassèrent.

— Grâce à moi, répéta-t-il en secouant la tête comme s'il ne comprenait pas ce qu'elle voulait dire. Si je t'ai apporté du bonheur, princesse, je crains que tu ne te sois fourvoyée dans une forêt sombre et profonde dont tu ne ressortiras plus jamais.

Quand elle se leva, Dominik eut envie de l'arrêter, de l'empêcher de prononcer des paroles encore plus terribles.

Il la dévisagea, de la tête aux pieds, et se rendit compte que depuis leur arrivée quelques semaines plus tôt il ne l'avait pas vraiment regardée. Pas quand elle était habillée. Lauren ne portait plus ses tenues chics et soignées, professionnelles. Depuis combien de temps ? Il n'aurait su le dire. Ce jour-là, elle était vêtue d'un pantalon en jersey souple et doux au toucher, avec un haut dénudant une épaule, sous lequel Dominik pouvait aisément glisser les mains pour caresser les seins ronds et tendres.

Ce changement était révélateur en soi, mais il refusa de l'admettre.

En revanche, impossible d'ignorer la façon dont les cheveux

blonds ruisselaient désormais librement sur ses épaules, en un tumulte ravissant mettant en valeur ses traits délicats.

Il avait forcément dû le remarquer, pourtant, puisqu'il pouvait y passer les doigts sans devoir d'abord ôter l'élastique retenant la chevelure soyeuse en queue-de-cheval disciplinée – qu'il avait vue comme faisant partie de l'armure de Lauren.

N'avait-il pas fait attention à ces changements ? Ou avait-il préféré ne pas les voir...

— Oui, insista-t-elle. Grâce à toi, Dominik. Tu me rends heureuse et me redonnes espoir. Si cela te déplaît, j'en suis désolée.

Elle continuait de le regarder dans les yeux. Qu'est-ce qui le stupéfiait le plus ? Qu'elle persiste à dire ces choses effroyables, impossibles ? Ou qu'elle affiche une telle sérénité en les affirmant ?

Dominik aurait voulu lui ordonner de se taire, mais il était comme pétrifié.

— Je croyais me connaître, poursuivit-elle. Mais je me trompais. Je croyais savoir de quoi j'avais besoin, alors que je n'en avais pas la moindre idée. Je t'ai demandé de m'initier aux choses du sexe, et tu l'as fait, mais tu m'as appris bien davantage. Tu m'as tout appris.

S'interrompant, elle sourit, d'un sourire nouveau qui fit mal à Dominik.

— Grâce à toi, je suis devenue entière. Et je ne savais même pas que je ne l'étais pas.

Ses paroles l'atteignirent en pleine poitrine. Il les ressentit comme une trahison.

— Je n'ai rien fait du tout, parvint-il à répliquer. Le sexe, ce n'est pas du bonheur, ni de l'espoir. Et ce n'est certes pas un moyen de se découvrir soi-même, Lauren. Encore moins de s'accomplir.

— Et pourtant, c'est ce qui m'est arrivé, dit-elle, avec ce sourire insupportable. Si l'on suit les petits cailloux blancs assez longtemps, quitte à traverser une forêt menaçante où vivent des loups, qui sait ce qu'on trouvera au bout du chemin...

— Je sais exactement ce que l'on trouve à l'arrivée. Rien. Il n'y a pas de sorcière dans une maison en pain d'épice. Ni de Grand Méchant Loup. Ou d'ogre. Tu as été envoyée à ma recherche par un homme qui ne faisait qu'accomplir son devoir, c'est tout. Et je t'ai suivie parce que...

— Pourquoi, au juste ? Tu n'étais pas non plus obligé de m'inviter à entrer dans ton refuge. Mais tu l'as fait.

— Je n'en sais rien, et il me faudra sans doute un bon bout de temps avant de le comprendre, répliqua-t-il en fendant l'air d'un geste brusque. Mais l'aventure est terminée, Lauren. Tu as eu ton initiation, le voyage a été très agréable pour moi aussi, et basta.

— C'est terminé parce que j'y prends trop de plaisir ? s'exclama-t-elle en riant. Ne me dis pas que c'était la première fois que tu vivais ce genre d'aventure, Dominik. Tu connaissais forcément les risques. Si tu éveilles quelqu'un à la volupté, il y a de fortes probabilités pour que ce quelqu'un savoure ce voyage de découverte. N'était-ce pas ce que tu souhaitais ? Que je tombe folle amoureuse de toi ? Tu ne crois pas à ce bon vieux cliché de la vierge qui s'amourache de son premier amant ?

Dominik recula, comme s'il craignait d'être contaminé par le poison contenu dans les paroles de Lauren.

Alors qu'il était peut-être trop tard pour se protéger d'elle.

— Il n'y a aucun risque que quiconque tombe amoureux de moi, déclara-t-il sèchement.

— C'est faux. Et tu le sais.

Elle le contemplait d'un air presque déçu.

— Je pensais que c'était pour cela que tu étais resté aussi longtemps, ajouta-t-elle.

— Je suis resté à cause de notre contrat.

— Il se résumait à une nuit de noces, Dominik. Et peut-être à une prolongation d'un jour ou deux. Or cela fera bientôt deux mois que nous sommes ici.

— Peu importe la durée de notre séjour dans ce manoir ridicule. Et peu importe la cause de cette prolongation imprévue. Je suis heureux que tu aies découvert ta féminité et ta sensualité, Lauren.

Mensonge. Il était tout sauf *heureux*.

— Mais je ne partage pas ton point de vue sur le bonheur. Et je ne changerai pas.

— Tu mens, répliqua-t-elle tranquillement.

Ce fut une nouvelle trahison. Elle le regardait comme si elle le connaissait mieux qu'il ne se connaissait lui-même, et c'était intolérable. Personne ne l'avait jamais vraiment *connu*. Dominik n'avait jamais souhaité l'être.

Au moment où il allait réagir, sans savoir encore comment mettre un terme à cette discussion absurde, la double porte de la bibliothèque s'ouvrit sur une employée de Combe Manor aussi efficace que discrète, voire invisible – comme tous les quelques membres du personnel présents.

— Je regrette de vous déranger, commença-t-elle en les regardant tour à tour. Mais un incident regrettable s'est produit.

Elle tourna les yeux vers la fenêtre donnant sur l'allée principale.

— Il y a des journalistes. Partout. Armés d'appareils photo, de caméras et de micros.

L'employée adressa un regard d'excuse à Dominik.

— C'est vous qu'ils réclament, monsieur. Ils crient votre nom.

12

Finalement, Lauren fut obligée d'appeler la police pour faire évacuer les paparazzis de la propriété.

Mais leur départ ne changeait rien au fait que les médias étaient au courant pour le testament, comme cela devait arriver tôt ou tard. Désormais, Dominik était identifié comme le fils illégitime d'Alexandrina. Son mariage avec l'assistante personnelle de son demi-frère faisait déjà la une de tous les journaux et le buzz sur les réseaux sociaux.

Lauren découvrit bientôt qu'elle n'était qu'une vulgaire aventurière intéressée. On racontait même que son patron l'avait envoyée mettre le grappin sur Dominik, dans le but de l'épouser ensuite en usant d'un prétexte et... de faire de lui une marionnette asservie à Matteo.

C'était vrai et faux à la fois, et elle aurait pu trouver comiques ces histoires plus farfelues l'une que l'autre, si la réaction de Dominik n'avait pas été de fuir.

Dès l'instant où l'employée était venue leur annoncer la présence des journalistes, il s'était volatilisé, remplacé par un étranger.

Un étranger au visage fermé qui la regardait avec une froideur glaciale mêlée de dégoût. De la même façon qu'il contemplait les paparazzis hurlant son nom sous les fenêtres. Il ne l'appelait plus ni *ma belle* ni *princesse*, naturellement. De toute manière, il lui adressait à peine la parole.

Le mobile de Lauren sonnait sans cesse, mais elle ne répondait pas. Ni aux inconnus qui devaient être des journalistes. Ni à Pia, qui avait sans doute appris qu'elle avait un demi-frère. Lauren se sentait d'ailleurs coupable de ne pas avoir insisté auprès de Matteo pour qu'il l'annonce à sa sœur plus tôt. Elle ne répondit pas non plus aux divers membres du conseil d'administration de Combe Industries, qu'elle fut ravie de renvoyer directement à sa boîte vocale.

— Cette fois, c'est M. Combe, dit-elle en soulevant son portable. Enfin.

— Et tu vas bien sûr lui répondre, répliqua Dominik, debout devant une fenêtre, le regard perdu au loin. Comme à chaque fois qu'il te siffle.

Elle préféra ne pas protester et ignorer le mépris avec lequel il lui avait lancé ce qui ressemblait fort à une insulte. Après avoir fait rapidement le point avec Matteo, Lauren remit son portable dans sa poche et dit d'un ton brusque :

— Nous avions toujours su que ce moment viendrait. C'est même surprenant que cela ne se soit pas produit plus tôt.

— Nous avons mis beaucoup de zèle à jouer notre petite comédie, répliqua-t-il d'une voix dure. Maintenant que les représentations sont terminées, il ne nous reste plus qu'à plier bagage.

— Où aimerais-tu aller en premier ? demanda-t-elle en augmentant le volume de la télévision allumée peu avant le coup de fil de Matteo. Il faudrait prévoir un événement mondain pour te présenter à...

— Non.

— Comment cela, *non* ? Tu ne veux pas être présenté à la bonne société, ou tu ne veux pas...

— Tu as interprété ton rôle à la perfection, Lauren.

À entendre le dédain contenu dans sa voix, il ne s'agissait pas d'un compliment.

— Ton M. Combe sera très fier de toi, j'en suis sûr. Tu as été ma geôlière, ma baby-sitter, et tu m'as protégé des rapaces pendant quasiment deux mois, ce qui est un record, en effet. Je te félicite. Encore un peu, j'aurais oublié la cause de ton empressement à remplir la mission que ton cher M. Combe t'avait confiée.

Alors qu'il ne s'était même pas retourné pour lui adresser ce petit discours faussement élogieux, Lauren eut l'impression qu'il l'avait frappée physiquement.

— Je pensais les voir arriver plus tôt, dit-elle, refusant de réagir à la provocation. Mon rôle consistait à te policer un peu et à te faire un briefing sur l'histoire des San Giacomo et des Combe, Dominik. C'est tout. J'avais trouvé un ermite vivant au fond des bois, et j'étais chargée de le transformer en un San Giacomo.

— Et maintenant, je suis aussi minable que n'importe lequel d'entre eux. Tu as fait du bon travail, pour un salaire bien mérité.

Lauren avait beaucoup de mal à garder son calme. Parce qu'elle en savait trop sur Dominik, à présent. Et parce qu'il avait beau se comporter en étranger, elle le désirait tout autant. Ce matin-là, il l'avait réveillée en la pénétrant d'un vigoureux coup de reins dont le simple souvenir la faisait encore frémir de plaisir.

Aussi ne savait-elle comment se comporter maintenant. Comment accepter la distance qu'il mettait délibérément entre eux. La colère vibrant dans les beaux yeux gris. Les sous-entendus méchants perceptibles dans la moindre de ses phrases, les regards glacials et haineux qu'il lui lançait, comme si elle avait toujours été son ennemie.

Sans doute était-ce le prix à payer pour avoir goûté au bonheur. Pour avoir osé imaginer qu'elle y avait droit.

La redescente sur terre n'en était que plus douloureuse. Il suffisait à Lauren de contempler cet étranger froid et distant pour se sentir brisée.

Comment avait-elle pu se croire insensible à toute émotion ?

— Je sais que tu ressens cela comme une attaque personnelle, commença-t-elle prudemment. Mais il s'agit de l'image des familles San Giacomo et Combe. De la façon dont Matteo et sa sœur ont été dépeints dans les médias après les obsèques de leur père. Il n'était pas question que tu te retrouves impliqué à ton tour dans ces ragots.

— Et pourtant, c'est ce qui se passe.

— Dominik, je t'en supplie. Il ne s'agit que de contrôler la situation, de limiter les dégâts. C'est la seule raison pour laquelle M. Combe n'a pas révélé ton existence dès l'instant où il en a eu connaissance.

Quand il se retourna d'un mouvement brusque et plongea son regard dans le sien, Lauren eut de nouveau la sensation de recevoir un coup. Les larmes lui montèrent aux yeux, mais elle les refoula, sachant que ce genre de faiblesse ne ferait qu'empirer la situation.

— Tu ne peux pas limiter les dégâts, Lauren. Tu devrais bien le savoir, non ? Tu ne peux que faire de ton mieux pour y survivre.

Alors qu'elle allait répliquer, le présentateur du journal télévisé commença à parler de *la vraie identité de Dominik James*.

« Nous venons d'apprendre que Dominik James n'était pas seulement l'héritier de deux des plus grandes familles européennes. D'après nos sources, il est par ailleurs un self-made-man devenu milliardaire après avoir créé une entreprise de sécurité informatique et l'avoir vendue plus tard pour une petite fortune. Dominik avait parmi ses clients des célébrités aussi bien que des chefs d'État et un certain nombre de gouvernements, qui tous le tenaient en très haute estime. »

Des photos de Dominik apparurent sur l'écran, en costumes trois-pièces, les cheveux coupés très court, en train de serrer la main d'acteurs célèbres, de chefs d'État…

— Eh bien…, fit Dominik lorsque le journal fut interrompu par une publicité stupide. Que dis-tu de l'homme des bois métamorphosé en homme du monde d'un coup de baguette magique, Lauren ? Tu dois être contente d'apprendre que je ne suis pas l'ermite aux mœurs de sauvage que tu croyais, non ?

Depuis le jour où elle s'était retrouvée dans un grand bâtiment de pierre à l'allure inhospitalière, entourée d'inconnus, et avait passé la nuit à sangloter dans son oreiller, Lauren s'était fermée à toute émotion.

Mais avec Dominik, elle avait oublié que des émotions dévastatrices pouvaient vous tomber dessus tout à coup et vous terrasser. Vous étouffer sans pour autant vous tuer.

— Tu n'avais pas besoin de moi, dit-elle d'une voix blanche.

Tout se disloquait en elle, se brisait, criait. Cette fois, elle n'était pas certaine de survivre à cette nouvelle épreuve, encore plus cruelle que les autres.

— Non, confirma-t-il, une lueur terrible au fond des yeux.

Une lueur révélant un vide, un désespoir abyssal qui donna

envie à Lauren de se précipiter vers Dominik pour le prendre dans ses bras. De le rassurer. Mais il y avait quelque chose de si froid, de si implacable dans sa voix, qu'elle ne bougea pas.

— Je n'ai jamais eu besoin de toi, Lauren.

— C'était un jeu, acquiesça-t-elle. Un divertissement. Je peux comprendre que tu aies désiré en savoir davantage sur ta famille. Mais tu t'es amusé à mes dépens.

— La vie est un jeu de massacre, Lauren, dit-il de cette horrible voix glaciale. Sans espoir. Le bonheur, c'est bon pour les imbéciles qui se racontent des histoires afin de pouvoir supporter la dure réalité. L'opium du peuple. La vérité, c'est que les gens te mentent, te déçoivent, te trahissent. Ils t'abandonnent dès que possible, ou se servent de toi pour arriver à leurs fins. Je n'ai jamais eu besoin d'être *policé*. Mais merci quand même pour tes leçons de savoir-vivre. Quant à toi, tu me remercieras plus tard de t'avoir ouvert les yeux et débarrassée de tes dangereuses illusions.

Son portable sonnant dans sa poche, Lauren le sortit et vit à nouveau le nom de Matteo s'afficher sur l'écran.

Pour la première fois de sa vie, elle n'eut pas envie de prendre l'appel. Elle aurait voulu balancer l'appareil à travers la pièce et le regarder s'écraser contre le mur. Ou le lancer à la tête de Dominik, pour voir si ce mur-là pouvait être ébranlé, d'une façon ou d'une autre.

Elle contempla son portable, se permit quelques pensées assez violentes, et quand elle leva les yeux, Dominik avait disparu.

Durant un long moment, elle resta immobile dans la bibliothèque de Combe Manor, assise sur le sofa, devant la télévision qui répétait mensonge après mensonge *la vraie personnalité de Lauren Clarke*, jusqu'à ce qu'elle soit tentée elle-même de croire à ces salades.

Son portable sonna, sonna, et elle le laissa sonner dans sa poche.

Dehors, le crépuscule tombait. Bientôt, la nuit s'étendit sur les jardins de Combe Manoir, et Lauren resta là, sur son sofa.

Elle se sentait complètement vide. Et en même temps, submergée par toutes les émotions réprimées depuis si longtemps.

Pour la première fois depuis une éternité, elle ne savait que faire. Comment s'organiser face à ce désastre. À supposer qu'elle le veuille.

Une seule chose était claire dans son esprit. Même après la façon dont Dominik l'avait regardée, les choses horribles qu'il lui avait assénées, il était le seul vers qui elle désirait aller. Ses bras lui manquaient. Sa chaleur. Sa force.

Mais elle devrait se passer de lui. Parce qu'il était vraiment parti.

Elle découvrit bientôt qu'il avait emporté toutes ses affaires, à tel point qu'il ne restait pas la moindre trace de son passage.

Il avait dû s'éclipser pendant que, pétrifiée sur le sofa de la bibliothèque, elle s'efforçait de ne pas s'effondrer complètement.

Inutile de se lancer à sa poursuite. Il ne reviendrait pas.

Lauren était tombée éperdument amoureuse de cet homme merveilleux, tandis que lui s'était *amusé* avec elle. Dès le début.

Et elle devrait désormais apprendre à vivre avec ce douloureux constat. En plus du reste.

Lauren retourna à son ancienne vie. La vraie, celle dans laquelle il n'y avait pas d'êtres mystérieux vivant en ermite dans une cabane perdue fond des bois, tout en étant par ailleurs des hommes du monde ayant frayé avec toutes sortes de célébrités.

La vie qu'elle s'était construite toute seule, sans l'aide de personne, et que, encore quelques mois plus tôt, elle avait aimée.

Et qu'elle aimait toujours, se répéta Lauren en s'emparant de son sac avant de partir travailler.

— Tu sais, quand on commence à se parler à soi-même..., dit tranquillement Mary en versant les dernières gouttes de lait dans son thé... Ça veut dire que le stress a gagné.

Lauren la regarda, puis la cruche en verre transparent.

— Ce n'est pas ton portable qui sonne ?

Aussitôt, Mary bondit de sa chaise et se précipita dans sa chambre.

Stressée ? Pas du tout, songea Lauren en refermant la porte de l'appartement derrière elle. Tout allait bien, merci.

Elle était même heureuse, maintenant qu'elle avait découvert le grand secret. Elle savait enfin, dans sa chair, ce que ressentaient les autres. Elle comprenait pourquoi ils faisaient autant de raffut à propos du sexe. Et elle était libre de sortir avec un homme si elle en avait envie, quand elle en aurait envie. Il suffirait d'aller dans le premier pub venu, comme l'avait suggéré Dominik, pour se trouver un partenaire avec lequel poursuivre le fabuleux voyage de découvertes entrepris avec lui.

Il n'avait pas besoin d'elle ? Pas de problème. Elle n'avait pas besoin de lui non plus.

Tout en montant dans le métro un peu plus tard, Lauren décida de tenter sa chance le soir même. Elle y pensa toute la journée. Durant la vidéoconférence avec Matteo qui se trouvait dieu sait où ce jour-là, elle acquiesça quand il le fallait, comme d'habitude, alors qu'elle ne songeait qu'à la débauche à laquelle elle allait se livrer dans quelques heures.

Au fond, Dominik n'avait représenté qu'une étape, se convainquit-elle. Une entrée en matière. À présent, elle allait découvrir des ivresses plus fabuleuses encore.

Elle quitta le bureau de bonne heure – autrement dit, *à l'heure*, pour une fois –, et entra dans le premier pub qu'elle trouva sur son chemin.

Et dont elle ressortit cinq minutes plus tard après avoir regardé autour d'elle et vu des hommes dont aucun n'était Dominik, et s'être sentie submergée par une horrible envie de pleurer.

Jamais elle ne serait capable de s'intéresser à un autre homme que lui. C'était avec lui qu'elle voulait poursuivre le merveilleux voyage au pays de la volupté. Dominik était le seul et l'unique, comprit Lauren avec une fatalité inexorable.

Peut-être était-ce pour cela que, six semaines après l'arrivée des paparazzis à Combe Manor, elle réagit à une simple demande de Matteo d'une façon tout à fait inhabituelle.

— J'atterrirai à San Francisco dans peu de temps, dit-il depuis son jet privé.

— Avant de rentrer à la maison. Pour diriger votre empire.

— Oui, oui, acquiesça-t-il avec impatience. Mais avant cela, j'ai besoin de vous pour travailler sur ce mariage.

Elle cessa de pianoter sur son clavier et fit pivoter son fauteuil pour se concentrer sur l'écran.

— De quel mariage parlez-vous ? demanda-t-elle bêtement. Celui de votre sœur ? Vous savez qu'en ce moment elle et son prince jouent au chat et à la souris, n'est-ce pas ?

Matteo farfouilla dans ses papiers en fronçant les sourcils.

— Non, du vôtre, Lauren, répondit-il sans lever les yeux. La semaine prochaine, il y a une soirée de gala à Rome. Pensez-vous que votre mari soit suffisamment civilisé ? Il est capable de se montrer en public, d'après vous ?

— Dominik n'est pas un animal de cirque, répliqua-t-elle plus sèchement qu'elle n'en avait eu l'intention. Et il se débrouillait très bien avec les bonnes manières avant même de consentir à se rendre à Combe Manor. Par conséquent, vous n'avez rien à craindre, il ne brisera pas sa chaîne pour se précipiter sur les invités et en dévorer quelques-uns.

— Vous savez comment gérer les paparazzis, n'est-ce pas ? répliqua Matteo en contemplant son smartphone d'un air mécontent.

Comme il le faisait souvent. Aussi Lauren n'avait-elle aucune raison de s'en irriter.

Les paroles de Dominik résonnèrent dans son esprit.

« Tu devrais peut-être te demander jusqu'où tu serais prête à aller pour un chèque. Et pourquoi. »

« Demande-toi aussi ce que tu refuserais de faire si ton cher M. Combe te le demandait. Les réponses pourraient s'avérer fort instructives. »

Mais qu'en était-il de Matteo ? Que serait-il prêt à faire pour elle ? Saurait-il jamais la regarder comme un être humain, et non une machine ?

— En effet, acquiesça-t-elle.

C'était même elle qui avait mis au point une tactique très efficace pour faire face aux bombardements de questions indiscrètes. Mais Matteo avait oublié ce détail, naturellement.

— Faites en sorte que tout se passe bien, alors.

Et soudain, il la regarda.

— Je veux une apparition *sereine*, qui montre clairement que le scandale San Giacomo est totalement maîtrisé. Je tiens à ce que le conseil d'administration soit content.

— Mais peu importe que votre frère, que vous n'avez toujours pas rencontré en chair et en os, soit content ou non de voir étalées au grand jour des révélations concernant une famille qu'il n'a jamais connue. C'est secondaire, bien sûr.

Matteo la dévisagea en silence, battit des cils, puis demanda :

— Il est malheureux ?

— Vous lui poserez la question vous-même, répondit Lauren. Dominik est votre frère, pas le mien.

— Il est aussi votre mari, Lauren.

— Croyez-vous que ce soit le rôle d'une épouse de faire un rapport sur son mari à son patron ? Je commence à comprendre pourquoi vous êtes encore célibataire.

Une ombre passa sur les traits de Matteo, mais Lauren ne ressentit aucun besoin de s'excuser.

— Quand vous avez accepté ce rôle, vous saviez de quoi il retournait, fit remarquer Matteo. Pardonnez-moi, mais y a-t-il quelque chose qui m'échappe ?

Subitement, un déclic se fit en elle. Une digue se rompit.

— Je suis votre assistante personnelle, monsieur Combe, commença Lauren, le menton haut. Ce qui comprend des tâches telles que faire le tri dans votre garde-robe, organiser vos déplacements, m'impliquer plus que je ne l'aurais souhaité dans votre vie privée. Mais cela n'aurait jamais dû m'amener à épouser un homme sur commande.

— Si vous aviez des objections, vous auriez dû les exprimer avant de vous lancer dans l'aventure et de l'épouser. Il est un peu tard pour vous plaindre, vous ne croyez pas ?

— Quand ai-je jamais eu la possibilité, ou plutôt la permission, d'émettre des objections, depuis que je travaille pour vous ? Quand ai-je pu vous dire *non* ?

Le visage de Matteo s'assombrit, le froncement de sourcils s'accentua. Pas sous le coup d'une émotion, non. Il était décontenancé.

— J'ai énormément d'estime pour vous, Lauren, si c'est de cela qu'il s'agit. Vous le savez, non ?

Oui, mais elle n'était plus la même. Ce n'était plus l'estime de Matteo qui lui importait. Cette époque était révolue.

Avec le recul, Lauren comprenait parfaitement le processus. N'ayant jamais été désirée par quiconque, elle avait tout fait pour que l'on ait besoin d'elle. Elle l'avait fait sciemment. S'y était consacrée tout entière. Et lorsqu'elle avait été embauchée par Matteo au sortir de l'université, elle avait considéré cela comme une occasion de cicatriser les anciennes blessures. Non contente de satisfaire tous les besoins de son patron, elle pouvait les anticiper.

Elle avait cru qu'ils formaient une équipe, un tandem. Ça avait été le cas, durant des années.

Mais Dominik lui avait fait découvrir autre chose. Il lui avait appris à s'estimer. À avoir des désirs et à les assumer.

À *être désirée*. À en vouloir *davantage*.

Les demi-mesures ne lui suffisaient plus, ni une vie passée à tout donner à un homme qui ne le lui rendait pas, et dont elle n'attendait plus rien.

Lauren ne désirait pas se sacrifier. Ni être une martyre.

C'était fini, ça.

Et si Dominik avait réagi comme il l'avait fait, s'il l'avait fuie, c'était par peur de la perdre.

Il avait préféré ne prendre aucun risque.

Si elle n'avait pas compté pour lui, il ne serait pas resté aussi longtemps à Combe Manor. Et il n'aurait pas disparu aussitôt après qu'elle lui eut ouvert son cœur.

Lauren contempla l'espace luxueux où elle s'était sentie chez elle, plus que dans l'appartement partagé avec Mary. Les baies vitrées donnant sur la City, sur le paysage urbain qu'elle aimait tant. Pas parce qu'elle avait besoin de béton et de gratte-ciel, mais parce que cet environnement avait été pour elle une présence familière. Un repère fiable. Une proximité amicale qui ne lui tournerait pas le dos subitement, comme l'avaient fait ses parents autrefois.

Or elle pouvait se passer de soutien, à présent.

Elle n'avait plus *besoin* de rien. Et il était temps de se concentrer sur ses désirs.

— Oui, je le sais, répondit-elle à Matteo en le regardant droit dans les yeux. De mon côté, j'ai beaucoup apprécié toutes ces années de collaboration avec vous, monsieur Combe. Plus que vous ne pouvez l'imaginer. Mais le moment est venu pour moi d'avancer.

Quand il voulut protester, Lauren sourit.

— Considérez cela comme ma démission. Je mettrai ma remplaçante au courant de tout, et je me charge d'en trouver une qui soit à la hauteur, ne vous inquiétez pas.

— Lauren, commença-t-il, gentiment.

— Je regrette, l'interrompit-elle avec calme. Mais je ne peux plus être votre assistante, monsieur Combe.

Cette nuit-là, Lauren resta éveillée à fixer le plafond de sa chambre et quand elle en eut assez, elle se tourna sur le côté pour regarder la fenêtre dont elle n'avait pas fermé les rideaux.

Des milliers de lumières brillaient, clignotaient, de toutes les couleurs. C'était son univers. Londres avait représenté tout pour elle, mais ce n'était qu'une ville. Immense, certes. Fabuleuse. Mais une ville et rien qu'une ville.

Et cela ne suffisait plus à Lauren. Elle ressentait un manque terrible, là, au plus profond de son être.

Elle songea au désir, au besoin. À la différence cruciale entre les deux, et à la raison pour laquelle il lui avait fallu autant de temps pour le comprendre.

Le lendemain, elle prit l'avion pour la Hongrie.

Quand elle arriva au village situé en bordure de la forêt, l'après-midi était déjà bien avancé. Cela ne l'arrêta pas. Laissant la voiture de location près de l'auberge où elle avait passé la nuit la première fois, dans son ancienne vie, Lauren se mit en route.

L'approche du crépuscule ne la préoccupa pas non plus, ni la nette baisse de température. Elle resserra son étole rouge autour de son buste et continua d'avancer à travers bois.

Le chemin était exactement comme elle s'en souvenait, il se dirigeait droit vers la clairière, toujours aussi mal commode pour les talons hauts. Parce qu'elle en portait, naturellement.

Elle avait beau être devenue une autre femme, cela ne signifiait pas pour autant qu'elle ait l'intention de porter des *bonnes* chaussures.

Tout en marchant, elle songea aux contes de fées. Il n'y avait pas de petits cailloux blancs sur le chemin. Pas d'ogres ni de loups aux crocs acérés dissimulés dans les bois. Ni de sorcières déguisées en fées bienveillantes.

Il n'y avait qu'elle, Lauren, sûre d'elle et de son désir.

Quand elle parvint à la clairière, elle la traversa et se dirigea droit vers le cottage. Il n'y avait pas d'ombre sous l'auvent, mais cela ne la surprit pas. Sans se donner la peine de frapper, elle ouvrit la porte et entra.

La pièce n'avait pas changé. Elle était toujours aussi accueillante et chaleureuse.

Et Dominik était là, assis devant le feu, et il la regardait de ses yeux gris comme un ciel d'automne.

— Fais demi-tour, Lauren, dit-il d'une voix rauque. En partant maintenant, tu arriveras au village avant la nuit. À ta place, je ne m'aventurerais pas dans la forêt en pleine obscurité. Pas avec ces chaussures.

— Je suis venue ici pour une seule raison, répliqua tranquillement Lauren.

Elle contempla les épais cheveux noirs, de nouveau trop longs sur la nuque. La bouche au pli sévère qui l'avait cajolée, embrassée partout.

— Et cette raison, c'est toi.

— Tu n'aurais pas dû venir.

— Et pourtant je suis venue. Sans t'avoir demandé la permission. De la même façon que tu t'es enfui de Combe Manor sans même me laisser un petit mot d'explication.

— Je ne doute pas que la mission qui t'amène ici soit aussi importante que celle qui t'avait donné le courage de traverser ma forêt.

Un éclair jaillit des yeux gris.

— Mais je me fiche de ce que ton M. Combe...

— Il ne m'a pas envoyée. Je ne travaille plus pour lui.

Lauren soutint le regard ombrageux dardé sur le sien.

— Il s'agit de toi et moi, Dominik.

Quelque chose bascula dans l'atmosphère. Une tension presque palpable vibra entre eux.

— Il n'y a pas de toi et moi.

— Notre mariage n'était peut-être qu'un jeu pour toi, dit-elle doucement. Mais nous n'en sommes pas moins mariés. Je suis ta femme.

— Je n'ai pas plus besoin d'épouse que de frère. La famille, ce n'est pas mon truc, Lauren. Ni les plaisanteries. Cela ne m'intéresse pas.

— Dommage, répliqua-t-elle en croisant les bras. Mais je ne

t'ai pas demandé si tu avais besoin d'une épouse. Je t'ai rappelé que tu en avais une.

— Tu perds ton temps.

Elle sourit et adora le voir cligner des yeux, manifestement pris au dépourvu par cette arme inattendue.

— Tu ne me décourageras pas aussi facilement, Dominik.

En réalité, Lauren n'avait pas envie de parler. Elle brûlait de le toucher, d'enfouir le visage dans le creux de son cou.

— Tu m'as appris à désirer, poursuivit-elle néanmoins. Eh bien, ce que je désire, c'est toi.

13

— Je ne suis pas un jouet avec lequel on s'amuse ou dont on se débarrasse à sa guise, Lauren. Je croyais que c'était clair.

Dominik avait prononcé ces paroles d'un ton froid et dur alors qu'il n'avait qu'une envie : se lever et prendre Lauren dans ses bras. Or il ne pouvait se le permettre. Même si soudain il avait du mal à se souvenir de ce qui l'empêchait de le faire.

Car elle était là, devant lui, à l'endroit même où il l'avait imaginée des centaines de fois depuis son retour en Hongrie.

Mais il ne se laisserait pas aller, il ne la toucherait pas, ne se perdrait pas dans sa merveilleuse douceur. Parce que c'était comme ça que tout avait commencé, avant de finir par dégénérer, évidemment.

— Je t'ai fait découvrir les plaisirs du sexe, c'est tout, dit-il, les mâchoires crispées.

Il ne voulait pas repenser à cela. À la manière dont Lauren s'était totalement abandonnée à lui. Il n'avait rien oublié de ces instants fabuleux, il les portait en lui.

— Tu y as vu des choses qui n'existent pas. Pas pour moi, en tout cas.

— J'ai suivi ton conseil, Dominik. Je suis entrée dans le premier pub venu pour me trouver un amant.

Une douleur vive lui traversa les mâchoires, si intense qu'il dut se forcer à les desserrer.

— Lauren, ce que je te conseille maintenant, c'est de ne pas te vanter de tes exploits sexuels devant moi.

— Pourquoi pas ? Puisque tu ne veux pas de moi ?

Elle sourit de nouveau, de ce sourire trop tranquille, trop serein.

— Inutile de me donner d'autres conseils ou de me menacer, poursuivit-elle. Je suis entrée dans un pub, j'ai regardé autour de moi et suis repartie. Les exploits sexuels ne m'intéressent pas, Dominik. Je te l'ai dit, c'est toi que je veux.

— Non, répliqua-t-il d'une voix sombre. Tu te trompes.

— Je suis certaine du contraire.

— Peut-être, mais tu ne me connais pas.

Il n'attendit pas qu'elle réagisse. Il se leva, s'avança vers elle pour lui faire bien comprendre qu'elle devait s'en aller. Quitte à passer le restant de ses jours enfermé chez lui à tâcher de se remettre de cette lamentable histoire.

Parce qu'elle l'avait brisé, détruit, et qu'il n'avait pas encore réussi à rassembler les morceaux.

— J'avais d'abord cru que c'était l'assaut des médias qui t'avait fait fuir, mais de toute évidence, tu t'en fiches complètement. Tu sais très bien comment gérer ce genre de situation.

— Je m'en fiche, en effet, acquiesça-t-il lentement.

Dominik tendit la main et effleura la joue à la peau douce. Seulement pour vérifier la justesse de la sensation qu'il gardait imprimée en lui.

Il n'aurait pas dû. Parce que c'était encore mieux que dans son souvenir.

— Dominik, je sais ce que tu ressens...

— Non, tu ne sais rien de moi, l'interrompit-il brutalement. Pense à tes parents que tu crois avoir compris. Eh bien tu te trompes. Parce que le problème, ce sont eux, pas toi.

— Ce sont des gens limités, répliqua-t-elle, déconcertée. Je ne peux pas nier que je souffre encore de ce qu'ils m'ont fait autrefois, mais je ne suis plus une petite fille. Et je pense maintenant que ce sont eux qui ont raté quelque chose, en effet.

— Ces propos sont ceux d'une adulte. Je t'admire, Lauren. Mais je ne suis pas toi. C'est cela que j'essaie de te dire.

Il faisait allusion à ce qu'il avait toujours su, depuis sa plus tendre enfance. Mais qu'il n'avait jamais dit à voix haute. Même pas à lui-même. Et pourtant, c'était si évident.

— Il y a quelque chose qui cloche en moi, Lauren.

Les yeux caramel étincelèrent tandis qu'elle le dévisageait en serrant les poings.

— Dominik... Il n'y a rien qui cloche en toi. *Rien*, tu m'entends ?

— Ce n'est pas une impression. C'est un fait.

Quand elle tendit la main vers lui, il l'arrêta d'un geste.

— J'avais six jours quand je suis arrivé à l'orphelinat. Et les bébés n'y restent jamais longtemps, il y a toujours des parents en manque d'enfants qui les veulent. Mais personne n'a voulu de moi. Ni à ce moment-là ni par la suite.

Elle secoua la tête, si farouchement que la queue-de-cheval suivait le mouvement, donnant envie à Dominik d'ôter l'élastique, de glisser les doigts dans...

— Ce sont peut-être les religieuses qui ont voulu te garder, Dominik. Tu n'as jamais pensé à cela ? Elles n'ont peut-être pas pu se résoudre à se séparer de toi.

À ces mots, il éclata de rire, d'un rire caverneux et lugubre. Mais tout à coup, il revit le visage bienveillant de sœur Maria Ana, qui s'occupait de lui quand il était petit, jusqu'à ce que le cancer l'emporte. Il avait cinq ans quand elle était morte.

Comment avait-il pu oublier le sourire de cette religieuse ? Son affection, sa tendresse ? Dominik refoula ce souvenir. Le fait qu'une personne lui ait témoigné de l'affection ne changeait rien à ce qu'il avait vécu.

— Personne n'a jamais voulu de moi, persista-t-il. *Personne*, je n'exagère pas. Il y a quelque chose de mauvais en moi. Si tu ne t'en rends pas compte maintenant, tu le comprendras plus tard. Et je ne vois pas pourquoi nous nous infligerions une telle épreuve.

S'il la laissait rester, s'il la laissait lui dire à nouveau ces choses impossibles, il ne pourrait plus jamais la laisser partir.

— Dominik...

— Tu m'as montré des albums remplis de photos des San Giacomo, coupa-t-il. De générations d'individus obsédés par leur lignée. Ils ont répertorié tous les membres de leur sacro-sainte famille. À l'exception d'un seul. Moi. *Elle* m'a abandonné, jeté comme une ordure.

— Elle avait seize ans, répliqua Lauren, les yeux brillants. Elle n'était qu'une adolescente terrifiée qui a fait ce que son père tout-puissant lui a ordonné de faire. Je ne l'excuse pas de ne pas avoir cherché à te retrouver plus tard, alors qu'elle l'aurait pu. Mais tu sais néanmoins qu'elle ne t'a jamais oublié. Elle connaissait ton nom et savait sans doute où tu vivais. Je ne peux pas parler à la place d'une morte, Dominik, mais il me semble que cela prouve que tu comptais pour elle.

— On ne peut pas se soucier de quelqu'un dont on s'est débarrassé comme d'un objet encombrant, riposta-t-il sèchement.

Quand il vit le visage de Lauren se décomposer, Dominik sentit son propre cœur se serrer.

— Tu fais allusion à la manière dont tu t'es comporté avec moi ? demanda-t-elle.

— Je t'ai quittée avant que tu ne te rendes compte, ainsi que le reste du monde, que je n'étais pas à ma place dans un endroit comme Combe Manor. Je suis un orphelin. Un gamin de la rue. Je me suis engagé dans l'armée parce que je voulais mourir pour mon pays, Lauren. Pas pour y trouver une voie de salut.

— Tu es peut-être tout cela ensemble, dit-elle avec force. Mais à présent, tu es un San Giacomo en plus d'un self-made-man accompli. Et mon mari.

Au lieu de s'éloigner de Lauren comme il le voulait, il se rapprocha d'elle et lui prit les bras en la regardant dans les yeux.

Lauren, avec ses escarpins absurdes avec lesquels elle marchait avec autant de grâce que si elle avait été pieds nus. Ses yeux caramel rivés aux siens, lisant trop profondément en lui.

— Je ne sais pas comment être un mari.

— Tandis que moi, je suis experte dans l'art d'être une épouse, c'est cela ?

— Je ne...

— Dominik.

Comme dans un rêve, il la vit, la sentit se presser contre lui, pencher légèrement la tête en arrière pour mieux le regarder.

Et il n'y eut plus rien d'autre qu'elle. Lauren.

— C'est très simple, ou tu m'aimes ou tu ne m'aimes pas.

C'était très simple, en effet. Dominik savait ce qu'il devait dire. Il suffisait de prononcer les mots qui lui briseraient le cœur, et le sien, mais qui libéreraient Lauren pour toujours.

De son côté, il reprendrait sa vie solitaire, au milieu de cette forêt où personne ne pouvait l'atteindre ni le décevoir.

Il savait parfaitement ce qu'il devait dire. Mais Lauren était si chaude, si douce, ainsi lovée contre lui... Elle était la lumière et le soleil, les seuls capables de le réchauffer.

S'il l'avait suivie en Angleterre, puis l'avait épousée, ce n'était pas par obligation envers quiconque ou envers son passé, mais parce qu'il l'avait voulu.

— Admettons que je t'aime, dit-il en enlaçant ses doigts. Que savons-nous de l'amour, toi et moi ?

Elle dégagea ses mains et leva les bras pour les lui passer autour du cou.

— Il n'y a rien à savoir, répliqua-t-elle en souriant. Pense aux contes de fées. Une seule chose est nécessaire pour garantir une fin heureuse.

— Une baguette magique ? demanda Dominik.

Ses mains agirent d'elles-mêmes. L'élastique glissa sur les longs cheveux blonds qui se répandirent en ondes dorées sur les belles épaules rondes.

— Et la bonne fée qui va avec ?

— Que tu as de drôles d'idées, murmura-t-elle avec malice.

— C'est pour mieux te sauver, belle enfant. Si tu veux bien me laisser faire.

— Non, je ne veux pas, chuchota-t-elle en rapprochant le visage du sien. Pourquoi ne pas nous sauver l'un l'autre ?

— Je ne te connais pas, répliqua-t-il en fronçant les sourcils, l'air faussement choqué.

Lorsque la bouche de Lauren effleura ses lèvres, Dominik sentit quelque chose fondre dans sa poitrine. Une chaleur délicieuse se répandit partout en lui.

— Voilà, c'est ça, la fin heureuse, Dominik. Il suffisait d'un baiser.

Il repensa à ce qu'elle lui avait dit dans la bibliothèque de Combe Manor, quand elle parlait d'espoir et de bonheur. De ces choses auxquelles il n'avait jamais cru. Mais avec Lauren, c'était différent.

Tout était différent, avec elle.

Dominik la serra dans ses bras et l'embrassa, de tout son cœur, avec tout son amour. Là, dans leur cottage enchanté perdu au fond des bois.

Leur fin heureuse durerait jusqu'à la fin des temps, décida-t-il. Comme dans les contes de fées.

Épilogue

Dominik sortit sur le balcon et regarda les derniers rayons du soleil projeter des reflets orangés sur les eaux paisibles du Grand Canal.

Un calme parfait régnait dans la vieille demeure somptueuse des San Giacomo, mais sachant que cela ne durerait pas bien longtemps, il savoura la quiétude de l'été finissant.

Il sourit en songeant au chaos que son fils de dix ans était capable de déclencher en un rien de temps, sans se soucier du regard sévère des vénérables ancêtres dont les portraits ornaient les murs.

Quant aux jumelles, elles savaient fort bien se faire entendre et, du haut de leurs cinq ans, tenir tête au grand frère qui aimait à leur démontrer qu'il était l'aîné et qu'à ce titre elles lui devaient respect et obéissance...

Cependant, en dépit du remue-ménage quasi permanent dont ce petit monde tapageur semblait indissociable, Dominik n'aurait pu imaginer vivre sans eux, lui qui envisageait autrefois de passer toute son existence au milieu de la forêt, avec lui-même pour seule compagnie.

Il avait savouré sa solitude. Mais il adorait cette vie de famille que lui et Lauren avaient créée ensemble. Ce vent de folie qui soufflait chaque jour, apportant son lot de surprises plus fantaisistes les unes que les autres.

Avec Lauren, ils construisaient leur conte de fées à eux, pierre après pierre. Ils bâtissaient leur bonheur. Ce bonheur que Dominik avait cru inaccessible et dont il découvrait les ressources infinies. Grâce à Lauren.

Peu de temps après leurs retrouvailles, il avait fait la connaissance de sa demi-sœur, à Athènes. Pia l'avait accueilli à bras ouverts, comme si, au fond de son cœur, elle avait toujours pressenti son existence et attendu ce jour.

Par la suite, Dominik avait fini par rencontrer son demi-frère – en chair et en os, cette fois.

Après un charmant dîner dans l'une des résidences new-yorkaises de la famille Combe, lui et Matteo étaient sortis sur une terrasse offrant une vue panoramique de Manhattan.

« Je ne sais pas comment me comporter en frère », avait dit Dominik.

« Si elle t'entendait, Pia ne manquerait pas de te préciser que je ne le sais pas non plus », avait répliqué Matteo.

Quand ils s'étaient regardés en souriant, Dominik avait commencé à y croire. À concevoir que cela puisse fonctionner entre lui et cette famille dont il avait affirmé ne pas vouloir.

Ses sentiments envers Matteo avaient été complexes, jusqu'à ce qu'il comprenne rapidement que sa propre réticence venait surtout du fait que, durant des années, Lauren avait tellement admiré son cher M. Combe.

Matteo avait heureusement rapidement réglé le problème en épousant la psy qu'il avait été contraint de consulter, et qui était en outre enceinte de jumeaux dont il était le père. Il avait été entièrement réhabilité aux yeux de Dominik le jour où il avait déclaré à Lauren que depuis son départ tout allait de travers à Combe Industries.

Il l'avait alors réembauchée, non plus comme assistante, mais comme vice-présidente.

Pendant que Lauren s'installait dans son nouveau rôle – et y excellait, naturellement –, Dominik s'amusait à assumer ses devoirs d'aîné des San Giacomo. Matteo et Pia en profitèrent pour lui demander d'être le visage de la vieille famille vénitienne. Et il ne fallut pas longtemps à Dominik pour se rendre compte avec stupeur qu'il n'avait aucun effort à faire pour être à la hauteur de sa mission. En fait, il était naturellement doué pour la remplir…

Entendant le clic-clac familier de très hauts talons sur le sol pavé de marbre, il sourit.

Quelques instants plus tard, son épouse adorée apparut, défit d'un geste gracieux la queue-de-cheval qui faisait partie de sa tenue de travail, et lui sourit à son tour, tandis que les reflets mordorés jouaient dans les beaux yeux caramel.

— Tu as l'air très content de toi, mon chéri. Dois-je comprendre que tu as réussi à persuader les enfants de dormir, pour mille ans au moins ?

— Ce sera mon prochain tour de magie, répondit-il en la prenant dans ses bras. Mais je songeais plutôt à ce que j'allais faire avec la belle princesse qui continue d'enchanter mes nuits…

Sans plus attendre, Dominik l'embrassa avec passion, réfrénant à grand-peine le désir de la soulever dans ses bras et d'aller l'étendre sur cet autre lit à baldaquin qui était le leur quand ils séjournaient à Venise.

Il lui faudrait attendre un peu. Parce qu'ils n'étaient plus seuls au monde, désormais. Et que leurs filles attendaient avec impatience que leur maman vienne leur lire une histoire avant de se mettre au lit.

La main dans la main, ils traversèrent les pièces immenses et se dirigèrent vers la chambre des jumelles.

— Je t'aime, murmura Lauren quand ils arrivèrent devant la porte.

— Pas autant que je t'aime.

Dominik aimait sa femme plus encore qu'autrefois. Plus que la veille et moins que le lendemain. Il l'aimait davantage chaque jour et il en serait toujours ainsi.

Immobile sur le seuil, il la regarda s'avancer vers leurs filles qui l'attendaient, assises sur leurs lits, l'une suçant son pouce, l'autre installant son précieux doudou sur ses genoux.

Lorsque son fils vint s'arrêter à côté de lui, une expression dédaigneuse sur les traits, Dominik passa un bras autour de ses minces épaules.

— Je vais vous lire un conte, dit Lauren aux jumelles.

— Pff ! Les contes de fées, ce n'est pas la vraie vie ! déclara leur frère.

Les deux petites filles protestant à grands cris, il se contenta de les toiser d'un air supérieur.

— Tu ne crois pas aux contes de fées ? demanda Dominik. Je ne t'ai jamais raconté comment nous nous sommes rencontrés, ta maman et moi ?

Il passa la main dans les épais cheveux brun foncé de son fils, puis contempla la femme merveilleuse qui avait bouleversé sa vie dès l'instant où elle était apparue dans sa clairière.

— Il y a très longtemps, dans un pays très très lointain, une belle jeune femme aux longs cheveux dorés, enveloppée dans une grande cape rouge, s'aventura dans une forêt sombre et profonde, commença-t-il.

— Après avoir marché longtemps, longtemps, enchaîna Lauren, elle finit par déboucher dans une petite clairière où se dressait une jolie maisonnette... qui n'était autre que celle du Grand Méchant Loup... Mais, ô surprise, elle s'aperçut bientôt qu'en fait celui-ci n'était pas méchant du tout.

C'est ainsi qu'ils racontèrent leur conte préféré à leurs enfants, le créant ensemble et au fur et à mesure, comme ils le faisaient depuis leur toute première rencontre, et comme ils avaient bien l'intention de continuer à le faire, jusqu'à la fin des temps.

CAITLIN CREWS

L'héritière et le prince play-boy

INTÉGRALE
SCANDALEUSE NOBLESSE

Traduction française de
ANNE-LAURE PRIEUR

SAGAS
HARLEQUIN

Titre original :
HIS TWO ROYAL SECRETS

Ce roman a déjà été publié en 2020

1

La lignée est sacrée.

Le prince Arès avait cinq ans lorsque son père lui avait adressé ces mots. À cet âge, il ne comprenait pas leur portée, ni en quoi cela le concernait. Sa seule préoccupation était d'échapper à la vigilance de sa nourrice afin d'explorer le palais. Au grand dam de cette dernière qui désespérait de faire de lui un gentleman. Mais déjà à l'époque, Arès se gardait de contrarier la volonté de son père. C'était une règle et une loi : le roi avait toujours raison.

À dix ans, le prince en avait par-dessus la tête de cette fameuse lignée. L'importance de son sang, les responsabilités qu'il impliquait... C'était tout ce dont on lui parlait. Tout ce qui comptait. Quand il saignait après s'être écorché lors d'une énième escapade, ce sang-là, peu au palais s'en souciaient. Sa nourrice se plaignait qu'il lui donnait des cheveux blancs.

« Tu n'es rien. Un maillon dans une noble chaîne, rien de plus. »

C'était ce que lui répétait son père à chacune de leurs audiences officielles. Le roi finissait toujours par s'emporter et jeter sa carafe de brandy à travers la pièce. Arès détestait ces entrevues, mais impossible de s'y soustraire. On ne lui demandait pas son avis. Il avait donc appris à rester assis bien droit, les yeux baissés, sous les foudres de son père. Surtout ne pas réagir. Un véritable supplice pour un enfant de dix ans.

— Le provoquer ne ferait qu'aggraver les choses, lui disait sa mère en lui caressant la joue d'un geste réconfortant. Maintiens ta posture et ne trahis aucune émotion. Tu ne dois même pas battre d'un cil.

— Qu'est-ce qui se passerait si c'était moi qui jetais quelque chose contre le mur ?

Le sourire de la reine, alors, s'imprégnait d'une infinie tristesse.

— Ne fais pas cela, Arès. S'il te plaît.

Arès en avait fait un jeu. Il faisait semblant d'être une statue, comme celle qu'on sculpterait de lui un jour, accompagnée d'une jolie plaque listant ses accomplissements. Elle rejoindrait les autres, tout en marbre et or, de la galerie des Rois au palais du Nord, dont l'histoire racontait qu'elle avait jailli des eaux en même temps que les îles composant le royaume d'Atilia.

— Notre lignée porte la couronne d'Atilia depuis des siècles, tonnait son père. Elle repose désormais entre tes mains. Celles d'un faible... Comment ai-je pu engendrer un tel fils ?

Tu es en pierre, se répétait Arès à la manière d'un mantra, les yeux tournés vers la fenêtre et la mer au-delà.

Adolescent, il était passé maître dans l'art de rester parfaitement immobile en présence du roi. Il était désormais convaincu que pas une seule goutte de son sang royal ne coulait dans ses veines. Comment pourrait-il être biologiquement lié à cet homme qu'il haïssait de chaque fibre de son être ?

— Tu ne dois jamais dire ce genre de chose à voix haute, l'avait réprimandé sa mère. Ne laisse personne à la cour douter de ta légitimité, Arès. Promets-le-moi.

Il avait promis, bien sûr. Il aurait promis la lune à sa mère.

Mais le jeune prince n'était pas toujours d'humeur à jouer les statues. Parfois, il dévisageait son père avec toute la morgue dont il était capable, défiant en silence le monarque vieillissant de lui jeter sa carafe à la figure plutôt que contre le mur.

— Quelle déception... Qu'ai-je fait au ciel pour mériter un héritier aussi faible et insolent ? répétait le roi à chaque entrevue.

Ce qui ne faisait qu'encourager Arès à le provoquer davantage. Lui, pendant ce temps, profitait de la vie. Envoyé en Europe, il se faisait des amis dans les divers pensionnats prestigieux où il était inscrit, et dont il finissait immanquablement par se faire renvoyer. Lui et ses riches camarades parcouraient le continent, enchaînant les soirées mémorables, des clubs underground de Berlin aux yachts de luxe des côtes méditerranéennes.

— Tu es un homme, à présent, lui avait déclaré son père le jour de ses vingt et un ans. Enfin, si l'on veut...

Vingt et un ans, selon la loi du royaume, était l'âge auquel le fils du roi était officiellement reconnu comme prince héritier de la Couronne. L'investiture d'Arès consolidait sa position dans l'ordre de succession, ainsi que celle de ses propres héritiers. Avaient suivi les mêmes éternels discours sur l'importance de la lignée, dont Arès se moquait plus encore qu'à cinq ans. Ce qui l'intéressait, c'étaient sa vie sociale et les nouvelles frasques que lui permettait l'immense fortune à laquelle il avait désormais accès.

— N'ayez crainte, Père, avait-il ironisé après la cérémonie. Je ne vous décevrai pas moins maintenant que je suis votre successeur officiel.

— Tu as assez papillonné et jeté ta gourme pour repeupler la planète entière, avait grondé le roi avec mépris.

Arès n'avait pas démenti. C'était la stricte vérité. Du reste, ce n'était pas l'hypocrisie qui étouffait le vieux souverain. Tout le monde connaissait les jeunes années de débauche du roi Damascus, pourtant fiancé dès sa naissance à la mère d'Arès.

Une autre raison de haïr son père.

— Est-ce un reproche ou un compliment ? avait-il plaisanté en s'approchant de la fenêtre.

Fini de jouer les statues dans les appartements privés du roi. Il était un homme, désormais. L'héritier du royaume, prêt à remplir ses devoirs princiers au nom de la couronne qui ceindrait un jour son front. Derrière la vitre, les collines verdoyantes tutoyaient des eaux d'un bleu limpide. C'était cela, Atilia, pour lui. Le murmure des vagues. Le doux parfum des fleurs porté par la brise. La mer Ionienne s'étendant à perte de vue. Pas le roi et ses accès de rage destructeurs à la moindre provocation.

— L'heure est venue de te marier, avait décrété ce dernier.

Arès s'était esclaffé. Son rire avait même redoublé face à l'expression sérieuse de son père.

— Vous pensez vraiment que je vais obéir sans broncher ?

— Le royaume et moi-même avons assez souffert de tes débordements.

— Eh bien, il vous faudra continuer à souffrir, avait-il rétorqué, en opposition directe à son roi. Je n'ai aucune intention de me marier.

La carafe avait explosé contre le mur à quelques centimètres de son visage. Une carafe de cristal présente dans la famille depuis les années 1700. Arès n'avait pas frémi. Il s'était contenté de soutenir le regard de son père. Mais quelque chose venait de se briser en lui.

Ce n'était pas la pluie d'éclats de cristal sur son habit traditionnel. Ni même la fureur du souverain, qu'il subissait depuis trop d'années pour en être encore affecté. Non. C'était toute cette mascarade – les titres, le royaume, la lignée. Tout cela comptait plus pour son père que son propre fils. Arès n'avait pas été élevé par ses parents, mais par une succession de nourrices, exhibé devant le roi en quelques rares occasions. Et à la seule condition que son comportement soit exemplaire. Ou du moins tolérable.

Au fond, il aurait préféré ne pas être prince. Si lui-même n'avait pas eu le choix, il avait au moins celui de ne pas transmettre ce fardeau à la génération suivante. Il n'avait aucune intention de prendre une femme. Le mariage ne l'intéressait pas. Mais surtout, il refusait catégoriquement d'avoir des enfants. Dans le secret de son cœur, il était persuadé que c'était cette histoire de lignée qui avait fait de son père un monstre. Envers lui, essentiellement. Il était froid avec sa mère, mais c'était lui, Arès, qui essuyait les explosions de rage et les bris de carafes.

Hors de question de reproduire le même schéma avec ses propres enfants.

Quelques années plus tard, alors qu'il avait vingt-six ans, son père était revenu à la charge, plus enragé que jamais.

— Tu ne devrais pas le fâcher ainsi, lui reprocha sa mère. Nous allons devoir importer des carafes du palais du Sud.

Atilia était un royaume insulaire ancien de la mer Ionienne. L'île du Nord était la plus septentrionale de l'archipel. C'était là que se conduisaient les affaires du royaume. Le palais du Nord constituait donc la plus somptueuse des résidences royales. Le palais du Sud, situé sur l'île la plus méridionale, se présentait par contraste comme un lieu de détente avec ses plages paradisiaques. Un refuge où souffler un peu, loin des préoccupations du pays.

Arès préférait le Sud. Il y profitait de quelques semaines d'un repos bien mérité après une longue tournée de visites protocolaires quand son père l'avait convoqué. Le moment était venu pour une nouvelle diatribe à son encontre.

— Je ne contrôle pas ce qui le fâche, avait-il rétorqué. Une chance pour l'industrie de la carafe.

Sa mère avait souri, de ce sourire doux et triste qui était le sien. Arès s'était toujours demandé si elle s'en voulait de ne pas avoir su le protéger de son père. Peut-être les choses auraient-elles été différentes si le roi l'avait traité comme il la traitait elle – avec une froide indifférence.

— Ce n'est pas une mauvaise chose de songer à la génération future, avait-elle fait valoir.

— Cela ne m'intéresse pas.

Cette conviction n'avait cessé de grandir en lui. Et les traits tirés de sa mère n'avaient servi qu'à l'y conforter.

— L'image que tu donnes de l'institution du mariage et des sacrifices imposés à la reine de ces îles ne m'y encourage pas. Je refuse de faire cet honneur douteux à qui que ce soit.

C'était la vérité. Mais surtout, il aimait la vie qu'il menait. Sa résidence officielle était la Villa Saracen, un domaine séparé appartenant au complexe palatial de l'île du Nord. En réalité, il n'y mettait presque jamais les pieds. Il préférait de loin l'énergie de Berlin. L'animation de Londres. Le vibrant dynamisme de New York. Ou tout autre endroit où son père n'était pas.

D'ailleurs, il n'avait jamais eu d'amante dont il ne s'était lassé au bout d'une ou deux nuits. Alors une femme avec qui passer le restant de sa vie, perpétuer la lignée, supporter le poids du protocole et des traditions… Cette femme-là n'existait probablement nulle part sur terre. Et il ne s'en désolait guère.

— Je vois bien comment tu me regardes, avait dit sa mère, assise bien droite dans son fauteuil, modèle de prestance et de dignité. Je ne suis pas si vieille, tu sais. Je n'ai pas oublié la fougue de la jeunesse. À cet âge, on croit tout savoir de ce que la vie nous réserve…

— Épargne-moi les détails, je t'en conjure, avait plaisanté Arès. Moi qui croyais que tu avais passé tes jeunes années au couvent…

Le sourire énigmatique de la reine l'avait réjoui. Il aimait à croire que la vie de sa mère ne se résumait pas à son mariage sans amour avec le roi.

— Tu dois choisir une épouse issue d'un milieu semblable, avait-elle continué. Tu es le futur roi, Arès. Quels que soient vos compromis au sein de votre union, la reine doit être irréprochable, tout comme ton règne. Tu comprends ?

Oui, il comprenait. Mais comprendre ne signifiait pas obéir.

— Message reçu. J'attendrai le plus longtemps possible avant de me marier, avait-il répondu avec un large sourire.

Arès avait trente-cinq ans quand sa mère était décédée, d'un cancer foudroyant qu'elle avait pris pour une vilaine grippe. Il n'avait pas fait son deuil que son père le rappelait au palais du Nord, quelques mois à peine après les funérailles.

— C'était le vœu le plus cher de ta mère que tu te maries, tu le sais. Perpétuer la lignée est un devoir sacré. Tu as passé l'âge des enfantillages.

La carafe de cristal entre ses doigts avait tout d'une arme potentielle. Mais Arès se désintéressait plus que jamais de la lignée royale. Terrassé par le chagrin, il s'était plongé dans les journaux intimes de sa mère, qu'elle lui avait légués, dans une tentative désespérée pour se raccrocher au moindre souvenir d'elle. Dans ces pages, il avait appris la vérité sur ses parents. Plus exactement, sur son père et la nature de leur mariage.

Après la naissance d'Arès, ils avaient tenté d'avoir un deuxième enfant. Jusqu'à ce que le diagnostic des médecins tombe : la reine n'était plus en mesure d'enfanter. Le roi n'avait pas perdu une minute pour déployer son harem. Toutes ces femmes de la cour qui le cajolaient enfant, toutes ces nobles dames à qui il avait interdiction de parler… Comment avait-il pu ne pas deviner leur véritable rôle ?

Son père avait brisé le cœur de sa mère avec chaque nouvelle maîtresse qu'il accueillait dans son lit. Pour Arès, c'était la goutte de trop. Son mépris s'était mué en haine irrévocable.

— Vous avez trompé ma mère sans aucun scrupule, l'avait-il accusé, les poings serrés. Quel droit avez-vous de parler en son nom maintenant qu'elle n'est plus de ce monde ?

Le roi avait roulé des yeux agacés.

— Je commence à en avoir assez de ton attitude d'enfant gâté. Tu feras ce que ton devoir te dicte.

— Si vous tenez tant à perpétuer la lignée, faites-le vous-même, avait répliqué Arès. Vous semblez avoir des prédispositions. Inutile de me transmettre le sale boulot. Que les choses soient claires : je ne me marierai pas.

Son père avait eu un ricanement méprisant.

— Toujours aussi faible. Tu irais donc jusqu'à renoncer au trône ?

Renoncer n'était pas le mot. Ce trône, Arès n'en avait jamais voulu. En s'en détournant, il préservait sa liberté, mais aussi celle de son éventuelle progéniture. Aucun de ses enfants ne grandirait dans ce palais glacial où régnait le mensonge. Et jamais il ne traiterait une femme comme son père avait traité sa mère. Il s'en faisait le serment.

Le roi s'était rapidement remarié, à une femme plus jeune que son propre fils. Arès avait provoqué un scandale en refusant d'assister au mariage. Le royaume avait plongé dans le chaos, et les conseillers du roi étaient dans tous leurs états. Sir Bartholomew, le plus ancien d'entre eux, avait aujourd'hui fait le déplacement à New York pour plaider sa cause.

— La royauté a été entachée. Votre père a installé sa maîtresse au palais et ose l'appeler sa reine. Il a proclamé que tout enfant mâle issu de leur union monterait sur le trône à votre place. Vous devez empêcher cela, Votre Altesse !

— Comment ?

Arès vivait à l'autre bout du monde. Il remplissait ses devoirs royaux et dirigeait l'association caritative fondée en mémoire de sa mère, tout en continuant à profiter de la vie. Les tabloïds l'adoraient. Plus ils haïssaient son père, plus ils louaient chez lui ce qu'ils décriaient autrefois comme ses travers.

Arès n'avait aucune intention de se soumettre à la Cour de son père. Leurs intrigues royales ne l'intéressaient pas.

— Vous devez rentrer à Atilia, insista sir Bartholomew. Mariez-vous et fondez une famille. C'est uniquement parce que le roi persiste à vous qualifier de play-boy que le peuple subit ses choix désastreux. Si vous reveniez et leur montriez un autre visage…

— Je ne suis pas le roi que vous cherchez, décréta Arès d'un ton sans réplique.

Le conseiller pâlit.

— Je refuse de perpétuer cette lignée décadente. Si mon père souhaite transmettre ce fardeau à d'autres enfants sans défense, je ne peux que compatir à leur triste destin.

Sir Bartholomew parti, Arès songea à sa mère, comme souvent. Que n'aurait-il donné pour bénéficier encore de ses conseils. Revoir son doux sourire tandis qu'elle manifestait cet humour discret que lui seul semblait avoir connu.

Tu dois te marier.

Ses mots résonnaient dans sa tête. Ceux qu'elle avait prononcés, droite et élégante dans son fauteuil. Elle lui manquait tellement. Sans doute serait-ce toujours le cas. Mais plutôt mourir que de suivre le même chemin que ses parents.

Son téléphone vibra dans sa poche. Une invitation à une énième folle soirée, certainement. Il aimait s'y comporter comme un homme lambda, et non le légataire d'un héritage aussi douloureux qu'empoisonné. Son reflet dans le miroir capta son attention. Il détestait l'admettre, mais c'était son père qu'il voyait dans ses traits, plus que sa mère.

Il carra les épaules, adoptant une posture altière qui lui aurait plu. Peut-être le regardait-elle, de là où elle était. Il aimait à le penser.

Satisfait, il quitta son penthouse pour s'immerger dans la vie nocturne de Manhattan.

2

Cinq mois plus tard

— Enceinte ?

Pia Alexandrina San Giacomo Combe soutint le regard de son frère Matteo avec tout le sang-froid dont elle était capable. Cela faisait près de deux mois qu'elle s'entraînait devant son miroir, sans vraiment être sûre du résultat.

— En effet, énonça-t-elle avec un calme travaillé.

La consternation se peignit sur les traits de Matteo.

— Tu n'es pas sérieuse...

Pia se tenait immobile devant le large bureau de la bibliothèque. Sans doute la plus belle pièce de ce manoir ancien de la famille de son père, construit par cet ancêtre, Combe, qui à force d'audace et de détermination s'était extrait des filatures de textile pour s'élever dans la société. Ou quelque chose comme cela. Pia n'écoutait que d'une oreille les récits de la prestigieuse histoire des deux branches de sa famille. Essentiellement parce que ses parents tendaient à en faire l'objet d'une compétition acharnée, renchérissant à qui mieux mieux sur la suprématie de leurs lignées respectives.

Le regard de Matteo se posa sur son ventre. Sa robe, elle devait l'admettre, la serrait aux entournures. Même la couleur noire, la seule qu'elle portait depuis le décès de sa mère six semaines plus tôt, ne parvenait pas à l'amincir. Son ventre s'était bel et bien arrondi, qu'elle l'accepte ou non.

Sa mère, bien sûr, n'avait pas manqué de lui faire remarquer son

« embonpoint » peu de temps avant sa mort. Avec Alexandrina, le moindre gramme en trop lui valait une volée de reproches acerbes. Pia l'avait appris à ses dépens lorsque, à douze ans, adolescente pâle et timide, elle avait dépassé – de presque rien – le poids autorisé. *Seules les filles pauvres et sans avenir sont grassouillettes*, lui avait assené la légendaire Alexandrina San Giacomo, avec un calme qui rendait l'humiliation plus cuisante encore. *Tu es une San Giacomo. Les San Giacomo n'ont pas des joues de hamster. À l'avenir, évite de t'empiffrer de friandises.*

Après cela, Pia avait résolu de ne plus jamais subir ce genre de sermon, à défaut d'égaler sa mère en grâce et en beauté. Toute son adolescence, elle avait enchaîné les régimes. Mais ses joues rondes avaient obstinément résisté à ses efforts. Jusqu'à ses vingt-deux ans, où elles avaient fondu quasiment du jour au lendemain.

Hélas, c'était peu de temps après qu'elle avait entrepris ce voyage fatidique à New York.

Pia ignorait pourquoi sa mère avait agi comme elle l'avait fait. Peut-être parce qu'elle avait découvert que sa fille célibataire était enceinte et sur le point de causer un scandale plus grand que ceux dont elle-même était coutumière. Alexandrina ne l'avait-elle pas exhortée toute son enfance à ne pas s'écarter du droit chemin ? À demeurer pure et parfaite, au-dessus de tout reproche ? Peut-être la nouvelle que Pia n'était plus si innocente, engrossée par un inconnu, était la raison pour laquelle elle s'était laissée aller, avec l'issue tragique qui avait suivi. Pia n'avait aucune certitude.

Le décès d'Alexandrina avait plongé sa famille, ainsi que sa myriade d'admirateurs, dans un profond désarroi. Et son père, l'impétueux Eddie Combe, que Pia avait toujours cru immortel, avait succombé à son tour à une crise cardiaque trois jours plus tôt.

Cette fois, elle en était sûre. Tout était de sa faute.

— Tu es bien enceinte, laissa tomber Matteo d'une voix grave.

Pia s'efforça de rester impassible, comme sa mère dans ses pires moments.

— J'en ai peur.

— Tu as conscience que nous sommes sur le point d'assister aux funérailles de notre père ?

Une question rhétorique, à laquelle Pia s'abstint de répondre.

Son regard s'égara vers la fenêtre où les collines verdoyantes du Yorkshire se découpaient sur un ciel triste, du même gris orageux que les yeux de son frère en cet instant. Pourtant, lorsqu'il reprit la parole, ce fut avec un effort d'indulgence palpable.

— Cela se voit, Pia.

Comme si ce détail lui avait échappé.

— Je sais, lâcha-t-elle.

— La presse sera présente à la cérémonie. Il y aura des paparazzis partout, plus encore qu'il y a six semaines. As-tu la moindre idée de la commotion qu'une grossesse visible risque de provoquer ?

Son frère faisait de son mieux pour ne pas serrer les dents, elle devait lui reconnaître cela.

— Et que suis-je censée faire, au juste ?

Cela faisait trois jours que cette question l'empêchait de dormir. Son absence aux funérailles de son père ne risquait-elle pas davantage de faire scandale ?

— Comment diable est-ce arrivé ? gronda Matteo.

Pia se considérait comme proche de son frère malgré leurs dix ans d'écart. C'était toujours elle et lui, soudés face à la tumultueuse histoire d'amour de leurs parents. Eddie Combe était connu pour sa tendance à en venir aux mains avec ses concurrents autant que pour son entreprise elle-même, Combe Industries, fruit des efforts de ces Combe déterminés à s'en sortir. Alexandrina, elle, était la plus belle femme du monde. C'était ainsi qu'on la décrivait depuis ses dix-huit ans. À ses funérailles, des stars avaient chanté des élégies tandis que la planète entière, en deuil, suivait la cérémonie en direct à la télévision. Pas un jour ne passait depuis sans que Pia tombe sur un hommage à Alexandrina – *la Bellissima*, l'appelait-on.

L'histoire d'amour de leurs parents avait captivé toute une génération. Pia elle-même s'était laissé aspirer dans ce tourbillon traversé de disputes, de bris de vaisselle, suivis d'étranges sons étouffés derrière des portes closes. Leur absolue obsession l'un pour l'autre éclipsait toute autre personne dans la pièce.

Matteo, homme ténébreux et charismatique, séduisant en diable, était entièrement dévoué à ses rôles de dernier héritier des San Giacomo et successeur de son père à la tête de l'entreprise familiale. Il représentait l'enfant idéal issu d'une telle union.

Pia, par contraste, avait été cachée presque toute sa vie. À cause de ses joues de hamster, croyait-elle enfant. On l'avait envoyée au couvent, puis dans une école d'étiquette pour jeunes filles de la haute société. Toute sa famille semblait se démener pour la tenir le plus loin possible du feu des projecteurs. Pour la protéger, lui assurait-on. Mais Pia n'était pas dupe. Elle était trop ronde, trop pataude. La plus belle femme du monde ne pouvait être affligée d'une fille aussi embarrassante, n'est-ce pas ? Si Alexandrina était un cygne, modèle de grâce et de beauté, Pia, elle, était le vilain petit canard et s'y était résignée. Du moins, avait-elle essayé.

— Comment c'est arrivé ? répéta-t-elle en ravalant un rire qu'elle savait déplacé. À ton âge, Matteo, je pensais que tu le savais...

— Cela n'a rien de drôle, la rabroua-t-il d'un ton cassant. Les funérailles de notre père débutent dans moins d'une heure. Tu n'as pas songé à me prévenir plus tôt de ton... état ?

Les joues de Pia s'embrasèrent de honte sous le regard dédaigneux de son frère.

— Je tenais à te l'annoncer moi-même, se justifia-t-elle. Mais tu n'es plus revenu de Londres depuis...

La mort de leur mère. Et elle n'avait aucune envie d'en parler.

— Quoi qu'il en soit, je savais que tu viendrais aux funérailles de papa. Alors j'ai préféré attendre de te voir en personne.

Pia s'en voulait d'être sur la défensive. Elle avait vingt-trois ans. Peut-être avait-elle été surprotégée toute sa vie, mais elle n'était plus une gamine. Alors pourquoi se comportait-elle comme telle face aux réprimandes de son frère ?

— Ce n'est pas un jeu, Pia, dit Matteo. C'est même un désastre.

— C'est moi qui ne rentre plus dans aucun de mes vêtements, répliqua-t-elle. Inutile de me rappeler la réalité de ma situation, Matteo. Je suis la mieux placée pour la connaître.

Il la fixa en secouant la tête. Pia avait beau essayer de faire bonne figure, la vérité était qu'elle avait terriblement honte. Et le regard dont il la transperça alors, empreint d'une profonde déception, porta le coup de grâce à son courage.

— Je suis désolée, murmura-t-elle.

— Qui est le père ?

Ses joues s'enflammèrent un peu plus.

— Papa m'a posé la même question, éluda-t-elle.

La réponse était trop sordide. Trop humiliante. Et elle qui s'en était réjouie ! Elle avait son propre petit secret ! Enfin, elle était une femme moderne comme toutes celles qu'elle côtoyait. Fini de jouer les vestales ingénues. Elle avait osé profiter de l'instant, bravant sa famille si résolue à l'empêcher de commettre les mêmes erreurs qu'elle. C'était si bon d'être libre, de s'amuser… Puis étaient arrivées les premières nausées matinales.

L'expression de Matteo s'assombrit.

— Papa était au courant ?

— Papa et maman le savaient tous les deux, avoua-t-elle d'une petite voix.

De tout ce qui lui était tombé dessus ces dernières semaines, cette grossesse constituait le cadet de ses soucis. Elle ne comprenait pas comment le monde continuait de tourner alors que ses parents n'étaient plus là. Sa mère avait été comme le ciel au-dessus de sa tête, toujours présent bien que sujet à de brusques orages. Son père tenait davantage du volcan, fier, imposant, jamais très loin d'entrer en éruption.

Ils étaient tous deux partis, à présent.

Comment aller de l'avant en sachant qu'elle était responsable de leur mort ?

Sa main glissa d'instinct vers son ventre. Et se figea quand les yeux de Matteo suivirent le geste. Une nouvelle bouffée de honte envahit Pia.

Matteo secoua la tête, comme s'il peinait à absorber ce qu'il venait d'entendre.

— Comment ont-ils réagi ? questionna-t-il, un pli soucieux sur le front.

Pia carra les épaules afin de paraître plus grande, ainsi qu'Alexandrina le lui avait appris.

— À ton avis ? D'après maman, mieux vaut avoir un garçon, car les filles volent la beauté de leur mère.

Un moment de gêne avait suivi ces paroles. Mère et fille s'étaient dévisagées en silence, l'une comme l'autre conscientes de l'évidence. Pia n'avait rien fait de tel.

— Quant à papa, il m'a dit, je cite : « J'aurais dû me douter que tu tournerais mal. Ma fille, une vulgaire prostituée... »

Matteo garda le silence. Pia sentit son estomac se retourner, et pas à cause des nausées matinales. Ses parents étaient capables des pires insultes. Crises et colères constituaient leur moyen de communication privilégié. Quand leurs paroles dépassaient leur pensée, ils faisaient ensuite tout pour se faire pardonner, à travers de soudaines marques d'affection et des voyages impromptus vers des destinations exotiques. Elle les avait déçus, elle le savait. Tout comme elle savait que, avec le temps, leur dureté aurait cédé la place à l'indulgence. C'est ce qu'elle aurait dû leur dire : qu'elle ne doutait pas, au fond, de leur bienveillance à son égard.

Hélas, c'était trop tard. Pour eux comme pour elle.

Des bruits lui parvinrent de l'extérieur de la bibliothèque. Le personnel s'affairait en vue de la collation prévue après les funérailles, où toutes les connaissances d'Eddie Combe, associés et P-DG – certainement pas ce qu'on pouvait appeler des amis – feindraient une tristesse de rigueur. Tous les chefs d'État d'Europe enverraient également un émissaire, car Eddie Combe, bien qu'issu des usines de filature du Yorkshire, avait épousé une San Giacomo. Les San Giacomo avaient appartenu à la royauté vénitienne autrefois. Au moins un de leurs ancêtres avait été prince. Tout le gratin européen se devait donc de rendre un dernier hommage à Eddie, même en l'absence de tout lien avec lui de son vivant.

Pia n'avait aucune envie de participer à ce spectacle, et pas seulement à cause de sa grossesse. Elle ne s'était pas encore remise de la disparition de ses parents. Comment tourner la page sans savoir avec certitude s'ils auraient bien fini par s'adoucir comme ils le faisaient toujours, ou si cette énième déception avait été celle de trop ? Il était trop tôt, estimait-elle, pour qu'elle fasse son deuil. Surtout en public, comme le personnage d'une pièce dont on jugeait la prestation. Tout cela était profondément injuste.

— Sais-tu seulement qui est responsable de ton état ou préfères-tu ne pas le nommer ? demanda Matteo d'un ton glacial.

Peut-être était-elle plus vulnérable qu'elle ne l'avait imaginé, car la question l'irrita.

— La seule personne « responsable de mon état », c'est moi,

répondit-elle. Je n'ai pas été forcée, si c'est ce que tu sous-entends. J'étais consentante et active. Je ne suis pas une pauvre demoiselle en détresse, Matteo.

Peut-être même se serait-elle réjouie d'être enceinte, si tout son entourage n'avait pas été aussi horrifié par la nouvelle. Elle avait toujours rêvé de fonder une famille. Sa propre famille, différente de la sienne. Le genre de famille que les autres avaient, imaginait-elle.

Matteo l'étudiait avec suspicion. Elle pouvait presque voir travailler les rouages de son cerveau.

— C'est arrivé à New York, n'est-ce pas ?

— Si tu veux parler de mon séjour là-bas pour fêter l'obtention de mon diplôme, alors oui.

Et comme elle s'était battue pour ce voyage ! C'était finalement Matteo qui avait intercédé en sa faveur auprès de leurs parents, décrétant que Pia méritait elle aussi sa chance de vivre sa vie d'adulte. Que devait-il penser, à présent ? Une nouvelle vague de honte la submergea.

— ous avons passé une merveilleuse semaine à New York. Apparemment, j'en ai ramené un souvenir...

— Je ne comprends pas. « Nous » ?

Pia perdit patience.

— Vraiment ? Tu ne comprends pas ? Ce ne sont pourtant pas les photos qui manquent dans les tabloïds, de toi en compagnie de différentes femmes. Toi non plus, tu n'es pas marié, que je sache.

— Pia...

— Si je dois me conduire comme au siècle dernier, alors toi aussi, non ? Peut-être devrais-je m'inquiéter pour ta vertu ?

— Sache que je n'ai pas pour habitude d'être intime avec des inconnues, rétorqua Matteo.

— Oh ! très bien. Alors papa avait raison. Je ne suis qu'une prostituée.

— Je n'ai pas dit cela.

Pia n'eut pas l'occasion de répliquer. La porte s'ouvrit et l'assistante de son frère vint lui murmurer quelque chose à l'oreille. L'heure était venue de remplir leur triste devoir.

Les mots de son père continuaient à résonner dans sa tête. Il les pensait au moment de les prononcer, elle le savait. Il l'avait regardée droit dans les yeux et insultée sans ciller, trois jours à peine avant son attaque. Pia s'efforçait de ne pas y voir de lien de cause à effet. Cette crise cardiaque n'avait aucun rapport avec son état, se persuadait-elle. S'il en avait eu le temps, sans doute serait-il venu la trouver pour enterrer la hache de guerre, d'une façon ou d'une autre.

Mais comment en être sûre ?

La dernière opinion d'Eddie à son sujet était qu'elle était une fille facile. Il l'avait proclamé haut et fort. Trois jours plus tard, il n'était plus de ce monde. Sa mère, elle, lui avait reproché d'être grosse. Rien de nouveau sous le soleil. C'était son insulte favorite à l'encontre des autres femmes. Le pire défaut qu'elle puisse concevoir. Au moment de sa mort, elle n'était pas encore passée à l'étape suivante, celle des effusions et des preuves d'affection.

Quoi qu'il en soit, Matteo et elle étaient orphelins, désormais. Et l'idée que ce soit de sa faute rongeait Pia de l'intérieur.

Sa main se posa d'instinct sur son ventre. Qu'elle soit responsable ou non, la vie qu'elle portait en elle était innocente. Hors de question de lui transmettre sa culpabilité. Elle se l'interdisait.

Le service funèbre se révéla simple et étonnamment touchant. On fit d'Eddie le portrait d'un homme bien plus accessible qu'il ne l'avait été. Qui sait si elle-même ne réapprendrait pas à le connaître, au fil du temps ? Si ses souvenirs ne se cristalliseraient pas davantage autour d'une figure paternelle à l'affection bourrue ? À moins qu'il ne reste à jamais dans son esprit cet homme au tempérament volcanique qui, au moment de mourir, voyait en sa fille unique une vulgaire prostituée...

Le trajet de retour vers le domaine des Combe se fit sous un ciel menaçant. Les nuages s'amoncelaient, susceptibles de crever à tout instant, tandis que le cercueil d'Eddie était descendu dans le caveau familial. Le pasteur prononça une prière sous un vent frais, trop vif pour être agréable. Pia suivit des yeux le cercueil, tout ce qu'il restait de son père, de son enfance, jusqu'à ce qu'il ait entièrement disparu. Au prix d'un effort, elle ravala ses larmes. Il y avait trop de caméras, trop d'appareils photo. Combien de fois sa mère l'avait-elle sermonnée sur le fait d'apparaître les yeux rougis et le visage bouffi ?

Mais sa mère était partie, elle aussi. Alexandrina, Eddie... Plus rien ne serait jamais comme avant.

Elle sentit la main de Matteo dans son dos et ils s'éloignèrent de la tombe pour recevoir les condoléances de chacun, comme il se devait. C'était dans ces occasions que Pia appréciait son éducation en matière d'étiquette. Elle était capable de serrer les mains de tout le gratin royal d'Europe et soutenir leur regard sans même les voir.

— Veuillez accepter mes condoléances au nom du royaume d'Atilia et de Sa Majesté le roi Damascus, mon père.

Cette voix interpella Pia. Au même moment, une large main enveloppa la sienne, et elle reconnut cette brusque décharge électrique. Ce frisson brûlant fusant de sa nuque jusqu'au creux de ses reins. Elle leva vivement la tête et se heurta, sans surprise, à deux yeux d'un vert saisissant, piqué d'or. Le choc qu'ils exprimaient reflétait le sien.

Pia paniqua. Comment était-ce possible ? La dernière fois qu'elle avait vu cet homme, il dormait profondément dans un penthouse surplombant Manhattan. Elle avait rassemblé ses affaires, à la fois secouée et galvanisée par son audace autant que par tout ce qu'il lui avait appris, avant de s'éclipser sur la pointe des pieds. Jamais elle n'aurait imaginé le revoir un jour.

— Toi... New York, murmura-t-il, presque avec ravissement.

Une douce chaleur se répandit en elle devant son léger sourire en coin. Comme si elle était un aussi bon souvenir pour lui que lui l'était pour elle. Ou l'avait été au début, jusqu'à ce que ses premières nausées matinales la conduisent tout droit chez le médecin à propos de cette grippe qui ne passait pas.

— New York ? répéta Matteo d'un ton menaçant. Vous dites que vous avez connu ma sœur à New York ?

— Matteo, arrête.

Mais l'homme, toujours cette ombre de sourire aux lèvres, ne semblait pas avoir conscience du danger.

— Oui, j'ai rencontré votre sœur à Manhattan il y a quelques mois.

Il se tourna vers Pia.

— Vous rendez-vous souvent dans cette ville ?

— *Mademoiselle* Combe, ma *petite* sœur, n'y est allée qu'une seule fois, gronda Matteo. Et devinez quoi ? Elle en a ramené un souvenir.

— Je vous demande pardon ?

L'homme avait froncé les sourcils, de cette façon qu'ont les personnes éminentes de le faire, presque une invitation à s'excuser d'avoir osé les importuner.

— Ma sœur est enceinte de six mois, lâcha Matteo.

Pia eut soudain l'impression de se retrouver au milieu d'une scène au ralenti. Elle vit son frère s'avancer vers leur interlocuteur, les poings serrés. Mais l'homme, qui lui avait dit s'appeler Eric, bien qu'elle ne l'eût pas cru, ne bougea pas d'un pouce.

Leurs regards se tournèrent vers elle, comme si elle était une sorte de curiosité.

— Si votre sœur est enceinte, c'est son problème, pas le mien, déclara-t-il d'une voix qui avait perdu toute affabilité.

Le cœur de Pia se serra dans sa poitrine. L'air lui manquait tout à coup. Et elle qui avait déjà cru atteindre le fond...

— Pia, est-ce lui ? questionna Matteo, fulminant.

— As-tu oublié où nous sommes ? lui chuchota-t-elle entre ses dents.

— Comme je l'ai dit, l'état de votre sœur ne me concerne pas, répéta l'homme.

Et pas n'importe quel homme. Si Pia avait dû jeter aux oubliettes toute une vie de prudence et d'exemplarité dans les bras du premier venu, elle l'aurait fait il y a longtemps. Mais « Eric » n'était pas le premier venu. Il attirait tous les regards avec ses cheveux sombres, ses yeux à couper le souffle et le genre de traits qui inspire des poèmes, sans oublier ses larges épaules sur lesquelles toute femme ne demandait qu'à pleurer. C'est cet homme-*là* qui était soudain apparu à cette soirée où Pia s'était sentie empruntée, pas vraiment à sa place. Il avait surgi de nulle part, à l'aise et sûr de lui, se démarquant immédiatement du reste des invités. Le sourire qu'il lui avait adressé l'avait clouée sur place.

Il ignorait qui elle était.

Elle remarquait toujours ce genre de détail. La façon dont on prononçait son nom, avec cette lueur particulière dans le regard. Elle n'avait rien décelé de tel chez lui. Elle lui avait plu telle qu'elle était. Juste elle. Pia. Une consolation à laquelle elle s'était raccrochée par la suite. Mais même cela venait de lui être enlevé.

— Merci d'étaler ma vie privée au grand jour, Matteo, lâcha-t-elle de ce ton glacial si caractéristique de sa mère.

Qui lui venait avec une étonnante facilité, découvrait-elle.

— Pour ta gouverne, sache que je n'ai couché qu'avec une seule personne...

Elle se tourna vers l'homme devant elle, beau à se damner.

— Et cette personne, je le crains, c'est vous.

Son annonce n'eut pas l'effet escompté. Cet homme si séduisant, source de ses plus torrides souvenirs, se contenta de rire. Haut et fort.

— Comme si j'allais croire cela, persifla-t-il.

C'est à ce moment-là qu'intervint Matteo. En lui collant son poing dans la figure.

3

Arès avait ri. Qu'aurait-il pu faire d'autre, face à cette amante d'un soir parmi tant d'autres ?

Non. En réalité, il ne l'avait pas oubliée. Il se souvenait comme si c'était hier de ces grands yeux gris qui s'étaient illuminés en le regardant. De ce sourire tantôt timide, tantôt ravi. Plus que tout, il se souvenait du goût de ses lèvres. De sa peau. Il avait même envisagé de la retrouver, au cours de ces derniers mois, pour y goûter à nouveau.

Et voilà qu'il se retrouvait étalé au sol, frappé en plein visage par l'héritier des Combe. Violemment et devant des dizaines de paparazzis qui, tels des vautours, se précipitaient déjà pour mieux voir. Les flashs crépitaient autour de lui tandis que les caméras n'en perdaient pas une miette, zoomant sur le prince d'Atilia affalé dans l'herbe humide en plein enterrement.

Arès foudroya du regard l'homme qui l'avait mis dans cette position. Ce n'était pas l'envie qui lui manquait de riposter, mais il se retint. Il avait beau refuser le trône, il restait un prince, que cela lui plaise ou non. Et un prince ne s'en prenait pas à un roturier en deuil, quelle que soit la provocation. Il tenait à préserver son image publique, ne serait-ce que pour contrebalancer celle, désastreuse, de son père. S'il ne pouvait revenir sur ce qui s'était passé, il pouvait au moins éviter l'escalade.

Avec plus de grâce que lors de sa chute, il se releva et épousseta son costume, un œil sur le fils Combe au cas où ses poings le démangeraient encore. Il porta une main à ses lèvres. Évidemment, elles saignaient. Ce fichu sang dont son père lui avait rebattu les oreilles toute sa vie trouvait le moyen de revenir sur le devant de la scène.

Déjà, ses gardes du corps s'élançaient vers lui. Il les stoppa d'une main péremptoire avant que la situation ne dégénère. Son regard se posa sur l'homme devant lui. Il ne s'était même pas donné la peine de retenir son nom en parcourant ses notes sur le trajet. Une grave omission, découvrait-il à présent.

— Vous avez conscience que je suis le prince héritier d'Atilia, n'est-ce pas ? s'enquit-il froidement. Une telle attaque équivaut à une déclaration de guerre.

— Cela ne m'effraie pas, rétorqua son adversaire.

— Je vous rappelle que nous sommes filmés, leur glissa la jeune femme à ses côtés.

Son nom à *elle*, il s'en souvenait. Pia. Un nom aussi court qu'elle était menue. Tellement qu'il ne fallait guère de force pour la manier dans tous les sens. Et Arès ne s'en était pas privé. Il aurait dû s'en apercevoir tout de suite : la taille épaissie, le ventre arrondi, bien visible… Aucun doute, elle était bien enceinte.

Mais pas de lui.

— J'utilise toujours un préservatif, déclara-t-il avec hauteur.

L'héritier des Combe semblait hors de lui. Pia, elle, secouait la tête. Son regard balaya l'assemblée qui les encerclait, puis revint sur eux.

— Si vous voulez continuer à vous donner en spectacle et jouer à qui est le plus macho, allez-y. Mais je refuse de faire les choux gras des tabloïds pour la première fois de ma vie à cause de votre stupidité, dit-elle avant de tourner les talons et de s'éloigner à grands pas.

Comme s'il n'était pas déjà trop tard.

Arès regarda autour de lui. Les plus folles spéculations se lisaient sur tous les visages. Le fils Combe l'avait mis au tapis, et maintenant Pia fuyait la scène. Pas besoin d'être un génie pour faire le lien entre lui et son ventre rond. Sauf que c'était impossible.

— Je vous conseille de suivre ma sœur, gronda son frère.

— Sinon quoi ? Vous allez encore me frapper ? rétorqua-t-il avec dédain.

— S'il le faut.

Arès s'esclaffa, davantage au bénéfice de son audience que par amusement.

— Vous n'êtes pas en position de me dire où aller, monsieur Combe.

Mais parce que cela restait la meilleure option, il se dirigea à son tour vers l'imposant manoir trônant au sommet de la colline. Il prit toutefois son temps, bavardant à droite à gauche comme s'il assistait à une garden-party plutôt qu'à des funérailles, oublieux de sa lèvre en sang. Tout cela après s'être fait accuser d'avoir mis une femme enceinte par son frère surprotecteur devant des dizaines de caméras.

Quoi qu'en dise le maître des lieux, rien ne l'empêchait de s'en aller. Il n'avait qu'un geste à faire pour que ses gardes du corps l'évacuent en un éclair. Mais l'état de Pia n'était pas son fait et il tenait à dissiper le malentendu.

À peine franchissait-il le seuil du manoir qu'il eut l'impression de pénétrer dans une caverne. Comment les Européens du Nord supportaient-ils ces demeures sombres et étouffantes ? Les palais d'Atilia avaient été construits pour célébrer les îles qu'ils occupaient. La mer y était partout présente, miroitant entre les arches, murmurant à chaque coin, à chaque détour.

Il demanda à voir Pia et se vit diriger vers une bibliothèque, semblable à tous les bureaux de proviseurs où il avait été convoqué. Le plus souvent juste avant d'être renvoyé.

Elle se tenait à la fenêtre, le regard perdu vers la triste campagne anglaise, froide et détrempée. Pourquoi affirmait-elle qu'il l'avait mise enceinte ? Difficile de se concentrer sur cette question en la voyant ainsi, pareille à cette nuit-là. La scène était limpide dans sa mémoire. Il s'était réveillé après leur seconde, ou peut-être troisième étreinte, pour la trouver devant la fenêtre, enveloppée d'un drap emprunté au champ de bataille qu'était leur lit, une main à plat sur la vitre derrière laquelle brillaient les lumières de Manhattan. Il s'était approché, comme aimanté, puis avait écarté le rideau sombre de ses cheveux pour imprimer un baiser sur sa nuque. Il entendait encore son gémissement étouffé, se remémorait la fraîcheur de la vitre sous sa paume tandis qu'il la prenait par-derrière...

Il secoua la tête, alarmé par la réaction instinctive de son corps à ce souvenir.

— Je ne suis pas le père de ton bébé, assena-t-il d'un ton cassant.

Pia ne se retourna pas. Elle resta là, de trois quarts, les bras croisés au-dessus de son ventre rond. Impossible d'en détourner les yeux. À croire qu'il n'avait jamais vu de femme enceinte avant.

— Quand j'ai appris ma grossesse, j'ai essayé de te contacter, dit-elle. C'est le minimum, n'est-ce pas ? Sauf que j'ai eu beau demander à la ronde, ce qui était déjà assez embarrassant, personne ne se souvenait d'un « Eric » à la soirée.

— Alors parce que j'ai menti sur mon nom, tu mens à ton tour sur un sujet bien plus sérieux ?

Elle exhala un soupir, toujours sans se retourner.

— Dans l'impossibilité de te retrouver, je me suis dit « Tant pis ». Ce n'était pas idéal, mais pas si grave non plus. Je me débrouillerais seule, comme tant d'autres femmes depuis toujours. C'est facile d'y croire tant que personne n'est au courant. Qu'on n'a pas encore annoncé à sa famille que, oui, on a eu une aventure d'un soir à New York avec un homme dont on ignore le nom. Et qu'on est enceinte de lui.

— Ce n'est pas mon bébé.

— Je vis avec ma honte, continua-t-elle en carrant les épaules. En tout cas, j'essaie. Je ne pensais pas te revoir un jour.

— De toute évidence. Ou tu ne répandrais pas de tels mensonges.

Sa fureur perçait dans sa voix, bouillonnant juste sous la surface.

Elle se retourna alors, et la sérénité de son visage lui fit l'effet d'une gifle. Jusqu'à ce qu'il remarque autre chose au fond de ses yeux gris.

— Question humiliation, je pensais avoir atteint mon quota, dit-elle. Mais j'avais tort. Il existe mille et une façons d'être rabaissée.

Arès sentit ses entrailles se nouer à ces mots, mais fit comme si de rien n'était.

— Tu ne peux pas crier sous les toits que tu attends mon enfant, fit-il. D'une part, ce n'est pas moral. D'autre part, je ne suis pas n'importe qui. Ce que tu annonces au monde, c'est que tu portes le futur héritier du trône d'Atilia. En as-tu conscience ?

Pia pâlit.

— Comment le pourrais-je ? Il y a encore un quart d'heure, j'ignorais qui tu étais. Un prince, rien de moins. Un fichu *prince* !

Pour quelqu'un ayant renoncé au trône, sans doute n'aurait-il pas dû se sentir aussi offensé par sa façon de prononcer son titre.

— Maintenant, tu sais. Tu dois te rétracter immédiatement, insista-t-il.

— Tu nies que nous ayons couché ensemble ? demanda-t-elle d'une voix tremblante.

— Non. Mais je ne vois pas le rapport.

— C'est simple. Je n'ai couché qu'avec un seul homme dans ma vie. Toi.

Le mot flotta entre eux, lourd d'implications. Un poids pesait soudain sur la poitrine d'Arès.

— Si tu n'es pas le père, alors nous sommes en présence d'un miracle, ajouta-t-elle, sarcastique. Dois-je prévenir le Vatican de ce second cas d'Immaculée Conception ou tu t'en charges ?

Arès serra la mâchoire. Il avait beau se targuer d'être un homme indépendant, libre de ses choix, que ni couronne ni royaume n'asservissaient, il restait un prince dans l'âme. Personne ne lui avait jamais parlé de cette façon. Toute sa vie, réalisait-il, on ne lui avait témoigné que respect et déférence. Aujourd'hui, pourtant, on l'avait frappé en public, et son amante d'un soir s'adressait maintenant à lui avec une désinvolture frôlant l'insolence.

Mais lorsqu'elle se mit à se tordre les mains, Arès devina, non sans une certaine satisfaction, qu'elle n'était pas aussi sereine qu'elle le laissait paraître.

— Par chance, reprit-elle, que tu me croies ou non importe peu. Il existe des tests de paternité à réaliser avant ou après la naissance.

— Ce n'est pas la question…

— Je ne t'en veux pas, continua-t-elle, ignorant son intervention.

Encore une nouveauté pour lui. D'autant qu'elle semblait penser faire preuve de *magnanimité*.

— J'imagine que ce ne doit pas être facile à croire pour quelqu'un… comme toi.

Il haussa un sourcil.

— Comme moi ?

— Je doute que notre nuit t'ait marqué. Ni moi, d'ailleurs.

C'est normal, n'est-ce pas ? Ta vie doit être une telle succession d'aventures...

Arès s'abstint de répondre et opta pour une autre approche, aiguillonnée par un instinct tout masculin.

— Il y a une chose qui m'échappe. Tu prétends que tu étais vierge avant cette nuit-là. Pourquoi ? questionna-t-il. Tu n'es plus une enfant.

— Ce serait donc puéril d'être chaste, d'après toi ?

— Disons que c'est un état auquel je me suis empressé de remédier. Sans doute la meilleure éducation que m'ait dispensée le pensionnat.

Il combla la distance entre eux, les yeux chevillés aux siens.

— À ton âge, on n'est plus chaste à moins d'avoir été enfermée dans un couvent.

— Exactement.

La note de dérision dans la voix de jeune femme le prit au dépourvu. Il s'immobilisa devant elle.

— Quoi, un *vrai* couvent ? Avec des nonnes ?

— C'est le principe. Je n'en connais aucun sans nonnes.

— Que diable fichais-tu dans un couvent ?

Elle esquissa un sourire ironique.

— Ce qu'on y fait en général, préserver son honneur et sa vertu.

— Alors à la seconde où tu en es sortie, tu t'es dépêchée de te débarrasser de cette encombrante virginité avec le premier venu ? conclut Arès.

Son ego en prit un coup. Il n'avait pas l'habitude d'être le « premier venu », anonyme parmi les autres. Digne d'intérêt du seul fait de son sexe.

— D'abord, j'ai été envoyée dans une école pour filles de bonne famille, expliqua Pia sans baisser les yeux. J'y ai acquis des connaissances vitales. Un peu d'économie et de sciences politiques dont saupoudrer mes conversations lors des réceptions. L'art et la manière de parler littérature afin de paraître intellectuelle, mais accessible. J'y ai aussi appris à danser avec grâce, comme il sied à toute hôtesse et invitée de qualité, ainsi qu'à saluer selon le protocole approprié, de la simple inclinaison de tête à la révérence profonde. Tu vois de quoi je parle ?

— Non, je ne vois pas...

Ou plutôt, il ne voyait qu'elle. Impossible de détourner les yeux, rivés à elle comme par une force magnétique. Exactement comme ce soir-là. Comment réussissait-elle encore à l'affecter de la sorte ?

— Où veux-tu en venir ? la pressa-t-il.

— Il y a six mois, j'ai obtenu mon diplôme, poursuivit Pia. Mes amies et moi avons décidé de fêter cela à New York. L'une d'elles connaissait l'organisateur de cette fameuse soirée, et c'est là que tu es arrivé. Tristement banal, n'est-ce pas ?

— À un détail près, *cara*. Contrairement à toi, je n'ai pas été élevé chez les moines. Et aucune de mes amantes n'a jamais fait irruption chez moi pour m'accuser de l'avoir mise enceinte.

— C'est *toi* qui as fait irruption chez moi, je te signale. Le jour des funérailles de mon père. Mais tu as raison, parlons plutôt de *tes* problèmes et de *tes* sentiments.

— Il n'est pas question de sentiments, mais de ce qui est techniquement possible ou non, rétorqua Arès.

La jeune femme haussa les épaules.

— Il n'y a pas de mystère. Pour moi, il n'y a eu qu'une seule nuit. Et qu'un seul homme.

— Mais je...

— S'il te plaît.

Ses grands yeux implorants contrastaient avec son geste tranchant de la main.

— Cela ne sert à rien de débattre sur ce point. Donne-moi tes coordonnées et je me charge d'organiser le test. C'est encore le meilleur moyen d'être fixés.

— Tu n'imagines tout de même pas que je vais m'en aller comme si de rien n'était ? Ou est-ce ce que tu veux ?

D'instinct, ses mains se refermèrent sur ses frêles épaules pour l'empêcher de s'esquiver. Un geste qu'Arès peinait à rationaliser. Une étrange expression voila les yeux de Pia derrière son rictus cynique.

— C'est plutôt à toi de te poser cette question, tu ne crois pas ? En l'absence de test, comment savoir qui est le père ? Moi, en tout cas, je ne dirai rien. Tu peux en être sûr.

Le poids sur la poitrine d'Arès s'alourdit. Il n'avait qu'à tourner les talons et s'en aller, là, maintenant. Sa lèvre guérirait. Les tabloïds s'en donneraient à cœur joie, bien sûr, mais n'était-ce pas leur raison d'être ? S'il s'abstenait d'attiser le scandale, les braises finiraient par s'éteindre d'elles-mêmes. Et lui continuerait à mener sa vie comme il l'entendait.

Malgré lui, il songea à sa mère. Comme il la décevrait, si elle était là. Rien n'avait plus compté pour la reine que sa famille. Lui, Arès. Tout ce qu'elle voulait pour lui était une épouse et des enfants. Son père, son obsession pour leur lignée, il s'en souciait comme d'une guigne. Il n'avait eu aucun mal à s'en détacher. Mais sa mère, c'était une autre histoire.

Il tenait toujours Pia par les épaules, séparé d'elle par son ventre proéminent. Il ne voulait rien avoir à faire avec tout cela. S'il le pouvait, il remonterait le temps et déclinerait l'invitation à ces funérailles. Mieux encore, il s'empêcherait de se rendre à cette maudite soirée à New York. Même si cela signifiait effacer aussi leur nuit de passion qui, il devait bien l'admettre, continuait à le hanter.

— Il y a deux choses que tu dois savoir sur moi, déclara-t-il d'une voix bourrue. La première est que je n'ai aucune intention de me marier. Mon père, le roi, rêve de m'évincer de la succession et je lui rends volontiers service. C'est toujours mieux que d'entrer dans son jeu. La seconde, tout aussi importante, est que je n'ai jamais voulu d'enfant.

— Est-ce le protocole royal pour féliciter une future mère ? Si oui, il laisse à désirer, ironisa Pia.

Mais sa voix tremblait, et Arès eut mauvaise conscience.

— J'aurais préféré rester à l'écart de tout cela, ajouta-t-il avec fermeté. Cependant, j'assumerai mon devoir, d'une façon ou d'une autre.

Sans s'en rendre compte, il s'était dangereusement rapproché de Pia. Sa bouche n'était plus qu'à quelques centimètres de la sienne. Il lui suffirait de pencher la tête pour boire à ces lèvres pulpeuses, à portée de baiser...

Mais d'un mouvement d'épaules, la jeune femme se dégagea de son étreinte. Ses entrailles se tordirent lorsqu'elle posa une main protectrice sur son ventre, comme pour défendre l'enfant contre lui.

Son enfant, si elle disait vrai.

— Je ne t'ai rien demandé, objecta-t-elle d'une voix douce mais ferme. Si c'est par obligation que tu offres de t'impliquer, non merci.

La porte de la bibliothèque s'ouvrit derrière eux. Arès fit volte-face, furieux qu'on ose le déranger.

Son chef de la sécurité inclina la tête en signe d'excuse.

— Votre Altesse, nous devons partir. Les paparazzis sont devenus hors de contrôle.

4

Si le temps avait paru ralentir au cimetière, tout s'accélérait à présent. Un coup d'œil par la fenêtre renseigna Pia sur la situation. Une horde de reporters criaient son nom et jouaient des coudes devant la maison. C'était à qui obtiendrait le premier un scoop juteux. Pia en était malade. Elle avait l'impression d'être à bord d'un train sans conducteur lancé à toute allure.

Et elle ne pouvait s'en prendre qu'à elle-même.

C'était à cause de *lui*. Le prince Arès. Son nom n'avait jamais été Eric. Maintenant qu'elle savait qui il était, elle n'en revenait pas de l'avoir pris pour un homme lambda. Tout dans sa contenance trahissait son sang princier. Comment cela avait-il pu lui échapper à New York ? Sa posture altière. Son haussement de sourcil autoritaire. Sa promptitude à prendre les choses en main.

Il l'écarta de la fenêtre et aboya un ordre à son garde du corps, avant de reporter son attention sur elle, le regard grave. Que diable avait-elle vu d'ordinaire chez cet homme ?

— Nous tirerons cette histoire au clair plus tard, dit-il d'un ton sans réplique. D'ici là, tu viens avec moi.

Pia chancela, prise de court.

— Avec toi ? Où cela ?

Mais Arès ne s'embarrassa pas de son accord. De toute évidence, il lui était superflu. Sans doute avait-il l'habitude, là d'où il venait, qu'on lui obéisse au doigt et à l'œil. En quelques enjambées, il avait atteint la porte. La main sur la poignée, il se tourna vers elle :

— Pia, c'est bien cela ?

Comme si sa situation n'était pas déjà assez humiliante...

Pia scotcha sur ses lèvres ce sourire imperturbable que sa mère lui avait appris.

— Oui, c'est bien cela. Dans la confusion, je crains d'avoir manqué les présentations officielles. Tu es… ?

Elle le vit ciller, entre choc et incrédulité. À croire que la possibilité que quelqu'un sur terre ignore qui il était ne lui avait jamais traversé l'esprit. Croyait-il donc qu'elle faisait semblant d'ignorer son identité à New York ?

Peut-être aurait-elle dû faire preuve de compréhension. Après tout, elle aussi savait ce que c'était d'être connu. Prisonnier d'un nom qui vous précédait partout et vous collait à la peau. Souvent, elle aurait préféré être anonyme. Malgré cela, elle éprouvait un malin plaisir à voir Arès patauger autant qu'elle.

— Je suis Son Altesse royale, le prince héritier Arès d'Atilia, duc de ceci et comte de cela. Mais inutile de m'appeler par mon titre complet. Arès fera l'affaire.

Il n'éprouvait clairement aucune honte d'avoir couché avec une parfaite inconnue. Pia résolut donc de suivre son exemple. Ou du moins de faire semblant.

— Enchantée, dit-elle, le menton levé. Pour ta gouverne, je ne t'accompagnerai nulle part. Nous venons tout juste de faire connaissance.

Exception faite de cette nuit torride qu'elle avait passée dans ses bras. Mille expressions avaient traversé son beau visage. Elle l'avait vu rire. Se concentrer dans l'effort. Elle avait vu le plaisir gravé sur ses traits. Pas une fois elle n'avait perçu le moindre danger.

Jusqu'à maintenant.

— Tu ne sembles pas comprendre. Laisse-moi éclairer ta lanterne.

Sa voix était sombre, teintée de menace. Il n'y avait plus rien de désinvolte dans sa contenance. Une aura de pouvoir émanait de lui, reflétée dans ses yeux verts à l'éclat implacable.

— Tu as revendiqué le trône du royaume d'Atilia. Si ce que tu dis est vrai, tu portes mon enfant.

— Et alors ? répliqua-t-elle avec un calme qu'elle était loin de ressentir. Tu as dit toi-même que tu refusais de te marier. Quelle importance si tu as des enfants illégitimes ? Tu ne seras pas le premier prince de l'histoire à qui cela arrive, loin de là.

Ses lèvres sculptées formèrent une ligne sévère.

— Atilia est un royaume ancien, régi par des lois ancestrales. Dois-je te donner un cours sur nos traditions en matière de succession ?

— Je n'ai rien demandé de tel.

— Un héritier légitime supplante un enfant illégitime, poursuivit-il sans se soucier de sa remarque. Mais seulement s'il s'agit d'un garçon.

— Ça alors...

Il ignora son trait d'ironie.

— Je suis le suivant dans l'ordre de succession. Mes enfants légitimes accèdent au trône après moi. En cas d'absence d'héritier, la couronne revient soit aux enfants de mon père par sa seconde épouse, soit à mon cousin. Tout enfant illégitime que j'aurais ne supplanterait les nouveaux enfants de mon père qu'à la seule condition que ces derniers soient des filles.

— Fascinant, railla Pia. Une autre option serait que tu t'en ailles et gardes le secret. J'en ferai autant. Nous n'aurons plus jamais à parler d'héritiers.

Ou de quoi que ce soit d'autre. Pour son plus grand soulagement. Alors quelle était cette sensation douce-amère qui l'étreignait à cette perspective ?

— Je crains qu'il ne soit trop tard pour cela, Pia, assena Arès avec cette autorité qui la faisait frissonner malgré elle. La rumeur est lancée. Les reporters réclament des réponses. Et les faits qu'ils n'obtiennent pas, ils les inventent.

— On ne gagne rien à vivre en fonction des tabloïds, le sermonna-t-elle.

Gentiment.

— Ni à apparaître dans leurs pages, contra Arès. Tu as dit tout à l'heure que cela ne t'était encore jamais arrivé. Pourquoi commencer maintenant en te jetant toi-même dans la fosse aux lions ?

Pia se mordit l'intérieur de la lèvre. Essayait-il de la protéger ? Non, c'était peu probable.

Arès secoua la tête.

— Le vrai problème est que certains reporters ont entendu

tes allégations. Ne sais-tu rien de l'histoire de notre planète ? Des guerres ont été déclenchées pour moins que cela.

— Tu es obsédé par la guerre, tu es au courant ? dit Pia.

— Je suis prince. Mon rôle principal est de les éviter. Et l'un des moyens d'y parvenir est de ne pas étaler ma vie privée au grand jour.

Son hochement de tête, alors, était un ordre et non une invitation.

— Ma voiture nous attend.

— Et si je refuse d'y monter ?

— Mes gardes du corps te feront changer d'avis. Mais tu sais ce qui t'attend en restant ici, ajouta-t-il avec de nouveau cette note de sollicitude. Est-ce vraiment ce que tu veux ? Te cacher derrière le bénéfice du doute ?

Pia ignorait ce qu'elle voulait. Elle se sentait aussi déboussolée que le jour où le médecin lui avait annoncé sa grossesse. Les crampes, les nausées... Cela aurait dû lui mettre la puce à l'oreille. Pourtant, pas une seconde elle n'avait imaginé être enceinte. Le mot lui avait paru si incongru qu'elle l'avait fait répéter deux fois au praticien.

La présence d'Arès ici, au manoir des Combe où elle avait passé l'essentiel de son enfance, lui faisait le même effet. Elle avait perdu tout contrôle, même si elle s'efforçait de n'en rien laisser paraître, avec la grâce qu'on lui avait inculquée.

De l'autre côté de la porte lui parvenait la voix de son frère distribuant sèchement des ordres. Lui aussi avait vu la mêlée de reporters devant la maison, avides d'un commentaire.

— Laisse-moi t'expliquer à quoi va ressembler ta vie, lui avait dit sa mère quelques jours après l'obtention de son diplôme.

Ici également, dans cette demeure familiale remplie des portraits de ces Combe endurcis par les épreuves, qui avaient su dépasser leur condition pour *faire quelque chose de leur vie*. Pia était censée en être fière, elle le savait. Au lieu de quoi, cette ambition dévorante, cet appétit de toujours plus lui pesaient. Elle ne se sentait pas à la hauteur.

— Suis-je censée savoir quoi faire de ma vie ? avait-elle demandé. Je n'arrive pas à me décider...

— Ce n'est pas à toi de le faire, ma fille, avait répondu Alexandrina, qui ne l'appelait ainsi que dans ses périodes moins affectueuses.

Pia s'était redressée sur sa chaise, prête à recevoir un sermon.

— Ton père s'est donné beaucoup de mal pour faire de toi l'héritière idéale. Douce et obéissante. Relativement accomplie, dans le sens traditionnel du terme. Et riche, naturellement.

Pia s'était abstenue de tout commentaire, assise bien droite à la table du petit déjeuner. Sa mère, dans la cuisine, sirotait son eau chaude citronnée en répétant combien ce breuvage lui faisait un bien fou, avec un froncement de sourcil réprobateur à l'encontre du toast à peine beurré de Pia.

Un petit déjeuner normal au manoir des Combe. Pia, elle, ne buvait pas d'eau citronnée. C'était sa technique de survie. Autant décevoir sa mère le plus tôt possible dans la journée et tuer ainsi dans l'œuf toute attente de sa part.

Alexandrina l'avait jaugée de haut en bas, comme une bête destinée au marché.

— Ta vie est toute tracée, avait-elle déclaré. Tu parraineras une œuvre de charité quelconque validée par nos soins. Tu t'y consacreras un an ou deux. Puis ton père te présentera un bon parti. À moins qu'il ne te laisse le choisir toi-même, parmi un groupe présélectionné, bien entendu.

— Dois-je comprendre que vous cherchez à me marier ?

Pia arborait les mêmes yeux gris et la même chevelure sombre que sa mère, et pourtant... Alexandrina était indéniablement sublime, en toutes circonstances. C'était un fait. Chez Pia, c'était comme si les bons ingrédients avaient été mal mélangés. Malgré tous ses efforts, elle n'irradiait jamais cette prestance naturelle qui, chez sa mère, captivait son entourage.

— Ma fille, c'est ton frère qui va reprendre les affaires familiales, avait répondu sa mère comme s'il fallait être idiot pour ne pas saisir l'évidence. Ton but à toi est purement décoratif. Enfin, si l'on veut...

Le regard dont elle l'avait toisée était plus acéré qu'un scalpel. Mais Pia y était tellement habituée que c'est à peine si elle y avait prêté attention.

— À défaut d'être décorative, tu peux au moins être utile. De quelle façon, à ton avis ?

Pia n'avait rien trouvé à répondre. Elle ne se connaissait aucun talent, autre que les qualités prisées dans la haute société qu'on lui avait enseignées. Comment les employer à bon escient ? Elle l'ignorait.

— Et toi, qu'as-tu fait ? questionna-t-elle pour détourner la conversation.

Oh ! elle connaissait déjà l'histoire, bien sûr. Son père, avec sa voix tonitruante, ne passait pas inaperçu dans les cocktails. Alexandrina, elle, était censée épouser un vieux barbon de l'aristocratie choisi par son père. Puis elle avait rencontré Eddie. D'abord, leur relation avait fait les gros titres, avant d'entrer dans l'histoire en scellant l'union de la fortune des Combe, parvenus forts en gueule, et de l'aristocratie traditionnelle des San Giacomo.

Pia doutait que l'avenir lui réserve le même conte de fées. Les coups de foudre, cela n'arrivait qu'aux femmes comme sa mère, faites pour ce genre de grande passion. Ce qui, dans la famille Combe - San Giacomo, se traduisait par des scènes dignes de tragédies grecques et d'intenses réconciliations, le tout saupoudré de scandale. Au cœur de ce tourbillon, Pia en était venue à aspirer à une vie plus paisible. Tant pis si elle ne connaissait jamais le grand amour.

— Toi et moi sommes différentes, avait murmuré sa mère, une étrange lueur dans le regard. Je sais que tu me trouves cruelle envers toi, mais c'est faux.

— Bien sûr.

Pia avait gardé les yeux baissés sur la table. Que n'aurait-elle donné pour se rebeller ! Commander une pleine assiette de tartines au lieu d'un seul malheureux toast. Mais elle n'avait jamais osé aller plus loin que contrarier sa mère, qui déplorait sa silhouette robuste héritée des Combe - « parfaite pour l'usine, un cauchemar pour la mode », résumait-elle.

— Nous t'avons élevée dans du coton pour te protéger, Pia. Ne l'oublie jamais.

C'était pourtant exactement ce qu'elle s'était empressée de faire à New York. Enfin, un peu d'action ! s'était-elle réjouie.

Et voilà où cela l'avait menée.

La voix d'Arès l'arracha à ses réminiscences.

— Tu as l'air de quelqu'un qui pèse le pour et le contre. Laisse-moi te faciliter la tâche. Me suivre est la seule option, trancha-t-il.

— C'est reculer pour mieux sauter…

Elle avait prononcé ces mots tout haut, sans le vouloir. Arès ne répondit pas. Il se contenta de hocher la tête de cette façon royale qu'il avait de le faire.

Pia songea à son père, l'insolent Eddie Combe, qui l'avait insultée avant de mourir. Jamais elle ne le reverrait sourire. Jamais plus il ne s'emporterait contre elle avant de se radoucir, ni ne lui tapoterait la tête comme quand elle était petite. « Du nerf, fillette. Un Combe, ça ne pleure pas », disait-il.

Eddie parlait beaucoup. Sa maxime favorite, si célèbre que le pasteur l'avait citée lors de ses funérailles, le définissait à la perfection : « Quand la catastrophe est inévitable, affronte-la comme un homme au lieu de lui donner l'avantage. »

Il disait aussi : « Dirige la conversation. » Souvent. Et mettait ses paroles en pratique.

C'est dans cet esprit que Pia s'avança vers la porte, obéissant aux ordres de ce prince surgi de nulle part. Elle le suivit sans prêter attention à son frère, ni à leurs invités, tandis que le majordome les guidait à travers le manoir jusqu'à l'entrée de service, loin de l'effervescence de l'entrée principale. Docile, elle monta dans la voiture qui les attendait dehors et prit place à côté d'Arès.

Ce n'était pas une soumission, non. *Elle dirigeait la conversation.*

Et cela n'avait rien à voir avec la façon dont ces yeux verts faisaient battre son cœur et fondre chaque cellule de son corps.

Non, absolument rien.

5

Pia regretta sa décision impulsive à la seconde où la voiture démarra. Ils s'éloignèrent du manoir par une petite route rarement empruntée, laissant derrière eux les paparazzis, mais aussi son frère et tout ce qu'avait été sa vie jusque-là.

Ce n'était que temporaire, bien sûr, se consola-t-elle. Juste le temps d'effectuer les tests nécessaires. Tout rentrerait dans l'ordre une fois qu'Arès et elle se seraient accordés sur la suite des événements. Alors d'où venait ce mauvais pressentiment qui lui collait à la peau ?

La voiture les déposa à un aérodrome où les attendait un jet privé. Pia monta à bord sans rechigner. Sans doute s'envolaient-ils pour Londres, où un médecin donnerait à Arès la réponse qu'elle possédait déjà, mais qu'il semblait exiger de voir écrite noir sur blanc. Difficile de lui en vouloir. Il ne la connaissait pas. Une raison valable pour ne pas coucher ensemble en premier lieu, mais ce qui était fait était fait. Arès avait besoin d'une preuve et cela se comprenait. Même s'il n'avait été qu'un homme ordinaire du nom d'Eric.

Bercée par le ronronnement des moteurs, Pia finit par s'endormir. Une douleur dans ses oreilles la réveilla, signe que le jet avait amorcé sa descente. Elle jeta un coup d'œil par le hublot. Là où auraient dû scintiller les lumières de Londres régnait une obscurité quasi totale.

— Où sommes-nous ? demanda-t-elle, l'esprit encore embrumé de sommeil.

Arès était assis en face d'elle, dans l'un des fauteuils de cuir estampés d'or du jet.

— Nous allons bientôt atterrir, l'informa-t-il sans lever les yeux de sa tablette.

— Cela, je le sais. Mais où ?

Elle se redressa tant bien que mal, encore peu habituée à son nouveau corps. Alexandrina n'aurait pas manqué de souligner sa gaucherie et son manque d'élégance.

— Nous arrivons au royaume d'Atilia, répondit Arès. Chez moi, en quelque sorte. Je t'emmène au palais du Sud.

— Chez toi ? Pourquoi diable m'emmener là-bas ? s'exclama Pia.

— Où d'autre aurais-je dû t'emmener ?

Sous l'intensité de son regard, Pia sentit ses joues s'embraser. Ils étaient seuls dans le salon de son jet privé, réalisa-t-elle dans un sursaut. Son équipe de sécurité était restée dans la cabine principale tandis qu'il refermait la porte sur eux. Comment avait-elle pu dormir si paisiblement avec Arès à deux pas d'elle ? Soudain, elle comprenait qu'elle était totalement à sa merci. À tout point de vue.

— Je croyais que nous allions à Londres, fit-elle valoir. C'était l'option la plus évidente, non ?

— Londres est bien trop exposée. Ici, sur ces îles, je peux contrôler qui nous voit ensemble et toute rumeur susceptible d'émerger. Ce sont mes médecins personnels qui te feront passer les tests.

— Je n'ai rien apporté, protesta Pia. Je n'ai même pas mon passeport !

— Je suis le prince héritier. Ce genre de paperasserie ne me concerne pas, décréta Arès avec hauteur.

Pia cligna des yeux dans un effort pour s'éclaircir les idées. Était-elle vraiment bien réveillée ?

— Et après les tests ? s'enquit-elle. Que se passera-t-il, alors ? Ma vie est en Angleterre, Arès.

— Si tu portes mon enfant, et donc l'héritier d'Atilia, ta vie ne sera plus jamais la même, répondit Arès gravement.

Pia sentit la colère la gagner.

— Évidemment. Une grossesse change une femme, c'est universel. Cela n'a rien à voir avec toi.

À mesure que l'avion se rapprochait du sol, sa panique prenait le dessus. Sans doute est-ce pour cela qu'elle ne lui laissa pas le temps de répondre.

— Tu ne peux pas m'emmener dans tes îles et m'y garder contre mon gré, Arès. Tu le sais, n'est-ce pas ? Les choses ne se passent pas ainsi dans la vraie vie.

Aucune bienveillance ne vint adoucir ses traits. On les eût dits taillés dans le marbre.

— Et moi, je m'échine à t'expliquer que je suis un prince, dit Arès calmement. Pas le meilleur qui soit, certes, mais un prince malgré tout. Nous venons d'entrer dans mon royaume, où ma volonté fait loi. Vois-tu, *cara mia*, tu te trompes. Je fais bel et bien ce que je veux.

— Mais...

— Vois-le comme un conte de fées, si cela te console, coupa-t-il court d'une voix suave.

Question consolation, elle avait connu mieux. Sa panique monta d'un cran au moment de l'atterrissage. À peine dehors, elle se vit fermement escorter vers une autre voiture, dans ce qui ressemblait de plus en plus à un kidnapping. Ils suivirent une route côtière, cernée d'imposantes collines d'un côté et de vertigineuses falaises à pic de l'autre, jusqu'à ce que se profile devant eux... oui, un véritable palais de conte de fées. Majestueux sur son éperon rocheux surplombant la mer, brillant de mille feux et orné de jolies tourelles.

— Quel est cet endroit ? demanda-t-elle, toujours plus convaincue qu'elle devait être en train de rêver.

— Le palais du Sud, répondit Arès, assis à côté d'elle. Si, comme je le soupçonne, l'enfant que tu portes n'est pas de moi, tu n'y séjourneras que le temps de signer un document légal niant toute prétention de ta part au trône de mon royaume.

— Je n'en veux pas, de ton trône.

— Alors toute cette histoire devrait être vite réglée.

Il se tourna vers elle, et la lumière du palais à travers la vitre illumina son visage. Seigneur, ce qu'il pouvait être à tomber ! *Comme si c'était le moment de penser à cela,* se tança Pia.

— Mais si, par miracle, tu dis vrai, alors laisse-moi te souhaiter la bienvenue dans ta nouvelle demeure. Tu risques d'y rester un moment.

Pia s'efforça de garder son calme, malgré sa panique grandissante.

— Pour la énième fois, tu es peut-être un prince, et nous sommes peut-être dans ton royaume...

— Il n'y a pas de « peut-être ». Je suis qui je dis être.

— Eh bien, *Eric*, répliqua-t-elle en le fusillant du regard, sache que tu ne peux pas enlever une femme et la retenir captive dans ton palais. C'est très mal vu, au cas où tu l'ignorerais.

Arès se laissa aller contre le dossier de son siège. Si s'entendre appeler par son faux nom l'avait contrarié, il n'en laissa rien paraître.

— Tu peux toujours déposer plainte, répondit-il après un temps de réflexion. Auquel cas, ton unique recours sera le roi.

Le rire dont il ponctua ces derniers mots n'avait rien d'encourageant.

— Est-il plus raisonnable que toi ? demanda Pia. Oui, certainement. Autant m'amener devant lui tout de suite.

De nouveau, Arès s'esclaffa.

— Je ne compterais pas sur mon père pour garantir ma sécurité.

La voiture s'engagea dans une cour et passa sous une arche, avant de s'enfoncer au cœur du palais. Enfin, elle s'arrêta. Et Pia comprit ce que ressentait un condamné au moment de sa réclusion.

Arès descendit, d'une démarche féline qu'elle aurait préféré ne pas remarquer. Pia l'imita et se retrouva dans une autre cour, entourée de toutes parts par d'épais murs de pierre. Dans le ciel, loin au-dessus de sa tête, luisaient les étoiles. Soudain, les tourelles ne lui semblaient plus si pleines de charme. Car il n'y avait pas de tourelles sans remparts, et qui disait remparts disait forteresse.

Mais aucun mur ne lui apparaissait plus intimidant que l'homme devant elle, qui l'observait avec un peu trop d'intérêt tandis qu'elle parcourait des yeux sa prison de conte de fées.

Arès. Son prince.

Son geôlier.

— Je n'ai pas envie d'être ici, murmura-t-elle d'une petite voix.

— Et moi, je n'ai pas envie qu'on m'accuse de semer des enfants à tort et à travers alors que j'ai toujours fait en sorte que cela n'arrive pas, répliqua-t-il, presque avec désinvolture. On n'a pas toujours ce qu'on veut dans la vie, Pia.

— Si tu insistes pour que je reste ici un temps, j'ai besoin de savoir quand et comment...

— Si j'étais toi, la coupa Arès, j'éviterais de formuler des exigences.

Il tapa un coup sec dans ses mains. Comme par magie, une femme élégamment vêtue se matérialisa auprès d'eux.

— Voici Marbella. Elle sera ta suivante. Si tu as la moindre question, adresse-toi à elle.

Et sans attendre sa réponse, il s'en alla. Le bruit de ses pas se répercuta contre les murs, de plus en plus lointain, jusqu'à s'estomper totalement. Pia le suivit des yeux, un peu trop longtemps peut-être, puis se tourna vers la femme.

Si elle s'attendait à quelques mots amicaux, ou même un sourire, elle fut déçue. Marbella s'inclina légèrement, avant de lui faire signe de la suivre dans la direction opposée à celle prise par Arès. Chaque pièce qu'elles traversaient était plus splendide que la précédente. Tout était ouvert et aéré. Malgré la pénombre, Pia percevait partout la présence de la mer. Son murmure. Son bruissement d'écume. Elle semblait être là, à chaque recoin, toute proche et pourtant hors d'atteinte...

Marbella l'entraînait dans un dédale de couloirs donnant sur diverses galeries et salons brillamment éclairés, décorés dans des teintes vives et chaudes retenant, devinait-elle, la lumière du soleil.

— Qui habite ici ? questionna-t-elle.

— Le palais du Sud est la retraite de prédilection de la famille royale depuis des siècles, madame, répondit la domestique avec solennité. Son Altesse en est le seul membre à continuer à s'y rendre régulièrement, bien qu'il ne soit plus venu depuis quelque temps.

— Cela signifie-t-il que personne d'autre ne vit ici ?

Elle songea à sa conversation avec Arès dans la voiture.

— Qu'en est-il du roi ?

— Sa Majesté réside au palais du Nord, madame.

Était-ce son imagination ou la femme s'était-elle raidie à la mention du souverain ? Quoi qu'il en soit, Pia hocha la tête, comme si elle était parfaitement au fait de la géographie d'Atilia.

Enfin, elles atteignirent un appartement privé qui lui serait alloué le temps de son séjour. Pia ne s'enquit pas de la durée dudit séjour. Dans sa chambre, elle découvrit une garde-robe qu'Arès avait dû faire expédier au palais pendant sa sieste dans l'avion. Comment diable connaissait-il ses mesures ? Les avait-il prises quand elle dormait ? Ou les avait-il gardées en mémoire, en les élargissant un peu selon sa propre estimation ? Ses joues s'embrasèrent à cette idée. Incroyable comme un rien suffisait à la rendre écarlate...

Marbella s'éclipsa, la laissant seule dans ses appartements. Nul doute que chaque pièce donnait sur la mer. Mais une prison restait une prison, aussi belle que fût la vue. Pia s'empressa de sortir son téléphone. Par chance, il y avait du réseau et elle lança aussitôt une recherche sur Atilia.

Le palais du Sud se dressait sur l'île la plus méridionale du royaume. Sa faible population se répartissait entre les divers petits villages la parsemant. Quant au palais, il avait été sculpté à même le flanc de la montagne par amour pour une reine d'autrefois. Comme Pia l'avait soupçonné, ses airs féeriques cachaient en réalité une forteresse quasi inviolable, protégée par la montagne d'un côté et la mer Ionienne de l'autre, et accessible par une unique route.

Une sueur froide lui coula entre les omoplates. Elle avait sous-estimé la difficulté de sa situation. Tout ce qu'Arès lui avait dit était vrai. Il était prince. *Le* prince du royaume. Et il avait la ferme intention de la retenir ici.

Aussi longtemps que cela lui plairait.

Elle portait encore sa robe de deuil lorsque arrivèrent les médecins, environ une heure plus tard. Ils avaient installé leur propre salle d'examen de fortune au palais. Pia songea d'abord à résister. Après tout, elle connaissait déjà le résultat du test. Et si elle refusait de s'y soumettre ? Non, c'était peine perdue. Arès la retiendrait captive jusqu'à ce qu'il ait sa réponse.

Le test effectué, on la fit patienter dans un salon chaudement éclairé. Arès était appuyé contre un pilier, le regard perdu vers la mer noyée dans la nuit. L'air ici semblait plus palpable, pressant contre sa peau telle une caresse. L'humidité, sans doute, se persuada-t-elle. Elle se tenait assise très droite, en faisant de son mieux pour rester calme. Sans grand succès.

Après ce qui lui parut une éternité de silence pesant, la porte s'ouvrit. Arès se tourna vers le médecin, qui s'inclina profondément.

— Félicitations, Votre Altesse. Vous êtes bien le père.

Le choc se peignit sur le visage d'Arès. Ses yeux verts luisaient d'un éclat froid, presque sinistre. Le cœur de Pia sombra dans sa poitrine. Mais le médecin n'avait pas terminé.

— Ce sont deux beaux garçons, ajouta-t-il dans un sourire.

Il y eut un moment de flottement, vibrant de tension.

— *Deux ?* répéta Arès, la voix plus tranchante qu'un coup de fouet.

Ni lui ni le médecin n'accordaient le moindre regard à Pia. Pourtant, elle se sentait plus nue et vulnérable que jamais.

Les mots qui suivirent sonnèrent tel un glas à ses oreilles, aussi terribles et inévitables que lorsqu'elle les avait entendus la première fois.

— Oui, Votre Altesse.

Le médecin s'inclina plus bas encore.

— J'ai l'immense honneur de vous annoncer que vous attendez des jumeaux.

6

Arès était sonné. Toute pensée avait déserté son esprit, remplacée par un bourdonnement sourd.

Des jumeaux.

Les mots résonnaient dans sa tête, vides de sens. Il posa les yeux sur Pia. Sur son ventre rond où grandissaient ses garçons. Ses *fils*. Son cerveau semblait sur le point d'exploser, pire encore qu'après sa dernière lointaine gueule de bois. L'air lui manquait et il ignorait si c'était lui qui tremblait ou la pièce autour de lui.

Ses enfants. *Ses* fils.

Pia n'avait pas bougé, assise chevilles croisées, les mains sagement posées sur ses genoux, sur ce canapé ancien qu'Arès avait toujours vu là. Elle soutenait son regard, ses grands yeux gris solennels.

— D'autres seraient offensées par ta réaction, dit-elle avec douceur. Mais pas moi. J'ai réagi de la même façon en apprenant la nouvelle.

— Des jumeaux, lâcha-t-il, la gorge sèche.

Elle eut la décence de paraître gênée.

— Tu réfutais le simple fait de m'avoir mise enceinte. Tu étais si sûr de toi… T'apprendre que j'attendais des jumeaux n'aurait rien arrangé, se justifia-t-elle.

Difficile de la contredire sur ce point. Il passa une main sur son visage et grimaça de douleur en frôlant sa lèvre. Il avait déjà oublié que le frère de Pia lui avait mis son poing dans la figure. Matteo, avait-il appris durant le vol, après s'être enfin décidé à lire le mémo préparé par ses conseillers en vue des funérailles. Matteo Combe, président et P-DG de Combe Industries. Dans les tabloïds, les critiques pleuvaient à la suite de son accès de violence, certains allant jusqu'à le juger indigne de sa position. C'était bizarre de lire cela maintenant. Comme si toute cette histoire appartenait à une vie antérieure.

Une vie où aucune femme n'était enceinte de lui.

— Bien, dit Pia avec une légèreté qu'il jugea malvenue. Peut-être serait-il temps de m'expliquer comment tu envisages cette captivité.

— De combien es-tu enceinte ? s'entendit-il demander, comme à travers un brouillard.

La jeune femme cilla, l'air choquée, avant d'arquer un sourcil accusateur.

— Je ne t'ai pas oubliée, Pia. Aurais-je dû consigner la date dans mon journal intime ? grinça-t-il.

— Six mois, répondit-elle. Je suis enceinte de six mois.

Son ton monocorde était plus qu'éloquent. Mais Arès était davantage préoccupé par le temps écoulé… et celui qu'il restait.

— Cela veut dire que tu vas… Que nous allons…

Les mots refusaient de franchir ses lèvres. Était-ce de la sueur qui perlait à son front ?

— Dans trois mois, oui, confirma Pia. Peut-être moins. On m'a dit que les jumeaux ont tendance à naître en avance.

— Dans toute l'histoire du royaume, il n'y a jamais eu de jumeaux, déclara Arès.

La jeune femme plissa des yeux amusés.

— Jamais ? Vraiment ? Pas une seule fois en des milliers d'années ?

— Je voulais dire, au sein de la famille royale, précisa Arès.

— Il paraît que cela saute une génération, dit Pia. Les tantes de mon père étaient jumelles.

— Des jumeaux, murmura Arès pour la troisième fois.

Comme si répéter ces mots avait le pouvoir de changer la situation, d'une façon ou d'une autre.

Pia se leva et lissa le devant de sa robe.

— Je vois que nous n'aurons aucune discussion sensée ce soir, dit-elle, non sans bienveillance. Même si tu me libérais sur-le-champ, il serait sans doute impossible de partir maintenant. Je propose que nous reparlions de tout cela demain, après une bonne nuit de sommeil.

— Et de quoi devrions-nous parler ? répliqua Arès, complètement chamboulé. Tu as… Tu es…

— Bravo, tu as vu clair dans mon jeu, railla Pia. J'ai fait exprès de tomber enceinte. De jumeaux, rien de moins. Je t'ai séduit et manipulé de sang-froid dans un but maléfique, avant de te porter le coup de grâce en ne te recontactant jamais. Car, vois-tu, j'avais secrètement prévu que mon père ferait une crise cardiaque et que tu apparaîtrais à ses funérailles…

— Je prends sur moi pour ne pas te jeter le blâme, l'interrompit Arès, irrité par son insolence.

La jeune femme réussit la prouesse de paraître lui rire au nez sans le faire ouvertement.

— Quelle magnanimité… C'est drôle, dans mes souvenirs, tu étais là aussi. À moins qu'*Eric* ne soit en réalité ton frère jumeau et le véritable père ?

Arès regrettait que cet Eric ne soit pas une vraie personne pour lui coller son poing dans la figure.

— Je ne comprends pas comment c'est arrivé, grogna-t-il, les dents serrées. J'aime le sexe, je ne le nie pas. Mais j'utilise toujours un préservatif. Toujours. Je n'ai jamais eu l'intention de procréer.

Pia prit un air faussement compréhensif.

— As-tu subi une vasectomie ?

Arès accusa le coup. Apparemment, c'était au tour de Pia de le mettre au tapis.

— Non, admit-il.

— En réalité, cette technique n'est pas efficace à cent pour cent. Il existe des cas de grossesses survenues après une vasectomie, bien qu'ils soient rares…

— Je viens de te dire que je n'ai rien subi de tel.

Il y a avait des années qu'Arès avait cessé de se justifier auprès de qui que ce soit. Mais ce soir, il éprouvait l'étrange besoin de défendre sa conduite.

— J'aurais sans doute fini par sauter le pas.

N'avoir pris aucune mesure pour s'assurer qu'il n'ait pas de descendance lui apparaissait aujourd'hui d'une stupidité sans nom. Où avait-il la tête ? Son sang était corrompu. L'exemple que donnait son père de ce qui arrivait quand leur lignée accédait au trône le confortait dans son opinion. Il s'était juré d'y mettre un terme et de ne jamais transmettre ce fardeau à d'éventuels héritiers. Et pourtant…

— Moi non plus, je ne m'expliquais pas comment c'était arrivé, dit Pia avec ce calme qui avait le don de l'excéder. Dans la panique, je me suis renseignée sur la contraception. En fin de compte, les nonnes du couvent avaient raison. Le moyen le plus sûr reste l'abstinence.

Elle ponctua ces mots d'un sourire en coin qui fit voir rouge à Arès.

— Tu trouves cela drôle ? s'emporta-t-il. Tu n'y es peut-être pour rien, mais tu as eu plusieurs mois pour t'habituer à l'idée. C'est facile, pour toi, de plaisanter. De mon côté, c'est tout mon monde qui est en train de s'écrouler !

De nouveau, elle enveloppa son ventre de ses mains comme pour le protéger contre lui. Ce geste l'emplit de honte et de désarroi. De colère, aussi.

— Tu n'es pas le seul dont le monde s'est écroulé, rétorqua-t-elle avec véhémence. Au cas où tu l'aurais oublié, tu n'as pas appris la nouvelle à une garden-party, mais aux funérailles de mon père. Et pour ta gouverne, ni lui ni ma mère n'étaient enchantés. J'ai dû leur annoncer que j'étais enceinte suite à une sordide aventure d'un soir avec un parfait inconnu. Tu imagines la scène ? Mon père m'a traitée de prostituée !

— Comment pourrais-tu être une prostituée si je suis le seul homme avec qui tu aies jamais couché ?

Arès ne comprenait pas ce brusque bouillonnement dans sa poitrine. Ni d'où lui venait le besoin de défendre cette femme contre son propre père défunt.

— Oh ! je crois que cela a quelque chose à voir avec ma grossesse de père inconnu, hors des liens du mariage, ironisa Pia. Mais comme il est décédé quelques jours plus tard, je n'ai pas vraiment eu l'occasion d'éclaircir ce point avec lui.

Mais Arès restait fixé sur le fait qu'il était son premier et unique amant. Une étrange sensation lui tordait les entrailles, sans rapport avec les enfants qui grandissaient en elle et toutes les conséquences que cela impliquait. Non, c'était beaucoup plus primitif que cela.

Il s'avança vers elle. Les yeux de la jeune femme s'agrandirent, et il décela une lueur brûlante au fond de ses prunelles grises.

— Aucun autre homme que moi, murmura-t-il.

— En effet, convint-elle, un léger tremblement dans la voix.

— Tu ne m'as rien dit, cette nuit-là.

Elle s'empourpra jusqu'à la racine des cheveux.

— Eh bien, tu sais... Cela ne m'a pas paru nécessaire.

Il s'approcha un peu plus.

— Tu es allée au couvent. Puis dans une école pour jeunes filles. Et tout de suite après, tu es tombée sur moi lors de cette soirée ennuyeuse à Manhattan.

— Oui, c'est le résumé de ma vie jusque-là. Passionnant, n'est-ce pas ?

— Je ne t'ai pas oubliée, Pia, susurra-t-il, la voix rauque et basse.

Les pupilles de Pia se dilatèrent. Mais c'était plus fort que lui. D'instinct, il lui souleva le menton. Comme si elle lui appartenait. Contre toute attente, elle ne se dégagea pas. Son souffle s'altéra et son pouls s'affola dans le creux de sa gorge. Mais le plus fascinant était cette énergie qu'il sentait crépiter en lui en un millier d'étincelles. La toucher l'électrisait plus sûrement que s'il avait enfoncé les doigts dans une prise électrique.

— Je ne t'ai pas oubliée, répéta-t-il avec intensité. Comment oublier ce tsunami qui s'est abattu sur moi sans la moindre hésitation ?

— J'étais ivre, se justifia-t-elle, acerbe.

Mais son regard s'était adouci et brillait d'une lueur incandescente.

— C'est faux, objecta-t-il.

Le rouge monta aux joues de la jeune femme.

— J'ai toujours pensé que c'était censé se passer ainsi. Un tsunami...

— Non. C'est très rare.

Tout était arrivé si naturellement. À croire que leur rencontre fortuite puis leur union dans un élan de passion débridée étaient prédestinées. Elle s'était cambrée sous lui avec l'abandon d'une amante éprouvée. Il avait trouvé sa bouche et le centre palpitant de son désir et s'en était délecté, encore et encore. Ses cris de plaisir s'étaient répercutés en lui comme s'ils dansaient cette danse depuis des siècles. Faire l'amour avec elle avait été un feu d'artifice de sensations uniques. Entre ses bras, il s'était senti... *à sa place.*

C'était pour cette raison qu'il n'avait pas cherché à la retrouver. Arès n'avait de place nulle part. Il avait tourné le dos à son royaume, sans aucune intention de monter un jour sur le trône. La seule maison qu'il ait jamais eue, il l'avait perdue avec sa mère. Ce genre de chose, c'était pour les autres. Ceux qui le méritaient. Ceux en qui ne coulait pas le sang corrompu de la famille royale d'Atilia.

Il s'exhorta à retirer sa main. À reculer. Il devait à tout prix mettre de la distance entre lui et cette femme qui l'avait chamboulé six mois plus tôt – un tsunami devenu hors de contrôle.

Mais il n'en fit rien. Bien au contraire.

— Peut-être devrions-nous réessayer, susurra-t-il.

Elle fronça les sourcils.

— De quoi parles-tu ? La dernière fois que nous avons essayé quelque chose, j'ai fini enceinte de jumeaux.

— Rappelle-moi comment c'est arrivé.

C'était de la folie. Il ne devrait pas tenter le diable alors que son pire cauchemar avait pris vie, là, dans son ventre. Mais c'était plus fort que lui. Déjà, il imprimait ses lèvres sur les siennes.

Un torrent de lave déferla dans ses veines, exactement comme ce soir-là à Manhattan. Non, plus violent encore. La seule pression de leurs bouches ne lui suffisait pas. Il inclina la tête et approfondit leur baiser, décuplant encore le danger. Il s'en souvenait, à présent. Comment une banale conversation à une soirée les avait menés tout droit à cette longue et torride nuit de passion à laquelle il devait leur situation actuelle.

Il l'enveloppa de ses bras et elle lui rendit son baiser, sa langue répondant activement aux assauts de la sienne. Elle aussi se pressait contre lui, avide de contact. Ses mains erraient sur son torse, son ventre rond insistant contre le sien. Loin de dissiper sa folie, cette sensation le poussa à explorer sa bouche avec une fièvre redoublée. Glissant une main entre eux, il moula de sa paume la courbe de ce ventre qui abritait ses enfants.

C'est Pia qui s'arracha à leur baiser, sans crier gare, plongeant Arès dans un violent tumulte intérieur. Il n'avait jamais posé la main sur le ventre d'une femme enceinte avant. Encore moins enceinte de lui. Cela aurait dû le répugner, lui qui abhorrait l'idée de se reproduire. Ou peut-être était-ce son père qu'il avait toujours abhorré, songea-t-il avec le recul.

C'était Pia qui lui faisait cet effet-là. Pia, avec ses grands yeux gris et sa bouche généreuse, dont le goût sur la sienne lui faisait perdre la tête. Il avait l'impression d'être quelqu'un d'autre, comme si un inconnu avait pris le contrôle de son corps. Un inconnu qui posait la main sur le ventre de son amante enceinte et sentait jaillir dans ses entrailles un violent instinct possessif.

Bon sang, que lui arrivait-il ?

Rien de tout cela n'avait le moindre sens. Pourtant, il ne recula pas. Il la garda serrée contre lui, mû par cet instinct qui vibrait dans sa poitrine. Plus bas aussi, entre ses jambes.

— Le sexe n'est pas la solution, dit Pia d'une voix mal assurée. Cela nous a déjà causé suffisamment d'ennuis, tu ne crois pas ?

— Je ne suis pas sûr qu'il existe une solution, répondit Arès. Autant nous consoler en faisant ce que nous faisons si bien.

— Je… Je ne sais pas. Je manque de point de comparaison.

— Alors crois-moi sur parole.

Il caressa son ventre, en se persuadant que cela ne voulait rien dire. Qu'il cherchait seulement à se remémorer sa silhouette, rien de plus.

— Nous formons une excellente équipe.

Ces mots opérèrent un subtil changement en lui. Soudain, il n'était plus sûr de ce qu'il voulait dire par là. Il parlait bien de sexe, n'est-ce pas ? De sexe et rien d'autre.

Mais Pia semblait peu disposée à décrypter ces nuances. Elle recula, butant contre le canapé derrière elle dans sa hâte. Savoir qu'il l'affectait de la sorte l'emplissait d'une intense satisfaction, car lui seul l'avait jamais touchée. Personne d'autre.

Cet étrange élan possessif se manifesta de nouveau. Les lèvres de la jeune femme étaient enflées par ses baisers, et ses jumeaux grandissaient dans son ventre. Peut-être n'était-il pas prêt à en accepter les conséquences. Il peinait encore à réaliser ce qui lui arrivait, quoi qu'ait dit le médecin. Mais il ne pouvait nier que la vue de Pia et de ses courbes plantureuses, si sexy et toutes à lui, éveillait dans son être un sentiment de triomphe féroce tel qu'il n'en avait jamais éprouvé avant.

— Non, prononça-t-elle distinctement.

— Non ?

— Ton expression ne me dit rien qui vaille et la réponse est non. Je ne veux pas de tout cela.

— La donne est changée, fit valoir Arès. Je ne voulais pas d'enfants, et regarde où nous en sommes. Qui sait ce qui risque de nous arriver d'autre contre notre gré ?

— Je ne compte nullement rester prisonnière ici les prochains mois, répliqua Pia avec sérieux. Maintenant, tu sais que tu es le père de mes enfants. Tant mieux. Je n'ai jamais eu l'intention de te le cacher. Alors s'il te plaît, épargne-moi ce...

Elle désigna la pièce d'un geste vague, englobant tout le palais et ce qu'il représentait.

— Ce tralala royal.

Jamais Arès n'avait autant ressenti le poids de la couronne d'Atilia qu'en entendant Pia la balayer en ces termes dédaigneux.

— C'est tout le problème, Pia. Je ne sais pas quoi faire de toi.

— Je n'ai pas le souvenir de m'être placée sous ta tutelle. C'est à moi de décider de mon sort, pas à toi.

— Tu es un dilemme, continua Arès, en proie à des émotions contradictoires. Je dois établir un plan d'action.

— Génial. Tu me tiens au courant. D'ici là, je rentre en Angleterre reprendre le cours de ma vie, d'accord ?

— Impossible.

Il s'esclaffa devant sa grimace excédée. L'idée même que l'un ou l'autre retrouvent une vie normale avait de quoi faire rire.

— De nous deux, *cara*, ce n'est pas moi qui me montre déraisonnable.

— Dit l'homme qui m'a kidnappée...

— Tu répètes vouloir rentrer en Angleterre. Où irais-tu ?

Pia fronça les sourcils.

— Chez moi, évidemment.

— Les paparazzis sont déjà sur l'affaire, lui rappela-t-il. Ton frère est poussé à la démission après son accès de violence et je suis sûr que le palais a déjà reçu des centaines d'appels de journalistes résolus à savoir si la grossesse de sa sœur en est la cause. Tu penses vraiment qu'ils vont disparaître comme par magie ?

— Ils l'ont toujours fait jusque-là.

Avec cette réponse, Arès prit la mesure de la vie surprotégée qu'elle avait menée. Cela aurait dû l'agacer. Au lieu de quoi, il éprouva le besoin de la protéger à son tour.

— Les couvents et les écoles de jeunes filles ne passionnent guère les foules. Les scandales, si, argua-t-il.

— On peut toujours nier, rétorqua Pia d'une voix désespérée. Matteo est un Combe. Les Combe sont connus pour leur tempérament sanguin et leur tendance à jouer des poings. Un prince n'est pas ce qui les arrêterait.

— Tu sais bien que cela ne suffira pas.

— Je ne vois pas pourquoi la vérité se répandrait si nous ne disons rien. Les tabloïds ne harcèlent que ceux qui courtisent leur attention. Faisons profil bas et ils passeront à autre chose.

— Pia, je t'en prie, garde en tête que je ne suis pas n'importe qui. Je suis le prince héritier de ce royaume. À la moindre rumeur qu'une femme porte mes enfants, mon peuple risque de se déchaîner.

Elle secoua la tête, très pâle, tout à coup.

— Quelle importance ? Tu as dit toi-même que tu ne voulais ni femme ni enfants.

— C'est la vérité.

— Alors à quoi sert cette conversation ?

— Ce que je veux et comment régler notre situation sont deux choses différentes, lâcha Arès.

La réticence affichée de la jeune femme le froissa sans qu'il s'explique pourquoi. Il la toisa longuement jusqu'à ce qu'elle baisse les yeux, ici, dans ce palais bâti par ses ancêtres, dont le sang bleu qu'il haïssait tant coulait dans ses veines. Contre toute attente, il se sentait… vivant. Empli d'une ambition nouvelle. Dieu seul savait comment tout cela allait se terminer.

Lorsqu'il parla, sa voix vibrait d'une autorité toute royale.

— Si j'étais toi, *cara*, je m'y résignerais.

7

Se résigner ? Très peu pour elle. Encore moins à son propre enlèvement. Certes, elle était montée de son plein gré dans sa voiture, puis à bord de son jet. Mais elle n'avait jamais demandé à atterrir ici. Cela faisait bien de lui un kidnappeur, non ?

Pia s'empressa de quitter cette pièce où l'emprise d'Arès s'était un peu plus resserrée autour d'elle. Ses lèvres palpitaient encore après son baiser. Dieu ce que cet homme savait embrasser ! Après d'interminables tours et détours à travers les couloirs, elle réussit à regagner ses appartements. Elle frissonnait et tombait de fatigue, les émotions à fleur de peau.

Mais surtout, elle mourait de faim ! Passé la période des nausées matinales, elle avait développé un appétit vorace qui ne la quittait plus. Quelques minutes plus tard, Marbella lui servait une sélection de plats tous plus appétissants les uns que les autres. Pia aurait aimé avoir la volonté d'y résister en signe de protestation contre sa captivité. Mais ne protestait-on pas mieux le ventre plein ? raisonna-t-elle en se servant une généreuse assiette.

Les restes de son festin débarrassés, Pia ne bougea pas. Elle alla s'asseoir, très droite, dans le fauteuil le plus inconfortable de son salon privé, résolue à rester éveillée. Les minutes s'écoulèrent, puis les heures. Lorsqu'elle jugea la nuit suffisamment avancée, elle se leva et étira ses membres endoloris. À cette heure, même un prince play-boy devait être allé se coucher. Ne serait-ce que parce que cette île perdue au milieu de nulle part n'offrait guère de distractions.

De nouveau, elle s'aventura à travers le dédale de couloirs. Et de nouveau, elle se perdit à plusieurs reprises. Enfin, après de longues pérégrinations, elle atteignit le rez-de-chaussée. Restait à dénicher une porte menant à l'extérieur du palais. Hélas, l'endroit se révélait être le paradis des cours intérieures. Certaines à ciel ouvert, d'autres guère plus qu'un carré vide sous l'étage du dessus. Il y en avait même surplombant directement la mer. À croire que chaque souverain, au cours des siècles, avait fait construire la sienne. Mais aucune ne donnait sur la route qui les avait conduits ici. Avec un soupir, elle tenta de revenir sur ses pas, perdit ses repères et sursauta comme elle tournait dans un énième couloir.

Quelqu'un était là.

— Imagine ma surprise, lança Arès, quand mon personnel est venu me réveiller pour m'informer que mon invitée rôdait dans les couloirs telle une criminelle.

— Je ne rôde pas. Et s'il y a un criminel, ici, ce n'est pas moi, rétorqua Pia.

Alors seulement, elle nota ce qu'il portait. Ou plutôt, ce qu'il ne portait pas. Le prince héritier d'Atilia se tenait devant elle vêtu d'un simple pantalon d'intérieur noir, suggérant qu'il dormait nu et l'avait enfilé à la va-vite au moment de sauter du lit. Tout le reste était... seulement lui. Les larges épaules. Le torse athlétique. Les hanches étroites. Il se maintenait en excellente condition physique, comme elle l'avait soupçonné à New York, affichant une souplesse et une musculature à faire tourner les têtes.

Elle non plus n'avait pas oublié leur nuit à Manhattan. Elle se rappelait très nettement comment elle s'était hissée sur lui, folle d'excitation. Comment elle avait parsemé son corps de baisers tentateurs, repoussant les limites de leur endurance à tous les deux. Plus que tout, elle se souvenait du goût de sel et d'homme sur ses lèvres, auquel se mêlait ce même désir qui crépitait entre eux en cet instant.

— Pourquoi n'es-tu pas habillé ?

La question avait jailli de ses lèvres avant qu'elle puisse la retenir. Elle se maudit aussitôt d'être si transparente.

— Pourquoi le serais-je ? répliqua Arès, une étincelle dans le regard. Au cas où tu ne l'aurais pas remarqué, nous sommes au milieu de la nuit. C'est plutôt à moi de te demander pourquoi tu es toujours habillée, à errer dans le palais. Es-tu en mission de repérage ou quelque chose comme cela ?

Pia ne savait plus où elle en était. Une minute plus tôt, elle avait un objectif précis. Rien n'aurait pu l'arrêter, si ce n'est son sens de l'orientation défaillant. À présent, Arès lui barrait le passage, à demi nu. Elle était toujours prisonnière de cette forteresse de conte de fées, orpheline et bientôt mère. Tout cela se télescopait en elle et, soudain, ce fut trop.

Son expression se décomposa. Elle le sentit malgré ses efforts pour faire bonne figure. Impossible de retenir l'énorme sanglot qui lui montait à la gorge. Quelque chose changea sur les traits d'Arès juste avant qu'elle n'enfouisse le visage entre ses mains. Seigneur, elle n'allait quand même pas pleurer devant lui ? N'y avait-il donc aucune limite à son humiliation ?

Soudain, elle se sentit soulevée de terre par deux bras puissants.

— Ne sois pas idiot, protesta-t-elle en reniflant. Je suis enceinte de six mois. Tu vas te faire une hernie...

— Pia. Rends-moi service et tais-toi.

La voix d'Arès respirait l'autorité royale. Elle obéit. Du moins, elle essaya, car ses sanglots refusaient d'être refoulés. Sans doute devrait-elle avoir honte de capituler si facilement. De se laisser submerger ainsi par ses émotions. Mais là, tout de suite, c'était plus fort qu'elle, et elle donna libre cours à ses larmes, la tête contre son épaule.

Les regrets viendraient plus tard, elle le savait. Pour l'instant, seul existaient le réconfort de son torse et la solidité de ses bras autour d'elle. Son odeur aussi, fraîche et masculine, avec une note de savon ou d'eau de Cologne, peut-être. Une odeur familière, qui l'apaisait. Comment était-ce possible ? Personne d'autre n'avait jamais eu cet effet-là sur elle. Au contraire. Sa vie fourmillait de gens à l'influence totalement opposée. Mais ce soir, elle n'avait pas la force de se battre. C'était si agréable d'être serrée contre ce corps viril. Arès la portait comme si elle ne pesait rien. Comme s'il ne la lâcherait plus jamais. Si bien que, lorsqu'il la posa finalement à terre, elle se mordit la langue pour ne pas protester.

Elle s'essuya les yeux et regarda autour d'elle. Elle était dans une salle de bains – princière, bien entendu. Celle de ses appartements, lui semblait-il. Elle se sentait totalement dépassée par un raz-de-marée d'émotions, sans parvenir à en identifier aucune. Aussi resta-t-elle plantée là, sans volonté, tandis qu'Arès remplissait la baignoire, vaguement stupéfaite que Son Altesse royale s'abaisse à une tâche si peu digne de son rang.

Tout l'intérêt d'une éducation au couvent résidait dans le fait que ses pensionnaires de bonne famille y apprenaient à vivre comme des personnes lambda. C'était même sa principale mission.

— J'ai des domestiques pour cela. Vous le savez, non ? s'était plainte l'une des compagnes de Pia à la mère supérieure, qui les obligeait à récurer le sol de leur dortoir.

— Mon enfant, avait répondu la religieuse de ce ton mielleux qui avait le don de les hérisser, si vous effectuez ces tâches ingrates, ce n'est pas pour vous, bien que vous ne perdiez rien à les apprendre, mais pour ces domestiques, justement. Peut-être un soupçon d'empathie vous amènera-t-il à vous comporter dans le monde avec un peu plus de considération pour autrui.

Ces paroles avaient marqué Pia. De même que la punition infligée par la mère supérieure à toute leur classe, à savoir briquer à quatre pattes le sol du grand hall durant tout un semestre. Et voilà que ce prince, qui l'avait mise enceinte et arrachée à la vie qu'elle connaissait, et dont elle était certaine qu'il n'avait jamais levé le petit doigt de toute sa vie, lui faisait couler un bain ! Avait-il eu quelqu'un, lui aussi, pour lui enseigner cette précieuse leçon ? se surprit-elle à s'interroger.

Une part d'elle se raccrochait désespérément à l'idée qu'il soit capable d'empathie. Peut-être parce que cela ferait de lui le père qu'il refusait de devenir.

Et pourquoi tiens-tu tant à ce qu'il assume son rôle de père ? lui souffla une petite voix dans sa tête. N'était-elle pas tout à fait capable d'élever seule ses enfants ? Si, bien sûr. Elle n'avait nul besoin de lui.

Elle le regarda saupoudrer l'eau de sels de bain avec un soin quasi religieux. Lorsqu'il se tourna vers elle, elle ne savait plus quoi penser.

— Il est temps d'enlever cette tenue déprimante, *cara mia*.

Pia baissa les yeux sur sa robe noire, sévère et peu confortable.

Celle qu'elle portait pour les funérailles de son père, puis sa mise en terre.

— Je n'en ai pas très envie, murmura-t-elle en s'asseyant sur le bord de la baignoire.

Une étrange expression traversa le visage d'Arès. Il s'accroupit devant elle, les mains de chaque côté de ses jambes. Ses yeux verts brillaient d'un éclat pénétrant. Le cœur de Pia s'affola.

— Je comprends, dit-il.

À sa stupéfaction. Mais là encore, elle avait envie de le croire, avec une ferveur qui n'augurait rien de bon.

Une ombre de sourire incurva les lèvres d'Arès devant sa moue.

— À la mort de ma mère, sa dépouille a été exposée au public, comme le veut la coutume, raconta-t-il. Puis mon père et moi l'avons accompagnée à travers la ville jusqu'à sa dernière demeure. Je portais la tenue de circonstance, un uniforme particulièrement inconfortable. Mais quand tout a été fini et que je me suis retrouvé seul dans mes appartements privés, je n'ai pas réussi à me changer. Enlever cet uniforme, c'était déjà tourner la page, d'une certaine façon.

— Tu aimais beaucoup ta mère, n'est-ce pas ?

— Oui. Pas toi ? N'aimais-tu pas tes parents ?

Il posa une main sur sa cuisse. Et Pia s'étonna de trouver ce geste réconfortant, malgré la chaleur de sa peau contre la sienne et son aura virile qui l'enveloppait.

— Ce n'est pas une question piège, ajouta-t-il. J'étais très proche de ma mère. Avec mon père, on ne s'entend pas. Les parents, c'est compliqué...

Sans doute était-il aussi conscient qu'elle, en cet instant, qu'eux-mêmes ne tarderaient pas à endosser ce rôle à leur tour. Dieu sait ce qu'ils risquaient d'infliger à leurs propres enfants. C'était un lien un peu trop intime à partager avec un quasi inconnu.

— Mes parents le sont devenus par inadvertance, confessa-t-elle à brûle-pourpoint.

C'était la vérité. Elle l'avait lu dans les journaux, exprimé en termes beaucoup plus crus. C'était la première fois qu'elle le disait tout haut.

— Du moins, en ce qui me concerne, poursuivit-elle. Mon

frère, c'est différent. Mon père rêvait d'avoir un fils pour réaliser ses ambitions dynastiques.

Elle mourait d'envie de couvrir de sa main celle d'Arès sur sa cuisse. Elle se retint, sans trop savoir comment. Pas plus qu'elle ne savait ce qui la poussait à parler.

— Quand il leur arrivait de se soucier de moi, ils me voyaient comme une sorte de projet, reprit-elle. À vrai dire, je pense qu'ils s'aimaient trop pour aimer qui que ce soit d'autre. Je ne dis pas cela méchamment. Je les aimais, je crois. Tous les deux. Tout en sachant que je les décevais sans arrêt.

Les yeux verts d'Arès prirent un air grave.

— Comment pouvais-tu les décevoir ? questionna-t-il.

Pia ignorait comment répondre à cette question. Par orgueil, sans doute. Elle n'avait pas envie d'expliquer haut et fort à cet homme ce qu'il aurait dû constater par lui-même. Ce qui ne manquerait pas d'arriver, maintenant qu'il savait qui elle était. Et donc, qui était sa mère. Être elle-même, elle savait faire. C'était lorsqu'on la comparait à Alexandrina que venait la déception.

Chez ses parents, en particulier.

Et elle n'avait pas la force de raconter cela à Arès.

— Je suis contente d'attendre des garçons, dit-elle pour changer de sujet. Ce sera plus facile, je crois.

Le visage d'Arès se ferma brusquement. Sa main quitta sa cuisse, au grand désarroi de Pia, pour plonger dans l'eau derrière elle. Il en testa la température, avant de se relever avec une souplesse qui lui donna le vertige.

— Ton bain est prêt, dit-il d'une voix distante. Profites-en, puis va te coucher. Je ne peux pas te promettre que ta peine disparaîtra. Mais plus vite tu commenceras à tourner la page, plus vite la réalité deviendra supportable. Peu à peu, la douleur finira par s'estomper.

— C'est comme les perdre une deuxième fois, murmura-t-elle sans réfléchir.

Le regard qu'il lui lança la transperça telle une flèche.

— En effet.

Il s'en alla, la laissant là, assise dans sa robe de deuil sur le bord de la baignoire. Ce moment où il lui avait fait couler un bain lui faisait l'effet d'un cadeau précieux, sans qu'elle s'explique pourquoi.

Elle n'avait qu'une envie, s'enfoncer dans l'eau chaude tout habillée et y tremper jusqu'à ne plus ressentir la moindre émotion.

Elle vacilla sur ses jambes lorsqu'elle se releva, et c'est au bord des larmes qu'elle enleva sa robe pour la plier avec soin sur l'étagère. Comme si elle y tenait, alors qu'elle ne songeait plus qu'à s'en débarrasser. Elle l'avait portée deux fois en six semaines. Il n'y aurait pas de troisième fois.

Pia s'enfonça dans l'eau parfumée et pleura toutes les larmes de son corps, jusqu'à ce qu'elles se tarissent d'elles-mêmes. Elle ignorait pour quelle raison elle pleurait. Était-ce à cause de la mère qui ne l'avait jamais aimée comme elle aurait désespérément voulu l'être ? Du père qui la voyait comme une monnaie d'échange et non une vraie personne ? Ou pour cette nouvelle vie dans laquelle elle se retrouvait aspirée malgré elle ? Pour les enfants qu'elle portait, le prince qui les avait engendrés et l'avenir incertain qui se profilait devant eux ?

Les yeux rougis, elle sortit du bain, se sécha et regagna sa chambre, où elle se glissa sous les draps du gigantesque lit à baldaquin. Roulée sur le côté, seule position un tant soit peu confortable, elle enroula un bras autour de son ventre.

— Je vous promets une chose, murmura-t-elle aux jumeaux nichés en elle. Jamais vous ne serez une monnaie d'échange pour moi. Je vous dirai chaque jour combien je vous aime. Et au moment de ma mort, vous pleurerez sans avoir à vous demander si vous pleurez ma perte, ou le fait que je ne vous manque pas.

Sur cette promesse faite à ces êtres qu'elle se jurait de traiter mieux qu'elle ne l'avait été, Pia sombra dans le sommeil.

8

Arès ne s'expliquait pas ce qui lui arrivait. Les jours se succédaient. Une semaine s'écoula, puis une autre. Pia et lui étaient comme suspendus dans une bulle hors du temps, chacun attendant… Dieu sait quoi.

C'était si simple de faire du palais du Sud son nouveau centre des opérations. À tel point qu'il n'était plus sûr de ce qui l'avait poussé à vivre loin d'Atilia en premier lieu. Il allait et venait, enchaînant les rendez-vous royaux. Si l'on oubliait le parfum de scandale autour de son accrochage avec Matteo et de la grossesse de la discrète héritière des Combe, sa vie n'était guère différente de celle qu'il avait menée jusque-là. Quelle importance, où se trouvait son siège, quand on vivait sans cesse entre deux avions ?

Non, rien n'avait changé en dehors de son lieu de résidence. À un détail près. Il avait hâte de rentrer au palais après chaque rendez-vous, avait-il constaté. Comme s'il ne pouvait pas vraiment avoir l'esprit tranquille avant d'avoir revu Pia. Elle n'avait plus pleuré une seule fois depuis le premier jour – ou n'en avait rien montré. Elle n'avait pas davantage réessayé de s'évader, au grand soulagement d'Arès. Sa dernière tentative s'était soldée par une session de confidences intimes qu'il préférait ne pas réitérer.

Tous les rapports qu'avait reçus Arès chantaient ses louanges. Elle se montrait toujours polie et aimable avec les domestiques, se promenait d'une cour à l'autre et descendait à la plage à marée basse où elle contemplait longuement l'horizon, assise sur les rochers. Jamais elle ne tentait de semer ses gardes du corps, ni ne se plaignait de ses bilans réguliers auprès du médecin. Son unique requête avait été un ordinateur portable, à laquelle Arès avait volontiers accédé puisqu'elle facilitait le traçage de ses activités. Après tout, il ne lui avait jamais promis de respecter sa vie privée.

C'est ainsi qu'il avait découvert comment elle occupait son temps. Pia écrivait une rubrique pour l'un de ces magazines en ligne qu'Arès considérait pour sa part comme un véritable fléau. La découverte le stupéfia au point qu'il mit une semaine complète à se décider à intervenir.

Un soir, de retour d'un gala de charité en Europe, il la trouva assise dans le boudoir de la reine. Sa pièce préférée, l'avait informé son personnel. Ce salon de l'ancienne aile avait été construit pour une souveraine qui aimait lire et broder en contemplant la mer, loin de l'agitation de la cour. En journée, la lumière se déversait à flots par les hautes fenêtres voûtées. Le soir, le coucher du soleil embrasait les murs au son des vagues se brisant sur les rochers.

Arès entra sans bruit, déstabilisé par cette inexplicable impulsion de serrer Pia dans ses bras à la seconde où il la vit. Ou plutôt, *chaque fois* qu'il la voyait. Assise en tailleur sur une méridienne, un coussin sous son ventre, elle tapait sur son clavier d'ordinateur, la mine concentrée. Sa libido se réveilla malgré lui. Il n'était qu'un homme. Depuis quand n'avait-il plus touché une femme ? Des semaines ? Des mois ?

Depuis Pia.

Il chassa cette pensée. Il n'aimait pas envisager cette possibilité. Que Pia l'ait marqué au point de lui passer l'envie d'avoir d'autres amantes.

Son regard erra le long de son cou gracile caressé par quelques mèches échappées de son chignon, avant de glisser plus bas, vers ses seins gonflés sous le débardeur ample. Les contiendrait-il encore entre ses mains comme il l'avait fait à New York ? Ils étaient devenus si généreux en l'espace de quelques mois... À l'image de son ventre, joliment saillant. Ce spectacle ne manquait jamais de le remuer, quoi qu'il en dise. Le fait qu'elle porte ses enfants, qu'il soit responsable de cette silhouette tout en rondeurs voluptueuses, libérait en lui quelque chose de primitif qui lui nouait les entrailles. Sa paternité prochaine avait beau lui inspirer des sentiments confus, cela n'enlevait rien à son admiration pour le nouveau corps de Pia. Ou pour la façon dont elle prenait les choses, naturellement, à l'instar de ces déesses anciennes qui, selon les habitants de l'île, avaient vécu sur cette montagne même où s'élevait aujourd'hui le palais.

Il s'obligea à revenir au présent, dérouté par la tournure que prenaient ses pensées.

— Quand es-tu devenue rédactrice en ligne ? questionna-t-il d'une voix un peu trop rauque.

La jeune femme sursauta et tourna la tête. Ses joues s'empourprèrent, comme chaque fois qu'elle le voyait. Pour son plus grand plaisir. Il se demanda si ses joues étaient la seule partie de son corps à s'embraser en sa présence. Et le regretta aussitôt lorsqu'une onde brûlante fusa dans ses veines.

— Comment… ?

La question de Pia mourut sur ses lèvres. Elle baissa les yeux sur l'ordinateur, et Arès se prépara à l'inévitable tempête. Avait-il volontairement cherché à la provoquer ? Depuis quand s'abaissait-il à ce genre de petit jeu ? Mais lorsqu'elle releva la tête, son regard était résigné.

— Tu surveilles cet ordinateur. Évidemment. J'aurais dû m'en douter.

— Pour des raisons de sécurité, précisa Arès. Nous sommes dans un palais royal.

— Et parce que tu es curieux, répliqua la jeune femme en soutenant son regard. Tu veux en savoir plus sur moi sans avoir à rien demander.

Arès se remémora ce moment entre eux. Pia dans sa robe de deuil assise sur le bord de la baignoire et lui, trop proche, ses défenses mises à bas. Si elle y pensait aussi, elle s'abstint de tout commentaire.

— Tu pourrais être de mèche avec les reporters du Yorkshire, expliqua-t-il calmement. Peut-être as-tu été infiltrée par mes ennemis.

— Quels ennemis ? s'enquit Pia avec un calme égal au sien. S'agit-il d'une autre de ces guerres que tu mènes seul dans ton coin ?

Arès s'appuya contre le chambranle et la dévisagea d'un air grave.

— On peut dire que je me bats contre moi-même, oui. Je suis ma propre guerre.

Cette réponse le surprit lui-même. Il n'avait pas eu l'intention de prononcer de tels mots. Mais impossible d'en réfuter la vérité. Ni d'ignorer le goût amer qu'ils laissaient dans sa bouche. Comme le premier soir lorsqu'il avait ressenti l'inexplicable besoin de prendre soin de Pia. Il n'avait jamais *pris soin* de qui que ce soit de toute sa vie, excepté de sa mère dans ces derniers jours. C'est à peine s'il connaissait la jeune femme. Ce besoin lui était encore moins familier. À cela s'ajoutaient les enfants qu'elle portait. Ses fils. Chaque fois qu'il songeait moins à ses courbes généreuses qu'à leurs conséquences imminentes, l'effet était le même. Un coup de massue. Un choc renouvelé qui le paralysait.

Pia ferma son ordinateur et le posa de côté.

— Si tu es ta propre guerre, Arès, estime-toi heureux. Tu peux signer l'armistice quand bon te semble.

— Ce n'est pas si simple...

Ou l'était-ce ? Pourquoi n'était-il plus si sûr de lui, tout à coup ?

— Pourquoi m'espionnes-tu ? demanda-t-elle sans détour, les yeux fixés sur lui.

Si elle avait lancé une accusation, Arès aurait su comment réagir. Une bonne dose d'arrogance royale y aurait coupé court. Ou de ce tempérament explosif qui bouillonnait sous la surface chaque fois qu'il revenait à Atilia. Ou s'approchait de Pia. Mais sa curiosité candide lui fit perdre ses moyens.

— Je ne t'espionne pas. Je te l'ai dit, c'est une question de sécurité, répéta-t-il, peu convaincu par sa propre explication.

La jeune femme leva le menton.

— Eh bien, voilà, tu connais mon secret. J'écris une rubrique sur l'étiquette. C'est idiot, je sais. Rares sont les gens qui passent par le genre d'école que j'ai fréquenté. Dont le seul but, reconnaissons-le, est d'inculquer à ses pensionnaires, toujours des femmes, des manières parfaites afin d'en faire des reines si nécessaire.

Un silence tomba entre eux, lourd d'implications. Arès fit comme si de rien n'était, et Pia s'empourpra.

— En théorie, bien sûr, se hâta-t-elle d'ajouter en détournant les yeux. Il existe une anecdote célèbre au sujet de la reine d'Angleterre.

Lors d'une réception, des bols d'eau destinés à se rincer les doigts avaient été installés sur la table. L'invité d'honneur, ignorant leur fonction, but dans le sien. Tout le monde se figea, choqué par un tel manquement à l'étiquette. Son humiliation aurait été totale s'il avait eu conscience de son faux pas. Mais que fit la reine ? Elle saisit son propre rince-doigts et le vida d'une traite. J'ignore si c'est réellement arrivé, mais j'aime à le penser.

— Parce que tu aimes conseiller à tes lecteurs de boire le contenu des rince-doigts qu'ils rencontrent ? dit Arès, sardonique.

De nouveau, il ne se reconnaissait plus. Sous le regard placide de Pia, il avait l'impression de s'être métamorphosé en bête sauvage.

— Figurativement, oui, répondit-elle. Sous couvert de parler de bonnes manières, j'enseigne surtout la bienveillance.

— Un sentiment surfait, déclara Arès.

Elle secoua la tête.

— Non, je ne crois pas.

— J'admire ta noblesse d'esprit, vraiment. Mais puisque je surveille ton ordinateur, je suis au courant que tu monétises ta rubrique.

S'il s'attendait à l'atteindre, il fut déçu. Elle se contenta de sourire, d'un sourire patient frôlant l'affront qui lui donna envie de casser quelque chose. Ou de refaire siennes ces courbes appétissantes.

— Personne ne sait que c'est moi, n'est-ce pas ? Qui a envie de recevoir ce genre de conseils d'une pauvre petite fille de riche ?

— Tu écris cette rubrique depuis longtemps. Ta seconde année à l'université, pour être exact.

— Les jeunes filles de bonnes familles n'ont pas grand-chose à faire, fit-elle avec un haussement d'épaules. Cela reste un exutoire plus raisonnable que ceux de certaines de mes camarades. Mauvaises fréquentations, soirées scandaleuses dans des clubs mal famés, substances illicites… Une petite rubrique en ligne lue par une poignée de lecteurs ne suscite guère l'intérêt. Un passe-temps à mon image, moi, le moineau insignifiant parmi les perroquets au plumage flamboyant.

Arès fronça les sourcils.

— De quoi parles-tu ? D'où sort cette histoire d'oiseaux et de plumage ?

— Je sais qui je suis. Voilà ce que je veux dire.

— Tu n'as pas besoin de cet argent, fit valoir Arès.

Ce fut au tour de la jeune femme de froncer les sourcils.

— Je ne le garde pas, dit-elle sur un ton d'évidence. C'est peu, mais je le donne. Il y a toujours des gens qui cherchent à réunir des fonds pour diverses causes. J'aime contribuer là où je peux.

— Un seul mois d'intérêts de tes comptes d'épargne ferait aussi bien l'affaire, non ?

— Sans doute. Mais j'ai été élevée par Eddie Combe, qui a martelé dans mon esprit la notion d'effort et de mérite. Je ne prétends pas travailler dans les mines, bien sûr. Simplement, c'est important pour moi de gagner mon propre argent et le dépenser comme je l'entends.

Ses yeux gris sondèrent les siens.

— J'imagine que les princes héritiers ne sont pas encouragés à agir de la sorte ?

— Certains pays adorent voir leur famille royale se mêler aux roturiers. Atilia n'en fait pas partie, déclara Arès. Ma mère parrainait l'hôpital royal. Mais s'occuper des malades est la seule concession qu'on lui ait jamais faite.

Pour la première fois, le souvenir de sa mère n'apporta pas dans son sillon la vague de peine qui l'accompagnait habituellement. Peut-être parce qu'elle aurait adoré Pia sans réserve, songea-t-il. Il les imaginait ensemble, penchées sur leur ordinateur dans ce salon même, discutant de leur prochaine bonne action...

— Quand on peut aider, on doit le faire, dit doucement Pia, dans un écho saisissant de son enfance.

Arès cligna des yeux tant il avait l'impression de revoir sa mère, dont la bienveillance ne manquait jamais de le consoler après une énième colère de son père.

— J'ignorais, quand je t'ai rencontrée à New York, que tu étais une sainte, railla-t-il.

Le sang afflua aux joues de Pia, comme s'il l'avait giflée. Un monstre, voilà ce qu'il était. C'était plus fort que lui. Il fallait qu'il gâche chacun de ces petits moments entre eux.

— Vraiment ?

La froideur de son regard démentait son ton enjoué.

— J'étais pourtant certaine de porter mon auréole...

— Dans mon souvenir, tu ne portais rien du tout.

L'air se chargea aussitôt d'électricité. Le sang d'Arès battait sourdement derrière ses tempes et le désir pulsait entre ses jambes.

— Je m'assieds ici tous les jours, reprit-elle, la voix légèrement plus éraillée.

Arès prit cela comme une victoire.

— Je lis les tabloïds et découvre toutes ces insultes sur mon compte. Des versions alternatives de moi selon lesquelles j'aurais piégé un prince avec mon utérus, avant de le monter contre mon propre frère en me cachant derrière mon futur enfant. Moi qui n'ai jamais fait l'objet du moindre scandale, en si peu de temps, je me retrouve la cible d'une haine démesurée...

— Dois-je m'attendre à une autre métaphore ornithologique ?

— Je me sens déjà assez mise à nue comme cela, c'est ce que j'essaie de t'expliquer.

Pia déglutit.

— Chaque fois que je consulte mon téléphone ou ouvre un moteur de recherche, j'ai droit aux mêmes comparaisons avec ma mère, toujours considérée comme la plus belle femme que la terre ait jamais portée. Je n'ai pas besoin que tu en rajoutes en venant me narguer.

— Te narguer ?

Arès ne s'était pas attendu à cela. Et lorsqu'elle se leva, ce fut avec une grâce qu'il ne lui connaissait pas. Mais il la sentit, telle une caresse sur sa peau. Son ordinateur serré contre sa poitrine, elle le regarda comme le monstre qu'il avait lui-même vu en lui.

— Je ne sais pas ce que tu attends de moi, dit-elle d'un ton qui avait tout d'une une condamnation. À vrai dire, je crois que toi non plus. C'est la seule raison pour laquelle je tolère cette situation.

— Un palais réputé dans le monde entier pour sa beauté et interdit au public ? Une vie confortable, entourée de domestiques prêts à satisfaire tes moindres désirs ? C'est cela que tu « tolères » ?

— Tu ne m'as pas sauvée de la rue, que je sache, le rabroua Pia. Tes possessions matérielles ne m'impressionnent pas. Une prison reste une prison, aussi luxueuse soit-elle.

Ce qu'Arès ne comprenait pas, c'est pourquoi lui aussi se sentait prisonnier alors qu'il allait et venait à sa guise.

— Vois-le comme une période de grâce, continua-t-elle comme si elle dictait les règles du jeu. J'ai eu plusieurs mois pour m'habituer à l'arrivée des jumeaux. Il est juste que tu bénéficies du même avantage. Mais l'heure tourne, Arès. Tu ne peux pas me garder ici éternellement. Et même si tu le pouvais, nous serions bientôt quatre.

— Ne me provoque pas, Pia, souffla-t-il dangereusement.

La jeune femme ignora sa mise en garde. Plus rien ne semblait l'atteindre.

— Il faudra bien que tu prennes une décision, continua-t-elle. À moins que tu n'imagines que je vais accoucher dans cette prison, puis élever nos enfants ici, coupés du monde ? Comme s'ils n'existaient pas ? As-tu honte d'eux, ou seulement de moi ?

— Je n'ai jamais dit que j'avais honte.

Elle carra les épaules, exposant sa silhouette dans toute son opulente splendeur.

— Ton indécision est ce qui me retient ici, poursuivit-elle comme s'il n'avait pas parlé. Et c'est vrai que cela m'arrange un peu. Tant que j'évite d'affronter mon frère et toutes ces personnes soudain passionnées par ma vie privée…

Elle s'avança vers lui, une main protectrice sur son ventre.

— Pia…

Son seul nom sur ses lèvres lui rappelait le goût de sa peau, de son essence. Comme il avait envie d'elle ! Il brûlait de la posséder à nouveau, là, maintenant.

— Mais tu n'enfermeras pas ces enfants loin de tout, Arès. Ils ne seront pas victimes de tes tergiversations, tu m'entends ?

Jamais il n'avait vu une telle expression sur son visage. Féroce. Sûre d'elle. *Maternelle*, lui souffla une petite voix.

— Mes enfants marcheront à l'air libre. Ils seront aimés et chéris. Je refuse qu'ils soient cachés comme un secret honteux. Moi vivante, cela n'arrivera pas.

Arès demeura figé, incapable de parler. De démêler par des mots ce chaos qui régnait en lui. Il resta planté là, plus monstre qu'homme, tandis qu'elle le dépassait pour disparaître dans le couloir.

Un poids écrasant s'abattit soudain sur ses épaules. Elle avait raison. Il avait fait de ce palais une prison, plus sûrement que s'il avait fixé des barreaux aux fenêtres.

Arès avait appris très tôt à ne pas lire les tabloïds. Le lendemain pourtant, il en parcourut un échantillon dans l'avion qui l'emmenait sur l'île du Nord pour l'inauguration d'une banque. Ou d'un monument, peut-être. Peu importait. Ces torchons fourmillaient de basses spéculations et d'insinuations scabreuses. Rien de nouveau sous le soleil. Son visage était partout. Des photos de lui étalé dans l'herbe, la lèvre en sang. Matteo Combe s'était fait désavouer par son conseil d'administration, qui discutait en privé d'un vote de défiance. Ils étaient même allés jusqu'à l'obliger à voir un conseiller en gestion de la colère, pour le plus grand amusement d'Arès.

Ce qui l'amusait moins, en revanche, c'étaient les insultes à mots couverts à l'encontre de Pia. Car c'était elle qui était ciblée, pas lui, et cela le rendait malade. Le scandale, loin de s'évanouir en l'absence de nouveaux éléments, semblait au contraire avoir gagné en vigueur durant leur retraite au palais du Sud. Les gros titres s'en donnaient à cœur joie.

Un bébé au parfum de scandale pour le prince play-boy !

Arès s'estimait heureux que personne n'ait osé mentionner les tabloïds devant lui.

Une banque. C'était finalement pour l'inauguration de la Banque royale d'Atilia, donnée en l'honneur du roi, qu'Arès était censé prononcer quelques mots. Alors qu'il s'apprêtait à prendre la parole, un changement s'opéra dans la foule. Arès le remarqua tout de suite. Les murmures. Les échanges de regard, suivis par de profondes inclinations. Il jura dans sa barbe. Mais il savait qu'aucune émotion ne transparaissait sur son visage lorsque son père vint se placer en grande pompe à côté de lui. Arès, comme attendu, s'inclina à son tour devant son monarque.

— Prince Arès, répondit le roi en guise de salutation.

Uniquement parce qu'ils étaient en public et que le protocole l'exigeait.

— Je ne m'attendais pas à vous voir ici, Votre Majesté, murmura Arès tandis que s'élevaient les premières notes de l'hymne national.

Sa surprise était justifiée. Chacun savait au palais que le roi et le prince héritier préféraient ne jamais se retrouver en présence l'un de l'autre.

— Ma secrétaire a dû commettre une erreur...

— C'est certain, oui, maugréa le roi Damascus sans chercher à dissimuler son déplaisir. Il est grand temps que toi et moi ayons une discussion.

La perspective était loin d'enchanter Arès. La cérémonie se poursuivit, rendue mille fois plus pénible par la présence du roi et l'opulent apparat qui accompagnait toujours le souverain d'Atilia, même aux événements les plus banals comme celui-ci. L'inauguration terminée, il n'eut d'autre choix que de suivre son père, en marchant quelques pas derrière lui ainsi que le voulait la coutume.

Un fils pouvait se rebeller contre son père. Mais le père d'Arès était aussi son roi, et ce que le roi ordonnait faisait loi.

Le vieil homme insista pour qu'ils retournent au palais du Nord, où Arès refusait de remettre les pieds depuis la mort de sa mère. Le roi le savait très bien et prenait un malin plaisir à l'y obliger. Typique de lui. Il entraîna Arès directement dans ce salon privé où il avait subi ses foudres durant toute sa jeunesse. Arès se laissa choir dans le siège désigné par son père, sans insolence, mais sans témoigner le moindre respect non plus.

— Cela rappelle des souvenirs. Je me sentirais presque nostalgique, dit-il pour rompre le silence.

— Tant mieux, siffla le roi. Pour ma part, je suis à deux doigts de l'ulcère.

Arès eut un semblant de sourire. Tendu.

— Vous sentez-vous mal, Sire ? Dois-je faire appeler un médecin ?

Le roi s'approcha de son bar personnel et se servit un verre. Arès suivit des yeux le mouvement de la carafe de cristal avec résignation. Encore une qui finirait en miettes sur le sol de marbre. Le monarque, dans sa mesquinerie, ne lui proposa rien.

— Peux-tu m'expliquer pourquoi la poule que tu as engrossée fait la une de tous les journaux ?

Une digue céda en Arès. Brutalement. Un torrent de pure haine déferla dans ses veines, dirigé contre son père. C'était de la haute trahison, mais il s'en fichait.

— Je vous demande pardon, Votre Majesté. Peut-être parlez-vous de vous-même ? En ce qui me concerne, je n'ai aucune « poule », répondit-il, glacial.

— Tu m'as juré que cela n'arriverait jamais, gronda son père. Si j'avais su, je t'aurais marié il y a bien longtemps.

— La nature est ce qu'elle est, soupira Arès avec une désinvolture qu'il était loin de ressentir concernant Pia et leurs enfants. Je ne vois pas ce qui vous inquiète. Je ne suis pas marié. Il n'y a aucun scandale, seulement des conjectures de tabloïds.

— Est-ce une conjecture qui t'a mis au tapis ?

Arès s'obligea à garder son sang-froid.

— Un simple malentendu, rien de plus.

— Je ne te permettrai pas de l'épouser, assena le roi avec cet œil torve qui le caractérisait. Elle a beau être une San Giacomo, cela n'efface pas le sang de paysan qui coule dans ses veines.

— Permettez-moi de vous rappeler, Sire, que je n'ai nullement besoin de votre permission pour me marier, répliqua Arès d'un ton acerbe. Vous avez vous-même aboli cette loi pour mieux favoriser votre propre maîtresse.

— Tu veux parler de Sa Majesté la reine Caprice, le reprit son père, menaçant. Je te préviens, je ne tolérerai aucun manque de respect.

Arès se laissa aller contre le dossier de son siège. C'était lui, cette fois, que démangeait l'envie de jeter des objets contre les murs.

— Et qu'en est-il de notre sérénissime et glorieuse reine Caprice ? Sa fertilité, avais-je cru comprendre, était son principal attrait. Je n'ai pas eu vent qu'elle attendait vos futurs héritiers.

— Méfie-toi, Arès...

— Peut-être la faute de n'avoir eu qu'un seul enfant, décevant de surcroît, vous revient-elle, et non à ma mère comme il est communément admis.

Par vous et vos médecins, rectifia-t-il en son for intérieur.

— C'est donc cela, ton but ? pesta le roi. Tu imagines qu'engendrer des enfants illégitimes te rendra meilleur que moi ?

Il s'esclaffa, mais d'un rire dénué d'humour, qui n'exprimait que de la colère.

— Au contraire, Arès. Tu ne fais que rappeler au royaume à quel point tu es inutile. Un vulgaire play-boy gouverné par ses instincts les plus primaires. Je devrais te remercier de me rendre un tel service.

Arès soutint le regard de cet homme qu'il avait craint et haï toute sa vie. Là, dans cette pièce même où il s'était vu menacer, rabaisser et sermonner tant de fois qu'il en avait perdu le compte. Où il avait pris des décisions fondées sur l'unique résolution de ne jamais devenir tel que l'homme qui lui faisait face. Son père représentait tout ce qu'il rejetait, lui et ce sang qui coulait dans ses veines, bouillonnant de rage en cet instant, tant il brûlait de faire ravaler au roi la violence de ses sarcasmes.

Mais il disposait d'autres armes.

Tu es obsédé par la guerre, lui avait dit Pia.

Elle avait raison. Cette guerre-là, il était né dedans. Jeté sur le champ de bataille dès sa naissance. Et tout ce à quoi cela avait servi, c'était à lui apprendre à se retourner contre cet homme qui lui avait appris à se battre sans jamais comprendre qu'il trahissait ainsi ses propres faiblesses.

— À propos, vous ai-je annoncé la bonne nouvelle ? lança-t-il avec légèreté. Pia a fait de moi le plus heureux des hommes. Elle a accepté de devenir ma femme. Vous et tout le royaume, j'en suis sûr, ne manquerez pas de nous présenter vos plus sincères félicitations.

Son premier cadeau de mariage ne se fit pas attendre. Dans un fracas cristallin, la précieuse carafe vint s'écraser contre le mur derrière lui. Les traditions avaient la vie dure. Oui, il se sentait presque nostalgique, médita Arès en prenant congé.

Ce n'est que dans le jet le ramenant au palais du Sud que l'énormité de son acte le rattrapa. À lui de transmettre la grande nouvelle à Pia. Et de la convaincre de devenir sa femme – l'épouse royale qu'il n'avait jamais désirée.

9

Si Pia avait appris une chose de son enfance, c'était que l'on s'habituait à tout. Aussi absurde ou scandaleuse que puisse être une situation, elle ne vous tuait pas.

Elle s'était habituée aux excès de ses parents. Plus elle prenait de recul sur le mariage d'Eddie Combe et Alexandrina San Giacomo, plus elle les considérait comme des excentriques incapables de se comporter autrement. Dans dix ans, sans doute serait-elle nostalgique de leur passion volcanique, de toutes ces disputes théâtrales qu'elle avait tant de mal à supporter plus jeune.

De même, elle s'était habituée à sa vie dans sa prison dorée. Elle était Raiponce enfermée au sommet de sa tour, privée de toute visite autre que celles de cet homme qui lui faisait tourner la tête sans poser le moindre doigt sur elle.

En journée, Pia rédigeait sa rubrique sur les bonnes manières, substitut de fortune à des émotions plus profondes, tout en se promettant de cesser de lire toutes ces horreurs sur elle dans les tabloïds. Ses soirées, elles, étaient ponctuées par les apparitions imprévisibles d'Arès.

Se matérialiserait-il dans l'embrasure de la porte, surgissant comme par magie dans son champ de vision périphérique ? L'inviterait-il à boire un verre, la réserve dans ses yeux verts démentie par le brasier intérieur perceptible dans sa posture ? Siroterait-elle son eau gazeuse tandis qu'il remuait son verre de whisky dans un silence saturé de non-dits ? Ou s'engageraient-ils dans une énième joute verbale, comme ils savaient si bien le faire ?

Pia ne savait jamais à quoi s'attendre. Mais elle espérait ses apparitions avec une fébrilité malvenue, au point qu'il lui manquait quand ses devoirs le tenaient éloigné du palais.

Le fait est qu'en dépit de ses plaintes, ce genre de vie, loin de l'attention des médias et des tabloïds, lui convenait. Cette fameuse nuit à New York était la seule fois où elle avait essayé d'être quelqu'un d'autre.

Peut-être est-ce la raison pour laquelle Arès refuse de passer plus de temps avec toi, bien que tu portes ses enfants. Parce que tu lui renvoies au visage le mensonge que tu es, lui soufflait une voix sévère qui n'était pas sans rappeler celle d'Alexandrina.

L'idée lui déplaisait, mais comment ne pas l'envisager ? Pia n'avait pas la beauté de sa mère. Elle et Alexandrina ne se ressemblaient en rien. Arès pouvait séduire n'importe quelle femme et ne s'en privait pas. Pourquoi lierait-il son destin à quelqu'un comme elle ?

Pia croyait avoir dépassé tout cela. C'était une conséquence naturelle au fait d'être la fille unique d'Alexandrina San Giacomo. Dès sa naissance, elle était vouée à décevoir. Il y avait bien longtemps qu'elle ne ruminait plus à ce sujet. Apparemment, être enceinte et seule toute la journée, enfermée dans un château comme un secret honteux, avait le pouvoir de rouvrir certaines blessures dans le cœur d'une femme.

— Notre branche de la famille sera différente. Je vous le promets, répétait-elle chaque jour à ses bébés, dont les coups se faisaient de plus en plus sentir dans son ventre.

Pia en était à son septième mois de grossesse lorsqu'elle découvrit que sa famille avait plus de branches qu'elle ne le croyait. Contre toute attente, Matteo et elle avaient un frère. Un demi-frère, plus exactement, Dominik, abandonné par leur mère quand elle était encore adolescente, bien avant qu'elle ne devienne une icône. Un énième scandale familial qu'elle apprit dans un tabloïd. Et que lui confirma son frère au téléphone.

— Tu étais au courant ? s'exclama Pia, incrédule.

Sans aucun doute, puisque les journaux affirmaient que ce nouveau frère sortait avec l'assistante de Matteo, qui ne rappelait plus Pia comme elle le faisait avant.

— Depuis quand le sais-tu ? Et pourquoi ne m'avoir rien dit ?

— On ne peut pas dire que tu as été très disponible, Pia, dit-il froidement.

— Par « disponible », tu veux dire assise comme une potiche dans l'attente que quelqu'un daigne m'adresser la parole ? répliqua-t-elle avec acrimonie.

Ton qu'elle n'employait jamais avec son frère. Ni avec qui que ce soit, d'ailleurs.

— Tu sais, l'appareil avec lequel je t'appelle en ce moment remplit admirablement cette fonction. C'est très pratique pour partager les événements importants, comme l'apparition d'un nouveau membre de la famille, par exemple. Ou simplement prendre des nouvelles.

— Si tu tiens tant à être mise au courant de ce qui nous arrive, fais-nous signe, rétorqua Matteo. Je te rappelle que c'est toi qui as fui les funérailles de notre père pour te cacher Dieu sait où...

Pia croyait ne pas avoir hérité du tempérament sanguin des Combe. Mais ces mots la mirent tellement hors d'elle que le reste de leur conversation se perdit dans une sorte de brouillard. Lorsqu'elle raccrocha, c'était à sa mère qu'elle pensait.

Alexandrina San Giacomo. Belle et magnétique, vaine et capricieuse, et incroyablement fascinante. Une mère à qui Pia avait désespérément cherché à plaire sans jamais y parvenir. Elle avait toujours supposé qu'elle l'avait envoyée au couvent par honte. Malveillance, peut-être. Ou désintérêt pur et simple pour cette fille si insipide. Jamais il ne lui serait venu à l'idée qu'Alexandrina était sincère lorsqu'elle disait avoir voulu la protéger. Dans son esprit, la vie de sa mère avait toujours été digne d'un conte de fées. Ou en tout cas, exactement telle qu'elle l'avait désirée.

Pia était incapable de se représenter une Alexandrina différente. Une femme plus humaine, qui avait porté un enfant comme Pia aujourd'hui, avant de le faire adopter. Un acte de grâce ou de honte, source de tristesse ou d'espoir, que Pia ne pouvait imaginer accomplir elle-même. L'idée de sa mère si jeune, confrontée à une décision aussi difficile, chamboulait tous ses repères. L'Alexandrina qu'elle connaissait était toujours parfaite, même quand elle se disputait avec Eddie. Elle ne dissimulait aucune blessure profonde dans le secret de son cœur.

Peut-être était-ce l'aspect le plus éprouvant du deuil, songea Pia en posant une main sur son ventre. Sa nature volatile. Il changeait de forme et absorbait la moindre aspérité qu'il rencontrait. Sans doute en serait-il toujours ainsi.

Encore sonnée par l'existence de ce frère surprise, qui peut-être ne voudrait rien avoir à faire avec la famille qui l'avait abandonné autrefois, elle tressaillit en apercevant son Prince Pas-Si-Charmant sur le seuil de la porte. Typique de lui.

— Depuis quand es-tu là ? demanda-t-elle.

— Quelle importance ?

Son intonation sévère n'augurait rien de bon. Pia plaqua un sourire sur ses lèvres.

— Je me suis résignée au cyber-espionnage. C'est ton ordinateur et je n'ai rien à cacher. Mais je ne comprends pas ce besoin de rôder dans ton propre palais.

— Je ne rôde pas. Ce n'est pas de ma faute si tu ne fais pas attention à ce qui t'entoure.

Pia prit la mouche.

— Eh bien, figure-toi, Arès...

Il l'interrompit d'un geste de la main, avant qu'ils ne s'engagent sur ce même chemin qu'ils empruntaient à chaque fois. Bataille. Retraite. Regroupement. La même routine, encore et encore, au point qu'il était impossible de dire qui donnait les coups, et qui laissait le plus de marques.

— Dîne avec moi, dit-il.

Pia en resta sans voix. Arès dînait généralement dehors, à telle ou telle soirée mondaine qu'elle pouvait suivre sur les réseaux sociaux le lendemain. Ce qu'elle se gardait de faire, bien sûr. Ce serait trahir un trop grand intérêt pour ses activités. Peut-être est-ce la nouveauté qui lui fit ravaler sa verve habituelle. Prenant appui sur les accoudoirs, elle se hissa hors de son fauteuil et traversa la pièce. Arès lui tendit sa main, qu'elle accepta.

C'est à cet instant qu'un changement s'opéra dans l'air. Son monde, déjà passablement chamboulé, trembla un peu plus. Elle avait le vertige, tout à coup, comme si le sol venait de se dérober sous ses pieds. Ce n'était pas seulement le contact, aussi électrique qu'il fût. C'était son regard. Grave et intense. Il ne l'avait plus regardée ainsi depuis…

Non. Elle n'osait pas y penser. Mais c'était plus fort qu'elle. Alors qu'Arès l'entraînait à travers les couloirs du palais, Pia était assaillie par le souvenir de ce qui s'était passé à New York. Comme ce soir, il lui avait pris la main et ils avaient quitté la fête, et toute cette fébrilité en elle s'était brusquement enflammée. Tentation. Désir. Épiphanie. Tout lui revenait en mémoire, détail après détail.

Arès la guida vers l'aile du palais réservée à son usage exclusif, jusqu'à une vaste salle à manger privée. Une foule entière aurait pu y tenir. Mais la table était mise de manière à créer une ambiance intime, accentuée par la vue sur la mer et le coucher de soleil peignant l'horizon d'un dégradé de rose orangé. Une étape qu'ils avaient allègrement sautée à New York, se rappela Pia. S'asseoir autour d'un dîner, parler, apprendre à se connaître. Cette séance de rattrapage était précieuse et nécessaire, lui semblait-il. À tel point qu'elle n'osait rompre le silence.

Mais comme disait son père, mieux valait arracher le pansement d'un coup.

— Je suis surprise de te voir ici, commença-t-elle. Ton calendrier social est toujours si plein…

— J'ai annulé.

— Tes plans pour ce soir, tu veux dire ?

— Et tout le reste, précisa Arès, laconique.

Sans ajouter la moindre explication.

Les domestiques apportèrent le premier plat, mais c'est à peine si Pia remarqua leur passage. Le stress lui nouait l'estomac. Ou était-ce de l'anticipation – pire, du désir ? Quoi qu'il en soit, les bébés durent le sentir car une pluie de coups la fit grimacer de douleur et sa main vola sur son ventre.

Arès fronça les sourcils. Pas à l'autre bout d'une table de banquet interminable, mais là, à quelques centimètres d'elle. À portée de ses doigts.

— Que se passe-t-il ? demanda-t-il.

Excepté la main qu'il lui avait tendue plus tôt, il avait évité tout contact avec elle depuis son arrivée ici. Il semblait même avoir mis un point d'honneur à ne pas toucher son ventre. Mais ce soir, une étrange expression se lisait sur ses traits. Toute son attention était concentrée sur elle. Sur son ventre, justement, que sa main continuait à frotter là où pointaient les pieds des bébés.

— L'un des jumeaux me donne des coups, expliqua-t-elle. L'autre ne devrait pas tarder à s'y mettre aussi. Une vraie petite équipe de football.

La stupéfaction se peignit sur le visage d'Arès.

— Là, en ce moment ?

— Veux-tu les sentir ? proposa Pia.

Était-ce de la vulnérabilité qui perçait dans sa voix ? Non... De l'espoir ?

Arès se leva, contourna le coin de table qui les séparait et s'accroupit devant elle. Ses yeux verts étaient très sombres. Jamais elle ne lui avait vu un tel regard.

— Donne-moi tes mains, l'encouragea-t-elle en souriant.

Elle n'attendit pas qu'il s'exécute et saisit d'autorité ses mains, qu'elle posa fermement sur son ventre. Au même instant, deux petits pieds tapèrent à l'intérieur. Pia assista aux premières loges à un kaléidoscope d'émotions sur le visage d'Arès. La surprise. La réalisation de ce qu'il était en train de sentir...

L'émerveillement, véritable rayon de soleil qui illumina ses traits.

— Est-ce que c'est douloureux ? demanda-t-il à voix basse.

— C'est plus une sensation d'inconfort, répondit-elle. Parfois, cela me prend par surprise. Et quand l'un d'eux s'étire contre mes côtes, oui, cela peut faire un peu mal.

Il s'accroupit sur la pointe des pieds. Soudain, ses mains étaient partout, palpant son ventre comme pour en apprendre la forme dans le moindre détail. Plus il la touchait, plus Pia aimait ce contact, d'une façon qui n'avait plus rien à voir avec les bébés et leurs coups de pied. Le désir s'était brusquement ranimé en elle, surgissant de braises qu'elle avait crues éteintes. Mais le feu qui couvait en dessous se révélait inextinguible.

Lorsqu'il releva la tête, elle reconnut la flamme dans ses yeux verts. Oh ! comme elle la reconnaissait ! Elle la *sentait* vibrer sous sa peau.

— Pia, souffla-t-il d'une voix rauque.

C'était une invitation, impossible à refuser. Arès était si proche...

Ses paumes moulaient son ventre, et un mélange de vénération et de désir brillait dans son regard. Comment ne pas fondre ? Un torrent de lave déferla dans ses veines, indomptable et brûlant, pour se concentrer là, entre ses cuisses, au creux de sa chair. Là où seul Arès l'avait touchée.

Leurs regards se cherchèrent.

Murmura-t-elle son nom ? Ou n'avait-il jamais cessé de résonner en elle ?

Toute raison la déserta. Elle se pencha en avant, entoura son visage de ses mains et captura ses lèvres comme si sa vie en dépendait. Un grognement éraillé accueillit son initiative, issu des tréfonds de son être. Elle sentit son corps athlétique frémir sous la force des mêmes sensations qui bouillonnaient en elle.

Bientôt, sa bouche s'ouvrit sous la sienne et il prit le contrôle.

Quand il l'embrassait, Pia oubliait qu'elle n'était pas jolie. Elle se sentait sur un nuage, légère et désirable. Chacune de ses caresses était un avant-goût du paradis.

Arès s'avança un peu plus, une main toujours sur son ventre, l'autre s'enroulant autour de sa nuque pour la guider là où il la voulait. C'était une sensation étrange. Son désir l'ancrait et la libérait à la fois. Elle se sentait pousser des ailes, s'envolait déjà.

Arès l'embrassait, encore et encore. C'était à qui se rapprocherait le plus, à qui approfondirait davantage leur baiser. Pia en éprouvait une frustration croissante. Elle avait envie de sentir sa peau contre la sienne et ses mains partout sur son corps nu.

Elle voulait *plus*.

Dans un autre grognement, Arès recula. Un sourire incurva ses lèvres lorsqu'elle protesta. Il la tira de sa chaise, mais elle ne resta pas longtemps debout. Déjà, il la soulevait dans ses bras. Elle qui était enceinte jusqu'aux yeux, il réussissait à la faire se sentir plus légère qu'une plume !

— Arès, tu ne peux pas...

— Pia, la coupa-t-il d'une voix enrouée. Ne me dis pas que je ne peux pas te porter ou je te jette par-dessus le balcon.

Son petit doigt lui soufflait que ce n'était pas son intention, aussi céda-t-elle sans broncher.

Il l'emmena dehors, sur le fameux balcon avec le ciel pour seul plafond. Là, il l'allongea sur une méridienne avant de s'étendre à ses côtés. Enfin, ils se touchaient de la tête aux pieds ! Pour Pia, c'était presque trop. Mais Arès reprit sa bouche et des étincelles crépitèrent entre eux. Le désir passait de l'un à l'autre, les connectait, sauvage et débridé.

Il l'embrassait et elle lui rendait son baiser, avec toute la passion qu'elle avait muselée tout ce temps, ce feu ardent qui couvait en elle depuis le début.

Pour lui et lui seul.

Arès portait l'un de ses uniformes royaux. Mais il ne mit pas longtemps à se débarrasser de sa veste et de sa chemise, livrant à son regard ses larges épaules et son torse sculpté. Pia ne se fit pas prier pour en profiter. Elle y promena ses mains avides, se délectant de sa force, de sa chaleur. Explorant chaque sillon de ces pectoraux déliés. Seigneur, il était vraiment à se damner !

Arès n'était pas en reste. Ses mains avaient pris possession de ses seins, lourds et généreux. Son grondement satisfait fit oublier à Pia tous ses complexes. Sans plus attendre, il souleva son haut et dégrafa l'attache frontale de son soutien-gorge, avant de pencher la tête pour aspirer un téton entre ses lèvres.

Un flot de sensations intenses submergea Pia. Mille flèches de feu fusaient en elle pour se ficher au cœur même de sa féminité. La tension entre ses reins grandissait de seconde en seconde... Soudain, elle explosa dans une déferlante de plaisir.

Arès émit un petit rire triomphal qui se répercuta en elle dans un vibrant écho. Sa bouche s'était refermée sur son second téton et le soumettait au même supplice exquis. Pia en avait le souffle coupé. Elle tenta bien de résister, mais il suffit à Arès de sucer avec un peu plus de vigueur pour avoir raison d'elle, et elle dériva pour la seconde fois en quelques minutes dans un océan de délices.

— Tu es si sensible, susurra-t-il contre son ventre. Allons plus loin, tu veux bien ?

Lentement, mais avec une redoutable efficacité, il lui enleva ses vêtements. En d'autres circonstances, Pia aurait eu honte de son apparence. De son poids. Son corps était si différent de la dernière fois... Mais elle était trop occupée à reprendre son souffle et crier le nom d'Arès pour s'en soucier. Elle se perdait dans ses baisers, s'éparpillait sous ses caresses lascives. Elle ne vit même pas lorsqu'il acheva de se déshabiller, car sa main s'était faufilée entre ses cuisses et la stimulait avec une telle maestria qu'elle ne tarda pas à jouir de nouveau.

Encore et encore.

Enfin, il s'agenouilla devant la méridienne, l'attira vers le bord et se positionna entre ses jambes écartées. Il se mit à onduler contre elle, puis, lorsqu'elle fut prête, capta son regard. Alors seulement, il s'enfonça dans le fourreau moite et brûlant de sa féminité. Doucement, en prenant tout son temps, comme s'il s'agissait d'un acte sacré.

Comme si elle était la femme la plus belle, la plus précieuse au monde.

— Pia, souffla-t-il.

Et dans sa bouche, son nom devenait une prière.

Il allait et venait en elle, chaque nouveau coup de reins plus étourdissant que le précédent. Elle s'envolait vers des sommets insoupçonnés, toujours plus loin. Le plaisir était une immense vague et elle était prise dans le contre-courant, ballottée dans un tsunami de sensations. Elle perdit le compte du nombre de fois où Arès la propulsa au septième ciel, pour recommencer à la seconde même où elle redescendait sur terre. Seigneur, c'était si bon ! Si parfait. Elle ne voulait plus jamais s'en passer.

Elle entendit le son de sa voix, comme venant de très loin, et s'aperçut qu'elle avait parlé tout haut. Tant pis. Elle s'en fichait, trop chavirée par le plaisir. Elle tremblait de toutes les cellules de son corps. Et alors que le déferlement s'apaisait peu à peu, elle sentit Arès replonger en elle, et ses spasmes reprirent de plus belle.

Enfin, Arès la serra étroitement contre lui, au bord de l'abîme. Le visage enfoui dans le creux de son cou, il cria son nom comme l'extase le submergeait son tour.

Pia comprenait, à présent. C'était si limpide !

Après quelques minutes, Arès s'allongea à ses côtés et l'enveloppa de la virile couverture de son corps.

Elle s'était souvent demandé, après New York, pourquoi elle s'était comportée comme elle l'avait fait, au mépris de toute prudence. Pourquoi elle s'était si facilement laissé entraîner. Cela ne lui ressemblait pas. Mais elle comprenait, aujourd'hui.

C'était Arès. Cette synergie entre eux.

Il était fantastique et leur alchimie, explosive. Pas étonnant qu'elle n'ait plus jamais été la même depuis.

Pia promenait distraitement les doigts sur son ventre, comme elle le faisait si souvent. Elle sourit quand Arès l'imita, traçant des arabesques au hasard. Il se présentait à ses fils, songea-t-elle lorsqu'un des bébés donna un coup, suivi par son frère. Il leur faisait savoir qui il était.

— Pia.

Sa voix veloutée roulait sur sa peau telle la brise marine qui les entourait.

— Tu es la mère de mes enfants…

— En effet, dit-elle dans un sourire. C'est ainsi, on n'y peut rien.

Il leva la tête, dardant sur elle toute l'intensité de son regard. Son expression était grave.

— Épouse-moi.

C'était un ordre, pas une demande. Un ordre royal.

Et la passion avec laquelle Pia mourait d'envie d'y obéir la surprit elle-même.

Mais que savait-elle du mariage ? Rien, sinon ce qu'elle avait connu en grandissant. L'expérience lui avait démontré qu'aucune harmonie n'était possible entre deux personnes si mal assorties. Elle avait vu le mariage de ses parents exploser à d'innombrables reprises, parfois dans la même soirée. Elle l'avait vu se désagréger, bien qu'Eddie et Alexandrina soient restés ensemble. Elle connaissait les jeux malsains auxquels ils se livraient, les parts d'eux-mêmes qu'ils avaient sacrifiées l'un à l'autre…

Et cet amour-là avait l'étoffe des légendes.

Pourquoi se résigner à une pâle imitation du mariage de ses parents ? Les mêmes peines, les mêmes combats, sans le ciment d'un amour profond et indestructible. Pourquoi devrait-elle s'imposer cela ? Pire, imposer à ses fils de grandir dans un tel environnement ? N'en avait-elle pas elle-même assez souffert enfant ?

Allongée sur le balcon avec la mer pour témoin, nue et comblée, elle couvrit la main d'Arès de la sienne.

— Non, répondit-elle distinctement. Je ne t'épouserai pas. Mais tu es le père de mes enfants, Arès. Rien ne changera jamais cela. Nous n'avons pas besoin d'être mariés pour être parents.

S'ensuivit un long silence, saturé de tension.

— Et comment vois-tu les choses quand je monterai sur le trône ? questionna-t-il enfin. Les deux princes passeront-ils un week-end sur deux avec leur père, le roi d'Atilia, et le reste du temps dans un village perdu au fin fond du Yorkshire ?

Pia sourit, malgré l'éclat sombre de ses yeux verts.

— Nous trouverons une solution. Avec ou sans mon Yorkshire chéri.

Arès se leva, puis lui tendit la main afin de l'aider à se lever. Elle lui faisait face, debout dans l'air nocturne qui semblait danser autour d'eux. Et elle voulait plus. Tellement plus !

— Je te veux pour femme, déclara-t-il d'un ton solennel.

— Non.

Cette fois, son cœur se serra lorsqu'elle prononça ce mot.

— C'est faux. Tu veux seulement m'épouser à cause des jumeaux. Ce n'est pas vraiment moi que tu désires pour femme, mais la mère de tes enfants.

— Pourquoi ne voudrais-je pas les deux ?

— Non, répéta-t-elle.

Calmement, mais fermement, sourde au violent tumulte dans sa poitrine. Car en dépit de tout, et à son grand embarras, elle était tentée par sa proposition.

Elle s'attendait à ce qu'il argumente, se mette en colère ou s'enferme dans un mutisme ombrageux comme elle l'avait déjà vu faire. Mais Arès ne fit rien de tout cela.

Non.

Il se contenta de sourire.

10

Pia ne savait que penser. Arès, après s'être vu rejeter de la sorte, aurait pu s'isoler pour panser son orgueil blessé. Ou noyer l'affront dans un verre de whisky en feignant que cette conversation n'ait jamais eu lieu. Au lieu de quoi, il l'aida à se rhabiller, puis la raccompagna à la salle à manger et tira sa chaise pour elle. Lui aussi s'assit, tout près d'elle à cette table trop romantique, et ils partagèrent un dîner parfaitement civilisé.

Deux rince-doigts furent apportés en fin de repas.

— Et si je bois dans le mien ? Te conduiras-tu en hôte respectable pour ne pas me mettre mal à l'aise ? le défia-t-elle.

C'était exactement pour cette raison que Pia écrivait cette rubrique sur des questions en apparence superficielles. Devait-on envoyer des mots de remerciement ? Oui, toujours. Pouvait-on porter du blanc hors saison au mépris des conventions ? Bien sûr, tant qu'on le portait bien. Le rince-doigts n'était qu'un prétexte. Il était surtout question de bienveillance envers les autres. Pia avait besoin de savoir si elle se sentait en sécurité ou non avec Arès. Difficile de répondre à cette question lorsqu'on n'a jamais vécu dans un climat de confiance et qu'on ignore comment faire la différence.

— Épouse-moi, et tu sauras quel genre d'hôte je suis, répondit Arès, les yeux chevillés aux siens.

Il n'était pas homme à renoncer et tenait à ce qu'elle le sache.

Pia ne but pas dans son rince-doigts. La persistance d'Arès la décontenançait. Si son refus l'avait contrarié, il n'en montrait rien.

Après le dîner, il la raccompagna à travers le dédale de couloirs.

Mais alors qu'elle tournait dans l'aile du palais qu'elle occupait, il la retint par le bras.

— Je ne crois pas, murmura-t-il d'une voix suave. Ce n'était qu'un début.

— Pardon ?

Pia déglutit. Avait-elle bien compris où il voulait en venir ? Son corps, lui, semblait l'espérer. Il frémissait d'anticipation, alors même qu'elle le croyait rassasié après le déluge de sensations auquel il avait été soumis plus tôt.

— Cela fait trop longtemps depuis New York, *cara mia*. Mon désir est loin d'être assouvi.

Sans doute aurait-elle dû protester. Se raccrocher à certains standards. Mais elle le désirait trop pour s'acharner à le combattre.

Elle hocha la tête. Une seule fois.

Arès ne chercha pas à dissimuler son sourire triomphant. Il l'entraîna dans sa chambre et l'étendit sur le lit gigantesque, digne d'un roi, indéniablement. Puis il s'allongea sur elle, déjà prêt à se réapproprier chaque centimètre carré de son corps. Et lorsqu'elle en fut réduite à se tortiller sous lui, tremblante d'excitation, il la retourna et la positionna à quatre pattes afin de la pénétrer par-derrière. Cette fois, elle cria son nom dans le feu de l'orgasme.

Et toutes les fois suivantes.

Mais ce n'était que la première offensive de sa campagne. Très vite, il fit déplacer toutes ses affaires dans ses appartements, se contentant de hausser un sourcil lorsqu'elle objecta.

— Pourquoi parcourrais-je des kilomètres de couloirs s'il me suffit de me retourner pour te trouver dans mon lit ? déclara-t-il avec hauteur.

Et peut-être était-elle faible, mais elle aimait dormir dans son lit. Surtout quand il la réveillait.

Son emploi du temps n'avait pas changé. Ses responsabilités royales l'appelaient toujours ici ou là. Mais il rentrait plus souvent à la maison qu'avant, nota Pia.

À la maison. Quelle plaisanterie. C'était donc ainsi qu'elle l'appelait, maintenant, ce palais de conte de fées où on la gardait enfermée loin du monde ?

Enfermée... Ou à l'abri, lui suggéra une petite voix intérieure.

Quand avait-elle commencé à considérer sa prison davantage comme un refuge ?

Bientôt, elle cessa de lire les tabloïds, qui faisaient à présent leurs choux gras des frasques sentimentales de ses deux frères. À quoi bon s'empoisonner l'esprit avec ce ramassis de rumeurs mesquines sur sa famille ? D'ailleurs, elle préférait se concentrer sur sa propre vie, pour une fois.

Car elle en avait une, désormais. Deux petits êtres grandissaient en elle. Sa rubrique en ligne connaissait un certain succès. Et puis, elle avait Arès. En quelque sorte. Il l'initiait à des secrets si subtils qu'une seule nuit ne suffisait pas à les apprendre. Et son énorme ventre ne se révélait nullement un obstacle. Arès n'était jamais à court de nouvelles idées afin qu'ils soient tous les deux à l'aise pour s'explorer mutuellement. Parfois, il lui susurrait de langoureuses promesses, qu'il ne manquait jamais de mettre à exécution. D'autres fois, il bougeait en elle en silence, d'une beauté à couper le souffle dans l'effort.

Un après-midi, après l'avoir fait supplier et crier de plaisir, il se laissa retomber à ses côtés. Le vaste lit ressemblait à un champ de bataille avec ses draps froissés. Au plafond, le ventilateur tournait paresseusement, brassant l'air autour d'eux. De l'extérieur leur parvenait l'éternel fracas des vagues contre les rochers.

Arès était si sexy, allongé près d'elle, les doigts mêlés aux siens. Un concentré de force et de grâce masculine. Quoi qu'il arrive, Pia savait qu'elle n'oublierait jamais ce moment. Pas plus que toutes les sensations qu'il était capable de lui prodiguer. Avec lui, elle se sentait…

Oui. Elle se sentait *belle.*

— Épouse-moi, demanda-t-il pour la énième fois.

Il lui avait posé la question tant de fois qu'elle avait perdu tout impact. C'était maintenant une chose qu'il disait parmi d'autres.

Passe-moi le sel. Épouse-moi.

Pia éclata de rire.

— Tu sais bien que je ne peux pas.

— Je ne sais rien de tel.

Elle poussa un soupir et se lova contre lui.

— Tu ne voulais ni femme, ni enfants. Tu t'es montré très clair sur ce point. Les jumeaux ont été un choc pour toi comme pour moi. Mais nous nous en sortirons très bien, maintenant que nous sommes prêts à leur arrivée prochaine. Que nous apporterait un mariage ?

— Je me souviens d'avoir vu tes parents à un bal, il y a environ dix ans, dit Arès dans le silence de la chambre. Une sorte de gala officiel, ennuyeux à mourir, fourmillant de diplomates et autres personnes haut placées.

Tout en parlant, il avait posé une main sur son ventre, comme il le faisait toujours, maintenant. Sa paume survola la tête d'un des bébés, le pied de l'autre. Pia s'y était habituée. Il lui arrivait même de s'endormir pour trouver Arès, à son réveil, en train de chantonner contre son ventre. Ce qu'elle ressentait dans ces cas-là, elle n'osait l'admettre. De l'espoir. Un élan de tendresse. Une émotion si intense qu'il lui semblait qu'elle allait imploser à tout instant.

— Ennuyeux à mourir ? Tout à fait le genre de galas qu'appréciaient mes parents, plaisanta-t-elle pour désamorcer son hyperémotivité.

Elle en était à son huitième mois de grossesse. Les jumeaux avaient tendance à naître en avance. Le temps où ils faisaient partie d'elle touchait à sa fin. Et avec lui, sa parenthèse avec Arès. Elle le sentait plus vivement à chaque minute qui passait.

— Eux qui aimaient être le centre de l'attention, ils devaient être servis…

— C'était une soirée en lien avec le travail de ton père, je crois, poursuivit Arès. Après les habituels discours stériles, la musique a démarré. Quelques couples de diplomates ont donné l'exemple, par obligation. Ces moments-là sont toujours si gênants… Puis tes parents sont entrés sur la piste de danse.

Pia savait où allait cette conversation. Elle sourit.

— Mes parents adoraient danser…

— Cela sautait aux yeux. Je ne sais rien du mariage de tes parents, si ce n'est la version déformée qu'en donnaient les tabloïds. Mais je les ai vus danser. J'ai vu la façon dont ils se regardaient.

— Pas seulement comme s'ils étaient seuls dans la salle, développa Pia, mais comme si le reste du monde avait cessé d'exister.

Arès se redressa sur un coude, une étrange lueur dans les yeux.

— Mes parents ne dansaient jamais, à moins que le protocole ne l'exige, raconta-t-il. Et quand cela arrivait, ils évitaient le regard de l'autre. Je les ai vus danser à ce même bal, il y a dix ans. Le peu d'estime qu'ils avaient l'un pour l'autre n'aura probablement échappé à personne dans la salle.

— N'étaient-ils pas…

Pia ignorait comment formuler sa question. Arès eut un rire teinté d'amertume.

— Mon père a un tempérament colérique qu'il ne cherche pas à brider. Avec moi, il jette souvent des objets contre les murs. Dieu merci, il n'a jamais dirigé ses foudres contre ma mère.

Il secoua la tête.

— On dit de lui qu'il est un roi décent. Mais c'était un mari froid et insensible et un très mauvais père.

— Tu n'es pas obligé d'en parler, murmura Pia en le voyant hésiter.

Le regard d'Arès se durcit.

— La reine lui a donné l'héritier qu'il voulait, assurant ainsi la continuité de la lignée. Son devoir accompli, il ne voyait aucune raison de ne pas poursuivre ses aventures extraconjugales. Peu lui importait de blesser ma mère. À vrai dire, je doute qu'il se soit jamais soucié des sentiments de qui que ce soit.

Pia s'efforça de se représenter le roi et feu la reine dans sa tête. De les voir comme des êtres humains et non des symboles.

— Ton père trompait ta mère ? demanda-t-elle.

— Constamment. Et avec entrain, privilégiant la quantité aux dépens de la qualité, à en croire mes sources.

Pia baissa les yeux sur leurs mains entrelacées.

— Je crois que mes parents aussi étaient infidèles, dit-elle.

C'était la première fois qu'elle l'admettait tout haut.

— Je sais qu'ils s'aimaient passionnément. C'était de notoriété publique. Mais c'était le genre d'amour qui se nourrissait du mal qu'ils se faisaient l'un à l'autre. Tout le sel résidait dans leurs réconciliations. Alors tous les prétextes étaient bons pour se disputer.

Arès porta sa main à ses lèvres et y déposa un tendre baiser. Le cœur de Pia s'affola dans sa poitrine. Pour un si petit geste, alors qu'ils venaient de faire l'amour pendant des heures !

Ses yeux prirent un air grave.

— Je n'ai jamais voulu me marier parce que j'ai vu de près à quoi ressemblait un mariage royal à Atilia. Mon père était une brute et ma mère... elle était toujours si triste. Je refusais d'infliger cela à ma partenaire, qu'elle soit liée à moi par désir ou par devoir.

Il écarta gentiment une mèche de son visage. Pia n'osait croiser son regard, de peur de ce qu'elle y lirait. Tout cela était trop franc, trop compliqué.

— Mais je suis prêt à tenter ma chance avec toi, continua-t-il. Toi et moi, ce sera différent, Pia. Ce sera mieux.

Pia secoua la tête. Une boule lui nouait la gorge et les larmes n'étaient pas loin. Arès n'était pas sérieux. S'il lui disait toutes ces choses qu'elle avait toujours voulu entendre, c'était uniquement pour l'amadouer, pas parce qu'il les pensait. Le problème était qu'elle avait envie de le croire. Plus il parlait, plus sa volonté fléchissait.

— Arès, commença-t-elle.

— Nous deux, c'est de la dynamite au lit, l'interrompit-il d'une voix enflammée. C'est grâce à cela que nous en sommes là. Est-ce si mal d'officialiser les choses ?

— C'est toi-même, Arès, qui m'as donné un cours sur la succession d'Atilia...

Pia roula sur le côté. Elle avait besoin de mettre de la distance entre eux. Si elle l'avait pu, elle se serait levée dans une sortie théâtrale. Mais tous ses gestes se faisaient au ralenti à ce stade de la grossesse, aussi se contenta-t-elle de s'asseoir contre le cadre du lit.

Soudain, sa nudité la mettait mal à l'aise. Elle était gênée par ses seins si volumineux, son ventre déformé, saillant, avec son nombril qui dépassait.

— C'est vrai, admit Arès sans la quitter des yeux. Je m'inquiète pour notre succession. C'est normal, non ? Je te l'ai dit lors des funérailles de ton père. Porter mon enfant n'est pas anodin. Et plus nous approchons du terme, plus l'affaire devient sérieuse.

— Depuis quand t'intéresses-tu à ce genre de chose ? pesta Pia.

La voix d'Arès se durcit. Son regard, aussi. Pia frissonna malgré elle.

— Je n'avais pas prévu d'engendrer des héritiers. Mais ils existent. Ils seront bientôt là. Autant qu'ils accèdent à tous les droits et privilèges que leur confère leur position.

— Pourquoi ? Tu étais d'un autre avis, avant. Ton point de vue a radicalement changé après ton entrevue avec ton père, dit Pia. Si tu tiens tant à m'épouser, n'est-ce pas uniquement pour le défier ?

Arès accusa le coup. Pensait-il qu'elle ne savait pas ? Qu'elle n'avait pas lu les journaux ? *Le roi Damascus prend à partie son héritier prodigue !* titrait l'un d'eux au-dessus d'une photo du père et du fils, l'expression ombrageuse d'Arès clairement discernable.

— Très bien. Dans ce cas, dis-moi comment tu vois les choses, répondit-il d'une voix patiente.

Raisonnable. Elle détestait cette voix.

— Le monde entier pense déjà que tu es enceinte de moi. Admettons que je te laisse partir. Tu vis ta propre vie, libre comme l'air ainsi que tu prétends le vouloir. Tu as la chance d'appartenir à un milieu aisé. Tu auras donc les moyens d'élever seule ces enfants.

— C'est ce que je dis depuis des mois !

— Mais les gens continueront à penser qu'ils sont de moi, quels que soient les mensonges que nous racontons ou les mesures que nous prenons pour cacher la vérité. Que se passera-t-il, alors ?

— Que veux-tu dire ? Les rumeurs restent des rumeurs...

— Et un trône reste un trône, *cara mia*.

Une note étrange s'était insinuée dans sa voix, qu'elle ne parvenait pas à déchiffrer. Un nouveau frisson la traversa.

— Peut-être sommes-nous devenus plus progressistes, ces dernières années. Nos batailles, c'est dans les urnes que nous les menons désormais. Mais le fait est que les enfants que tu élèveras auront un droit direct au trône d'Atilia. Cela ne signifie rien pour toi. Mais crois-moi, cela importera à mon peuple, et plus encore à mon successeur.

— Ton successeur ? Je ne comprends pas...

— Je monterai sur le trône et mourrai un jour, déclara-t-il, pragmatique.

Et l'inéluctabilité de ce qu'il énonçait lui donna envie de hurler de toutes ses forces.

— Pour mon successeur, qu'il s'agisse d'un de mes cousins et ou d'un héritier tardif engendré par mon père, tes fils seront un danger. Quelqu'un finira forcément par clamer que l'un d'eux est le vrai roi. Sais-tu ce qui arrivera, alors ?

— Laisse-moi deviner. Une autre guerre ? répondit Pia, plus cassante qu'elle n'en avait eu l'intention.

— Le sang d'Atilia coule dans mes veines, poursuivit Arès. C'est un poison, source de conflits et de souffrances. Et je suis navré de te l'apprendre, mais il coule aussi en toi, désormais. En ces garçons que tu portes. C'est ce que nous sommes.

— Je ne comprends rien à ce que tu essaies de me dire.

Pia s'était redressée contre le cadre du lit. Elle dévisageait Arès, avec l'impression d'être face à un volcan prêt à exploser à tout instant. Dieu savait où cela les conduirait, ou comment elle-même réagirait.

— Il n'y a rien dans ton sang, objecta-t-elle. La royauté n'est pas un virus.

Arès eut un ricanement amer.

— La royauté, c'est le pouvoir. Ni plus ni moins. Et le pouvoir est toxique. Mon successeur pourrait traquer les garçons afin de neutraliser la menace qu'ils représentent. Il y a de quoi frémir, non ?

Pia n'avait pas envisagé un seul instant un tel scénario. À vrai dire, elle n'avait songé à rien au-delà de sa grossesse, trop occupée à trouver ses marques dans ce palais prison et à s'apitoyer sur son pauvre petit cœur. Arès, lui, se projetait déjà dans l'avenir. Ses enfants n'étaient même pas nés qu'elle était déjà une mauvaise mère.

— Ce n'est pas la seule possibilité, reprit Arès de ce ton calme qui faisait des ravages en elle. Qui sait quels adultes nos fils deviendront ? L'un ou l'autre décidera peut-être qu'il mérite d'accéder au trône. Que feras-tu, alors ?

Le cœur de Pia cognait dans sa poitrine. Elle s'en voulait d'être restée aveugle à toutes ces éventualités. Aucune ne lui avait jamais traversé l'esprit. Mais le moment était mal choisi pour s'auto-réprimander. Arès la dévisageait avec insistance et une expression féroce.

— Ta position est donc que nous nous mariions afin d'empêcher nos fils de monter sur le trône ? Ou quelqu'un d'autre d'y monter ? Ou d'empêcher... Dieu sait quoi encore ? Je ne te suis pas.

— Pia...

— Je t'ai déjà dit que je ne te tiendrais jamais à l'écart. J'étais sincère, Arès. Il ne s'agit pas d'eux, mais de moi.

Sa voix se fissura malgré elle. Comme elle détestait être si transparente ! Sans le vouloir, elle trahissait ce qu'elle tenait le plus à lui cacher.

— Pia, répéta-t-il, plus calmement.

Cette fois, peu importait l'effort que cela lui coûtait. Elle se hissa tant bien que mal hors du lit avant de reprendre son souffle, une main dans le creux de son dos. Des larmes de frustration lui montèrent aux yeux. Elle aurait voulu partir comme une tornade en claquant la porte derrière elle. Mais dans son état, il n'y avait aucune tornade possible. Au mieux, elle atteindrait la porte en se dandinant, ce qui était la dernière chose dont elle avait besoin. Se dandiner devant Arès. Nue, qui plus est.

Vivement, elle s'empara du couvre-lit brodé d'or tombé par terre. Un objet raffiné et délicat, comme tout ce qui se trouvait dans ce palais. Elle s'en enveloppa à la manière d'une toge.

Comment avait-elle pu laisser les choses en arriver là ?

À croire qu'elle n'avait pas vraiment été attentive. Le sexe torride l'avait distraite. Leurs tendres moments la nuit lui faisaient tout oublier en journée. Il l'avait installée dans sa suite sans qu'elle proteste. Même pour la forme. L'idée ne l'avait même pas effleurée, tant elle avait l'esprit ailleurs.

Aujourd'hui, elle en était à son huitième mois de grossesse. Elle se sentait énorme et respirait avec difficulté, sans savoir si c'était à cause de ses émotions à fleur de peau ou des bébés appuyant sur… sur tout.

Elle avait fait un mauvais calcul. Car il y avait une chose qu'elle ne pouvait avouer à Arès. Lui se divertissait avec elle, pendant qu'elle glissait sur une pente dangereuse. Alors qu'il tentait de la convaincre de l'épouser, pour des raisons aussi personnelles que suspectes, Pia, elle, tombait amoureuse. Et cet amour grandissait en elle, vibrait et rayonnait si fort qu'elle ne comprenait pas comment il pouvait ne pas le voir.

Elle ravala un sanglot. C'était stupide – embarrassant, même. Mais c'était la vérité. Elle était tombée amoureuse d'Arès. Et ce dès le premier soir, à cette fête à Manhattan, réalisait-elle avec le recul. Aucun autre homme ne lui avait jamais fait le moindre effet. Mais un seul regard d'Arès, et elle l'avait suivi sans discuter.

Elle était tombée enceinte après une folle nuit de passion. Et pour couronner le tout, elle s'était enfuie avec lui des funérailles de son propre père.

Elle l'avait laissé l'enfermer ici. Oh ! ce n'était pas les excuses qui manquaient. Il y avait des gardes. L'unique route d'accès était étroitement surveillée. Mais le fait est qu'elle n'avait plus vraiment essayé de s'échapper après le premier soir. S'isoler dans leur bulle est ce que font toutes les femmes enceintes, avait-elle lu sur Internet, trop heureuse de se raccrocher à cette analyse. Elle-même écrivait une rubrique expliquant comment gérer au mieux les situations sociales délicates. *Elle*, qui avait géré sa relation avec Arès de la pire façon possible !

Arès avait beau avoir changé ses projets d'avenir, la donne restait la même. Ce qu'il voulait vraiment, c'était ses enfants, sans le désagrément d'une bataille juridique pour leur garde. Rien d'étonnant à cela. Mais il ne voulait pas d'*elle*. Pas vraiment. Et c'était ce qui rendait la réalité mille fois plus brutale.

Coucher ensemble, d'accord. Le sexe entre eux était fantastique, à l'en croire. Mais il n'était pas amoureux d'elle. Ce n'était pas pour la retrouver qu'il s'était présenté au manoir des Combe. Il ne faisait que remplir son devoir royal en rendant un dernier hommage à Eddie Combe. Pia savait, grâce à son père, qu'un homme amoureux ne connaissait aucun repos. Il poursuivait son âme sœur sans que rien ni personne ne l'arrête. Quels que soient les dommages collatéraux.

Il était temps pour Pia d'affronter la réalité en face, aussi déplaisante fût-elle.

— Je ne comprends pas ce qui a changé, dit-elle en s'efforçant de contenir sa panique. Tu étais si sûr de toi et de ce que tu ne voulais pas...

— Il ne s'agit pas de ce que je veux, mais de ce qu'il convient de faire, répliqua Arès, toujours allongé dans le lit dans une posture nonchalante.

Le cœur de Pia s'emballa un peu plus. Ses doigts se crispèrent sur sa toge de fortune.

— Donc ce qu'il convient de faire implique un pouvoir toxique et d'interminables luttes dynastiques ?

— Je veux faire de toi ma reine, assena Arès avec une soudaine fermeté. Ne comprends-tu pas cela ?

— Si, je le comprends. C'est bien cela le problème.

Pia détourna les yeux, de peur de trahir ses émotions. Elle resserra le couvre-lit autour d'elle. C'était tout ce dont elle pouvait s'envelopper, dans son état actuel. Un carré de tissu fait pour recouvrir un lit. Immense, de surcroît.

Un étau lui serrait douloureusement la gorge.

— J'ai la taille d'une baleine, lança-t-elle. Et même si ce n'était pas le cas, toi et moi savons à quoi je ressemble en temps normal.

Un silence suivit ses paroles. Elle s'obligea à lui faire face de nouveau.

Arès la regardait, l'air perplexe.

Pia poussa un soupir agacé.

— Je ne suis pas une reine ! s'écria-t-elle.

— Tu es une reine si tu épouses un roi. C'est aussi simple que cela.

— C'est ridicule, Arès. Ridicule, tu m'entends ?

Sa voix frôlait le sanglot. Mais qu'y pouvait-elle ? Les événements s'emballaient sans que rien ne vienne endiguer la catastrophe.

— Moi, une reine… Les gens *riraient* !

11

Les mots de Pia restèrent suspendus entre eux dans le silence de la chambre. Elle les regrettait déjà. Que n'aurait-elle donné pour les reprendre !

— C'est moi qui ne te suis plus.

Arès affichait une expression abasourdie. Légèrement impatiente, aussi. Tout dans son attitude trahissait son sang royal. Même nu et au lit, il apparaissait parfaitement à l'aise.

— De quoi les gens riraient-ils, au juste ?

Pia tremblait de la tête aux pieds. Elle se raccrocha au montant du lit, prise de vertige. Allait-il vraiment l'obliger à le dire tout haut ? Se moquait-il d'elle ? Son attitude la décontenançait.

Elle se redressa de toute sa taille malgré le poids de son ventre.

— Les gens comme toi placent la barre très haut, dit-elle. Tu dois bien en avoir conscience.

— Tu veux parler de mon titre de prince héritier ? Oui, Pia, j'en ai conscience. On m'en rebat les oreilles depuis mon plus jeune âge.

— Cela fait partie du problème. Mais je parlais surtout de toi.

Elle le désigna d'un geste, allongé là, bronzé et athlétique. On eût dit un dieu taillé dans le marbre à qui quelqu'un aurait insufflé la vie.

— Tu es très bel homme, lâcha-t-elle dans un soupir. Il te faut donc une épouse digne de toi. Personne n'accepterait une reine comme moi pour un roi comme toi.

Le silence d'Arès décupla sa panique. Elle se concentra sur autre chose. Des détails étranges comme la brusque crispation de sa mâchoire ou la façon dont ses yeux verts s'étaient assombris.

— Dois-je comprendre que tu ne te trouves pas belle ? dit-il après un long moment.

Pia se força à sourire malgré son humiliation.

— Ma mère était considérée comme la plus belle femme du monde. Bien sûr, elle avait ses défauts. Elle n'était pas toujours gentille, ni même avenante. À en juger par l'alcool et les médicaments qu'elle a ingérés à la fin, elle n'était pas très heureuse non plus.

Elle exhala un souffle saccadé.

— Mon frère pense que c'était un geste délibéré. Pas moi. Au début, j'ai cru être responsable de sa mort, et de celle de mon père aussi, en tombant enceinte de cette façon. Maintenant, je penche plutôt pour la thèse de l'accident. S'il y a une chose que je sais sur Alexandrina San Giacomo, c'est qu'elle aurait voulu partir avec panache.

Alexandrina était une héroïne d'opéra. Si elle avait planifié sa mort, elle l'aurait rendue spectaculaire, en veillant à préserver sa beauté jusqu'au bout. Pia ignorait quand cette conviction s'était enracinée en elle. Toutes ces semaines passées aux côtés d'Arès n'y étaient sans doute pas étrangères. Toujours est-il que, depuis quelque temps, elle ne se sentait plus vraiment coupable de la mort de ses parents. La première était accidentelle. La seconde, inévitable. Sa grossesse n'y était pour rien.

Non que cela changeât quoi que ce soit à sa situation.

Arès continuait à l'observer, visiblement incertain de là où elle voulait en venir.

— Si ma mère avait un atout, c'était son extrême beauté. Tout le monde s'accordait sur ce point, reprit-elle. Même ivre ou fatiguée, même le moral en berne, elle restait sublime. Toutes les têtes se tournaient sur son passage. Certains hommes se mettaient même à chanter pour elle dans la rue. Ridicule, n'est-ce pas ?

Elle haussa les épaules.

— Ce genre de sérénade n'avait rien d'extraordinaire pour ma mère. J'ai grandi en sachant exactement à quoi ressemblait la vraie beauté.

— Je vois, murmura Arès, la voix étranglée.

— Vraiment ?

Pia avait l'impression que sa poitrine allait éclater. C'était trop.

Trop d'émotions, trop de sensations. Trop de *tout*. Alexandrina avait peut-être raison. Autant faire de sa vie un opéra, car ainsi on maîtrisait quand le rideau se levait et retombait, et tout ce qui se passait entre. Comment ne l'avait-elle pas compris plus tôt ?

D'un geste théâtral, elle jeta de côté le couvre-lit qui l'enveloppait. Comme sa mère l'aurait fait.

— Vois-tu vraiment de quoi je parle, Arès ? insista-t-elle. Regarde mon corps. Je n'avais déjà pas la taille mannequin, mais après cela ? Il ne sera plus jamais le même. J'aurai des vergetures. Et cela, ce n'est rien. J'ai vu des photos de ma mère enceinte. On aurait pu lui dédier des odes tant elle resplendissait. Je ne suis pas comme elle. Loin de là.

— Laisse-moi dissiper le malentendu une bonne fois pour toutes, répondit Arès. Je me contrefiche de la prétendue beauté de ta mère.

— Elle n'était pas « prétendue ». C'était une réalité.

— Ta mère était une femme ravissante, convint Arès avec un haussement d'épaules. Et alors ? Le monde est rempli de belles femmes.

— Exactement.

Pia regrettait déjà l'absence du couvre-lit. Difficile d'aller le récupérer à quatre pattes après la façon dont elle s'en était débarrassée. Elle n'avait d'autre choix que de s'exhiber fièrement devant Arès, alors qu'elle rêvait de disparaître dans un trou de souris.

— Le monde est rempli de belles femmes. Et tu devrais t'en trouver une parmi elles.

— Pia, *cara mia*...

Arès se mordait la lèvre, pour ne pas sourire, semblait-il.

— Sais-tu seulement à qui tu t'adresses ? Je suis le prince héritier d'Atilia. Je possède des comtés et des duchés à ne plus savoir qu'en faire. Par définition et par décret royal, je fais preuve d'un goût irréprochable. Toute femme honorant mon bras est belle de par sa présence à mes côtés. Cela va de soi.

Pia ouvrit la bouche pour répliquer, mais Arès ne lui en laissa pas le temps.

— Mais toi, la mère de mes enfants ? La seule femme que je

veuille pour reine ? Bien sûr que tu es belle. Il ne m'a jamais traversé l'esprit que tu puisses ne pas le savoir.

— Tous tes compliments n'y changeront rien. Je ne suis pas le genre de femme à même de séduire un homme comme toi.

Arès perdit patience.

— Évidemment que tu me plais. Regarde ton ventre. C'en est la preuve, non ?

— Cesse de me dire ces choses-là !

C'était au tour de Pia de perdre son self-control.

— Je sais de quoi j'ai l'air. Ce n'est pas en me faisant passer pour ce que je ne suis pas que tu me convaincras de t'épouser.

— Alors que dois-je faire ?

Pia manquait d'air. Aucun son ne semblait vouloir sortir de sa bouche. Arès sauta du lit et s'approcha d'elle. Ses deux mains se refermèrent sur ses épaules.

— Tu es la seule femme à qui j'aie demandé de m'épouser, déclara-t-il d'un ton grave. Mais si cela ne te suffit pas, rappelle-toi la soirée où nous nous sommes rencontrés. Pourquoi crois-tu que j'ai été attiré par toi ? Au premier regard, avant même de te parler ? Si tu étais si hideuse, comment me serais-je retrouvé devant toi ?

Tout cela était ridicule. Pia sentait les larmes ruisseler sur ses joues. Elle avait envie de disparaître de la surface de la terre.

— Je ne sais pas, hoqueta-t-elle dans un sanglot. J'ai levé les yeux et... tu étais là.

— Parce que je t'ai vue sourire, dit Arès. Je t'ai entendue rire. J'étais là parce que j'ai suivi ce sourire à travers la pièce. J'avais envie de m'en rapprocher. Et quand nous avons fait connaissance, j'ai voulu me rapprocher encore plus. Cela n'a pas changé.

— Arès...

— Épouse-moi, parce que chaque fois que je t'ai demandé de me suivre, tu l'as fait, continua-t-il. Suis-moi parce que je ne t'ai jamais emmenée là où tu n'avais pas envie d'être. Tu compares ce palais à une prison, et pourtant... nous voilà. Ensemble. Pour ma part, j'y vois plutôt un refuge. Épouse-moi et nous ferons de notre mariage un autre refuge, qui nous suivra partout où nous irons.

— Tout ce que tu veux, ce sont...

— Nos fils. Oui, bien sûr que je les veux près de moi. Élevons-les ensemble.

Peut-être avait-elle toujours été faible, au fond. Ce qu'il lui faisait ressentir était si fort... C'était comme une drogue dont elle ne pouvait plus se passer. Dans ses yeux, elle devenait la plus belle femme au monde. Et elle avait envie de le croire.

Non... Là, tout de suite, elle le croyait. Pour la première fois, elle se sentait en sécurité.

Ne devrait-elle pas s'estimer heureuse ? La plupart des hommes ne voulaient pas entendre parler d'enfants et fuyaient leurs responsabilités. Peu faisaient battre son cœur comme Arès lorsqu'il la regardait. Aucun, à vrai dire. Dans le milieu auquel elle appartenait, les mariages s'apparentaient à des transactions d'affaires. Des unions fragiles, dénuées de sentiments. Maris et femmes se trompaient sans vergogne ou prenaient plaisir à se faire souffrir.

Il était si facile de tomber dans le piège d'un mauvais mariage. N'avait-elle pas justement la possibilité de faire le bon choix ? Ou du moins un choix décent, meilleur que les autres. Les contes de fées empruntaient parfois des chemins inattendus. Il était une fois des jumeaux... Un palais digne de Raiponce... Des mois passés à se rapprocher de l'inévitable, entre sexe passionné et sentiments grandissants pour le seul homme qu'elle ait jamais désiré.

C'était déjà plus tentant que la plupart des mariages de son entourage.

Elle aimait Arès. Une erreur, sans doute. Elle l'aimait, même convaincue que ses beaux discours sur sa supposée beauté s'évanouiraient avec les années. Il regretterait ce mariage. Peut-être même suivrait-il le chemin de son père. Mais elle continuerait à l'aimer, elle le savait. Elle l'aimerait toujours.

Alors quel était le pire ? Prendre le risque de ne pas avoir ce dont elle rêvait, ou tirer un trait sur ce qu'elle avait déjà ?

Devant elle, Arès s'agenouilla et prit ses mains dans les siennes. Le soleil de l'après-midi baignait de sa lumière dorée leurs deux corps nus. Celui d'Arès parfait, le sien dominé par son ventre proéminent.

— Pia, épouse-moi, répéta Arès avec solennité. Sois ma reine et la mère de mes enfants. Et promets-moi que, de temps en temps, tu me souriras comme tu l'as fait à cette soirée à Manhattan.

Le cœur de Pia exécuta un salto dans sa poitrine. Était-ce du danger qu'elle ressentait ou de l'excitation ? De l'espoir ou de l'angoisse ? Elle n'était plus sûre de rien. Peut-être tout cela à la fois.

Le croire était risqué. Mais ses larges mains enveloppaient les siennes de leur chaleur rassurante. Et son regard était si sérieux qu'elle rougit malgré elle. Les deux petits garçons au creux de son ventre méritaient d'avoir un père.

Et toi, ma fille ? résonna en elle la voix d'Alexandrina. *Mérites-tu vraiment un prince ?*

Pia fit la sourde oreille. Là, en cet instant, Arès la trouvait belle. Elle n'avait pas besoin de le croire pour se raccrocher à cela le plus longtemps possible.

— Très bien, dit-elle.

Ce n'était pas une capitulation, mais un acte de foi. L'avenir se chargerait de lui donner raison ou non.

— C'est d'accord, Arès. J'accepte de t'épouser.

Un immense soulagement envahit Arès. Une part de lui avait craint jusqu'à la dernière seconde que Pia ne se dérobe. C'était une chose de proclamer qu'il ne voulait ni femme ni enfants. Une autre de finir seul parce que la femme qu'il convoitait le rejetait.

Mais elle avait fini par entendre raison. Enfin. Quant à lui, il était prêt. Il l'était depuis cette entrevue avec son père où il avait décidé d'un autre avenir.

Deux jours plus tard, par une matinée radieuse, Pia prenait son petit déjeuner sur l'une des terrasses donnant sur la mer, le regard perdu vers Céphalonie au loin. Arès la contempla un moment à distance, cette femme qui avait fait de lui un autre homme. Un prince héritier désireux de revendiquer son trône au lieu de s'effacer au profit du père qu'il avait toujours haï.

Elle portait la longue robe fluide qu'il avait choisie pour elle, ses cheveux sombres noués en une tresse lâche. Des mèches folles s'en échappaient, que la brise marine faisait danser autour de son visage. Elle était absolument sublime. Comment pouvait-elle penser le contraire ?

Arès avait rencontré Alexandrina San Giacomo par le passé. Il l'avait trouvée très belle, bien sûr, mais susceptible à ce sujet. Sa beauté était son plus grand atout et elle n'hésitait pas à s'en servir. Arès n'y voyait aucun mal. Au contraire, il l'admirait pour cela, lui-même conscient que son physique avantageux jouait souvent en sa faveur.

Pia était belle aussi, mais d'une autre façon. Sa beauté était naturelle, sans artifice. Ses grands yeux gris captivaient, sa bouche tentait par sa douceur pulpeuse. Enceinte, elle affichait des courbes plantureuses qui ne faisaient qu'ajouter à ses nombreux charmes.

Alexandrina était une arme. Pia, elle, était un joyau brut. Sa princesse et sa future reine.

Sans doute trahit-il sa présence, car elle tourna la tête. Ses yeux étincelèrent d'une joie franche et sincère, bientôt chassée par une expression plus circonspecte. Mais le sourire qui incurva ses lèvres était aussi éblouissant que celui qu'elle lui avait adressé à New York, et un élan possessif s'empara de lui.

Pia lui appartenait. À lui et lui seul.

Il la rejoignit et lui effleura la joue, et elle se laissa aller contre sa paume. Il aimait sa façon de s'abandonner à ses caresses. Elle ne retenait rien. Elle était hédoniste au lit et le rendait insatiable. Il n'y avait rien chez elle qu'il ne désirait pas.

— Qu'as-tu prévu, aujourd'hui ? demanda-t-il.

— Eh bien, à vrai dire, j'ai un emploi du temps chargé, répondit-elle. D'abord, je compte paresser un moment au soleil en faisant semblant de travailler. Puis j'irai m'asseoir quelque part, ouvrirai mon ordinateur et taperai studieusement sur mon clavier. En réalité, je serai en train de lire mes mails et traîner sur Internet, une étape cruciale de mon processus artistique. Au bout de quelques heures, je rédigerai une seule phrase, qui m'aura coûté un tel effort que j'aurai besoin d'une collation. Suivront plusieurs cycles similaires jusqu'à l'heure du dîner, où je ferai comme si rien de tout cela n'était arrivé. Et toi ?

C'était sans doute ce qui lui plaisait le plus, chez Pia. Elle était drôle et vive d'esprit. Jamais il n'avait croisé quelqu'un comme elle dans la famille royale d'Atilia, ni même dans la noblesse européenne. Il n'était toujours question que de devoir et d'histoire, d'obligations ancestrales et de dettes à honorer. Les mariages étaient des contrats solennels destinés à produire des héritiers. Des unions tristes et moroses, à en juger par celle de ses parents.

Mais la femme avec qui il régnerait était différente. Elle souriait et riait aux éclats. Elle osait même le taquiner. Arès y voyait un cadeau du ciel.

Il posa un genou à terre devant elle, comme le voulait la tradition, et sortit de sa poche un écrin qu'il ouvrit avec emphase. Pia porta la main à sa bouche, son émoi visible dans ses yeux.

— Il y a une légende attachée à cette bague, raconta-t-il. Elle se transmet dans ma famille depuis des générations. Il paraît que toute femme la portant est la souveraine que mérite le pays, aimable et bienveillante. Ma grand-mère me l'a confiée avant sa mort afin que je l'offre à ma reine. L'acceptes-tu ?

Il retint son souffle, l'estomac noué, jusqu'à ce que Pia hoche la tête et lui tende sa main afin qu'il glisse la bague à son annulaire. Ensemble, ils contemplèrent les trois splendides saphirs rehaussés de diamants. La bague en elle-même était un concentré d'histoire. Mais sur Pia, elle devenait une œuvre d'art.

— Merci, murmura-t-elle, un trémolo dans la voix. Elle est magnifique.

— J'espérais qu'elle te plaise.

Il l'aida à se lever. Dans sa robe blanche flottant au vent, elle avait tout d'un ange. En guise de touche finale, il s'empara d'une fleur dans le vase sur la table qu'il piqua au sommet de sa tresse. Pia battit des cils, le souffle court. Dieu ce qu'il avait envie de l'embrasser ! Mais un simple baiser ne suffisait jamais à le rassasier et il avait d'autres projets dans l'immédiat.

— Suis-moi, intima-t-il.

Et Pia lui donna sa main, une fois encore. Elle lui faisait assez confiance pour plonger avec lui dans l'inconnu. Une responsabilité qu'Arès prenait très au sérieux. Tout en entraînant la jeune femme à travers les couloirs du palais, il se jura de l'honorer chaque jour de sa vie. Et de prendre soin de sa reine, toujours. Rien de tout cela n'était prévu. Jusqu'à cette discussion avec son père, il ignorait comment affronter sa paternité imminente.

Aujourd'hui, tout était limpide.

— Que se passe-t-il ? s'enquit-elle comme ils émergeaient sur la vaste terrasse surplombant les falaises les plus à pic.

À leurs pieds, la mer s'étendait à perte de vue, miroitant au soleil. Sous une tonnelle ornée de plantes grimpantes et de fleurs odorantes, spécialement préparée par Arès, attendait un prêtre.

La main de Pia trembla dans la sienne.

— Ne me dis pas que c'est...

— Notre mariage, termina-t-il, les muscles tendus.

Elle pouvait encore se dérober. Exiger la cathédrale de l'île du Nord. Faire marche arrière. Elle pouvait encore se refuser à lui.

— Ici. Maintenant.

— Mais...

Il entoura ses mains des siennes, prêt à se perdre dans les deux océans gris levés vers lui.

— As-tu confiance en moi, Pia ?

— Je... Je ne sais pas...

— C'est une question toute simple. Oui ou non ?

— J'ai confiance en toi, souffla-t-elle.

— Alors pourquoi attendre ? Tu sais à quoi ressemble un mariage royal. Une cérémonie en grande pompe au nom de la pérennité du trône. Nous pouvons faire cela ici, insista-t-il. Juste toi et moi.

Les yeux de la jeune femme se mirent à briller. Le sourire sur ses lèvres était empreint d'émotion.

— Juste toi et moi, chuchota-t-elle.

La brise marine portait les paroles du prêtre et, lorsque vint le moment d'échanger leurs vœux, Pia avait cessé de trembler.

— Je promets de t'honorer, te chérir et te protéger, jusqu'à ce que la mort nous sépare, prononça Arès selon la coutume du royaume.

Pia lui adressa les mêmes mots, et Arès sortit de sa poche un écrin contenant deux anneaux d'or. Il glissa le plus étroit à l'annulaire de Pia, et la vue de l'alliance aux côtés de la bague de sa grand-mère éveilla en lui une satisfaction primitive. Imitant son geste, Pia saisit l'autre anneau et le passa à son doigt.

Voilà, songea-t-il. Ils étaient mariés.

— À présent, Votre Altesse, vous pouvez embrasser la mariée, déclara le prêtre.

Pia souriait lorsqu'il pencha la tête pour capturer ses lèvres. Soudain, plus rien n'existait que ce baiser, tendre et parfait. Suivi d'un autre. Juste elle et lui, seuls au monde, liés par les vœux qu'ils venaient de prononcer.

Arès attira Pia dans ses bras, parce qu'elle était sienne. Jamais il ne se lasserait d'elle. Il reprit sa bouche dans un baiser sensuel et passionné…

C'est là que l'hélicoptère s'éleva à leur hauteur, surgi de nulle part. Rempli de reporters, appareils photo en main, leurs objectifs braqués sur eux.

Pia se dégagea, la mine horrifiée.

— Embrasse-moi, la pressa Arès.

— Mais les paparazzis…

— Embrasse-moi, Pia, répéta-t-il avec une joie sauvage.

Il imaginait déjà la fureur du roi lorsqu'il tomberait sur ces photos. Et comprendrait ce qu'elles signifiaient.

— Je veux qu'ils nous voient. C'est moi qui les ai appelés.

12

Pia s'exécuta, parce qu'elle avait l'esprit trop embrouillé pour réfléchir. Quel autre choix avait-elle ? Elle l'embrassa, et l'hélicoptère était juste là, avec sa horde de journalistes qui les mitraillait sous tous les angles. Il lui semblait presque les entendre rire.

Avant qu'elle n'ait eu le temps de songer à une parade, Arès rompit leur baiser. Il cria quelque chose au prêtre par-dessus le rugissement de l'hélicoptère et salua même leur public. Déjà, il l'entraînait à l'intérieur du palais, laissant l'appareil et ses paparazzis derrière eux.

Pia était sous le choc de ce qui venait de se passer. Un coup de massue ne l'aurait pas davantage assommée. Tout n'était qu'un mensonge. Un pur mensonge ! Son cœur était au supplice.

C'est moi qui les ai appelés, lui avait-il dit, l'air de rien.

Elle freina des quatre fers et arracha sa main à sa poigne d'acier. Elle pantelait d'avoir marché si vite, mais ce n'était rien à côté de la douleur lancinante dans le creux de son dos.

— Qu'as-tu fait ? lança-t-elle d'un ton accusateur. Tu les as toi même appelés ?

— En effet, répondit-il, bien trop posément à son goût.

L'air perplexe, même, comme s'il ne comprenait pas sa réaction.

Lui, l'homme qu'elle aimait. L'homme qu'elle avait épousé lors d'une cérémonie intime et romantique. Du moins le pensait-elle. Il lui avait dit « juste toi et moi », et elle l'avait cru, alors qu'un hélicoptère rempli de reporters attendait son signal, tapi hors de vue ! Rien de tout cela n'avait été romantique !

Elle le savait, pourtant, songea-t-elle avec amertume. Elle le savait et s'était quand même laissé berner.

Pia en avait la nausée. À vrai dire, elle se sentait réellement mal. Une crampe douloureuse lui tenaillait le bas du ventre. Elle plaça une main en dessous, là où son poids se faisait le plus sentir.

— Dis-moi pourquoi, dit-elle tant bien que mal. Pourquoi as-tu fait cela ? Nous avons fui les funérailles de mon père pour éviter les reporters et, toi, tu les invites ici ? Leurs photos feront la une de tous les journaux dans moins d'une heure !

— C'était mon intention.

Pia sentit le sol tanguer sous ses pieds. Elle repéra un banc du coin de l'œil, s'en approcha et s'y laissa choir avec soulagement. Mais lorsqu'elle leva les yeux vers Arès, son mari, le tiraillement dans son ventre empira.

— Inutile de faire les gros yeux, Pia.

Pour la énième fois, elle fut frappée par sa beauté. Il portait avec prestance l'un de ses uniformes royaux, complété par la large ceinture proclamant son titre de prince héritier. Elle aurait dû se douter de ce qui se tramait en découvrant la tenue qu'avait étalée Marbella sur son lit, ce matin. Une robe d'un blanc immaculé. Virginal. L'ironie l'aurait amusée en d'autres circonstances.

Arès l'avait menée en bateau et elle n'y avait vu que du feu. Oh ! elle s'était bien préparée à avoir le cœur brisé, un jour. Dans le futur. Mais pas si tôt. Pas aujourd'hui.

Et voilà qu'elle se tenait là, enceinte de huit mois dans sa jolie robe blanche, une bague de rêve au doigt. Liée à un prince de conte de fées par un mariage chimérique, scellé par un baiser mis en scène. Oui, il y avait vraiment de quoi rire. Et personne ne s'en priverait.

Comme elle se maudissait de sa décision ! Elle n'aurait jamais dû se montrer aussi faible. Plus que sa propre humiliation, c'était celle de ses fils qu'elle risquait à présent.

Arès l'avait rejointe et la dominait de toute sa hauteur.

— J'ai passé ma vie dans l'ombre de mon père, dit-il d'un ton radouci. Je n'étais jamais assez bien pour lui. Seul comptait notre sang, au point que j'avais envie de me l'arracher des veines. Ma seule solution était de mettre un terme à cette maudite lignée en prenant mes distances. Puis tu as fait irruption dans ma vie et tout a changé.

— Et tu t'es dit que ce serait bien de fêter cela avec les paparazzis ?

Pia était déchirée en deux. Mon Dieu, ce qu'elle avait pu être idiote ! Non seulement elle avait cru qu'il la désirait et tenait à elle, mais aussi que, peut-être, tout au fond de lui, il l'aimait.

Elle avait cru ce qu'elle avait voulu croire. Pendant qu'Arès, lui, ne songeait qu'à défier son père.

— J'ai pris conscience que j'avais abdiqué à cause de lui, répondit-il. Mais à mesure que la naissance de nos fils approchait, j'ai compris que je leur étais redevable. À eux, mais aussi au royaume. Nos sujets méritent mieux que cela.

— Le pouvoir est toxique. C'est toi-même qui l'as dit, objecta-t-elle.

Quelque chose passa dans le regard d'Arès. Il s'accroupit devant elle, ses yeux à hauteur des siens.

— Alors autant le revendiquer plutôt que de laisser les choses s'envenimer, argua-t-il. Je veux être un roi dont nos petits princes seront fiers.

Il posa une main sur son ventre. Pia prit sur elle pour ne pas l'écarter d'un geste rageur.

— Pas de crises de colère ou de violence imprévisible. Pas de carafes de cristal fracassées à quelques centimètres de leurs visages. Je veux être un homme meilleur, Pia.

— Non. Tout ce que tu veux, c'est être roi, rétorqua-t-elle.

Honte, peine et colère se mélangeaient en elle. Comment survivrait-elle à une telle désillusion ?

— Tu m'as suppliée de t'épouser et j'ai cédé. Tu n'as jamais parlé d'un marché ou d'une union de convenance qui nous profiterait à tous les deux. Non... Tu m'as fait l'amour. Tu as rendu cela romantique ! Comment as-tu osé ?

Sa voix se brisa malgré elle. Arès la dévisageait, confondu. Il semblait sincèrement abasourdi, comme si l'idée qu'elle prenne mal sa manière de faire ne lui avait jamais traversé l'esprit.

— Je ne vois pas où est le problème, dit-il avec raideur.

— Tu aurais pu me *demander*, Arès. En appeler à mon sens pratique. Tu n'avais pas besoin de coucher avec moi pour m'amadouer !

Les larmes jaillirent de ses yeux. Des larmes au goût de trahison.

Une de plus. Son cœur était en miettes et rien ne pourrait jamais le réparer.

— Si tu m'avais demandé, Arès, j'aurais fini par me laisser convaincre.

— Pia...

— Mais tu as fait comme si c'était autre chose...

Seigneur, ses crampes devenaient de plus en plus douloureuses. Elle se frotta le ventre en se forçant à respirer calmement.

— Tu m'as fait croire que je comptais pour toi.

— C'est le cas.

— Tu m'as même dit que j'étais belle, continua-t-elle comme s'il n'avait pas parlé. Pourquoi m'avoir menti ? Tout cela n'était donc qu'un jeu pour toi ?

— Bien sûr que non. Comment peux-tu penser cela ?

Il retira sa main, et Pia se maudit de regretter la perte de contact.

— Je ne vois pas de quoi tu parles, soupira-t-il. Je tiens à toi, tu le sais. Tu es la mère de mes enfants...

— Tu m'as dit que j'étais belle, répéta-t-elle comme à travers un brouillard.

C'est à peine si elle le distinguait à travers ses larmes. Et ces fichues crampes qui ne s'apaisaient pas... Il lui semblait qu'un feu lui dévorait les entrailles.

— Le pire, c'est que je t'ai cru. Pourquoi m'avoir fait une chose pareille ?

— Bon sang, mais qu'est-ce que je t'ai fait ? s'emporta Arès, comme s'il ne comprenait toujours pas.

— Tu m'as fait croire que tu pouvais m'aimer...

Un sanglot s'était glissé dans sa voix. Un poids écrasant pesait sur son cœur.

— Seul un homme amoureux me trouverait belle.

Le visage d'Arès se décomposa. L'agacement avait cédé la place à l'inquiétude, ce qui était encore pire. Mais maintenant qu'elle avait commencé, autant aller jusqu'au bout dans l'humiliation et jouer cartes sur table. Que lui restait-il à protéger ?

— Je t'aime, dit-elle, scellant ainsi son sort. Jamais je ne te l'aurais dit. J'aurais gardé le secret, car je savais à quoi m'attendre. Mais quand tu m'as offert la bague de ta grand-mère en me disant que j'étais belle, je me suis mise à espérer. J'avais tellement envie de croire que tout cela était réel…

Il se précipita vers elle, une expression sur ses traits qu'elle ne lui avait jamais vue.

— Pia…

Elle l'interrompit d'une main péremptoire. S'il la touchait, Dieu seul sait ce qui arriverait.

Un chagrin d'amour n'a jamais tué personne, se rappela-t-elle alors même qu'elle se sentait au bord de l'évanouissement.

— Ce n'est ni la première, ni la dernière fois qu'on se moque de moi, reprit-elle. Tu as ce que tu voulais, la légitimité de tes héritiers. Mais promets-moi une chose, Arès. Quoi qu'il arrive, ne joue plus à ce petit jeu avec moi. Ne me mens plus jamais, d'accord ?

— Je te promets tout ce que tu veux tant que tu vois un médecin. Tu saignes ! s'écria Arès.

Pia mit plusieurs secondes à comprendre ce qu'il lui disait. Elle baissa les yeux sur sa robe blanche. Sauf qu'elle n'était plus blanche. Une grande tache rouge sombre s'élargissait à vue d'œil entre ses jambes.

— Promets-moi, souffla-t-elle.

Mais était-ce encore la même promesse qu'elle lui réclamait ? Elle n'en était plus sûre. Et elle n'eut pas l'occasion de s'appesantir sur la question. Déjà, les ténèbres se refermaient sur elle, et elle perdit connaissance.

Tout ce sang…

Arès rattrapa la jeune femme au moment où elle s'avachissait sur le banc. Il cria une volée d'ordres à ses domestiques. Que quelqu'un rappelle ce fichu hélicoptère !

Mais elle saignait tellement… *Trop.*

Il souleva Pia dans ses bras tandis que son personnel courait dans tous les sens. Elle ne pesait pas plus qu'une plume malgré son gros ventre. Elle était si pâle, et tout ce sang qui continuait à couler !

Ce fut le plus long trajet en hélicoptère de toute sa vie. Lorsque l'appareil se posa sur le toit de l'hôpital royal sur l'île du Nord, il la serrait toujours contre lui. Il lui en coûta de la confier à l'équipe médicale, qui s'empressa de la sangler sur une civière.

— C'est ma femme, les informa-t-il, fou d'angoisse. Elle porte les héritiers du royaume et sera un jour votre reine. Vous devez à tout prix la sauver, vous m'entendez ?

Et malgré son statut, il ne put que regarder, impuissant, la jeune femme être transportée en urgence à l'intérieur.

On le conduisit dans une chambre privée où on lui proposa des vêtements de rechange. Il déclina et s'assit, le visage enfoui entre ses mains. L'attente commença. Son cœur cognait à tout rompre dans sa poitrine.

Il ne pouvait pas perdre Pia. Ni ses fils. Il avait toujours tout fait pour éviter d'avoir une famille. La vie lui en avait pourtant donné une. Allait-il la perdre au moment où il l'attendait le plus ?

Pia l'aimait. Sa première réaction avait été le déni. La colère, même. Pourquoi parler d'amour alors que tout fonctionnait si bien entre eux jusque-là ?

Il savait ce que tout le monde pensait sans oser le lui dire en face. Il n'y avait rien à aimer chez lui. Sa mère avait été une exception, et elle était décédée depuis longtemps. Personne d'autre, pas même son père, ne partageait ses sentiments. Arès n'était pas un être humain à part entière, mais un maillon dans la lignée, rien de plus. Il n'existait que parce que son père avait besoin d'un héritier. Il avait un rôle à tenir, mais personne ne l'aimait.

Sauf Pia.

Il serait si facile de minimiser ce qu'elle ressentait. Elle se trompait. Elle ne savait rien du sexe opposé et s'était entichée du premier homme à la toucher. Arès, cependant, savait que c'était faux. De nombreux autres hommes étaient présents à cette soirée. Mais c'était à *lui* qu'elle avait souri.

Pia n'avait jamais agi avant comme elle l'avait fait à New York. Mais elle l'avait suivi, *lui*. Elle lui avait offert son innocence. Avait supporté sa réaction à l'annonce de sa grossesse. L'avait suivi sur ces îles et y était restée captive le temps qu'il digère ce qui lui arrivait. Si elle était allée jusque-là, c'était pour une seule raison. Une raison qu'il n'aurait jamais envisagée de lui-même, car le mot n'existait pas dans son vocabulaire.

Elle l'aimait.

Il le voyait, à présent. Comment avait-il pu être aveugle à ce point ?

Et tout ce sang… Encore et toujours, telle une malédiction. Si son sang était toxique, comme il l'avait toujours cru, alors tout était de sa faute. Qu'il paie pour les péchés de sa lignée, il l'acceptait. Mais que Pia en paie aussi le prix ? Elle et les bébés qu'elle portait ?

Non. Il ne pouvait pas la perdre. Pas maintenant, alors qu'il commençait tout juste à comprendre à quel point elle comptait pour lui. Jamais il n'avait été aussi intime avec une femme. Il y avait le sexe, bien sûr, absolument fantastique, mais aussi tout ce temps précieux passé à ses côtés. Il avait peu à peu appris à la connaître et eu envie d'en savoir plus sur elle. Chaque jour qui passait l'avait rendu plus impatient de rencontrer ses fils.

Du temps, Arès en voulait plus. Une vie entière ne lui suffirait pas à deviner la prochaine repartie de Pia ou décrypter toutes les nuances de son sourire. Elle était la seule femme digne de porter la bague de sa grand-mère. La seule qu'il ait demandée en mariage, non pas une, mais des centaines de fois.

Elle était la seule femme de sa vie.

Elle devait vivre afin qu'il le lui dise. Qu'il s'excuse aussi de l'avoir traitée comme un vulgaire pion. Il *fallait* qu'elle vive. Absolument.

— Votre Altesse…

Arès releva brusquement la tête au son de la voix du médecin.

— Votre femme est stable, mais les bébés doivent être sortis. Nous allons procéder sans attendre à une césarienne.

— C'est trop tôt, murmura Arès, dans tous ses états.

— Les jumeaux arrivent toujours en avance, répondit le médecin. Nous devons faire vite.

Arès le suivit comme un automate. Il ne pouvait pas perdre Pia, ni ces enfants qu'il s'apprêtait enfin à connaître. Ce n'était qu'ici, dans ces couloirs froids et aseptisés, qu'il prenait conscience de ses vrais sentiments, présents en lui depuis la seconde où il avait posé les yeux sur la jeune femme.

Sa femme.

Future reine et mère du futur roi d'Atilia.

Arès se le jurait : elle vivrait assez longtemps pour endosser chacun de ces rôles.

Et lui dire encore qu'elle l'aimait.

13

Pia se réveilla en sursaut. Confusion et panique se mêlaient en elle dans un tourbillon incontrôlable…

— Pia. *Cara mia.*

Elle tourna la tête, et il était là.

Arès. Avec ses yeux verts empreints de gravité et ses lèvres pincées en une ligne sévère. Arès, son prince… vêtu d'une blouse d'hôpital.

Elle se calma un peu, car cela ne pouvait signifier qu'une chose.

— Mes bébés…

Son cœur battait à tout rompre, à l'étroit dans sa poitrine. Elle tenta de s'asseoir, mais une vive douleur au niveau du ventre l'en empêcha. Avait-elle été opérée ? Qu'est-ce que cela voulait dire ?

— Mes bébés… Que leur est-il arrivé ?

— Nous t'attendions tous, dit Arès d'un ton calme et solennel qui l'apaisa aussitôt. Laisse-moi faire les présentations.

Il s'approcha d'un double berceau qu'elle n'avait pas encore remarqué et souleva avec précaution un minuscule petit être au visage rose et ridé, une masse de cheveux noirs visible sous son bonnet blanc.

— Je te présente ton premier né, annonça-t-il avec une émotion palpable. Il est parfait. J'ai vérifié moi-même.

Pia saisit le bébé qu'il lui tendait, envahie par un sentiment si intense qu'elle en aurait eu les jambes coupées si elle n'avait pas été au lit. Elle se mit à babiller d'une voix qu'elle ne s'était jamais entendue avant. Le petit garçon retroussa son nez et elle sut, alors, qu'elle ne serait plus jamais la même.

— Et voilà son frère, ajouta Arès en plaçant le second bébé dans ses bras. Lui aussi est absolument parfait.

Une nouvelle vague d'amour submergea Pia, plus forte encore que la précédente. Elle déposa un baiser sur le front du premier bébé, puis du deuxième. Les deux garçonnets gigotèrent à qui mieux mieux, comme pour la saluer à leur tour. Ils étaient intelligents, elle le savait déjà. Et magnifiques. Et, oui, absolument parfaits.

— Tu étais là ? demanda-t-elle.

— Ils sont passés de ton ventre directement dans mes mains, dit-il, presque avec vénération.

C'était un lien de plus qui les unissait. Une intimité dépassant tout ce qu'ils avaient jamais soupçonné.

Lorsqu'elle croisa son regard, Pia sentit un étau lui serrer la poitrine.

— J'ai envie de leur donner le sein, murmura-t-elle.

Après avoir manqué leur naissance, elle avait besoin de cette connexion.

Et Arès était là pour l'aider. Il installa un oreiller sur son ventre, beaucoup moins gros que la dernière fois qu'elle l'avait vu. Il déboutonna sa blouse et guida la première petite bouche affamée, puis la seconde, vers ses seins enflés, en positionnant confortablement chaque bébé dans le creux de ses bras.

Pia avait lu des centaines d'articles sur les difficultés de l'allaitement, surtout avec des jumeaux. Elle s'attendait à une bataille de tous les diables. Mais rien de tel ne se produisit. Le premier bébé prit le sein, très vite imité par son frère. Pia leva les yeux vers Arès tandis que leurs enfants tétaient, et elle ressentit de toute son âme le bonheur de former une famille.

Elle connaissait l'amour. Elle était follement éprise de cet homme à ses côtés qui avait le don de la rendre folle. Mais *cela*, c'était autre chose. Cette communion entre eux quatre. Aucun mot ne pouvait la décrire. C'était magique et n'appartenait qu'à eux.

Ils avaient fondé une famille. Plus rien ne serait jamais comme avant. Tout était devenu… plus beau.

Les bébés repus, Arès les prit contre lui pour un moment de contact peau à peau, puis l'infirmière les emporta afin d'effectuer quelques tests de routine.

Pia grimaça de douleur en essayant de bouger de son lit et se rappela qu'elle ne savait toujours pas ce qui lui était arrivé.

— Laisse-moi t'épargner le jargon médical, lui dit Arès. Le plus important, c'est que j'ai failli te perdre, Pia. Et cela, c'est impensable.

Il lui raconta rapidement l'hémorragie, le transport à l'hôpital et la césarienne d'urgence. Il admit qu'elle avait frôlé la mort et confia à quel point cette perspective l'avait terrifié.

— Tu m'as dit que tu m'aimais, dit-il d'une voix crispée, comme si c'était une insulte.

Pia répugnait à se rappeler ce moment, alors que son cœur se consumait encore de cet amour impossible. Le mariage, l'hélicoptère, tous ces flashs...

— Cela n'a plus d'importance, déclara-t-elle. Nous sommes parents, Arès. De deux petits garçons qui ont grand besoin de prénoms...

— Tu m'as dit que tu m'aimais, répéta Arès avec insistance. Personne ne m'avait jamais dit cela avant, à part la femme qui m'a mis au monde. Ce n'est pas le genre de chose qu'on jette comme cela à la figure de quelqu'un.

Pia avait envie de pleurer de plus belle.

— Désolée si je t'ai insulté...

— J'ai passé les cinq dernières heures à prier le ciel pour qu'il te sauve, continua-t-il. Nos photos de mariage font la une de tous les journaux du pays, comme je le souhaitais. Mais rien de tout cela n'a d'importance si tu n'es pas à mes côtés.

— Arès...

Une flamme embrasa ses yeux verts.

— J'ignore comment aimer. Mais pour toi, Pia, j'apprendrai. Mon père n'a jamais su que faire du mal à son propre fils. Pour les nôtres, j'apprendrai à être un meilleur père.

Il prit ses mains dans les siennes et s'agenouilla près du lit.

— Tu n'es pas obligé de faire cela, Arès...

— Quand j'ai cru te perdre, tous nos moments ensemble ont défilé devant mes yeux. J'ai vu, alors, combien tu m'aimais. Depuis le début. Et je n'ai cessé de te décevoir.

— Non, protesta Pia en se redressant avec une grimace.

Elle encadra son visage de ses mains.

— Tu ne me déçois pas, Arès. Je n'exige rien de toi. Je t'aime, de toute mon âme et sans conditions. C'est aussi simple que cela. Moi aussi, j'ignore comment tout cela fonctionne.

— Je t'ai manipulée par pur égoïsme. Jamais je ne me le pardonnerai.

— Moi, je te pardonne, décréta-t-elle. J'ai passé ma vie à me dévaloriser parce que je n'étais pas ma mère. À haïr mon corps si différent du sien. Mais regarde quel miracle il a accompli aujourd'hui !

— Tu étais magnifique, souffla Arès, la voix hachée par l'émotion. Tu l'es toujours.

— Que les gens rient si cela leur chante, dit Pia. Quelle importance ? Si je dois avoir honte d'une chose, c'est de m'être laissé influencer à ce point par ce qu'on pouvait penser de moi.

Il prit sa main et imprima un baiser dans le creux de sa paume.

— J'ai vu mes parents se déchirer et appeler cela de l'amour, reprit-elle. Je trouvais leur relation tellement romantique. Aujourd'hui, je m'aperçois qu'elle était profondément malsaine. Avec toi, je veux explorer ce qu'est le véritable amour.

— Je t'aime, Pia, dit Arès. Et je ne dis pas seulement cela à cause de ce qui a failli arriver. En croyant t'avoir perdue pour l'éternité, j'ai compris que l'éternité ne valait rien sans toi.

— Regarde nos enfants, Arès, murmura-t-elle. Ils sont parfaits, n'est-ce pas ?

— Oui, comme toi.

Ils restèrent là à se sourire. À sourire à la vie qui les attendait, pleine d'espoir et de possibilités. Deux nouveaux petits êtres en faisaient partie, et ils feraient de leur mieux pour les chérir et les protéger.

— Pia, sois ma femme, demanda Arès.

— Ce sera un honneur, souffla-t-elle, en larmes.

Mais cette fois, c'étaient des larmes de joie. Une joie indescriptible qui lui coupait le souffle.

— Et toi, sois mon mari, Arès.

— Je ne conçois pas de plus grand privilège, répondit-il avec émotion. Tu seras reine, un jour. Mais sache que tu règnes déjà sur mon cœur, maintenant et pour toujours.

Il se pencha et pressa ses lèvres sur les siennes. « Pour toujours » prenait tout son sens dans ce tendre baiser. Les contes de fées existaient bel et bien, tout compte fait. Elle l'embrassa aussi, levant la malédiction qu'avait été leur vie l'un sans l'autre. Une vie sans amour.

Ici, dans cette chambre d'hôpital, sous les clameurs des paparazzis au-dehors, ils entamaient une nouvelle vie, emplie d'amour, de lumière et de rires.

Ensemble.

Épilogue

Vingt ans plus tard

Six semaines après le décès de son père, le roi Arès d'Atilia était couronné dans la grande cathédrale de l'île du Nord.

D'un pas solennel, il remonta l'auguste allée qu'il avait choisi, autrefois, de ne jamais fouler. Dehors, le peuple l'acclamait. Sur les bancs se côtoyaient nobles atiliens et aristocrates venus de toute l'Europe assister à son sacre, au son de chants de gloire ancestraux interprétés par la célèbre chorale d'Atilia.

Mais Arès n'avait d'yeux que pour sa famille. Ses deux grands et solides gaillards, les princes héritiers Castor et Pollux, le regardaient avec un amour empreint de fierté, qu'Arès s'était efforcé de mériter tout au long de ces deux dernières décennies. À côté d'eux, ses autres enfants n'étaient pas en reste : Léto, dix-sept ans, Nyx, treize ans, et les jumelles, Hélène et Clytemnestre, dix ans, sans doute les princesses les plus espiègles au monde. Arès discernait déjà en elles les femmes qu'elles deviendraient…

Mais pas tout de suite, songea-t-il avec un sourire intérieur. Elles avaient tout le temps de grandir. Pourquoi précipiter les choses ?

Arès ne s'était jamais réconcilié avec son père. Ce dernier avait divorcé, puis s'était remarié, deux fois, sans qu'aucun enfant ne naisse de ces unions. Le vieil homme était décédé dans un accès de rage, entouré d'éclats de cristal.

Plus le temps passait, plus Arès regrettait cet échec. Un regret sans doute lié à sa relation avec ses propres enfants et l'homme qu'ils voyaient en lui – leur père, espérait-il, avant leur roi. Quand il évoquait leur lignée, c'était d'amour qu'il leur parlait. Toujours.

Il aperçut les frères de Pia, debout dans la rangée derrière ses enfants. Parce qu'ils étaient importants pour Pia, ils l'étaient devenus pour lui aussi. Au fil des années, ce qui était d'abord un devoir s'était mué en amitié, au point qu'il considérait aujourd'hui Matteo Combe et Dominik James comme des frères. Les familles s'étaient agrandies, les jumeaux multipliés, et le temps où Matteo avait frappé Arès aux funérailles de son père semblait désormais appartenir à une autre vie. Pia, de son côté, n'évoquait jamais ses belles-sœurs, le brillant Dr Sarina Fellows Combe, et Lauren Clarke James, numéro deux de Combe Industries, autrement que comme ses meilleures amies.

Chaque pas qu'il faisait rappelait à Arès la chance qu'il avait. Il était né prince, mais c'était Pia qui avait fait de lui un homme. C'était grâce à elle, et avec elle, qu'il montait sur le trône d'Atilia.

Parvenu à l'extrémité de l'allée, il gravit les quelques marches du chœur et inclina la tête devant les prêtres avant de recevoir leurs invocations.

Il songeait à son royaume. Au palais du Sud, toujours si vibrant de rires ainsi qu'il avait été destiné. À son peuple, qui avait compris et pardonné le secret de sa relation avec Pia lorsqu'il avait confessé leur besoin d'un peu de temps rien qu'à eux.

Mais surtout, il songeait à la femme à ses côtés tandis que les prêtres plaçaient la couronne sur sa tête et lui remettaient le sceptre royal. Pia fut couronnée à son tour, mais ses yeux gris brillaient plus que tous les joyaux du monde. Et lorsqu'elle tourna la tête vers lui, son sourire aurait rivalisé avec le soleil lui-même.

Il lui offrit sa main, alors, et elle l'accepta. Car c'était ce qu'elle avait toujours fait. Elle l'aimait et lui faisait confiance. La force de ses propres sentiments l'aurait effrayé si elle ne les avait pas reçus si pleinement, sans crainte ni réserve. Depuis toujours, il était en guerre contre lui-même. Pia lui avait appris à déposer les armes.

Il porta sa main à ses lèvres.

— Tu as accepté la couronne de ce royaume et j'ai fait de toi ma reine, déclara-t-il haut et fort.

— Oui.

— Mais un rôle plus important encore te revient, ajouta-t-il, en veillant à ce que sa voix porte jusqu'au fond de la cathédrale.

Et aux quatre coins du monde, car la cérémonie était diffusée en direct à la télévision et à la radio.

— Tu es la plus belle femme que j'aie jamais rencontrée et je bénis chaque jour que je passe à tes côtés. Tu as fait de moi un homme meilleur. Dorénavant, tu m'aideras à être le souverain juste et bienveillant que mon peuple mérite.

Des larmes luisaient au coin de ses grands yeux gris. Elle chuchota son nom, tout bas. Juste pour lui.

— Je t'ai promis autrefois que ce jour viendrait...

Il s'autorisa à sourire, là, devant ses enfants, sa famille, ses sujets. Devant la terre entière.

— Pia, tu es l'amour de ma vie. Seras-tu la reine d'Atilia, mais aussi celle de mon cœur ?

Elle recula d'un pas, rayonnante, et exécuta une profonde révérence.

— Votre Majesté, ce sera avec grand plaisir, répondit-elle d'une voix claire.

Et dans son regard se lisait la promesse d'une longue nuit de passion.

Arès l'embrassa lorsqu'elle se redressa. Ce couronnement était un peu leur second mariage, qu'ils partageaient aujourd'hui avec le reste du monde. Pia lui rendit son baiser comme si eux seuls existaient, sous les acclamations de l'assemblée.

Les cloches sonnèrent la fin de la cérémonie. Le nouveau roi d'Atilia prit son épouse par la main et l'entraîna vers leur avenir radieux. Exactement comme dans les légendes dont avait toujours rêvé Pia.

Arès était le roi. Pour elle, il ferait de leur vie un conte de fées. Leur histoire serait aussi belle que sa reine.

Et jour après jour, année après année, il tint sa promesse.

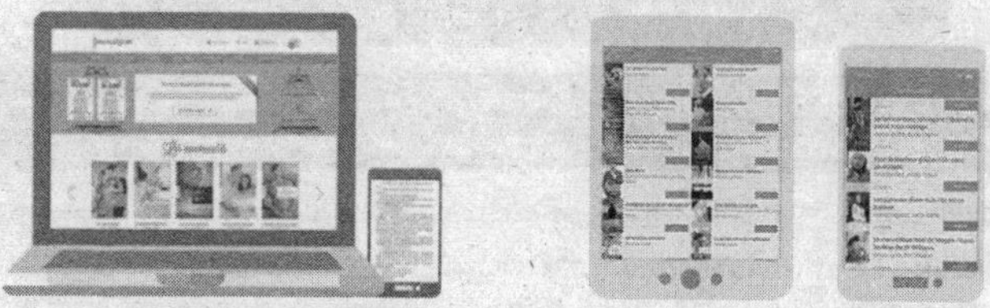